KB250962

슬픈 호랑이

Triste tigre

슬픈 호랑이

슬픈 호랑이
Triste tigre

네주시노 지음

이세욱 옮김

**AMBASSADE
DE FRANCE
EN RÉPUBLIQUE
DE CORÉE**
*Liberté
Égalité
Fraternité*

주한
프랑스
대사관

문화과

Cet ouvrage, publié dans le cadre du Programme d'aide à la Publication Sejong, a bénéficié du soutien de l'Institut français de Corée du Sud – Service culturel de l'Ambassade de France en République de Corée.
이 책은 주한 프랑스대사관 문화과의 세종 출판 번역 지원프로그램의 도움을 받아 출간되었습니다.

TRISTE TIGRE
by NEIGE SINNO

일러두기
- 주석은 모두 옮긴이의 주이다. 인용문의 출처를 밝히거나 작품 이해를 돕기 위함이다.
- 본문에서 다른 작품을 인용한 경우, 국내 번역본 유무에 관계없이 모두 옮긴이가 직접 옮겼다.
- 옮긴이는 원어인 프랑스어 판본을 중심으로, 저자가 직접 번역한 스페인어판도 참고했다.

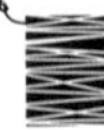

이 책은 실로 꿰매어 제본하는 정통적인 사철 방식으로 만들어졌습니다.
사철 방식으로 제본된 책은 오랫동안 보관해도 손상되지 않습니다.

차례

무언가 아주 특이한 느낌이 들었다. 섬뜩한 제약에 내리눌리는 듯했다. 마치 내가 방금 죽인 어떤 이의 작은 유령과 함께 식탁에 앉아 있는 것만 같았다.[1]

블라디미르 나보코프, 『롤리타』 중에서

1부

초상화들

내 강간범의 초상화

사실 내가 보기에도, 일의 바탕을 따지고 볼 때, 무엇보다 강하게 내 마음을 끄는 것은 그 학대자의 머릿속에서 무슨 생각이 벌어지는가 하는 것이다. 피해자 쪽에 서는 것은 쉬운 일이다. 누구나 자기를 피해자들의 자리에 놓을 수 있다. 그런 일을 겪지 않았더라도, 해리성 기억 상실이나 쇼크, 피해자들의 침묵을 직접 경험하지 않았더라도, 누구나 그 일이 어떤 일인지 상상할 수 있고, 혹은 그럴 수 있다고 믿는다.

　반면에, 학대자 쪽에서 상상하는 것은 다른 일이다. 어떤 방 안에 일곱 살짜리 아이랑 함께 있기, 그 아이에게 무슨 일을 벌일지 생각하며 발기하기, 어떤 말을 내뱉어서 그 아이가 자기 쪽으로 오게 하기, 그 아이의 입속에 자기 성기를 넣기, 그 아이가 입을 쫙 벌리게 만들기. 그건 정말이지 홀린 상태에서 벌이는 일이고, 이해를 넘어서는 일이다. 그러고 나면 다음 일이 벌어진다. 다시 옷을 입고, 마치 아무 일도 없었다는 듯이 가족 속으로 돌아가 살아간다. 게다가, 그런 터무니없는 일이 한번 벌어지고 나면, 같은 일이 다시 벌어진다. 그것도 몇 년 동안 되풀이된다. 가해자는 아무에게도 그 일에 관해서 절대로 말하지 않는다. 성적 학대의 수위가 점점 높아져도, 자기를 고발하거나 고소하는 사람이 없으리라 믿는다. 아무도 고발하거나 고소하지 않으리라 생각하는 것이다. 그러다 어느 날 누가 자기를 고발하거나 고소하면, 둘 중 하나다. 대담하게 거짓말을 하거나 대담하게 진실을 말하고 솔직하게 고백하는 것이다. 그 결과로 몇 년의 징역형이 선고되면, 자기가 부당하게 벌을 받았다고 생각한다. 자기에게 용서받을 권리가 있다고 주장한다. 자기는 사람이지 괴물이 아니라고 말한다. 그러고 나서 형기가 끝나면, 감옥을 나와 자기 삶을 다시 꾸려 간다.

　나는 아주 가까이에서, 세상의 누구보다 가까이에서 그 일을 본 사람이고, 그래서 그 문제를 놓고 몇 년 동안이나 자신에게 질문을 던져 본 사람이지만, 여전히 영문을 알 수가 없다.

그의 초상화

만약 그 사람에게서 단 한 가지 눈여겨볼 만한 게 있다면, 그건 그의 에너지일 것이다. 그는 생기가 넘치는 사람이다. 그는 힘차고 활달하다. 어릴 때도 벌써 그러했다. 그의 형제들도 마찬가지였다. 터울이 별로 뜨지 않은 그들 삼 형제는 파리 변두리 작은 아파트를 뒤죽박죽으로 만들어 놓기가 일쑤였다. 삼 형제의 아버지는 그림을 그리는 데에 집중하려고 애썼다. 〈이런 난장판 속에서 어떻게 일을 하라는 거야!〉 하고 소리치기도 했다. 그러면 삼 형제의 어머니는 자식들을 진정시키려고 애썼다. 자식들을 옆방으로 데리고 가기도 하고, 비가 오든 바람이 불든 아이들이 욕구를 발산하도록 아예 공원으로 데리고 나가기도 했다. 아버지는 첫 직업인 그림 그리기로 생계를 이어 나갈 수가 없었기에, 데생 강습을 하면서 작은 회사를 세워 디자인 벽난로를 팔았다. 그건 1970년대와 1980년대 시절의 이야기다. 지금 보면 그런 벽난로는 정말 우스꽝스러워 보인다. 관점에 따라서는 익살스러워 보일 수도 있다. 어쨌거나 그 사이키델릭 아트를 본뜬 형상에다 유리 상자까지 내장한 그 별난 캡슐형 벽난로를 본다면 이제 어느 누구도 그것을 자기 집에 설치하겠다고 생각하지 않으리라. 하지만 당시에는 그게 그런대로 잘 팔렸던 모양이다. 조부모는 양쪽 다 노동자였고, 노르 데파르트망[道] 출신이거나 이웃한 파드칼레 데파르트망의 불로뉴쉬르메르 근처에서 온 사람들이었고, 이 불로뉴쉬르메르에는 가족이 아직 소유하고 있던 아파트가 있어서 바캉스 철에 머물곤 했다.

어머니는 그 벽난로 장사의 조수 역할을 한 모양인데, 얼마쯤은 전업주부에 가까웠고, 얼마쯤은 아버지의 그늘에 묻혀 살았다. 특별한 게 전혀 없는 가족이었다. 부유하지도 않았고 가난하지도 않았으며, 소박한 중산층에 속하는 파리 사람들이었다. 삼 형제 중 아무도 고등 교육을 받지 않았고, 모두가 바칼로레아를 통과하기 전에 집을 나갔다. 맏이는 상업 분야에서 일자리를 얻어 나갔고, 둘째는 군인이 되었으며, 내 의붓아버지가 된 막내아들은 병역 의무를 수행하기 위해 알프스산맥에 들어갔다. 그 뒤로 막내는 파리로 다시 돌아오지 않았다. 부모는 엄격한 편이었고, 자식들을 옛날 방식으로 공정하고 규율에 어긋나지 않게 키웠다. 막내아들은 조금 엄격한 그런 교육을 자랑스러워했다. 스카우트에 가입하여 활동한 것에 대해서도, 자기가 받은 연수와 관련된 모든 것에 대해서도 자랑스럽게 여겼다. 그 모든 것이 그의 힘을 키워 주었다. 살아가고 알아 가고 정복하고자 하는 욕구를 키우는 데에도 도움을 주었다.

　그가 파리 변두리에서 사는 모습을 상상하기는 쉽지 않다. 나는 언제나 그를 산속에서 보았고, 운동복이나 작업복 차림의 모습을 보았다. 하지만 한때는 그도 종교계 학교에 다니는 도시 소년처럼 셔츠를 다려 입고 구두에 광을 내고 머리에 스프레이를 뿌리고 다녔다. 열여덟 살 때까지는 그랬다. 이후에 그는 프랑스에서 가장 높은 곳에 자리한 도시 브리앙송으로 떠나가서, 등반을 익히고, 고산에 익숙해지고, 패러글라이딩을 배웠다. 그러면서 더 자유롭고 더 야생적인 삶, 셔츠를 입을 필요가 없는 삶, 지하철을 기다리지 않아도 되고 머리에 가르마를 타지 않아도 되는 삶, 일요일에 미사를 드리지 않아도 되는 삶, 신선한 공기와 햇빛이 충만한 삶을 알게 되었다.

1983년, 그가 내 어머니를 처음 만나던 때로 돌아가 보면, 그는 스물네 살이다. 두 사람은 일반 등산 안내인 자격을 얻기 위한 교육을 함께 받는 중이다. 그는 키가 크고, 운동을 좋아하고, 성격이 사근사근하다. 사람들과 무리를 이루고 있을 때면, 그는 자기가 상황을 통제하고 싶어 하고, 어떤 긴급 사태가 벌어질 때나 사람들이 위험한 장벽을 마주하는 등 어려운 순간에 부딪힐 때나 사고가 발생한 경우에는 자기가 작전을 지휘하고 싶어 한다. 그는 카리스마가 있고, 친구들이 많으며, 여자들에게 인기가 많다.

그는 내 어머니 마음에도 좋게 받아들여진다. 그를 대하면서 어머니는 몇 달 전에 잃은 애인, 눈사태에 휩쓸려 죽은 애인을 떠올린다. 그 갑작스러운 죽음 때문에 마음이 황폐해진 터였다. 스스로 위로받을 수 없으리라 생각하고 있었다. 하지만 아마도 결국에는 위로를 받았을 것이다. 어머니는 그 새 친구와 함께 많은 시간을 보낸다. 의지가 강하고, 결단력 있고, 낙천적인 그의 성격이 마음에 들었다. 자기 두 딸의 아버지인 사미에 비하면 의지할 만한 사람이었다. 사미는 몽상적이고 내성적인 데다가 뒤로 물러나 있기가 일쑤였으니 말이다. 이 새 남자는 즉시 그녀의 마음을 사로잡으려고 애쓴다. 그녀는 그가 이끄는 대로 산에 오른다. 두 사람은 가파른 길을 거쳐 산꼭대기에 오르고, 자연의 아름다움에 마음이 벅차오르는 기분을 느낀다. 그들은 알프스의 변덕스러운 여름 하늘 아래에서, 앞서거니 뒤서거니, 묵묵히, 산길을 걷는다. 그 여름 하늘의 구름은 연극 무대의 배경 장식처럼 움직인다. 마치 자기 아래쪽에 감춰진 다른 하늘에게 자리를 물려주기 위해 서쪽으로 미끄러지는 듯하다. 산에서 내려갈 때, 그들은 서로 손을 맞잡고 걷는다. 그는 이미 다른 누군가와 사귀고 있다. 게다가 새로 만난 이 여자는 그보다 네 살 연상이고 벌써 아이 둘을 두고 있다. 두 딸아이의 이름은 네주와 로즈이다. 그림 형제의 동화에 사이좋은 자매로 나오는 흰눈이의 〈눈〉과 빨간 장미의 〈장미〉를 딴 것이다. 아이들의 나이는 여섯 살과 네 살이다. 아이들은 당분간 자기네 아빠와 함께 있겠지만, 너무 오랫동안 그대로 둘 수는 없다. 아이들에게는 엄마가 필요하고 그녀도 아이들이 그립기 때문이다. 그런데 뜻밖에도 그가 일시적 유혹의 수준을 넘어서고자 한다. 처음 얼마간 뜨겁게 열정을 보이던 것에 그치지 않고 그는 계속하자고 제안한다. 아이들을 데려오고, 무언가를 함께 해보자는 것이다. 그녀에겐 뜻밖이지만 행복한 일이다. 그녀는 스스로 운이 좋다고 생각한다.

그녀는 그의 운동선수 같은 건장한 몸, 그런 몸에서 발산되는 에너지를 좋아한다. 사실, 그의 에너지, 힘에 대해서는 이미 말한 바 있다. 그는 스키를 타고 등반을 즐기며, 힘든 일을 마다하지 않고, 할 수 있는 데까지 해보기를 좋아하며, 자기 능력의 한계를 뛰어넘고 싶어 한다. 등산 안내인이 되기에 앞서, 그는 알프스 산악 보병대에서 훈련을 받았다. 고산을 좋아하는 젊은이들을 위해 만들어진 정예 연대에서 교육을 받은 것이다. 거기에서 그는 어둑해질 무렵 눈보라 속에서 레 트라베르스 암벽 등반길을 달렸고, 무게가 80킬로그램이나 되는 돌들을 가득 채운 배낭을 짊어진 채로 고산의 대피소로 올라갔으며, 이탈리아 국경 근처 사다리 고개에서 언 손에 물집이 잡히도록 작은 알루미늄 삽으로 참호를 팠다. 그는 그와 같은 일들을 무척 좋아했다. 그녀는 평화주의자라서, 독단적인 기강과 사내다움을 과시하는 훈련으로 가득 차 있는 그런 세계를 그가 좋아했다는 사실이 잘 이해되지 않는다. 무엇보다 사미와 헤어진 뒤에 그를 만난 터라 이해하기가 더욱 쉽지 않다. 사미는 병역을 면제받기 위해 정신 질환자 행세를 했고, 무기와 군복과 가혹 행위를 혐오했다. 그런데 새 남자는 그녀에게 전우들과 함께 행군 다녀온 이야기를 들려주고, 훈련 중의 전우애와 자연력에 맞서면서 어렵게 터득한 교훈들에 관해 이야기한다. 예전에 그는 자기가 회색빛 변두리에 갇혀 있다고 생각했다. 그런데 스포츠를 좋아한 덕분에 다른 것을 발견하게 되었다. 이제 그는 다시 파리 변두리로 돌아가지 않으리라는 것을 알고 있다. 그는 자연 속에서, 그리고 사랑 속에서 자기가 갈 길을 찾아냈다. 그녀와 함께 갈 길을.

산, 알프스 산악 보병, 파리 변두리, 그것들에 대해서도 앞서 말한 바 있다.

그녀는 그의 생김생김을 좋아한다. 광대뼈가 두드러진 얼굴도 암색이 감도는 눈빛도 아몬드처럼 가늘고 길게 생긴 눈도 마음에 든다. 그런 눈매는 그녀 집안의 아시아 쪽 조상을 생각나게 한다. 그의 얼굴은 살결이 희고 코가 매부리와 비슷해서. 프랑스 북부 지방, 그의 부모가 태어난 파드칼레 지방 사람들과 닮았는데, 그런 얼굴 한복판에 어딘지 모르게 그녀 조상의 모습이 어려 있는 듯하다.

그는 대가족을 꿈꾼다. 내 어머니와 함께 아주 빠르게 아이 둘을 새로 두었다. 먼저 아들을 낳았고 이어서 딸을 보았다. 사람들이 물으면, 그는 여덟 자식을 두고 싶다고 말한다. 사람들은 이러니저러니 토를 달지 않고, 자기들의 당혹감을 감추려고 애쓴다. 사람들은 넷도 벌써 너무 많다고 생각하는 것이다.

그는 자기의 어린 시절과 관련하여 버터의 맛, 유제품의 맛을 기억 속에 간직하고 있다. 그의 어머니는 버터크림과

커피를 넣은 장작 모양 스펀지케이크를 만들어 주곤 하였다. 그 케이크를 똑같이 만들어 보려고, 몇 해에 걸쳐서 크리스마스 때마다 애를 썼지만, 뜻대로 되지 않았다. 아무리 해보아도 옛날의 그 맛이 나지 않았다. 때로는 아주 고약한 맛이 나기도 했다. 버터가 작은 공처럼 동글동글하게 뭉쳐져서 제대로 녹아들지 못하고 기름기가 많은 무미한 알갱이가 되어 버렸다. 그런 것들이 버터크림에 다닥다닥 붙어 있는 데다가, 설탕 알갱이 역시 녹지 않은 채로 윗니 아랫니 사이에서 바사삭거렸다. 그래도 이따금 그 맛과 얼개가 옛날에 먹던 것과 아주 가까워지기는 했다. 그럴 때면 우리 시선은 그의 얼굴로 쏠렸다. 그렇게 해서 그의 최종 판결이 떨어지면 행복감이 전염성을 지닌 채로 우리에게 전해졌다. 우리에게 가족 간의 행복이라는 게 있었다면, 아마도 그때의 기분이 최고의 행복이었을 것이다.

그는 햇볕에 살갗이 잘 타고, 꽃가루가 많이 날리는 봄철이면 심한 알레르기를 보인다. 그 증상은 맹렬하게 재채기하는 것으로 나타난다.

그는 보드게임을 좋아한다. 그런데 걸핏하면 성을 내기 때문에 게임이 나쁘게 끝나기 일쑤다. 식구들끼리 모노폴리 게임을 하거나 친구들과 함께 전략 게임을 벌이다 보면, 때때로 그가 벌컥 화를 내는 바람에 일이 틀어진다. 그는 한창 게임을 하다 말고, 주먹으로 탁자를 탁 내리친다. 그러면 작은 플라스틱 말들, 녹색 호텔 모형과 빨간색 작은 집, 가짜 지폐 더미가 나동그라지고, 그는 분을 가누지 못한 채로 문을 꽝 닫고 가버린다.

테니스를 칠 때도 비슷한 일이 벌어진다. 그는 라켓을 땅에 내던지기 일쑤다. 나는 그런 모습을 여러 번 보았다. 라켓은 비싸고, 우리는 정말이지 그딴 식으로 물건을 망쳐서 돈을 낭비할 여력이 없다. 하지만 이건 그도 어찌할 수 없는 일이다. 그는 자기가 상대하는 선수에게도, 자기 자신에게도 욕설을 내지른다. 테니스공이 잘못을 저지르기라도 한 것처럼 공에 대고 욕설을 퍼붓기도 한다. 벌건 얼굴로 땀을 흘리고 성난 눈을 번득거리며, 발길질을 하고 라켓을 철책 쪽으로 내팽개친다.

자, 이 정도로 해두는 게 좋겠다. 내 나름대로 시도를 했다. 그의 초상화를 오늘날 나의 관점에서, 이제 어머니가 된 여자의 관점에서 만들어 보고 싶었다. 그와 사귀던 시절에 내 어머니가 보던 대로, 우리 주위의 다른 어른들이 느끼던 대로 보려고 노력했다. 사람들이 남의 몸이나 얼굴을 볼 때 그러듯이 그냥 일반적인 시선으로 보려 했고, 우리가 독서에 익숙해진 성인의 눈으로 어떤 초상에 관한 글을 읽을 때처럼, 소설이나 르포르타주에 나오는 인물 묘사에 익숙해진 눈으로, 이미지를 바라보고 해석하는 데에 익숙해진 눈으로 초상을 바라볼 때처럼 그를 보려고 노력했다. 그런데 나는 뜻대로 할 수가 없다. 이미 아주 많은 단편 소설과 여러 편의 장편 소설을 썼으니, 인물의 초상화를 어떻게 그리는지 알 법하다. 그러나 이 경우에는 사정이 다르다. 우선은 사진들이나 남은 기억에 매이지 않고, 어떤 객관적인 진실에 부합하는 초상화를 그리려고 애를 쓴다. 하지만, 아무리 애를 써도 그건 불가능하다. 바로 그 사람에 관한 것이기 때문이다.

그래서 다시 그리는 초상화

그는 키가 크고 힘이 세다. 난폭하기까지 하다. 그의 목소리는 쉽게 부드러움에서 격렬함으로 넘어간다. 무언가가 그의 신경을 거스르기 시작하면, 그는 소리를 지른다. 소리를 크게 내지른다. 그는 명령하고 지시한다. 그는 자기보다 먼저 나와 내 여동생을 데리고 살았던 남자가 우리를 너무 자유방임으로 키웠다면서 그 양육 방식을 완전히 잘못된 것으로 여긴다. 그 사람이 우리 자매를 미개인으로 만들어 놓았다는 것이다. 이건 말도 안 되는 소리다.

그는 손이 크다. 손의 색깔은 자주 바뀌어 분홍 또는 빨강 색조를 띠기가 일쑤다. 햇볕을 조금 쐬거나 화가 치밀 때 그의 얼굴빛이 붉게 변하는 것과 비슷하다. 그는 손힘이 세다. 그런 손으로 잡고, 그런 손으로 쓰다듬는데, 그 손놀림은 거친 편이다. 어루만지되, 자기 자신에게 딱 맞도록, 자기가 갈 길을 틔우려고 어루만진다. 그의 목소리도 그런 양상을 보인다. 부드럽게 말하려고 하지만 그 부드러움을 너무 과장한다. 그러다 말끝에 날카로운 고음을 낸다. 의문이 담긴 어조를 살짝 취하면서, 상대방의 동의를 구하려는 듯한 어조다. 상대가 자기와 생각이 같다는 것, 상대가 자기 말을 귀담아듣고 있다는 것, 상대가 찬성하고 있다는 것을 확인하고자 하는 듯한 말투다. 만약 그것이 확인되지 않으면, 다시 말해서 상대가 침묵으로 일관하거나 기대하던 대로 대답하지 않으면, 그 어조를 바꾸지 않고 계속 동의를 구한다. 목소리가 똑같은 어조로 이어진다. 사실, 의문을 담은 그 짧은 고음은 그의 독백에 속한다. 이 독백은 고리처럼 돌고 돈다.

그는 몸이 크다. 그의 발은 모든 발이 그렇듯이 못생겼지만, 털이 나고 불그스름하고 상처가 나 있어서 더 흉해 보인다. 발에 털이 나 있는 것은 이상한 일이다. 가슴이나 팔과 같은 몸의 나머지 부분은 매끄러운 편이라는 점에서 그러하다. 그의 피부는 특히 불쾌감을 준다. 분홍색, 흰색, 빨간색, 갈색의 여러 색조를 띠고 있기 때문이다. 그의 성기로 말하자면, 나는 언제나 발기하여 탱탱해져 있는 모습을 보았는데, 그 살가죽은 보랏빛이 도는 분홍색을 띠다가, 귀두에서 멀어져 가면 낙타색으로 변하고, 죽은 피부와도 같은 고환에 다다르면 쭈글쭈글해진다. 그 고환은 뼈처럼 단단하게 발기한 거대한 성기 아래에 매달린 시체 조각과도 같다.

나는 그가 손에 책을 들고 있는 모습을 본 적이 없다. 하지만 그는 만화, 특히 미국 서부를 배경으로 이야기가 전개되는 만화를 좋아했다. 블루베리라는 주인공이 나오는 시리즈의 작품들을 거의 다 소장하고 있을 정도였다. 화장실에 오래 들어앉아 그 만화들을 읽는 일이 잦았다. 그가 화장실 문을 잠그고 틀어박혀 있었다는 뜻은 아니다. 우리 집에 마침내 화장실이 마련되긴 했지만, 안에서 문을 잠그기 위한 걸쇠가 있었던 적은 없었다. 다른 방들에 대해서도 마찬가지였다. 그는 식구 중 누군가가 사생활을 누리는 것을 원하지 않았다. 인제 와서 이런 생각을 하는 건 좀 우스운 일이지만, 만약 그가 나와 단둘이 방 안에 있을 때 문을 잠글 수 있었더라면, 아마도 그에게 도움이 되었을 것이다.

그는 조니 할리데이를 무척 좋아했다. 그래서 그가 조니의 노래를 들을 때면, 우리도 어쩔 수 없이 몇 시간 동안 그 노래를 들어야 했다. 그는 집수리하느라 낮에 긴 시간을 들여 일하는 동안에도, 자동차를 타고 가족여행을 갈 때도, 밤늦게까지 친구들과 함께 파티를 벌일 때도, 조니와 동행하였다. 그 노래들의 가사에는 지독한 위선이 배어 있는 것 같았다. 똑같은 노래들을 들으면 들을수록, 더욱더 그런 기분이

들었다. 순정남, 겉으로는 차가워 보이지만 속은 따뜻한 남자, 사내다움을 내세우지만 속으로 아픔을 느끼는 마초 따위가 등장하는 싸구려 영화 같은 그 이야기, 자기 연민으로 가득 찬 그 교향곡, 그것들은 나에게 혐오감을 불러일으켰다.

나의 의붓아버지인 그는 분명코 자기 자신을 서부 영화나 서부 만화에 나오는 고독한 카우보이로 인식하고 있었다. 그는 자신에게 불의에 대한 예민한 감각이 있다고 말하곤 했다. 자기가 초등학교 시절에 겪은 학대의 사례를 두세 가지 들려주면서 그런 학대 때문에 얼마나 많이 분노했는지 이야기해 주었다. 나와 내 여동생이 철없는 짓을 하다가 그에게 들키면, 그는 우리 둘을 엄하게 벌하면서, 벌은 단체로 받는 것이라는 점을 강조하였다. 우리는 그가 벌을 내린 대로, 외바퀴 손수레에 자갈을 실어 정원 이쪽에서 반대쪽 끝으로 나르기도 하고, 구덩이를 파기도 하고, 땔나무를 주워 오기도 했다.

그는 우리가 도덕적으로 처신하도록 엄격하게 요구했다. 우리는 그 요구를 얼렁뚱땅 넘길 수 없었다. 어린 시절에 여러 일을 계기로, 그가 남을 돕기 위해 영웅적으로 대응하는 것을 본 적이 있었다. 산속에서 일이 벌어지거나 거리에서 사고가 났을 때도, 화재가 났을 때도 그런 모습을 보여 주었다. 몇 년 동안 구급차를 운전하기도 했고, 위험한 공사 현장의 팀장을 맡아 다른 사람들의 안전을 책임지기도 했다.

그럴 때면 그는 딴사람의 면모를 보여 주었다. 근육을 긴장시키고 신경을 곤두세우는 등, 그의 안에 있는 모든 것이 목표 달성에 동원되었다. 마치 그의 내면에서 빛이 번득거리는 것 같았다. 사람들은 그의 지시를 따르고 싶어 했고, 그의 판단과 그의 직관을 신뢰했다. 그는 우리를 안전한 곳으로 이끌어 주는 가이드, 공동의 선을 위해 자신을 희생할 준비가 되어 있는 사람, 한순간도 의심하지 않고 위험에도 불에도 눈보라에도 맞서는 사람이었다. 그야말로 용감함의 화신이었다.

나는 오랫동안 그를 조물주 같은 존재, 실물보다 더 큰 존재로 여겼다. 내 눈에는 그가 신화 속 인물처럼 보였다. 시시포스 같기도 했고, 악당에게서 형벌을 받은 프로메테우스 같기도 했다. 나중에 철이 들어서는, 그가 아마도 그저 사람을 조종하는 소질을 지닌 보잘것없는 사내, 자기보다 훨씬 약한 존재들이 지닌 상처받기 쉽다는 특성을 이용하는 사내일 거라는 생각이 들었다. 가족 또는 가정이라는 닫힌 세계에서 그는 전능한 존재였다. 어쩌면 거인과 좀생이라는 이중의 인격을 동시에 지니고 있었을지도 모른다. 그런 이중인격의 피해자가 된다면, 좀생이의 피해자가 되는 게 나을까, 거인의 피해자가 되는 게 나을까?

우리는 함께 일을 많이 했다. 특히 집수리에 공을 많이 들였다. 그와 내 어머니, 내 여동생과 내가 한 가족이 되어 집을 전체적으로 수리하였다. 우리 자매는 어렸던 터라, 어른들이 우리 체구에 맞게 시키는 일을 해냈다. 자재를 이쪽에서 저쪽으로 옮기거나, 벽면을 연마하거나, 연장을 어른들에게 가져다주는 게 그런 일들이었다. 어른들처럼 우리 자매도 회반죽으로 얼룩진 낡은 겉옷 차림으로, 주말마다 작업장 한복판에 있었다. 그들과 똑같이 육체노동의 고단함과 만족감을 느꼈다. 일하다가 배가 고파지면, 잠깐 쉬면서 진짜 샌드위치라 할 만한 샌드위치를 먹고 기분 좋게 허기를 달랬다. 정확한 손놀림이 필요한 작업에 묵묵히 임하면서 집중력을 보여주기도 했다. 그 모든 일은 라디오를 듣거나 조니 할리데이의 카세트를 들으면서 이루어졌다. 오늘날에도 그 노래들이 귀에 들려온다. 여전히 엄청난 인기를 누리는 노래들이라서, 그런 일이 자주 일어난다. 그럴 때면 나로서는 아물어 가던 상처가 칼날에 닿아 다시 벌어지는 기분을 느끼지 않기가 어렵다. 마치 가사들에 이중의 의미, 감춰진 의미, 언제나 똑같은 의미, 나 혼자서만 이해하는 의미가 담겨 있는 것만 같다.

고통을 겪고 있기에 격정적으로 소리치고, 하고 싶은 말이 있어도 말로 표현하지 못하는 남자들에 관한 샹송, 열정적인 사랑을 담은 샹송, 여자들에게 거짓된 수치심을 버리고 마음 가는 대로 하라고, 늑대의 부름에 귀 기울이라고 설득하는 샹송, 〈내 입으로 키스할 때 짠맛을, 내 손으로 널 만질

때 꿀맛을〉 약속하는 상송, 그리고 다음과 같이 〈내가 얼마
나 널 사랑하는지〉를 반복하는 상송.

> 네 입이 달콤해질 때
> 네 몸이 탱탱해질 때
> 네 눈 속 하늘이
> 문득 맑은 빛을 잃을 때
> 네 두 손이 뭔가를 바랄 때
> 네 손가락들이 더듬거릴 때
> 네 수줍음이 〈아니〉 하고
> 아주 작은 목소리로 말할 때
> 내가 얼마나 널 사랑하는지
> 내가 얼마나 널 사랑하는지
> 내가 얼마나 널 사랑하는지[2]

그는 나를 사랑한다고 말하곤 했다. 그 사랑을 표현할 수 있
기 때문에 나한테 그런 짓을 벌이는 것이라 말했고, 그의 가
장 소중한 소원은 내가 그 대가로 자기를 사랑해 주는 거라
고 했다. 그렇게 나한테 접근하여 나에게 손을 대고 나를 쓰
다듬기 시작한 건 나와 더 긴밀하게 접촉할 필요가 있었기
때문이라고, 또 내가 다정한 모습을 보여 주기를 거부하기
때문이라고, 내가 그를 사랑한다고 말해 주지 않기 때문이라

고 말하기도 했다. 그러다가, 그는 자기에 대한 나의 무관심을 구실로 삼아 나를 성행위로 벌하였다. 그가 나에게 약속하기를, 내가 그 일에 대해 아무에게도 말하지 않는다면 다른 아이들에게는 아무 일도 벌이지 않겠다고 했다. 나중에는 이런 말도 했다. 만약 내가 그를 사랑한다고 말하기를 받아들이고, 마치 그를 사랑하는 것처럼 행동하기를 받아들인다면, 태도를 바꾸겠다고. 나는 받아들일 수 없었다. 그건 너무 늦은 일이었다. 그건 불가능한 일이 되어 버렸다. 그에게 그런 말을 하느니 차라리 죽어 버리고 싶었다. 그는 그 짓을 그만두는 대가로 조건을 달았다. 내가 그에게 상냥하게 굴라는 것, 적어도 다른 사람들 앞에서는 상냥한 척해 달라는 것이었다. 나는 그러겠다고 말했다. 그럼으로써 그 일이 끝났다.

<h3 style="text-align:center">〈혀끝이 세 발짝을 떼고〉</h3>

나는 나보코프의 『롤리타』를 다시 읽어 본다. 내가 이 소설을 처음으로 읽은 것은 미국 문학에 관한 어느 강의를 듣기 위해서였다. 그건 위반에 관한 작가들을 다루는 강의였다. 나보코프를 비롯하여 헨리 밀러, 윌리엄 버로스, 찰스 부코스키가 해당하는 작가들이었다. 나는 스무 살이었고, 극단의 경험, 자기 파괴, 광기에 깊은 관심을 두고 있었지만, 그

독서는 나에게 당혹감을 주었다. 그 소설을 읽다 보니, 내가 개인적으로 겪은 그 흉한 일과 공통되는 점들이 예상 밖으로 많았다.

그 책을 도발적인 문학 작품으로 만드는 것은 그 책이 묘사하는 상황 때문이기도 하지만, 그에 앞서 이야기가 어떤 관점에서 서술되는가 하는 문제와 관련이 깊다. 화자가 범죄자, 소아 성애자라는 점, 화자의 목소리를 매개로 독자가 어쩔 수 없이 화자의 머릿속에 들어가서 화자의 추론과 변명과 환상에 담긴 비밀을 알아차리게 된다는 점, 바로 이것이 그 소설 읽기를 매혹적이고도 당혹스러운 일로 만든다. 독자는 동조에서 거부로 옮아갔다가, 반감에서 연민으로 넘어가기도 하고, 화자의 독특한 유머 감각에 미소를 짓다가 절대적인 혐오감을 느끼기도 한다. 독자는 화자를 이해하기도 하고 이해하지 못하기도 하며, 화자의 광기와 끝까지 동행한다. 독자는 화자의 승리를 두려워하고, 화자의 쇠락을 기뻐한다. 작가가 이런 관점을 선택하였기에, 소설 읽기에 동의하면 어쩔 수 없이 고도화된 미묘함에 빠져든다. 작가는 스스로 범죄자의 입장에 서지만 그 등장인물에게 감정 이입을 하지는 않은 채로 일종의 놀이를 만들어 내고, 독자는 그 놀이에 참여한다. 그리고 혹시라도 독자가 그 놀이에 휩쓸려 갈라치면, 독자를 일깨우는 글이 나타난다. 요소요소에 글이 배치되어 독자의 감정 이입이 독자를 괴물의 공범으로 만든다는 점을 상기시키는 것이다.

그런 관점을 선택하는 것은 문학에서 드문 일이다. 피해자의 관점에서 쓰인 소설들은 넘쳐나지만, 가해자의 머릿속에 들어가서 이야기를 서술한 소설들은 별로 많지 않다. 사실주의 경향의 소설에서는 더더욱 그러하다. 그런데 간과할 수 없는 분명한 사실이 하나 있다. 아동 강간에 관한 이야기에서 그런 관점 선택은 더욱 드물게 나타난다는 것이다. 사실 다른 모든 범죄에 관한 이야기들을 놓고 보면, 사람들은 자주 범죄자의 편에 선다. 사람들은 스스로 도둑이나 배신자가 되는 것을 어렵지 않게 상상한다. 심지어는 살인자가 되는 것을 상상하기까지 한다. 우리의 문화에서, 터부로 되어 있는 것은 강간 그 자체가 아니다. 그 행위는 곳곳에서 실제로 벌어지지 않는가. 터부로 되어 있는 것은 강간에 대해서 말하는 것, 강간에 대해서 고찰하는 것, 강간을 분석하는 것이다.

내 의붓아버지는 강간이라는 말을 입 밖으로 내본 적이 없다. 강간의 책임을 물어 그에게 유죄 평결을 내린 배심원단 앞에서도 그 말을 하지 않았다. 그의 주장에 따르면, 그가 한 짓은 강간과는 다른 것이다.

『롤리타』의 처음 몇 장은 우리를 험버트 험버트라는 화자의 인식 작용 속으로, 소녀를 매혹적인 〈님펫〉, 즉 어린 요정으로 여기는 그의 사고방식 속으로 이끌어 간다. 그의 주장에 따르면, 그 소녀는 공모 관계를 맺고 그의 파트너가 된 것 같은 모습을 정말로 보여 준다. 소녀의 어머니가 두 사람의 들뜬 기분을 가로막고 있어서 둘이 그 어머니에게 맞서는 양상이다. 소녀 롤리타는 자기 나이에 어울리지 않는 것, 이를테면 잡지에 나온 여배우들이나 할리우드의 연애담에 흥미를 보인다. 자기 어머니를 유혹한 그 아저씨의 관심을 끌려고 한다. 그러다가 그의 관심이 쏠리자 매우 기뻐한다. 소녀는 그의 서재로 놀러 가서, 소파에 앉은 그의 옆자리에 앉더니, 맨다리를 태연스럽게 그의 두 무릎에 올려놓는다. (같은 집에 그와 함께 있는 것, 욕실에서 그 작은 몸에 그런 옷들을 걸치고 그와 마주치면 미소를 짓거나 웃음기가 가신 표정을 짓는 것, 그것은 도발이다.) 소녀는 그에게서 무언가를 얻고 싶어 한다. 그리고 그는 소녀가 무엇을 원하는지 안다고 믿는다. 자기가 원하는 것과 똑같은 것을 그녀도 원하리라 생각하기 때문이다. (그러고 보면 내 의붓아버지가 하던 이야기 속에는 나의 동의를 끌어내기 위한 연출도 있었다. 네주야, 너 이거 좋아하지, 안 그래? 너 좋아하는구나, 그래, 정말 좋아해. 넌 이걸 엄청 좋아하는구나 하는 식으로.) 험버트 험버트는 그런 식으로 같은 말을 되뇌면서, 자기 생각이 맞음을 확신하려 애쓰지만, 언제나 약간의 의심을 드러낸다. 그럴 만큼 자기가 원하는 것을 소녀도 똑같이 바라는 게 아님을 사실상 아는 것이다. 아닌 게 아니라, 그가 자신의 목적을 달성하기에 이르고, 품고 있던 환상을 행동으로 옮기고 나자, 책의 어조가 달라지고, 그 어린 유령에 관한 유명한 문장이 나타나면서 희극이 비극으로 탈바꿈한다.

범죄자들 대다수는 자기네가 겪은 일을 용서받을 만한 것으로 만드는 이야기들을 지어낸다. 변태 성욕자들 대다수는 스스로 느끼는 것과 스스로 행하는 것이 사랑에 기원을 두고 있다고 스스로 이야기한다. (**여러분은 나를 조롱할 수도 있고 법정에서 쫓아내겠다고 협박할 수도 있지만, 내 입에 재갈을 물려서 반쯤 목이 졸린 상태가 되지 않는 한, 나는 내 가련한 진실을 계속 외칠 것이다. 단언컨대 세상 사람들은 내가 내 롤리타를 얼마나 많이 사랑했는지 알아야 한다.**[3]) 그런가 하면 프랑스어로 나는 널 사랑했다고 말하는 대목도 있다. **나는 널 사랑했어. 나는 다섯 다리 괴물이었지만, 널 사랑했어. 나는 야비하고 짐승 같고 파렴치하고, 그런 부류의 것들을 다 가진 놈이었지만, 그래도 널 사랑했어. 널 사랑했다고!**[4] 『롤리타』의 처음 몇 장은 그렇게 마음에 쌓아 올린 비계(飛階)를 파격적인 방식으로 내보인다. 그 교묘한 구성은 강한 설득력이 있어서, 그 포식자가 지어낸 세계를 거의 있음 직한 것으로 여기게 만든다. 그와 동시에 일련의 기호들이 마련되어 있어서, 그것들을 죽 따라 읽다 보면 이게 그럴싸하게 꾸민 이야기임을 인지할 수 있다.

험버트는 자기 자신을 다른 무엇이기에 앞서 한 사람의 희생자라고 인지한다. 불운의 희생자, 다른 사람들의 피해자, 자기 자신의 피해자로 여기는 것이다. 그는 스스로 통제하지 못하는 힘의 장난감이다. 님펫에 대한 그의 집착은 그의 무의식에서 온다. 어린 시절에 겪은 어느 은총의 순간이 그에게 통제할 수 없는 방식으로 되살아나는 것이다. 그는 위선적인 사회의 희생자다. 이 사회는 아이와 어른 사이의 사랑을 허용하지 않는 척하면서도 위대한 인물들에 대해서는 모든 것을 허용한다(단테는 아홉 살짜리 베아트리체를 만나 사랑에 빠졌고, 페트라르카는 열두 살 먹은 라우라를 만나 자기의 뮤즈로 삼았다 하는 식으로[5]).

만약 우리가 다른 장소, 다른 시기에 있었다면, 사람들은 우리가 아무런 문제 없이 우리 일을 겪을 수 있도록 내버려두었을 것이다. 우리 일은 있을 수 있는 일로 여겨졌을 것이고, 있을 수 있는 일에 맞서서 싸울 필요는 없다. 그러나 여기 이 세상에서는 그게 이해되지 않는다. 따라서 아무도 그것을 모르도록 해야 한다.

험버트가 스스로 꾸며 낸 다른 이야기는 유혹을 받았다는 식의 이야기다. **여러분에게 아주 기이한 일을 말씀드리고자 합니다. 그건 바로 그녀가 나를 유혹했다는 사실입니다.**[6] 말을 그렇게 하기는 하지만, 롤리타의 자유분방한 공모에 관한 세부 묘사는 모두 그의 과장된 수식을 거쳐서 나온 것임이 아주 분명하다. 이 책이 쓰인 방식은 성도착적인 의식의 이중적인 태도, 즉 화자의 환상을 정당화하기 위해 현실의 요소들을 이에 맞추는 그 끊임없는 이중 플레이를 독자들이 목격하게 하는 것이다. 그럼에도 불구하고 많은 독자가 이 부조리를 곧이곧대로 받아들인다. 그들 역시 음란한 롤리타를 상상한다. 의붓아버지의 흥미를 돋우는 롤리타, 의붓아버지의 욕정을 자극하는 장난을 치면서 일부러 접촉할 기회를 얻으려는 롤리타를 상상하는 것이다.

너 이거 좋아하지? 그래, 그래 넌 좋아해.

책 제목은 〈롤리타〉지만, 롤리타라는 인물 자체는 사실상 언제나 부재한다. 독자는 그녀를 노리는 포식자의 시선을 필터로 삼아서 그녀를 본다. 그래서 롤리타는 그녀 자신으로 존재하는 적이 거의 없다. 그녀는 포식자가 품고 있는 환상에 딱 들어맞는 인물이며, 하나의 육신으로 형상화한 그의 님펫이다. 험버트는 파멸의 운명을 맞고 끝판에 이르러서야 그 사실을 인정한다. 그는 오르막 비탈땅에 멈춰 선 승용차 안에서 경찰이 잡으러 오기를 기다리면서, 자기가 마지막으로 경험했던 환각을 다시 떠올린다. 그가 도망 중인 롤리타를 찾아 나라 곳곳을 돌아다니던 때의 일이었다. 산길을 헤매고 있던 어느 날 오후, 그가 멈춰 선 언덕에서 아래쪽 읍내를 내려다보고 있었는데, 합창 같은 소리가 그에게로 올라왔다. **나는 높은 언덕배기에 선 채로 그 음악적 진동에 귀를 기울였다. 은근한 속삭임 같은 소리를 배경으로 따로따로 섬광처럼 번쩍이는 그 외침을 듣다가 문득 깨달았다. 이 모든 일**

에서 무엇보다 통절한 것은 롤리타가 내 곁에 없다는 사실이 아니라 그 화음 속에 그녀의 목소리가 없다는 사실이었다.[7]

화자의 이 해설을 해석하는 방식은 읽는 사람마다 달라질 수 있다. 어떤 독자는 책의 첫머리에 인용한 대목, 즉 왜 화자가 작은 유령과 함께 있다고 말하는지 이해하게 될 것이다. 롤리타도 한 아이로 다른 아이들 속에 있을 수 있었는데, 그 가능성을 그대로 남겨 놓지 않은 죄책감을 이 해설에서 알아차리는 것이다. 내 귀에는 화자의 이런 고백도 들려온다. 즉 화자는 책 전체에 걸쳐서 **그녀의 목소리가 없다는 사실**을 털어놓는다. 사실 그녀가 발언하는 몇몇 대목에서는 그녀가 느끼고 인지하는 바가 그녀의 의붓아버지가 우리에게 말하는 바와 전혀 다르다는 것을 알게 된다. **멍청이, 하고 그녀가 매혹적인 미소를 흘려 보이며 말했다. 역겨운 자식. 난 데이지처럼 순수하고 생기발랄한 소녀였어. 당신이 나한테 무슨 짓을 했는지 보라고. 경찰에 연락해서 당신이 나를 강간했다고 말할까 봐. 아, 변태, 늙은 변태.**[8] 그녀의 말이 직접 인용된 대화들의 상당 부분에서, 그녀가 표명하는 의사는 그 남자가 피우는 고집에 대한 항의이다. 「**아, 그만, 또 그러는 거 싫어요.**」「**제에에발, 날 좀 그냥 내버려둬요, 부탁이에요.**」「**제발 덕분에 날 좀 가만 내버려둬요.**」

그래, 나 네주도 마찬가지다. 난 좋아한 적이 없다. 단 한 번도.

험버트에게 그런 점을 알아차리는 일이 벌어진다. 그가 자기중심적으로 단조롭고 슬픈 하소연을 늘어놓던 중에, 마치 광석을 제련한 후에 찌꺼기가 수면에 떠오르듯, 그 어린 소녀의 목소리가 들려와 그가 스스로 모른 체하고 싶어 하던 내면세계를 드러낸다.

어떤 순간들, 낙원 속 빙산이라 부를 만한 순간들이 기억난다. 말하자면, 그녀를 탐식한 뒤에 ― 사지가 녹작지근해지고 몸에 푸른 줄무늬가 생기도록 엄청나게 미친 듯이 힘을 쏟은 뒤에 ― 그녀를 품에 안고 비로소 사람의 정이 담긴 무언의 신음을 토하던 때(그녀의 살갗은 블라인드의 좁고 긴 틈새를 타고 포석이 깔린 안뜰에서 새어드는 네온 불빛에 반짝반짝 빛나고, 그녀의 검댕 같은 속눈썹은 서로 들러붙어 있는 데다, 진지한 잿빛 눈은 평소보다 공허한 느낌을 주었고, 그래서 누가 보기에도 그녀가 마치 큰 수술을 받고 아직 마취에서 깨어나지 않은 어린 환자로 보였을 때), 애정이 각별해지면서 수치심과 절망이 밀려들었고, 대리석 같은 두 팔을 벌려 나의 여리고 외로운 롤리타를 안고 달래기도 하고 흔들기도 하다가, 그녀의 따뜻한 머리카락에 대고 신음 소리를 내고, 이리저리 그녀를 애무하면서 말없이 그녀의 좋은 말을 기대하고 있었다. 그때 갑자기 인간적이고 사심

없는 그 고뇌에 찬 애정의 정점에서(내 영혼이 말 그대로 그녀의 알몸에 매달린 채로 참회하려던 찰나에), 아이러니하게도 성욕이 다시 불끈 솟았고 ─ 〈아, 싫어〉 하고 롤리타가 말하며 허공에 대고 한숨을 쉬자, 바로 그다음 순간 애정도 푸른빛도 ─ 그 모든 것이 산산이 부서졌다.[9]

〈싫어〉는 맥없이 나온 소리일지라도 그 힘찬 울림에 귀를 기울여야 한다. 험버트는 못 들은 척하고 싶겠지만 그도 그 소리를 들을 수 있다. 우리 역시 그 소리에 귀를 기울일 수 있어야 한다.

나보코프의 이 소설이 겨냥하는 독자는 사고력을 갖춘 존재, 분별력을 보여 줄 수 있는 존재, 연민의 함정에 빠지지 않고 비루한 화자에 맞서 등을 돌릴 줄 아는 존재일 것으로 보인다. 이건 문학 비평에서 고난도 곡예라 부를 만한 기법이다. 작가는 범죄를 규탄하지 않지만, 자기 범죄가 정당하다고 주장하는 화자의 이야기를 통해 범죄의 잔혹성을 보여 주는 데에 성공한다. 이건 정말이지 기법상의 놀라운 성취이다.

독자들은, 특히 책 읽기를 직업으로 삼는 큰 독자들은 모리스 쿠튀리에[10]나 메리 게이츠킬[11] 같은 나보코프 작품 전문가들과 마찬가지로 쉽게 속아 넘어가지 않는다. 그들은 『롤리타』가 그 나름대로 하나의 사랑 이야기라고, 금기를 바탕으로 구성되어 있기에 더 조심스럽게 다뤄야 하는 사랑 이야기라고 생각한다. 교활한 사랑이고 유죄 판결을 받아 마땅한 사랑이지만, 어쨌거나 사랑이긴 하다는 것이다. 그런데 오늘날에도 그것을 사랑이라 부를 수 있을까? 그건 조금 이상해 보인다. 사랑 이야기란 적어도 둘이서 하는 것으로 여겨진다. 그런데『롤리타』에서 험버트가 느끼는 바를 느끼는 사람은 험버트 혼자뿐이다. 사랑하지만 그 대가로 사랑을 받지는 못하는 것, 남에 대해 성욕을 느끼지만 그 대가로 남의 성욕을 일으키지는 못하는 것, 아낌없이 애무를 퍼붓지만 상대의 동의를 얻지 못하는 것, 어떻게 그런 것이 사랑 이야기로 이어질 수 있을까? 화자는 내내 혼자서 자기 욕구를, 자기 강박 관념을, 자기 충동을 드러낸다. 그와 함께한 건 사람이 아니라 그의 환상이고 나중에는 롤리타의 유령이다. 그녀와 함께 있을 때도, 그가 확인할 수 있는 것은 그녀가 자기를 따르지 않는다는 사실뿐이다. 그녀는 동의를 보인 적이 없다. **내 애무의 손길에 단 한 번도 몸을 떨지 않았다.**[12] 사정이 그러하니 그는 그녀가 결국 도망칠 길을 찾아내고 말 것임을 잘 알고 있다. 그는 할 수 있는 만큼 그녀를 감시한다. 그녀가 떠나고자 한다는 사실을 알고 있다. 그래서 그녀가 떠날 때는 달리 방법이 없다. 그저 다른 변태 성욕자가 제공하는 출구를 이용할 수밖에 없는 것이다.

그런데 1950년대부터 이 소설의 표지들에는 선정적이

고도 도발적인 사춘기 소녀의 이미지가 끈질기게 실렸는데, 그 소녀의 나이가 소설 속 롤리타보다 많다. 롤리타가 유괴범에 이끌려 긴 타락의 여행을 다니는 때의 나이는 열두 살이다. 왜 소설 표지의 소녀는 언제나 그보다 나이가 많은 걸까? 나보코프가 여러 가지로 해석될 수 있는 책을 썼기 때문일까? 작가의 의도 때문에 어린 소녀가 쾌히 그런 관계에 동참하는 것으로 생각되는 것일까? 나는 그렇게 생각하지 않는다. 그녀는 아무런 이유 없이 그런 사태에 얽혀든 것이다. 사춘기 직전의 소녀라는 그녀의 인격에는 분명 관능성 같은 것이 있다. 그녀는 삶이 어떤 것인지 알게 되고, 어머니의 금지에 맞서고 싶어 한다. 그러나 그녀의 마음속 무언가가 행위로 표출되고 그 뒤로 종적을 감출 때까지 모든 것은 오로지 조종에 의한 것이고 강제된 관계일 뿐이다.

생각하기에 따라서는 독자들이 그 소설을 받아들임으로써 저자의 허를 찔렀다고 볼 수도 있다. 저자가 예상하지 못했던 일, 즉 대중의 상상 세계에 매혹적인 님펫이 만들어지는 일이 벌어졌다고 볼 수도 있는 것이다. 하지만 그 소설의 첫 출간을 어떤 출판사에 맡겼는지 생각해 봐야 한다. 나보코프는 에로틱한 책들을 전문적으로 내는 출판사에 맡기지 않았던가. 만약 내가 걸작을 썼는데 이 출판사도 저 출판사도 그것의 출간을 거부한다면, 나도 같은 일을 벌였을지 모를 일이다. 나중에 출판사를 바꿀 때가 오리라 생각하면서

말이다. 블라디미르 나보코프는 『롤리타』를 출간한 지 20년
이 지난 1975년에, 「아포스트로프Apostrophes」[13]라는 문학
토크쇼에 출연하여 분명하게 밝힌다. 롤리타는 타락한 젊은
여자가 아니라, 〈같이 놀자는 유혹에 빠진 불쌍한 아이〉라
고. 그렇다면 이런 추정이 가능하다. 그는 아이들에게 성적
매력을 부여하는 현상이 얼마나 널리 퍼져 있는지를 고려하
지 않았다. 달리 말하면, 가정이나 학교나 교회라는 범위 안
에서 아이들을 상대로 한 성적 착취가 일상적인 관행이 되어
있음에도, 사람들은 마치 그것이 아주 드문 사건이거나 괴기
한 일이거나 정도에서 벗어난 행위인 것처럼 말하기만 하는
현상이 벌어지고 있는데, 그는 그 현상의 규모를 감안하지
않았다. 아니면 그와 반대로 이렇게 추정할 수도 있다. 그는
그런 현상이 얼마나 널리 퍼져 있는지 의식하고 있었고, 그
파렴치한 중의성을 바탕으로 자신의 영광을 건설한 것이
라고.

어떤 식으로 추정하든 내가 그 책을 좋아하는 데에 방해가
되지는 않는다. 그 소설은 심하게 나를 혼란 속으로 몰아넣
지만 그럼에도 마음에 드는 점이 있다. 고의로 악행을 저지
르는 누군가의 머릿속으로 들어가게 한다는 점이 바로 그것
이다. 소설 속의 그 사람은 자기가 다른 존재를 파괴하고 있
음을 알면서도 계속 그 짓을 벌인다. 그는 지옥 같은 악순환

에 빠져 있다. 자기 자신의 충동, 자기가 느끼고 행할 수 있게 된 어떤 것에 매혹되기도 하고 모욕당하기도 하는 사람이다. 그에게 그 감각과 사고의 소용돌이는 현대 세계의 권태를 희석하는 해독제다. 굴욕, 추락, 감옥 따위는 그에게 하나의 모험이 된다. 그는 한 계획의 정점을 구상했고 그것을 성공적으로 수행했다. 물론 예상치 못한 우여곡절도 있었지만, 대개는 자신의 열의에 따라 행한 것이었다. 그는 자기 삶의 조물주가 되었고, 우리는 우리 자신도 모르게 도취하는 처지가 된다. 나중에 후회하게 될지라도 일단은 그의 이야기에 우리 역시 도취되는 것이다. 당연히 후회는 피할 수 없다. 그 후회는 나보코프가 심미적 엑스터시라고 부른 것을 즐기기 위해 치러야 할 대가다.

희미한 불빛 속, 어느 방

내 의붓아버지 역시 성도착증 환자지만, 험버트 험버트처럼 자아도취적이고 학식이 높은 성도착증 환자는 아니다. 그는 〈사디즘 성향을 지닌 자아도취적 성도착증 환자〉이다. 소송과 관련하여 그에 대한 정신 의학적 평가를 맡았던 전문가가 사용한 말들을 내가 정확히 기억하고 있다면 그러하다. 내 의붓아버지가 스스로 털어놓은 이야기는 유혹에 관한 이야기가 아니라, 자기 나름대로 만든 하나의 이론이다. 조금 이상하긴 해도 그가 자주 진술하면서 스스로 굳게 믿고 있는 이론이다. 그는 내 어린 시절 내내 그 주장을 되풀이했고, 여러 심문이나 신문에서도 그렇게 말했을 것이다. 마치 그런 마음의 흐름이 피할 수 없는 논리를 따르고 있다는 듯이, 마치 자기가 한 짓을 어쩔 수 없이 하도록 이끈 그 무언가를 누구나 이해할 수 있어야 한다는 듯이.

우리가 처음 만나던 때, 그러니까 내가 여섯 살이고 그가 스물네 살이던 때의 일이다. 그는 세상에 둘도 없이 선한 마음을 품고 내게 다가온다. 그는 내 아버지를 대신하고 싶어 하고, 나를 자신의 딸처럼 사랑하고 싶어 하며, 나에게 안정된 가족을 가질 기회, 교육이라는 이름에 걸맞은 교육, 소박하지만 참다운 교육을 받을 기회, 한 가정의 단란함을 누릴 기회를 주고 싶어 한다. 나는 처음부터 그에게 맞선다. 그를 아빠라 부르고 싶지 않다. 나에겐 이미 아빠가 있다. 나에겐 그의 사랑도 그의 교육도 그의 애무도 필요하지 않다. 그가 나를 만지는 것도 바라지 않는다. 나는 그가 나에게 가까이 오도록 허용하지 않는다. 그 사람으로서는, 가장 바라는 게 나를 사랑하는 것이다. 그는 접촉하려고 애쓴다. 나는 그의 접촉을 거부한다. 그러자, 그는 밤중에 와서 나를 어루만진다. 내 방어 태세가 풀려 있는 때를 이용하는 것이다. 그는 어떻게 해야 하는지 알아차린다. 남들이 모르게, 어둠 속에서, 나에게 아주 나직한 소리로 말을 걸면서 내 몸에 손을 대고 나를 잠에서 깨워도, 내가 저항할 엄두를 못 낸다는 사실을 깨달은 것이다. 어쩌면 나도 깨달았는지 모른다. 그가 요구하는 애정 관계를 갖는 것이 우리가 선택할 수 있는 유일한 방법임을. 그렇게 밤중에 내가 아무 말도 하지 않으면, 낮 동안에는 언제나 눈살을 찌푸려도 되고, 그가 무엇을 강요하든 맞설 수가 있다. 달리 방법이 없는 것이다.

일이 벌어지고 나면, 일단 그런 일이 시작되고 나면, 일단 사람이 그런 일을 행동으로 옮기고 나면, 그땐 너무 늦은 것이고, 일은 이미 벌어진 것이다. 어떻게든 중단시켜야 한다고, 그래야 한다고 절실하게 깨닫는다. 중단시키겠다고 혼자 다짐한다. 그러다 며칠이 지나고 나면 다시 그 일이 닥친다. 막을 방도도 전혀 없고, 도와줄 사람도 하나 없다. 벌어진 일을 누군가에게 말하고 싶지만, 그럴 수 없다. 너무 나쁘게 보일 염려도 있고, 잘못 해석될 수도 있다. 사회는 너무 닫혀 있고, 너무 편협하다. 그래서 그 일은 계속되고, 가해자는 일을 또 벌이고, 다시 또다시 벌인다. 결국 피해자는 몇 해가 지나서야 드디어 벗어날 방도를 찾아낸다.

그 장소들이 기억난다. 첫 번째 장소는 희미한 불빛 속의 어느 방이다. 내 몸에 그의 손이 닿아 잠에서 깨어난다. 이어서 들려오는 그의 목소리. 눈을 떠 보니 그가 벌써 말하고 있다.

나지막한 목소리로 말하고 또 말한다. 옆에서 자는 동생을 깨우면 안 된다. 우리가 그 아파트에 살던 시절, 나는 일곱 살이었고 무슨 일이 일어나는지 이해하지 못했지만, 바로 그 첫 순간부터 뭔가 심각하고 무시무시한 일이 벌어지고 있음을 느꼈다. 그는 마치 조마사가 온순한 말에게 말하듯이, 온순하지만 도망치지 않도록 붙들어 두어야 하는 야생마에게 말하듯이 속삭이고 있었다. 그는 마치 그 모든 일의 어떤 것도 나를 겁먹게 하지 않을 거라고, 그리고 혹시 내가 겁을 먹고 있다면 아무 걱정하지 말라고, 내가 그 불안을 이겨 낼 수 있도록 자기가 바로 옆에서 나를 도와주겠다고 말했다. 하지만 그 역시 두려워하고 있었다. 그 두려움은 마치 짙은 어둠처럼 우리를 휘감고 있었다.

버지니아 울프, 두 이부(異父) 오빠에게 성적으로 학대를 당한 바 있던 이 작가는 처음으로 어루만짐을 당하던 그때의 이상한 기분을 자전적인 글에서 이야기한다. 옛 추억이 자신의 인격 형성과 어떻게 관련되는지 되돌아보기 위해 쓴 글이다.

내가 거기에 앉아 있는데, 그가 내 몸을 탐색하기 시작했다. 나는 그의 손이 내 옷 속으로 들어와 움직이던 것을 떠올릴 수 있다. 단호하고 끈질기게, 점점 더 아래로 내려오던 그 손의 움직임을. 그가 그만두기를 내가 얼마나 간절하게 바랐는지, 그 손이 내 은밀한 부위로 다가가드는 순간 내 몸이 얼마나 뻣뻣해지고 얼마나 뒤틀렸는지 나는 기억한다. 하지만 그 움직임은 멎지 않았다. 그의 손은 내 은밀한 부위까지 탐색했다.

버지니아는 성적 학대라는 말을 쓰지 않고, 그냥 불쾌한 경험 가운데 하나를 이야기하듯이, 단순함과 상식에 바탕을 둔 명료한 방식으로, 자기가 느낀 감정을, 훗날 외상성 쇼크라 부르게 될 만한 것에 속하는 그 감정을 짧게 분석해 낸다.

나는 그 일에 분개하고 혐오감 — 너무나 어처구니없고 머릿속이 뒤죽박죽이었는데, 그 감정을 무슨 말로 나타낼 수 있을까? — 을 느꼈던 것으로 기억한다. 그것을 강하게 느꼈던 게 분명하다. 아직도 기억하고 있으니까 말이다. 그 일은 어떤 신체 부위와 관련된 감정 — 그 부위에 손이 닿으면 안 되고, 손대는 것을 허용하면 큰 잘못을 범하는 것이라는 느낌 — 이 분명 본능적인 차원의 어떤 것임을 보여 주는 듯하다.

내가 겪은 그 순간은 시간 밖에 있고, 역사의 흐름에서 벗어나 있다. 부조리로 가득 차 있고 의미가 너무 복잡해서 어떤 서술로 그 순간을 설명하고자 해도 그럴 수가 없다. 생각건

대, 그것은 남이 나의 그 부위에 처음으로 손을 댄 순간이기
도 했고, 남이 나에게 처음으로 거짓말을 하던 순간, 내가 처
음으로 남이 나에게 거짓말하고 있음을 아주 분명히 깨달은
순간이기도 했으며, 내가 처음으로 모든 감각이 깨어 있음에
도 어느 쪽으로 가야 할지 모르는 채로 그 어두운 나라에 갇
혀 있던 순간, 부서지기 쉬운 것 같았던 내 삶이 극한으로 위
협받기까지 한다는 사실이, 그 기이한 상황에서 처음으로 분
명하게 드러난 순간이기도 했다.

그에게 좋은 면도 있잖아

그 말이 기억난다. 내 어머니가 우리 자매의 불평에 대꾸하
면서 하던 말이다. 그가 공사장에 일하러 가던 때면, 그가 며
칠 동안, 때로는 몇 주일 동안 집에 없을 때면, 우리는 무척
행복했다. 우리는 그에 관해서 말했고, 그의 성미가 어떠한
지 꼼꼼히 따져 보기도 했으며, 그가 폭발하는 것을 미리 내
다보고 피할 수 있도록 폭발로 이어지는 그 파열의 순간을
어떻게 짐작할 수 있는지 알아보려고 노력했다. 우리는 그가
돌아오면 만사가 더 잘 돌아가도록 하려고 우리 나름대로 계
획을 짜곤 했다. 우리는 돌아온 그의 눈에 집이 깨끗해 보이
도록 강박감을 가진 채로 청소를 했다. 나는 성적 학대에 관

해서 한마디도 하지 않았다. 하지만 그 밖의 것에 대해서는 맹렬하게 비판을 가했다. 그의 괴벽, 그가 우리 자매에게 자의적으로 내리는 금지 명령, 그가 터뜨리는 울화통, 그의 불만족 등 무엇이든 비판의 대상이 되었다. 어머니는 우리가 그를 변화시키기 위해 할 수 있는 일은 아무것도 없다고 대답했다. 그는 바뀌지 않을 것이므로, 우리가 할 일은 그가 만족하게끔 만드는 것이고, 그러면 그가 우리를 가만히 내버려두리라는 것이었다. 마치 절대적인 위력을 지닌 미노타우로스를 상대하듯, 그에게 먹을 것을 주고 그의 비위를 맞추고 그를 만족시켜야 했다. 그래야 그의 격노가 우리에게 쏟아지지 않기를 희망할 수 있었다.

그의 좋은 면을 봐야 해, 하고 어머니는 말했다.

재판 중에 그에 대해 호의적으로 말하기 위해 왔던 증인들 역시 같은 말을 했다. 그들은 그런 남자가 아이를 강간할 리가 없다고 주장하지는 못했다. 그가 이미 자백을 했으니까. 만약 그가 자백하지 않았다면, 그들은 틀림없이 그런 주장을 했으리라. 그러니까 그는 그런 짓을 했다. 하지만 그것만 빼면, 그는 멋진 남자였다.

달의 감춰진 뒷면은 추상성을 띤 공간이다. 사람들은 우리에게 달의 뒷면이 존재한다고 말하고, 그 뒷면이 왜 우리 눈에 보이지 않는지 합리적인 방식으로 설명하지만, 그것을 믿기에는 여전히 어려움이 있다. 설명에 어떤 논리가 담겨 있기는 한데, 달의 뒷면이 보이지 않는다는 게 도무지 사실처럼 느껴지지 않는 것이다. 달은 지구 둘레를 돌면서, 그와 똑같은 리듬으로 자전을 한다. 그래서 달을 바라보는 우리의 눈에는 언제나 똑같은 면이 보인다. 그런 설명을 들어도 역시 조금 이상해 보인다. 달은 왜 그렇게 하는 걸까?

인류는 오랜 옛날부터 눈에 보이는 달의 앞면에 자기를 투영했다. 멕시코 사람들은 달의 앞면에서 토끼를 본다. 정말이지 토끼 한 마리가 뚜렷하게 보인다.

우리는 달의 뒷면을 절대로 볼 수 없으므로, 그 뒷면이 어둠 속에 감춰져 있으리라 생각한다. 그런데 과학자들은 그런 해석을 간단히 반박한다. 태양 광선은 달의 뒷면에도 똑같은 방식으로 도달하기 때문에, 뒷면 역시 환하다는 것이다. 과학자들이 알려 주는 바에 따르면, 달의 뒷면은 우리가 지구에서 보는 앞면과는 매우 다르다. 눈에 보이는 앞면은 평평하고 반들반들한 바위로 이루어져 있어서 대체로 평탄하다. 반면에 눈에 보이지 않는 뒷면은 분화구, 고지대, 소행성 충돌의 흔적으로 가득 차 있다.

하지만 대다수 사람들에게 그 뒷면은 어두운 공간으로 남아 있다. 어둠은 단지 빛이 닿느냐 닿지 않느냐의 문제가 아니다. 그런 설명은 충분치 않다. 그런 얘기로 모든 게 끝나지는 않는다. 사람들이 그 뒷면을 보지 못하는 한, 그런 과학적인 주장에 대한 믿음에 다다르지는 못할 것이다.

우리는 요즘 말로 하면 귀촌한 사람들이었지만, 정확하게 꼭 그렇다고 볼 수는 없었다. 우리 식구 중 일부는 도시가 아닌 다른 시골에서 왔기 때문이다. 어쨌거나 우리는 마을 사람들이 볼 때 외지에서 이사 온 사람들이었고, 그 고장 사람들이 아니었다. 우리는 조금 떨어진 변두리의 뜸에 살고 있었다. 그건 타지에서 온 사람들에게 종종 있는 일이다. 마을 사람들은 비어 있는 집의 한쪽을 우리에게 빌려주었다. 마을에 빈집들이 있는 이유는 사람들이 마르세유에서 살겠다고 고향을 버렸기 때문이다. 더러는 파리에 간 사람들도 있었다. 그렇게 떠나간 사람들은 바캉스 철이 아니면 다시 돌아오지 않았다.

　나의 어머니, 나의 의붓아버지, 그리고 다른 어른들이 어쩔 수 없이 하나의 작은 공동체를 이루어 살고 있었다. 사실 그들에겐 공통점이 있었다. 그들은 마을 토박이가 아니었고, 땅을 일구며 살지 않았으며, 아무것도 소유하지 않았고, 아직 젊었으며, 산을 타며 살아가고 있었다. 그들의 생활 방식은 동일했다. 그들은 관광업과 스포츠 분야에서 일하고 있었다. 겨울에는 스키장에서, 여름에는 캠핑장에서 일했고, 등산객을 인솔하거나 관광객을 강이며 암벽이며 골짜기로 안내하기도 했으며, 레스토랑에서 서빙을 하거나 호텔에서 침구를 정돈하기도 했다. 나이가 들면 의료 서비스나 건설업 분야로 옮겨 가 재취업을 하게 될 그들이지만, 당시에는 레저 시설을 위한 비숙련 종업원들의 분견대를 이루고 있었다. 그 레저 시설을 이끄는 사람들은 땅을 물려받아 사업을 하는 소수의 지배 집단이었다.

그 젊은 사람들 중 일부는 거기에서 몇 해를 보내고 다른 곳으로 일거리를 찾아 떠났다. 어떤 젊은이들은 마을 변두리에 버려진 폐가 수준의 농가를 사서 정착했다. 우리 집의 경우가 바로 그러했다. 내 어머니와 의붓아버지는 아직 서른 살이 되지 않은 젊은이들이었다. 그들은 학위를 받은 적 없는 계절노동자라서 벌이가 시원찮았다. 시골의 관광업에 종사하는 노동자들로 이루어진 그 작은 무리에서도 최하위층에 속한다. 그래서 그들은 자기네 가족들에게서 돈을 빌리기도 하고, 한 은행에서 고율의 이자를 물며 대출을 받기도 했다. 그들은 가계약에 서명하자마자, 사람이 살 만하지 않은 그 폐가로 이사해서, 임시 야영장을 마련했다. 공사가 빨리 진행될 것이고, 그러면 우리에게 화장실과 욕실과 주방과 그 밖의 것들이 생기리라 상상하면서 그렇게 한 것이었다. 하지만 단지 꿈이 있고 열성이 있다고 해서 폐가가 수리되지는 않는다. 우리는 그 수리 공사판에서 10년 동안 살았다. 그 세월을 보내고 나서야 나는 바칼로레아에 합격하고 집을 떠날 수 있었다. 처음엔 더없이 불안정한 조건에서, 말하자면 우리 물건들이 더미를 이루어 생활 공간의 경계를 짓

고 있던 축축한 지하실에서 살았고, 그다음에는 흰색과 파란
색을 칠해 놓은 커다란 방에서 살았다. 그 방의 순백색 타일
바닥은 우리가 미래에 깨끗한 집에 살게 되리라는 희망을 주
었지만, 우리 자매는 끝내 그런 집에 살 기회를 얻지 못한다.

　우리 식구는 검소하게 살았다. 가난했다고 말할 수도 있
지만, 그 가난은 선택적인 가난, 거의 원해서 영위해 가는 가
난이었다. 사실 그 가난은 삶의 선택과 관련되어 있었고, 살
고 싶어 하는 곳에서 살기 위한 한 가지 방법, 즉 자연과 접촉
하면서 자기 집에 살기 위한 방책일 수 있었다. 말하자면 그
건 품격과 희망을 담은 가난이었다. 마을 주민들은 우리를
위협적인 사람들로 보지 않았다. 우리를 오늘날에 새로 나타
나는 귀촌인처럼 여기지는 않은 것이다. 요즘의 귀촌인들은
친환경 장보기를 할 때가 아니면 재택근무라는 보호막에서
벗어나지 않고, 생활비 수준을 높게 잡고 살아가며, 마을 사
람들을 자기네 새로운 환경의 민속적인 장식으로 생각한다.
그 마을 사람들은 비록 표정에 의심을 담긴 했지만 미소를
지으며 우리를 바라보았고, 히피족이 분별없는 짓거리를 한
다고 평하면서 고개를 가로젓거나 사투리로 조롱 섞인 욕을
하긴 했지만, 아이들을 위해서 달걀과 우유를 주기도 했고,
우리가 감자와 채소를 재배할 수 있도록 땅뙈기를 기꺼이 빌
려주기도 했다.

　마을에는 상점들이 없었다. 상점들을 대신할 만한 것으

로는 기껏해야 작은 여관 겸 식당, 그리고 식료품점 하나가
전부였다. 이 식료품점에서는 제빵업자가 맡겨 놓는 빵을 팔
기도 했다. 길가에 자리 잡은 이 점방 근처에는 〈리프〉라는
이름의 개울이 흐르고 있었다. 점방 안주인은 마을 사람들을
전부 알고 있었고 외상으로 물건을 내주기도 했다. 외상으로
물건을 가져간 사람들은 월급을 받는 월말에 밀린 외상값을
갚았다. 우리 식구는 외상을 너무 자주 요구하지 않으려고
애썼다. 하지만 변함없이, 매달 마지막 두 주 동안에는 어머
니가 여동생과 나를 빵과 파스타와 쌀을 사 오라고 보냈고,
우리 자매는 상냥한 목소리로 외상 장부에 달아 놓을 수 있
느냐고 물어야만 했다. 어머니는 자신이 직접 식료품점에 가
지는 않았다. 아마도 점방 안주인이 아이들에게 외상 주는
것을 거부하지는 않으리라 짐작했을 터였다. 어쩌면 자기가
가서 외상으로 물건을 가져오는 게 창피했기 때문일지도 모
를 일이었다. 어머니는 우리 자매가 너무 어려서 그런 감정
을 느끼지 못하리라 생각했을 것이다. 하지만 나는 생생히
기억한다. 목구멍에 서리던 그 슬픔과 분노의 따가운 기운을
기억한다. 별것 아닌 듯한 호의를 얻기 위해 남 앞에서 자신
을 창피스럽게 만들 만한 말을 해야 하던 그 순간, 그런 말을
하지 않을 수만 있다면 뭐든 하고 싶다고 생각하던 그 순간,
더없이 큰 노력을 기울여야만 외상이라는 말을 꺼낼 수 있었
던 그 순간을 기억한다. 아직도 그런 기분을 느낄 때가 있다.

별로 기분 나빠하지 않아도 되는 상황, 예를 들어 행정 절차를 밟는 중에 내 서류가 발급되기를 기다려야 하는 상황에서도 그런 기분을 느낀다. 내가 기억하기로 식료품점 안주인은 난처하다는 듯 조금 망설이는 기색을 보이면서, 우리에게 외상을 주고 안 주고는 자기 뜻에 달려 있음을 알려 주었다. 그녀가 외상으로 물건을 주겠다고 할 때 우리는 얼마나 안도했던가. 우리는 외상으로 산 물건을 비닐봉지에 담아 들고 도망치듯이 점방을 빠져나와 곧바로 집을 향해 오르막길을 올랐다. 그럴 때면 무력감과 분노가 뒤섞인 씁쓸한 기분이 들곤 했다.

여러 해가 지나서, 아니 에르노의 책들을 읽고 퍼뜩 정신이 깨이는 기분을 느꼈다. 내 안에 있는 무언가를 이해하게 해주는 목소리가 들렸다. 그 무렵 나는 마을에서 멀리 떨어진 곳에 있었고, 30대에 들어서 있었는데, 아니 에르노의 부모가 식료품점을 운영했다는 사실에 깜짝 놀랐다. 듣던 대로 그 작가는 프롤레타리아 계급에서 벗어난 사람들이 어떤 식으로 원래 계급을 배신하는지 정확하게 묘사해 냈다. 내가 무엇을 기대하고 있었는지 모르지만, 아니 에르노의 부모가 가게를 운영한다고 해도 그렇게 하층민들의 찬방 구실을 하는 가게를 운영했으리라고는 생각하지 못했다. 내가 보기엔, 리프 개울이 흐르던 동네와 관련해서 내가 간직하고 있던 어린 시절의 추억 때문에, 다시 말하면 창피와 미묘한 굴욕을 겨었기 때문에, 식료품 장수들은 자기들 뜻에 따라 외상을 줄 수도 있고 안 줄 수도 있다는 점에서, 그야말로 부르주아였다.

사실 나에게는 무언가 취약한 지점이 있었다. 극단적인 고독과 소외 상황이 내가 피해자가 되는 데에 영향을 미쳤다고 볼 수 있다. 나는 그가 체포되면 우리에게 무슨 일이 벌어질지 알고 있었다. 우리는 돈 한 푼 없는, 빈곤 상태에 빠지게 될 것이었다. 네 자녀를 둔 어머니가 가사 도우미 월급으로 살아가야 하는 형편이니 계산은 뻔했다. 망신을 당하리라는 건 말할 것도 없었다. 마을 사람들 모두가 알게 될 것이 분명했다. 그가 내 어머니에 대해 나에게 심어 준 이미지에 따르면, 어머니는 연약하고 적응 능력이 부족한 여자, 경제적으로뿐만 아니라 정서적으로도 완전히 그에게 의존하기 때문에 그 사람 없이는 살아갈 수 없는 여자였다. 어쩌면 어머니에게 그런 점이 없지는 않을 것이었다. 그에게서 들은 얘기가 사실이라면, 어머니는 자기가 사랑하던 남자가 눈사태에 휩쓸려 죽었을 때 자살을 시도했다. 그건 나와 여동생이 더 어렸을 때의 일이었다. 어머니는 다시금 사랑을 잃으면 살아남지 못할 터인데, 그런 불행을 내가 어머니에게 가할 준비가 되어 있는가. 나는 자주 눈물을 지었다. 특히 그와 함께 있을 때 그랬다. 적어도 그는 내가 왜 우는지 알고 있었다. 적어

도 그와 함께 있을 때면 나는 누구한테서 위험한 질문을 받
지나 않을까 걱정하지 않고 내 마음대로 울 수 있었다. 그는
나를 위로했다. 롤리타가 그랬듯이, 나는 함정에 빠져 있었
다. 나 역시 갈 곳이 아무 데도 없었다.

호텔에서 우리는 방을 따로 썼지만, 한밤중에 그녀가 흐
느껴 울면서 내 방으로 찾아왔고, 우리는 아주 다정하게
화해했다. 아시다시피 그녀에게는 달리 갈 곳이 아무 데
도 없었다.[14]

님펫의 초상화

내가 예뻤을까? 뭐라 답할지 나는 알지 못한다. 강간에서 살
아남은 사람들이 다 그러하듯, 나는 내 외모와 관련하여 나
의 위치를 판단하는 데에 어려움을 느낀다. 하지만 오늘의
애기가 아니라, 내가 어렸을 때의 애기이므로, 내 나름대로
객관성을 지키려 노력할 수 있고, 그 소녀를 마치 다른 사람
을 보듯이 바라볼 수는 있을 것이다. 사진 속 금발 소녀가 보
인다. 큼직한 초록색 눈으로 장난꾸러기처럼 미소를 짓는다.
머리털은 언제나 헝클어져 있고, 약간 야생아 같은 느낌을
준다. 내 딸은 지금 열 살이고, 나를 닮았다. 아마도 당시의

나는 내 딸과 거의 비슷했을 것이다. 나이에 비해 체구가 작고 팔다리가 가늘었을 것이고, 몸짓은 작은 새의 움직임과 비슷했으리라. 만약 내가 복장을 갖춰 입었다면, 동화 속의 어떤 인물, 예를 들어 이상한 나라의 앨리스나 빨간 모자를 쓴 소녀, 골디락스, 성냥팔이 소녀로 보일 수도 있었을 것이다. 막상 나열해 놓고 보니, 너무 순박하면서도 너무 영악한 소녀들이다. 끼어들지 말아야 할 일에 얽혀 드는 바람에 그 소녀들에게 무슨 일이 일어나는지는 모두가 아는 바다.

　나는 오랫동안 비쩍 마른 앙상한 소녀로 살았다. 가슴도 없었고, 여성적인 윤곽도 없었고, 관능미 따위는 눈곱만큼도 없었다. 나는 또래들보다 사춘기를 늦게 맞았다. 내가 월경을 처음으로 시작한 것은 열네다섯 살 무렵의 일이었다. 나는 말수가 적고 사교적이지 않았으며, 늘 책을 끼고 살았다. 나는 성적이 아주 우수한 학생이었다. 너무 우수해서, 수업 시간에는 따분했고, 급우들에게 불편함을 주었다. 학교에서 나를 상급 학년으로 건너뛰게 해주었지만, 그것으로는 충분하지 않았다. 나는 계속 거만한 학생이었고, 도도하게 굴었으며, 어른들을 상대로 말대답을 하였다. 학생의 질문에 선생님은 대충 대답하고 넘어갈 때가 있었지만, 나는 그런 답변에 절대로 만족하지 않는 학생에 속했고, 배우고자 하는 열망을 보이며 매번 공격에 가세했고, 그래서 어른들의 화를 조금 더 돋우기도 했다. 나는 남이 입던 헌 옷, 즉 가슴

받이가 달린 멜빵바지나 꽃무늬 셔츠, 대개는 너무나 큰 원피스를 입었고, 옷과 별로 어울리지 않는 가죽 등산화를 신는 바람에 내 가냘픈 몸이 오히려 우스꽝스러워 보였다.

그런 소녀가 어떻게 한 남자의 눈길을 끌 수 있을까? 그가 그런 소녀를 볼 때는 무엇을 보는 것일까? 무릎에 각질이 붙어 있고 젖니도 아직 다 갈지 않은 어린 존재, 오후의 뜨거운 돌멩이들 사이에서 도마뱀을 잡으려고 한 시간을 보내기도 하는 어린애에게 관능적인 것이 뭐가 있을까?

있다면, 순진무구함, 더없이 맑은 순진함이 있다. 그 순진무구함을 파괴할 수 있다는 점, 어쩌면 바로 그것이 한 남자의 마음을 끄는 것일지도 모른다.

한 장면이 기억난다. 정말 이상한 장면이다. 가족의 친구였던 어느 화가와 관련된 장면이다. 내가 열 살이 되기 전, 북부의 항구 도시 불로뉴쉬르메르로 바캉스를 갔을 때의 일이다. 그 화가는 이전에 내 여동생과 나를 그린 적이 있었다. 알프스산맥 속의 우리 집을 방문했을 때 예쁜 그림을 그려 주었다. 그는 다시 내 초상화를 그리고 싶어 했다. 그의 화실 안에 그와 단둘이 있었던 게 기억난다. 나는 파란색의 짧은 면직 원피스 차림이다. 나는 앉아 있다. 그는 나를 일으켜 세운다. 그러고는 화폭 앞으로 돌아간다. 그는 크로키를 몇 장 그린다. 그러더니 화실 문을 닫고 나서 나보고 팬티를 벗으라고 한다.

　　나는 그 장면을 생생하게 기억한다. 그게 정말 일어난 일이었을까? 나는 기억한다. 나는 바위처럼 굳어 버린 채로 속으로 혼잣말을 했다. 말도 안 돼, 이런 일이 또 벌어지는구나. 그 뒤로 무슨 일이 일어났는지는 모른다. 그가 내 몸에 손을 댔던 것 같지는 않다. 그는 그냥 팬티를 입지 않은 나의 초상화를 계속 그렸다.

　　사춘기 때 나는 코르셋을 착용했다. 목뒤에도 보기 흉한 금속제 받침 살이 들어가 있는 코르셋이라서 날염한 면 스카프를 둘러 어설프게 가리고 다녔다. 그 시절에 나는 여드름쟁이였고, 헤어 젤을 써서 머리 모양을 흉하게 만들었으며, 구멍 뚫린 청바지와 구멍 뚫린 티셔츠를 입었고, 플라스틱 귀고리를 달고 다녔다. 그러함에도 내가 남자들의 마음에 들었던 모양이다. 생각건대, 내 안에 있는 어떤 것이 그들에게 도전장을 내밀었던 게 아닌가 싶다. 자유롭게 살았던 어린 시절에 내 몸에 밴 자존심 강한 태도가, 일상적인 권리 남용과 폐습에 대한 반항심이 커지며 더 강화되었을 수도 있다. 그러한 반항이 상대의 욕망을 불러일으키는 걸까? 나는 그 답을 알지 못한다. 기억나는 눈길들이 있다. 내가 베이비시터로 일할 때 만난 어떤 아빠들의 눈길, 몇몇 교사들의 눈길. 내가 다른 어른과, 그들 또래의 누군가와 그 일을 벌인다는 게 내 얼굴에 씌어 있었을까? 그들이 내 얼굴에서 그것을 읽고 그런 일이 가능하다고 느꼈을까? 내가 그들에게 욕정을 불러일으켰을까? 나는 아마도 무언가를 이해하려고 노력했을 것이다. 그들 모두가 보기에 한 가지 분명한 점이 있었다면, 그건 내가 매우 취약한 상태에 있었다는 사실이다. 나에게 무슨 일이 일어난들, 아무도 나를 지켜 주러 오지 않을 것이다. 내가 보기엔 그건 그냥 느낌으로 아는 것이다. 반대의 경우에도 사정은 마찬가지다. 자기가 보호받고 있음을 알 때, 그러니까 사람들이 자기를 저버리지 않으리라는 것을 알 때는, 그렇게 쉽게 희생자가 되지 않는다. 내가 이런 주장을 확신하는 건 아니다. 이건 허술한 가정이다. 확실한 건 포식 행위가 벌어질 것을 짐작하게 하는 분위기가 있다는 사실이다. 나는 자주 그런 상황에 놓여 있었다. 나에게 그런 시선이 쏠릴 때면, 나는 거의 언제나 요령 있게 처신하여 도망쳤다. 나에겐 아무 일도 일어나지 않았다. 나는 그 남자들 가운데 누구와도 자지 않았다. 단 한 사람 예외가 있긴 하다. 어느 커뮤니티 센터의 강사가 바로 그 사람이다. 그는 내가 중학교를 다니던 작은 도시에서 청소년들을 단체로 맡아 관리하던 남자다.

그 일은 학기말 여행 도중에 일어났다. 우리가 몇 개월에 걸쳐 준비한 여행이었다. 나는 열네 살이었고, 그는 서른 다섯 살이었다. 우리 그룹에는 애정과 성적인 에너지가 충만해 있었다. 우리는 열 명이었다. 여행지인 모로코에서 가족

과 함께 바캉스를 와 있던 다른 친구들이 우리 그룹에 합류
했다. 우리는 서로 데이트를 하기도 하고, 속마음을 털어놓
거나 키스를 주고받기도 했다. 모로코 학생들 가운데 내 또
래의 소년 하나가 나를 좋아했다. 소년은 시장 구경을 하며
내 손을 잡곤 했다. 그 강사는 우리를 보살피면서도 우리에
게 얼마간의 자유를 주었다. 우리가 위험에 처하지만 않는다
면 청소년기의 열정을 탐구하도록 내버려두었다. 그는 호감
을 주는 사람이었다. 승합차를 타고 갈 때, 그가 음악을 바꾸
려고 하면, 아이들이 그를 놀려 주었다. 그는 바르바라와 프
랑시스 카브렐 같은 옛날 가수를 좋아했지만, 우리는 레게와
랩을 듣고 싶어 했다. 그는 어떻게 우리와 가까이 지냈을까?
내가 조금은 그를 끌어당겼던 게 분명하다. 아니면 우리 사
이에 자기 자리가 없었음에도 그냥 그가 우리 중의 하나인
것처럼 우리 놀이에 끼어들고 싶어 했을 것이다. 기억하건대
나는 그의 은근한 접근을 상냥하게 뿌리쳤다. 그러다가 얼마
쯤 시간이 흐른 뒤에 이렇게 혼잣말을 했다. 그래, 하고 싶은
대로 하게 내버려두자. 그러면 일이 벌어질 것이고, 그러고
나면 그가 나를 가만히 두겠지. 정말 일이 그렇게 돌아갔을
까? 그 점에 관해서는 확신할 수 없다. 그건 소송을 벌일 만
한 일이 아니었다. 만약 소송이 벌어졌다면, 그는 자기 의견
을 피력할 수 있었을 것이다. 그런데 그에게 위험이 닥쳤고,
그는 가까스로 그 위기를 모면했다. 그는 나를 사랑한다고,

미치도록 사랑한다고, 나를 다시 만나고 싶다고 말하곤 했다. 나는 그 시절의 간결한 말투로 대답했다. 됐다고, 날 놓아 달라고, 여행이 끝났으니 다 끝난 일이라고. 그는 나에게 편지를 쓰고 싶어 했다. 나는 그러지 말라고 단호하게 말했다. 그래도 그는 나에게 편지를 보냈다. 당연한 얘기지만, 나에게 온 우편물은 남들의 손을 거쳐서 내 손에 들어왔고, 내 의붓아버지가 그 사건의 전모를 알게 되었다. 그는 격노했다. 내 어머니가 있는 자리로 나를 불렀다(독자들이여, 그 결과로 생겨난 초현실적인 장면을 상상해 보시라. 우리 세 사람이 모여서 이제 어떡할지 결정하려 한다. 나를 보호하면서 동시에 나를 벌하기 위해, 그리고 무엇보다 나를 유혹한 남자를 벌하기 위해). 그리고 우리는 결정했다(내 의붓아버지가 결정했고 어머니와 나는 동의했다). 만약 강사가 무슨 일이 있어도 나와 접촉하지 않겠다고 즉시 약속하지 않는다면, 그리고 그가 커뮤니티 센터를 당장 떠나지 않는다면, 그를 〈미성년자 유인〉이라는 혐의로 당장 고소하겠다고 협박하자는 것이었다. 면담 날에 나는 그 자리에 가지 않았다. 그래도 확신하건대 내 의붓아버지는 한껏 태연하게 굴면서 목청 높여 그런 협박의 말을 했을 것이다. 그런 아이러니한 상황에서도 전혀 망설이지 않았으리라. 어쩌면 그는 위험한 유혹자의 변태적인 술책에 당하지 않도록 나를 지키는 임무에서 자기 자신에게 정당한 자격이 있다고 느꼈을지도 모른다. 나는 그 강사가 일자리를 잃게 만들었다고 자책했다. 하지만 그 사람 스스로 그런 궁지에 빠진 것이기도 했다. 나는 편지를 보내지 말라고 그에게 분명히 말했다.

커뮤니티 센터의 그 강사 사건 이후 내 의붓아버지와 내가 단둘이 있게 되었을 때, 그는 한바탕 소란을 피웠다. 왜 그 작자는 되는데 나는 안 돼? 왜 다른 남자와 하는 건 괜찮은데 나는 거부하지? 그는 한참을 울었다. 내가 자기를 위로해 주기를, 내가 자기를 위로하기 위해 뭔가를 하거나 무슨 말이건 해주기를 바랐을 것이다. 나는 그저 그가 우는 것을 지켜보는 것에 그쳤다. 아무 말도 하지 않았고, 연민도 승리감도 그 어떤 기분도 느끼지 않았다. 그냥 그 일이 지나가기를 기다렸다.

그는 내 우편물을 읽었고, 내 소지품을 주기적으로 뒤졌으며, 내 복장을 검사했고, 내 교우 관계와 외출과 여자 친구들과 용돈을 통제했다. 그는 내가 누구랑 어울리는지, 누구를 좋아하는지 알고 싶어 했다.

그는 내 학교 숙제를 도와준 적이 없었다. 내가 학교에서 무엇을 배우는지 물어본 적도 없었고, 내가 무슨 책을 읽는지 관심을 가져 본 적도 없었다. 심지어 그는 내가 책을 읽는 것이 현실에서 도피하기 위해 사용하는 속임수라 여겼다. 가족과 함께 있을 때 책을 읽는 것은 예의에 어긋나는 일이라며 아예 하지 못하게 했다.

어느 해 생일에, 그러니까 내가 열 살이나 열한 살이 되던 날에, 누군가에게 예쁜 공책을 선물로 받았다. 표지에 고딕체로 〈일기〉라 써 있는 공책이었다. 그걸로 글쓰기를 연습하면 좋겠다는 생각이 들었다. 나는 글쓰기가 내 삶의 중심이 되리라고 늘 생각했다. 나는 그 공책에 글을 쓰기 시작했다. 무슨 저의가 있었던 것은 아니고, 그 일기에 특별히 내밀한 무언가를 적어 두고 싶다는 생각을 한 적도 없었다. 나는 그 공책을 조금 감추듯이 두고 있었다. 그렇다고 어디에 숨겼다는 것은 아니고, 다른 식구가 보지 않도록 책들 사이에 넣어 두었다는 얘기다. 나는 그 공책을 비밀로 여기지는 않았고, 그저 나에게 속한 한 공간으로 생각했다. 몇 주가 지나서, 그가 나를 불렀다. 그의 얘기를 듣고 알아차린 바에 따르면, 그는 처음부터 그것을 한 문장 한 문장 읽어 왔고, 일기에 적힌 그 이야기가 언젠가는 그에게 위험이 될 수 있었다. 또 내가 알아차린 바에 따르면, 그는 일기장에 적힌 글을 읽으면서 내 머릿속에 더 깊이 들어갈 수 있어 기쁨을 누리고 있었다. 나는 계속 글을 쓸 수 있었다. 하지만 그와 나에 대해서는 쓰지 않기로 약속해야만 했다.

그 이튿날 나는 공책을 난로 속에 던져 태워 버렸다. 겨울철이 아니라서 불을 피우지 않았지만, 종이가 난로의 불꽃 속에서 사라지게 했다. 기억하건대 나는 그 일을 하나의 의식을 치르듯이 행했다. 나는 일기에 작별 인사를 했다. 단지 그 종이쪽에 작별 인사를 한 게 아니라, 일기라는 개념 자체에 작별을 고했다. 그건 그날뿐만 아니라 내 생애의 남은 날들을 모두 염두에 두고 치른 의식이었다. 나를 그렇게 쉽게 접근할 수 있는 존재로 만들어 버리는 물건, 나를 감시하거나 나에게 해를 입히기로 작정한 같잖은 인간에게 내가 훨씬 더 심하게 좌우되도록 만드는 물건, 그런 물건을 만들어 내도록 스스로 허용하는 일은 차마 할 수가 없었다.

　이 글을 읽는 남성 독자여, 이 글을 읽는 여성 독자여, 나와 닮은 사람이여, 내 자매여, 그대가 길을 잃게 하려는 마음은 조금도 없기에, 한 가지 고백을 하고자 한다. 내 말을 주의해서 들어야 한다. 내 말들은 언제나 가면을 쓴 채로 나아갈 것이다. 이 글을 전체적으로 하나의 고백으로 여기지 말아야 한다. 이 글에는 일기가 들어 있지 않다. 되도록 솔직하게 그린 내면 풍경도 없고, 거짓말도 없다. 나에게 속한 나만의 공간은 행간에 있지 않고, 행 자체에도 있지 않으며, 그 어디에도 없고, 오로지 내 안에만 존재한다.

이상하다는 말

처음에 쓴 글들을 다시 읽어 보니 〈이상하다〉는 형용사가 되풀이해서 사용되고 있음을 알아차린다. 이상한 일, 이상한 기분, 이상한 장면. 그게 유난히 눈에 들어온다. 어쩌면 문체를 조금 가볍게 만들기 위해 동의어를 찾아 바꿔야 할지도 모르겠다. 하지만 이건 순수 문학이 아니라 일종의 증언이니까, 굳이 너무 정중하게 쓸 필요는 없다. 그러면 일부러 짜맞춘 것 같은 느낌을 줄 수도 있고, 진정성에 어긋날 수도 있다. 다른 한편으로 보기엔, 그런 반복이 의미심장하다. 성적 학대는 폭력 행위가 수반되지 않아도 극단적인 폭력이라 할 수 있는데, 그런 행위를 마주할 때 내가 느끼는 그 당혹감과 불안감을 동시에 나타내 준다. 나는 당시에 그렇게 느꼈고, 오늘날 그 기억을 종이에 옮기려 할 때도 그렇게 느낀다. 강간과 관련된 모든 일은 별도의 차원, 즉 **이상한** 차원에서 전개된다. 물리적으로는 삶의 나머지 부분이 전개되는 차원과 비슷하지만, 견딜 수 없을 만큼 선명한 또 다른 차원이 거기에 겹쳐진다. 교통사고를 겪었던 사람들은 그와 비슷한 일을 지각했다고 말한다. 모든 것이 고양되고 강화되고 에너지로 가득 찬 상태를 지각하면서, 그와 동시에 반응할 새도 없이 눈앞에 벌어지는 일을 관찰하는 것이다. 모든 게 너무 느리게 전개된다. 뜻밖의 일이 닥쳐온다. 비극이 우리 위로, 우리 몸 위로 지나간다. 모든 일이 우리 밖에서 벌어진다.

성적인 자유

아마도 부조리가 지배하는 그런 분위기 때문에 내가 그의 주장에 넘어갔을지도 모른다. 어쨌거나 나에겐 선택의 여지가 없었다. 내가 강요라고 느꼈던 것은 나중에 나를 자유롭게 만들고 나를 자유로운 여자로 변화시키는 요소가 된다. 내가 아무에게도 그 일에 대해서 고백하지 않았던 것은 내가 말을 한들 아무도 나를 이해하지 못할 것 같았기 때문이었다. 행위는 욕구가 생기게 하고 나중에는 내가 그것을 좋아하게 만든다. 훗날 뒤집어지게 될 그런 것들이 앞뒤가 맞지 않는 그런 것들이 우리 사고의 바탕이 되었다.

그가 들려준 얘기에 따르면, 사춘기에 접어든 것은 그에게 끔찍한 시련이었고, 어른들은 그에게 성교육을 조금도 해주지 않았다. 그는 점잖고 신앙심이 깊은 집안에서 태어났다. 어머니와는 아주 친밀했고, 아버지와는 거리를 두고 지냈다. 어머니는 몸이나 정욕에 관한 얘기를 자식들에게 해준 적이 없었다. 그는 첫사랑에게 거절을 당했고, 그 때문에 겪은 끔찍한 모욕감을 기억하고 있었다. 그의 주장에 따르면, 첫사랑이 이루어지지 않은 것은 성적인 일에 대한 그의 무지와 우둔함 때문이었다. 그는 그런 사태가 나에게 일어나지 않기를 바랐다. 사실, 나에겐 그런 문제가 없었는데 말이다.

그는 내가 생리를 시작하기 전에 여러 가지 피임 방법에 대해서 이야기했고, 혀로 키스하는 법을 가르쳤으며, 나보고 참고하라면서 신체 부위들과 체위들의 이름을 알려 주었다. 그건 내가 나중에 남자들과 관계를 맺는 때에 대비하는 것이라고 했다(하지만 정작 그런 일이 일어났을 때, 다시 말해서 나에게 남자 친구 비슷한 사람이 있다는 사실을 알기만 하면, 그는 분통을 터뜨렸다).

그의 말에 따르면, 우리 사회에서는 아이와 어른이 관계하는 것을 나쁘게 받아들이지만, 다른 사회에서는 그것이 아무 문제없이 행해진다(그는 페트라르카나 단테 얘기가 나오는 책들을 읽은 적은 없지만, 성애에 대한 매우 외설적인 환상을 품고 있었다. 고대 그리스인들의 사회, 상당수 아프리카 부족과 아메리카 원주민 부족의 사회, 또는 보통 사람들보다 진보적인 정신을 가진 위대한 예술가들의 세계에 대한 환상이었다).

그는 조숙한 젊은 여자들의 예를 나에게 보여 주었다. 우리 집에는 텔레비전이 없었지만, 어느 성탄절 날 외조부모 댁에서 모두 함께 연말 쇼를 보았다. 그 쇼에서 바네사 파라디가 미니스커트를 입고 「택시 드라이버 조」를 부르고 있었다. 쟤 너랑 나이가 거의 같아, 하고 그가 다른 식구들 앞에서 천연덕스럽게 말하면서 나에게 의미심장한 눈길을 던졌다. 나는 중학교 때 오랫동안 바네사 파라디처럼 옷을 입고 다녔다. 검은 미니스커트에 스타킹을 받쳐 신고, 흰 셔츠 자락을 치맛말기 속에 넣어 입었으며, 커다란 링 귀고리를 달고 다녔다. 나는 그 옷차림새를 무척 좋아했다. 그러다가 그가 자기를 위해 그렇게 입으라고 요구하자마자, 그 복장을 중단했다. 그 뒤로 파라디 스타일은 나에게서 사라졌다.

그는 나에게 성적인 자유에 관해서 말하곤 했다. 중독성이 강한 마약의 위험성이나 성행위를 통해 전염될 수 있는 질병에 대해서 말하기도 했다. 그는 콘돔을 사기도 했다. 그것을 어떻게 남자의 성기에 씌우는지 나에게 가르치기 위해서였다.

때는 1980년대 말, 1990년대 초, 에이즈의 시대였다. 그 시절의 분위기에는 1970년대에 해체된 청교도주의를 완전히 폐지하려는 욕구, 어떤 성행위든 가능하며 용인되고 환영받게 하려는 욕구가 있었다. 개인의 절대적인 자유를 지지하는 철학자들과 예술가들과 지식인들이 동성애와 소아 성애를 연관시키는 칼럼을 썼다. 그리고 그들은 동성애와 소아 성애의 비범죄화를 요구했다. 참가자들이 동의한다면 나이에 상관없이 모두가 성행위를 누릴 권리가 있고, 동성애와 소아 성애도 그런 성행위에 속한다는 식이었다. 그런 주장에는 아이를 완전한 권리를 가진 하나의 인격체로, 자유 의지를 지니고 발언과 선택을 할 수 있는 한 인간으로 간주하자는 뜻도 담겨 있었다. 옛적부터 아이의 욕망을 억압해 온 속박으로부터, 그리고 어른의 제도, 가정, 학교, 병원, 감옥으로

부터 아이를 벗어나게 하자는 의지도 담은 주장이었다. 아이에게 야만성의 잠재력을 돌려주는 것, 아이에게 창조적인 힘을 부여하는 것, 그건 아이에게 성애를 누릴 권리가 있음을 인정한다는 뜻이기도 했다. 내 의붓아버지가 우리의 관계에 대해서 말하고 자기 삶을 정당화하던 때에 그런 사상의 영향을 받았을 가능성은 있다. 하지만 당시의 그런 관용적인 사상이 그의 견해를 만들어 내거나 그의 행동을 이끈 것은 아니다. 다른 시대를 살았다면, 그는 다른 주장을 펼쳤을 것이다. 그는 언제나 자신을 정당화할 만한 주장을 찾아냈을 것이다. 그 사람 덕분에, 권력자들이나 독재자들, 또는 그냥 더 많은 권력을 갖고 싶어 하는 사람들에 대해서 내가 깨달은 바가 한 가지 있다. 그들은 어떤 나무로든 불을 지핀다. 자기들에게 유리할 만한 맥락을 지어내지 않아도 된다. 어떤 위기가 닥쳐도 문제가 되지 않는다. 아니, 위기가 없다. 그들은 무엇이든 그들에게 유리한 쪽으로 바꿀 수 있다.

매혹

그에겐 언제나 카리스마가 있었다. 감옥에 들어가서도 그는 알지 못하는 여자들의 편지도 받고 방문도 받았다. 그가 판결 선고를 앞두고 구금을 당하고 있었을 때, 여성 팬들과 여성 지지자들이 있었다. 나는 그들을 뭐라고 불러야 할지 알지 못한다. 그에게, 그의 이야기에 관심을 두는 여자들, 또는 그를 돕고 싶어 하거나 그를 구하고 싶어 하는 여자들을 뭐라고 불러야 할지 모르겠다. 그가 유죄 선고를 받은 뒤에도 그런 현상은 계속되었을 것이다. 유난히 자주 그를 보러 오는 여자가 하나 있었다. 그녀는 재판 때도 그를 따라다녔고 그에게 유리하도록 증언하기도 했다. 그녀는 어떤 피해자 단체의 창설자이자 책임자였다. 그녀가 재판정에서 말한 바에 따르면, 그는 마음을 터놓고 대화하는 사람이었고, 딴사람이 되고자 진정으로 노력하는 사람이었다. 그리고 그처럼 장점을 두루 갖춘 사람이 피고석에 앉아 있는 것은 드문 일이었다. 요컨대, 자기 같으면 그 사람 같은 가해자를 사랑했으리라는 것이었다.

연쇄 살인범들에게 많은 우편물이 도착한다고 한다. 그들은 사람들의 관심을 끈다. 사람들은 그 살인범들에게 매혹되는 것일까? 잘 모르겠다. 내 생각에는 그렇지 않은 것 같다. 다만 우리가 그들을 이해하고 싶어 하는 건 분명해 보인다. 그들은 우리에게 절대적으로 저항하는 어떤 존재를 상징한다. 그들은 우리가 있는 곳의 경계에 있지만, 우리가 갈 수 없거나 가고 싶어 하지 않는 곳에 있는 어떤 존재를 대표한다.

아돌프 아이히만이 예루살렘에서 재판을 받던 때에, 무

수한 사람들이 재판정을 찾아가서 그 심문 과정을 지켜보았다. 그 일과 비교하는 것은 뭣한 일이고, 그 재판이 내가 겪은 일과 아무 상관이 없다는 건 알지만, 그래도 다시 생각해 보게 된다. 왜 사람들이 그 법정을 찾아갔을까? 생각건대 그 사람들은 아이히만이라는 인물을 실제로 보고 싶었을 것이다. 그에 대해서 자기들이 알게 된 것과 그가 단순히 한 인간이라는 사실을 대조하고 싶었을 것이다.

우리는 그 시절 우리 식구가 찍은 사진을 볼 때도 그렇게 석연치 않은 매력에 대해서 생각한다. 그러면서 우리 자신에게 묻는다. 어떻게 이런 모습으로 가족사진을 찍을 수 있었지? 이렇게 사진을 찍는 일이 정말 있었을까? 학대, 재판, 수감 햇수, 다시 이어진 일상, 우리 모두의 위로 흘러간 세월, 그렇게 모든 일이 벌어진 뒤에도 그 시절을 있는 그대로 보여 주는 명백한 증거가 어떻게 아직 남아 있지?

그 사진 중 하나가 지금 눈앞에 있다. 이 책에 싣고 싶은 사진이다. 아마도 내가 원하는 대로 사진을 실을 수는 없을 것이다. 동의 없이 사진을 실으면 명예 훼손이 될 수도 있다. 그러면 내가 공격을 받게 되리라. 어쨌거나 한 사진사의 렌즈 앞에 우리 여섯 사람이 포즈를 취하고 있다. 차림새가 여느 때와 달리 아주 그럴싸해 보인다. 오기 전에 모두 세수와 빗질을 한 데다가, 깨끗한 옷을 입은 채로 미소를 짓는다. 언뜻 보기에 명예를 훼손하는 요소는 전혀 없다.

이런 사진은 아무것도 말해 주지 않는다. 분명코 보통의 가족사진과 다를 게 없다. 바로 그런 이유로 나는 이 사진을 책에 싣고 싶었을 것이다. 조금 연출된 이런 이미지는 함께 사진 찍는 시간을 갖는 가족에게는 하나쯤 있을 법하다. 아빠 엄마와 아이들이 함께 모여서, 모두가 사진기를 바라보면서 동시에 미소를 지으려 노력하며 사진을 찍는다. 언제나 식구 중 하나는 눈을 깜박이거나 딴 곳을 바라본다. 그러다가 마침내 모두가 제대로 포즈를 취한다. 됐다, 성공이야. 30년 뒤, 인생이 흘러가도 그들은 언제나 거기에 있다. 그 순간에 정지된 채로, 시간과 공간 속에 그대로 멈춰 있다. 운명이 어떻게 전개될지 모르는 채로 함께 포즈를 취하고 있는 것이다.

내 어머니는 이 가족사진을 언제 찍었는지 기억하고 있다. 그런 점에서 흥미로운 사진이다. 우리는 이웃한 소읍에 있던 작은 사진관에 갔다. 내 의붓아버지는 우리가 옷을 잘 입어야 한다고 힘주어 말했고, 각자가 설 자리를 일러 주었다. 우리가 행복하고 안정된 가족의 모습으로, 호감을 주는 화목한 가정의 모습으로 보이기를 원한 것이었다. 사진을 보면, 부모는 가운데에 있고, 키가 작은 두 아이는 앞쪽에, 키가 큰 두 딸은 뒤쪽에 자리를 잡고 있다. 모두가 파랑(그의 색깔) 색조의 옷을 차려입었다. 사진을 찍은 계절은 봄이나 여름인 게 분명하다. 모두의 피부가 햇볕에 그을려 있다. 머리 카락의 색깔은 다들 연한데, 어머니만 붉은색이 도는 밤빛으로 별로 멋스럽지 않게 염색을 했다. 그렇게 머리 색깔이 곱지 않아도 어머니는 예쁘다. 나이는 서른여섯 또는 서른일곱 살. 어머니는 사진기를 바라보면서 머리를 그의 어깨 위로 기울이고 있다. 그가 한바탕 쇼를 벌인 덕에 어머니가 그런 자세를 취하게 된 것이다. 꽤나 불편한 자세였으리라. 아닌 게 아니라 어머니의 미소가 조금 억지스러워 보인다. 대개 그들 두 사람이 말싸움을 벌이고 나면, 어머니는 미소를 지으려 하지 않았다. 어머니는 사진을 찍고 싶어 하지 않았다. 우리 자매 역시 그것을 원하지 않았다. 승용차를 타고 오면서 그는 어머니에게 소리를 질러 댔다. 사진 속의 얼굴들을 보면 아무도 별로 편해 보이지 않는다. 가까이 들여다보면 모두가 조금은 잘못을 뉘우치는 듯한 기색이다. 내 막내 여동생은 네다섯 살 나이에 맞게 늘 웃고 다니던 아이인데, 이날따라 표정이 진지하다. 아이는 하늘색 원피스를 입고 엠마우스 자선 장터에서 찾아낸 플라스틱 가짜 귀고리를 단 채로, 자기 아버지 무릎 위에 앉아 있다. 아이의 오빠인 잘생긴 금발 머리 꼬마는 앞니가 빠진 모습으로, 졸린 것인지 조금 불편한 기색을 보인다. 로즈도 그 꼬마와 아주 비슷하다. 로즈는 후드 스웨터 차림으로 의붓아버지 뒤에 서 있다. 어쨌거나 그들은 미소를 짓고 있다. 하지만 별로 열의가 있어 보이지는 않는다. 옛날 사진에 나오는 사람들과 조금 비슷하게, 마치 포즈를 어떻게 취할지 모르는 채 그냥 있는 그대로 찍힌 사람들처럼 어정쩡한 표정을 짓고 있거나 헤아리기 어려운 생각에 빠져 있는 모습이다. 거의 근엄하다 싶은 얼굴, 그 정도는 아니더라도 조금 슬픈 표정을 지은 얼굴들이다. 다만 그의 얼굴과 나의 얼굴만은 다르다. 그는 차분하고, 자신만만해 보인다. 느긋한 모습으로 선한 표정을 지은 채, 한 가운데에 꼿꼿이 앉아서, 한쪽 팔로 어린 딸의 어깨를 감고 있다. 내 표정은 무덤덤하다. 나이는 열너덧 살쯤인 게 분명하다. 이 사진을 찍은 시절에는 강간이 중단되었다. 중단된 지 얼마 지나지 않은 때였을 것이다. 어쩌면 몇 차례 더 강간이 벌어졌을지도 모른다. 하지만 나는 그것이 결국 멈춰지리라는 것을 알고 있었다. 그래서 나는 포즈를 취할 수 있었다. 한 번을 더하든 덜하든, 그런 거에는 전혀 관심이 없었다.

길을 떠나기 위한 마지막 작은 미소, 그게 사진에 담겼다.

내가 어머니에게 가족사진들을 보내 달라고 부탁하자, 어머니는 이 사진을 스캔해서 보내 주었다. 나는 나처럼 강간을 당한 여자 친구들과 한 명의 남자 친구와 함께 설치 미술을 하려 한다고 어머니에게 설명했다. 어머니가 보내 준 사진들은 내가 학대를 당한 뒤인 사춘기 시절에 찍은 것들뿐이다. 어머니 말로는 더 오래된 사진은 찾아내지 못했다고 한다.

이왕이면 어머니가 보내 준 사진들 가운데 몇 장을 더 실었으면 좋겠다. 마을 축제 때나 스키를 타던 때나 하이킹을 하던 때나 사빈의 호숫가에 갔을 때 그냥 편하게 찍은 사진들 말이다. 솔직히 말하자면 내가 보기에 그 사진들과 사진관에서 연출된 사진 사이에는 큰 차이가 없다. 그 사진들 역시 자연스러워 보이지 않고, 매우 시시한 데다가 무척 편치 않은 기분을 느끼게 한다. 그 사진들을 찍고 나서 몇 시간이 흐른 뒤에, 또는 찍기 몇 시간 전에, 그는 나를 따로 떨어진 어떤 방으로 데려갔고, 나는 그에게 펠라티오를 했다. 나는 자세를 낮출 필요가 없었다. 내 키가 그의 허리에 겨우 닿던 때라서, 나는 그냥 서 있는 그의 앞에 있으면 되었다.

문득 궁금해진다. 내가 **나**라고 해야 하는 걸까? 그 소녀가 이제 마흔네 살이 된 나와 동일한 인물이라고 해야 할까? 어쩌면 나는 **그녀**, 그 소녀라고 불러도 괜찮을지 모른다. 독자들에게 어느 편이 나을지 나는 알지 못한다. 어쩌면 그 시절의 나를 **그녀**라고 말하는 게 더 사실적일지도 모르겠다. 어쨌거나 나에게는 분명코 그녀가 바로 나다. 어떤 작가들은 자기들의 옛날 사진을 보면서 마음이 불편해지는 기이함을 느낀다지만, 나는 그런 기분을 느끼지 않는다. 과거의 나에게서 벗어난 적이 없기 때문이다. 그 일은 언제나 현재형이다. 그 소녀는 나고, 그 일은 지금의 일이다.

　나는 사진 속 남자의 시선 속을 침잠하듯 오래도록 들여다보기도 한다. 그러다 보면 갈피를 잡을 수 없는 기분에 빠지기도 한다. 이 시선 뒤에 뭐가 있을까? 범죄자들, 괴물들 속에 무엇이 있기에 그들이 사람들을 홀리는 것일까? 사람들은 그들이, 존재의 가장 큰 수수께끼 중 하나인 악에 대한 해답을 쥐고 있다고 생각한다. 그들은 돌이킬 수 없는 일을 저질렀으니, 적어도 무언가를 배웠으리라고 여기는 것이다. 그들은 악이 무엇인지 안다. 설령 자기들이 저지른 악행만으로 보편적인 악을 알지는 못할지라도, 자기들이 선택한 개인적인 악은 알 것이다. 그들은 우리가 넘어가지 않을 어떤 경계선의 건너편에 있다. 하지만 우리는 종종 실망을 느낀다. 범죄 자체의 중심에는 단지 어떤 범죄자의 성격에만 기인한 게 아닌, 평범함이 있는 것처럼 보이기 때문이다. 그런 평범함은 충동을 따르는 사람들이나 위에서 명령받은 대로 행동하는 사람들, 악의 온순한 양들뿐만 아니라 여느 사람들에게도 있다. 진짜 괴물들, 예컨대 인간의 정신을 어둠 속에 빠트린다는 단호한 선택을 하는 자들조차 우리의 기대에 응답하지 않는다.

　아이들을 학대하는 자들에 관한 연구를 보면 학대자의 전형적인 프로필은 없다고 한다. 그저 대다수의 경우에 학대자들이 남성이라는 사실만을 보여 준다. 그들은 어느 계층에서든, 어느 연령대에서든, 어느 나라에서든 나타난다. 몇몇 임상 연구에 따르면, 그 포식자들은 크게 두 부류로 나뉜다. 하나는 〈집착형〉 포식자다. 그들은 의존이나 회피와 관련된 장애를 가지고 있고, 복종과 수동성과 사회적 고립의 추구가 특징이다. 다른 하나는 〈퇴행형〉 포식자들이다. 그들은 나르시시즘과 관련된 장애나 반사회적이고 정신병질적인 성향을 지니고 있으며, 권위와 지배, 폭력이 특징이다. 첫 번째 부류에 속하는 포식자들 중에는 정신적으로 미숙한 사람들, 자기들의 행동이 적절치 않다는 사실을 이해하지도 못하는 사람들이 많다. 두 번째 부류의 포식자들은 어른보다 약한, 더 다루기 쉬운 존재를 지배하면서, 희생자가 되기에 더 적합한 존재를 억누름으로써 자신의 고통에서 벗어나고자 한다. 성 도착자들은 대개 이 부류에 속하지만, 강간을 통해서 내적인 갈등을 해결하는 경우가 더 많고, 자기네 희생자들의 고통을 보면서 기쁨을 느낀다. 그들은 조종하는 자들이고, 자기들의 행동을 스스로 정당화하는 철학 체계를 만들어 내며, 스스로가 도덕과 법률을 넘어서는 존재라 믿고, 자신이 우월한 존재라 느끼며, 자기들의 행위를 당연한 것으로 받아들인다.

그런 사람들이 오히려 대중을 매혹한다. 우선 보기에 그들이 더 명석해 보이고, 자기네가 즐겨 저지르는 악에 대해 우리에게 무언가를 말해 줄 수 있을 것 같아서, 그들이 더 흥미로운 인격을 보여 주리라 생각할 수도 있다. 하지만 첫 번째 부류의 포식자들, 즉 정신 질환, 결핍, 불행, 제 꼬리를 무는 뱀과 같은 포식자들에게 실망하듯이, 이들에게도 실망하게 될 것이다. 성도착자들은 몇 시간에 걸쳐서 자기들 자신에 관해 말할 수 있고, 자기들 자신의 비극을 분석할 수 있으며, 자기들의 특징인 공감 능력 부재를 이해하려 애쓸 수도 있다. 그들은 열정적인 모습을 보이기도 하고 들어 주는 사람이 있는 것에 만족감을 보이기도 한다. 하지만 자기들이 저지른 일에 관해서는 단 한마디도 새롭게 들려줄 말이 없다.

범죄라는 용어를 쓰고 **악**의 범주를 따지다 보면, 성적 학대 행위의 심각성을 강조하는 쪽으로 이야기가 흘러갈 수 있다. 사실 내가 겪은 일보다 심각한 일들은 적지 않다. 더 나쁜 일들이 얼마든지 벌어질 수 있을 것이다. 그는 내게 똥을 먹으라고 시키지 않았고, 자기가 동물의 목을 자를 테니 지켜보라고 강요하지도 않았다. 아마도 그런 점 때문에, 그를 평결한 배심원들은 그가 징역 20년의 구형을 받았음에도 징역 8년 형을 내렸을 것이다. 아이를 강간한 죄로 받는 벌이 통상 징역 5년 이내인 점에 비하면 8년이 적은 건 아니다. 하지만 그는 더 긴 징역형으로 벌을 받는 게 당연하다. 피해자가 고통 받는 것을 보면서 만족감이나 쾌감을 느꼈을 것이고, 사건이 오랫동안 이어졌으며, 학대의 횟수가 많았으니까 말이다. 그런데 피해자에게 더 나쁜 일이 벌어지는 다른 경우들을 함께 고려하지 않을 수 없다. 그러니까 햇수를 더 늘리는 것은 다른 범죄자들, 예컨대 자기들 똥을 아이에게 먹이는 자들, 아이에게 다른 아이들이 공격당하는 포르노 동영상을 보라고 요구하는 자들, 자기네 이웃이나 친구들을 상대로 매음을 하도록 강요하는 자들, 사슬 따위로 아이를 침대 다리에 묶어 두는 자들의 몫으로 남겨 놓을 수밖에 없다.

바로 앞의 문단을 다시 읽어 보니, 풍자적인 어조로 읽힐 수도 있다는 느낌이 든다. 하지만 그건 내 의도가 아니다. 사실, 어떤 범죄에 징역형의 햇수를 대응시키는 데에는 조금 불합리한 측면이 있다. 위에서 말한 것과 같은 범죄에 대해서도 그렇고, 어쩌면 어느 범죄를 놓고 보더라도 그러할 것이다. 자동차 절도와 징역형의 기간, 또는 자동차를 도둑맞은 사람들의 삶에 끼친 피해와 징역형의 기간 사이에 무슨 관계가 있을까? 한 아이를 학대하면서 보낸 7년과 납세자의 세금으로 운영되는 시설에서 보낸 7년, 얼마쯤 고독하고 얼마쯤 궁핍하게 수치심 속에서 보낸 그 7년 사이에 무슨 관계가 있을까? 대체 그 등가의 기준은 무엇일까? 그리고 우리가 찾는 게 정말 그 등가성일까?

다른 한편으로 나는 죄의 심각성에서든 고통에서든 크기에 차이를 두고 그 등급을 정하는 것에 동의한다. 그게 반드시 징역형의 햇수와 일치해야 하는 건 아니지만, 다른 범죄보다 더 심각하거나 덜 심각한 범죄가 있다는 사실을 인정하는 건 가능한 일이고 바람직한 일이기도 하다. 나는 이 대목을 2021년에 쓰고 있다. 바야흐로 프랑스에서 아이들을 상대로 한 성범죄에 대해서 공소 시효를 폐지하는 문제를 놓고 사회적인 토론이 벌어지고 있다. 반대하는 사람들은 시효 폐지가 극단적인 사건에, 이를테면 인도에 반한 범죄라든가 집단 살해죄에 한정되어야 한다고 주장한다. 내가 그 주장에 찬성하는지 반대하는지는 모르겠다. 물론, 단 한 사람에 대한 강간은 설령 그것이 어린이를 상대로 한 범죄일지라도, 또 그것이 비열한 강간이고 여러 해에 걸쳐서 계속된 범죄일지라도, 집단 살해보다는 덜 심각하다는 점을 알고 있다. 그 차이를 어떻게 인식하느냐에 따라, 어떤 범죄에는 공소 시효가 적용될 수 있고 다른 범죄에는 공소 시효가 적용될 수 없는 것일까? 그런 결정의 논리가 나에게는 조금 이해가 되지 않는다.

어쨌거나 성적인 학대가 훨씬 나쁘게 벌어질 수도 있다는 건 사실이다.

나는 특권을 누리는 처지에서 글을 쓴다. 그 특권은 단지 아직 살아 있다는 특권일 뿐만 아니라, 인종적 특권(**white trash**, 이 말은 인간쓰레기 같은 백인이라는 뜻이지만, 그래도 백인이다), 국적의 특권, 문화의 특권이기도 하다. 내가 당한 강간은 작은 강간도 아니고 큰 강간도 아니며,

상대적인 강간, 인권의 나라에서 태어났다는 조건에 의해 상
대화된 강간, 죄인과 재판부가 범죄를 인정했다는 사실에 의
해 상대화된 강간이다. 요컨대 나는 지금 쓸 수 있고, 쓸 권리
도 있기에, 이 글을 쓰는 것이다.

나는 입을 다물어야 하고 나보다 더 절실하게 말할 필요
를 느끼는 여자들이나 남자들에게 발언권을 넘겨주어야 할
것이다. 내가 향해야 하는 쪽은 바로 그런 침묵이다. 내 말들
은 그 침묵을 향해서, 마치 허공을 건너지른 밧줄처럼, 마치
화살이 가능한 한 멀리에 닿을 수 있게 최대로 당긴 활처럼,
펼쳐져 있는 것이다.

하지만 현재로서는, 나에게 발언권이 있고, 사람들이
나에게 발언권을 주었으니까, 아니 내가 발언권을 가졌으니
까, 끝까지 가볼 것이다.

친아버지 사미의 초상화

몇몇 사진에는 내 아버지도 담겨 있다. 내가 따뜻한 정을 느
끼며 사랑하던 아버지도. 내가 다른 아버지를 조금 덜 생각
하며 살기 위해 그 사랑을 지어내거나 이상화한 것일까? 그
사랑은 일종의 구명부표가 아니었을까? 내가 난파의 한복판
에서 빠져나가기 위해, 내 어린 시절이라는 폭풍우에서 벗어

나기 위해서는 무엇이든 할 준비가 되어 있던 상황에서, 살아남은 아이의 여린 숨결을 불어넣어 스스로 부풀려 놓은 구명부표가 아니었을까? 그건 가능한 일이다.

아버지는 2주에 한 번꼴로 우리를 보러 왔다. 대개 일요일이었던 그날에 아버지는 깨끗한 셔츠를 입곤 했다. 외관이 반듯하고 심지가 바른 사람이었다. 덥수룩하게 기른 머리카락과 수염을 가지런하게 가다듬은 모습으로 우리에게 왔다. 언제나 르노 4L을 타고 왔는데, 덜커덩덜커덩 소리를 내던 그 작은 승용차의 뒷좌석들은 밧줄로 고정되어 있었다. 그는 우리가 살던 집에서 멀지 않은 작은 주차장에 그 차를 세워두곤 했다. 나는 바깥을 망보며, 그 차의 엔진 소리를 가려듣기 위해 지나가는 차들에 귀를 기울이다가, 그 소리가 다가오면 기쁨을 느꼈다. 언제나 똑같은 리듬으로 다가드는 그 소리는 나를 기쁘게 했다. 아버지는 자기 텃밭에서 가꾼 샐러드용 채소, 당근, 빨간 방울무를 가져오곤 했다.

그가 점심시간에 맞춰서 오면, 우리는 조용히, 거의 아무 말도 하지 않고 점심을 먹었다. 그런 다음 함께 나가서 동네 산책을 조금 했다. 우리는 말할 필요를 느끼지 않았고, 그냥 그가 있어서 행복했다. 내 여동생도 그랬고 나도 그랬다. 우리는 그가 너무너무 보고 싶었다. 그도 우리를 그리워하며 살았다. 아버지와 함께 보내는 그 두어 시간은 절망적인 일상에서 훔쳐 낸 시간이었다. 의붓아버지가 강압적인 태도로 우리 곁에 있으면서, 서로 말을 주고받게 하고, 일머리를 가르치고, 접시 나르기며 식사법이며 산책 동선 등 온갖 것을 이끌면서, 그 권위로 우리 모두에게 엄청난 영향력을 행사하고 있었음에도, 우리는 그 시간 동안 우리 아버지와 함께하던 시절이라는 잃어버린 낙원의 달콤한 부스러기들을 모아서 맛보곤 했다. 그 부스러기들은 우리에게 마치 마약 사탕처럼 작용하여, 우리 삶이 되어 버린 일상에 또 다른 차원, 즉 현실에서 도달할 수 없을 기쁨의 세계라는 차원을 포개어 놓을 수 있게 해주었다.

의붓아버지를 만나 감옥 같은 집으로 이주하기 전에, 우리는 보헤미안처럼 살았다. 우리 부모는 사회 부적응자인 데다가, 너무 젊고 너무 자유롭고 너무 불안정해서, 끊임없이 이사를 다녔다. 헛간을 수리해서 살다가, 양쪽 조부모 댁으로 옮겨 가서 밤색과 오렌지색 타피스리로 장식된 방에서 지내기가 일쑤였다. 우리 부모가 헤어진 첫해에, 아버지는 우리 자매와 함께 살았고, 어머니는 자기 삶을 살기 위해 떠났다. 그렇게 떠난 어머니는 일반 등산 안내인이 되기 위한 연수를 받았고, 다른 사랑을 찾았다. 나중에 사람들에게서 들은 바로는, 우리 자매가 아버지를 떠나 어머니와 함께 살게 된 건 두 분의 합의에 따른 것이었다. 둘은 우리 아버지에게 우리를 돌볼 능력이 없다는 점을 서로 인정하고, 쌍방의 합의에 따라 우리가 그런 아버지와 함께 사는 상황에서 벗어나

안정된 가정에서 엄마와 함께 살도록 결정했다. 그렇게 옮겨 갔지만, 처음 얼마 동안의 삶은 조금 험난했다. 우리는 마을의 한 아파트를 세내어 살고 있었는데, 이내 그곳을 떠나 마을 변두리의 폐가로 옮겨 갔다. 월세를 낼 수 없는 처지가 되었기 때문이다. 하지만 어른들의 말에 따르면, 개축 공사가 빠르게 이루어질 예정이었고, 우리는 머지않아 저마다 편안한 방을 갖게 될 것이었다. 주방과 거실도 생길 것이고 난로를 피워 실내를 덥히기도 할 것이었다.

아버지가 언제부터 우리를 보러 오지 않았는지 정확히 기억나지 않는다. 그가 아직 오고 있던 때에 다른 아이들이 태어났다. 먼저 우리가 그 집으로 옮겨 간 지 1년 만에 남동생이 태어났고, 그 이듬해에 여동생이 태어났다. 우리는 처음 몇 달 동안 지하 저장고에서 살았고, 몇 해 동안 거의 모두가 1층의 한방에서 살았다. 어른들은 계단통에 기발한 이중 침대를 설치했다. 내 여동생과 나의 침실이 들어설 2층이 생겨나기 전이라서, 우리 자매는 주방과 거실 사이에 설치된 그 이중 침대에서 잤다.

내 아버지는 몇 해 동안 일요일마다, 또는 2주일에 한 번꼴로 우리를 보러 왔다. 그러다가 조금씩 발길이 뜸해지더니 더는 오지 않았다.

샐러드 채소를 가져오던 그의 모습, 그의 모직 재킷, 크고 투박하던 신발, 반투명해 보이던 눈, 머리털과 수염이 더

부룩하게 나 있던 잘생긴 얼굴이 아직도 눈에 선하다. 그의 웃음소리가 여전히 귀에 쟁쟁하다. 나 자신이 웃을 때도 그의 웃음소리가 들린다. 빈정거리는 것 같기도 슬프게도 들리던 그 웃음, 바깥을 향해 폭포수처럼 쏟아지다가 문득 스스로를 다잡고 안쪽으로 움츠러들며 싱겁게 피식거리고 마는 그 웃음. 우리는 그의 집에서 함께 살던 시절에 많이 웃었다.

그 시절에 우리는 집 앞에서 캠프파이어를 했고, 저녁마다 치즈와 빵 조각을 구워 먹었다. 주중에도, 학교 가는 날에도, 마음이 내키면 그런 일을 하곤 했다. 강에도 갔고, 나뭇조각을 강물에 던져 흘러가는 모습을 지켜보기도 했다. 우리는 라디오를 듣기도 하고, 침대 위로 올라가 뛰기도 했다. 겨울이면 아버지는 우리를 썰매에 태워 학교에 데려다주었고, 눈이 녹아서 썰매로 다닐 수 없으면 모터 달린 자전거에 태워주었다. 그는 읽는 법과 헤엄치는 법과 자전거 타는 법을 내게 가르쳐 주었다. 그는 누군가가 답례를 바라지 않고도 나를 무한히 사랑할 수 있음을 알려 주었다. 그 시절에 내가 분명하게 알고 있지는 못했지만, 훗날 나에게 대단히 중요하고 도움이 될 만한 것들을 가르쳐 준 것이다.

나는 그가 우리를 보러 오는 것이 좋았다. 하지만 다른 한편으로는 언제나 실망을 느꼈다. 그는 탈출구를 상징하는 존재였다. 나 혼자 생각에, 언젠가는 그가 우리를 데려갈 것 같았다. 하지만 그는 끝내 우리를 데려가지 않았다. 단 한 번도 데려가지 않았고, 주말을 함께 보내자고 데려간 적도 없었다. 그는 우리한테 와서, 한 끼니때를 보내고, 다시 떠나갔다. 나는 열네 살 때 그와 함께 살고 싶다는 바람을 말했다. 그는 거절했다.

그는 내가 강간당했다는 사실을 알게 되었을 때, 침묵 속에 갇힌 듯이 한동안 말문을 열지 못했다. 그는 재판장에 오지 않았다. 그냥 자기 자신을 죽음으로 내몰았다.

사람들 말에 따르면 나는 그를 닮았다. 눈도 얼굴 생김새도, 자세를 취하거나 바라보는 방식도 그를 닮았다는 것이다. 하지만 나는 아버지와 다르다. 나는 살아남았다. 그 이유는 잘 모른다. 그 점에 대해 어떤 긍지도 느끼지 않는다. 부끄럽게 느껴질 때도 있다. 나는 너무나 사랑하던 아버지를 잃었다. 또 소중한 친구들, 나보다 백배는 더 살아 있을 가치가 있는 사람들, 나보다 더 저녁노을 앞에서 경탄할 자격이 있는 사람들을 잃었다. 나 스스로 핑곗거리를 만들어 낸다. 스스로 생각건대, 내가 아직 살아 있는 이유는 이 모든 것을 이야기해야 하기 때문이고, 내가 되도록 거짓말을 덜 하려고 애쓰기 때문이며, 나 스스로 더 잘나 보이게 하거나 더 못나 보이게 하지 않으려고 노력하기 때문이다. 나는 그게 지어낸 변명이라는 것을 안다. 그들이 아니라 내가 살아 있어야 할 정당한 이유는 전혀 없다. 그리고 내 경험 속에는 다른 누군가가 들려줄 수 없을 만한 것이 전혀 없다.

사람을 살게 하는 것은 희망이 아니라는 사실을 나는 깨달았다. 희망은 전혀 없다. 의지도 없다. 여기, 이곳에서 어떤 의지를 말할 수 있을까? 하지만 보존 본능이나 보존 의식은 있다. 그것이 나무, 돌, 동물을 살게 한다.

이 글은 바를람 샬라모프가 잔혹한 소련의 강제 노동 수용소에서 여러 해를 보낸 뒤에 쓴 것이다. 살아남은 사람의 도덕적 우월성을 느끼게 하는 글이다.

나는 여기에, 아직 살아 있다. 그런 의미에서 나는 그와 마찬가지다. 나는 나를 강간한 자, 나를 교육한 자, 인생이라는 변태적이고 잔인한 게임의 내 조련사와 마찬가지로 아직 살아 있다. 우리는 암흑의 나라를 건너왔다. 그러는 동안 피해를 겪지 않은 것은 아니지만, 그래도 살아 있는 것이다.

나는 오래전부터 멕시코에 살고 있다. 이곳에선 개가 떠돌아다니는 것을 어디에서나 볼 수 있다. 특히 암캐들이 많다. 여기 사람들은 개에게 중성화 수술을 하지 않는다. 그게 너무 비싸기도 하고, 사람들이 무척 게으르기도 하다. 그들은 개에게 새끼가 생기면, 아무렇지 않게 새끼를 버리기도 한다. 암캐들은 아예 사람들과 정들기 전에 버려지기 일쑤다. 사람들은 암캐들을 자연 속 어딘가에 버린다. 암캐들은 길가에서 썩은 고기를 뜯어 먹기도 하고, 자전거 탄 사람을 뒤따라 달리기도 한다. 풀밭에서 햇빛을 받으며 엎드려 있는 모습도 볼 수 있다. 이들은 종종 도로를 횡단한다. 대다수가 차에 치여 죽는다. 길을 건너다 죽은 암캐가 차도 한복판에 뻗어 있어도 누구 하나 멈추어서 그들을 길 가장자리로 옮겨 놓지 않는다. 그럼에도 버텨 내는 암캐들이 있다. 그런 개들이 병든 모습으로 길을 건너가는 게 보인다. 눈에는 증오가 가득하고, 머리는 딱지로 덮여 있다. 아니면 그와 달리 위험을 아랑곳하지 않고 느긋한 모습을 보이기도 한다. 길게 목숨을 이어가는 그 개들을 우리는 알아볼 수 있다. 그 암캐들은 늙은 데다 옴에 걸려 있다. 귀는 축 늘어져 있고 대개 상처가 나 있으며, 다리를 절뚝거리거나 한쪽 눈을 잃은 모습이다. 그 암캐들은 길게 목숨을 이어간다. 그게 그들이 하는 일의 전부다. 그들의 주된 특성은 자기들에게 곧 죽을 거라는 예후가 내려질 법한데도 여전히 살아 있다는 점이다. 그들이 다른 개들보다 더 많이 가진 것이 있다면 뭐가 있을까? 없다. 더 많이 가진 것은 아무것도 없다. 오히려 그들이 더 적게 가진 무언가는 있을 수 있다.

잇단 사회면 보도 기사로 읽는 나의 삶

이 책의 화자가 누구인지 말할 수 있다면 좋겠다. 화자를 나와 떼어 놓고 이 서술의 당당한 주체로 만들 수 있다면 좋을 것이다. 그런 화자는 마치 사회면 보도 기사를 쓰듯이 나를 몇몇 사건의 주인공으로 만들어 줄 것이다. 내가 살아온 삶과 관련해서 보관된 자료를 뒤지다 보니, 옛날 사진들과 함께 신문에서 오려 내 보관해 둔 스크랩들이 나왔다. 나는 신문에 여러 번 나왔다. 지방 신문이라 할지라도 자기 이름이 인쇄된 것을 보는 건 묘한 일이다. 내가 단지 나 자신만은 아니라는 기분이 든다. 우리라는 존재를 이루는 모든 것은 사회 집단에도 속해 있다. 우리는 이 사회 집단을 강화하기도 하고 위험에 빠뜨리기도 한다. 언론은 우리를 드러내고 세상에 알리기도 하지만, 그와 동시에 역설적이게도 우리를 지워 버리기도 한다. 언론에 보도되는 인물은 우리가 알고 있는 우리 자신이 아니라, 타인의 시선과 해석에 의해 변형되고 왜곡된 인물이기 때문이다.

이 기사는 거의 전면에 걸쳐 실려 있고, 두 장의 멋진 사진이 첨부되어 있다. 아래쪽 사진은 같은 헛간에서 1930년 태어난 부인을 찍은 것이고, 위쪽 사진은 내 젊은 부모(22세와 23세)가 외양간의 요셉과 마리아처럼 자기들의 갓 태어난

« NEIGE », c'est l'adorable prénom du premier bébé né au Forest de Vars depuis 47 ans

Le Forest-de-Vars. — En venant de Guillestre, il faut prendre la première route à droite à la sortie de Saint-Marcellin-de-Vars. Deux kilomètres plus loin, on laisse la voiture sur le bas-côté et l'ascension pédestre commence...

... Quinze minutes d'un chemin abrupt, caillouteux et herbeux, à la fois ; strié de rigoles alimentées par la fonte des neiges de l'Alpet et de la Mayt, encore tout encapuchonnés de blanc.

Soudain, au détour du chemin, la maison apparaît entre les arbres et dans le grondement du Rebrun dont les eaux bouillonnantes se hâtent vers la vallée.

Un torrent qu'il faut traverser à pieds mouillés, tant pis pour les chaussures de ville, à cette époque de l'année, avant d'arriver dans la cour de la vieille ferme typiquement haut-alpine.

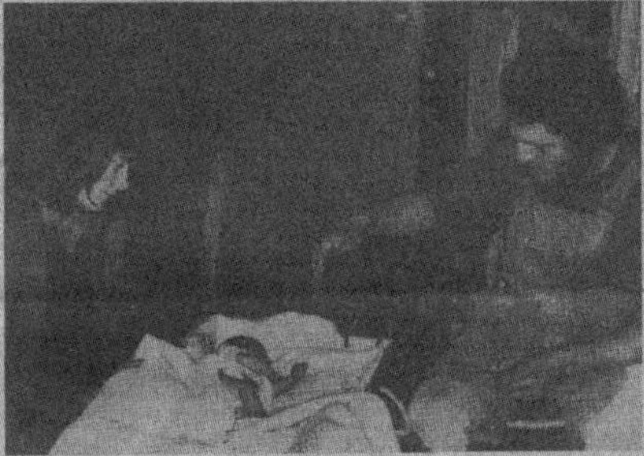

Un grand et beau barbu aux yeux bleus est là, qui fend du bois à la hache. Un peu sur ses gardes, sans doute, mais peut-être un peu timide aussi, sous des dehors volontairement décontractée. Mais bien sympa, tout compte fait, avec ses faux airs de Saint-Joseph.

Pas si faux que ça, après-tout, puisque Sammy Sinno est d'ascendance levantine...

« Entrez donc », lance-t-il en poussant la vieille porte de bois.

Et là, c'est l'émerveillement ! Une petite chose, à la frimousse encore plissée, dans les bras d'une jeune femme dont le visage épanoui porte encore les traces des douleurs de l'enfantement.

« Elle n'a que cinq jours, ma fille », annonce Sylviane Mignot, en s'asseyant sur une vieille chaise branlante, comme si elle devait s'excuser...

Nous sommes au Forest-de-Vars, plus exactement au lieu dit le Rebrun, dans ce vieux chalet de montagne, inhabité depuis des lustres, où Sammy et Sylviane sont venus abriter leur amour d'adolescents.

Amour réciproque, mais aussi amour de la nature, de la vraie vie, au contact des choses et des gens du pays — les plus proches sont à quinze minutes de marche — qui les ont, d'emblée, adoptés.

Le plafond bas, de poutres et de ciment mélangés, le sol de grosses planches, le lit de bois et le vieux poêle de fonte dans lequel les flammes dévorent les rondins en ronflant ; tout cela ramène cinquante ans en arrière et rappelle les pauvres conditions de vie d'antan.

UNE NAISSANCE « A L'ANCIENNE »

«Nous tenions à ce que notre enfant naisse là où nous nous sommes aimés », disent-ils en baissant les yeux.

Il y est né. Par une belle nuit de printemps, le 22 mai, après quatre heures des inévitables douleurs.

Sylviane et Sammy, qui poussent leur désir de retour à la nature jusqu'à se méfier des soins modernes, ont refusé toute idée d'une assistance médicale.

Sylviane a mis son enfant au monde sans aide, en la seule présence de Sammy, comme au bon vieux temps. Non sans inquiétude, c'est sûr, notamment au moment de sectionner le cordon ombilical.

Mais finalement, tout s'est bien passé. L'enfant est là, qui repose maintenant dans son berceau, une vieille « gamate » de bois (un récipient dans lequel les maçons travaillaient autrefois le ciment) sous laquelle Sammy a fiché quatre branches qui lui tiennent lieu de pieds.

POURQUOI PAS NEIGE ?

Dire que les problèmes sont tous résolus serait mentir. Le premier d'entre eux les oppose à l'administration.

« Notre fille, nous l'avons appelée « Neige », puisqu'elle est née au pays de la neige. Et voilà que les bureaucrates de Gap rejettent ce prénom », regrettent nos deux jeunes parents-amoureux.

«Nous connaissons, pourtant, au moins une fille, déjà grande, qui s'appelle Neige sans la moindre histoire ».

Serait-on plus rétrograde à Gap qu'ailleurs ? Et puis, Neige est-ce plus malsonnant qu'Euphrasie ou Zoé qui auraient été acceptés sans difficulté ?

Refus encore pour le patronyme. Sammy et Sylviane souhaitent donner à leur fille leurs deux noms accollés, Sinno-Mignot.

Cette double obstination administrative d'un autre âge surprend et irrite à la fois tous les Varsins qui ont pris fait et cause pour la petite « Boule de Neige ».

QUARANTE SEPT ANS APRÈS...

Autre aspect, non moins attachant, de cette naissance, là-haut dans la montagne. Aucun bébé n'avait plus crié pour au hameau du Forest depuis le 5 mai 1930. Oui, vous avez bien lu, depuis quarante sept ans.

L'avant-dernière née avait été, aussi, une fille. Née, comme Neige sans la moindre assistance médicale. Cela ne l'a pas empêchée de grandir et de devenir mère de famille : Mme Emilie Benoît, née Rostollan. Elle vit toujours à Vars, à Sainte-Catherine, sur l'autre flanc de la montagne, où nous sommes allés la surprendre dans le chemin creux où, un fichu sur la tête et le traditionnel tricot en mains, elle gardait son troupeau de génisses.

« Ils ont bien du courage, ces jeunes », nous a-t-elle dit sur le ton de l'admiration. Autant que les anciens « Forestiers » qui, pourtant ont tous déserté le Forest les uns après les autres »...

LUCIEN DAUTRIAT

Nos photos. — « Neige », une mignonne petite fille entre son papa et sa maman sous le regard d'une mère poule qui n'avait jamais vu de bébé.

Emilie Rostollan, maintenant Mme Benoît, est née, quarante sept avant, au Forest.

〈네주〉, 바르스 숲에서 47년 만에 태어난 첫 아기의 사랑스러운 이름

바르스 숲 — 기예스트르 쪽에서 가자면, 생마르셀랭드바르스를 지나자마자 오른쪽 첫 번째 길로 들어서야 한다. 그런 다음 2킬로미터를 더 가서, 길가에 차를 세우고 도보 등반을 시작하여……15분쯤 풀도 무성하고 자갈도 많이 깔린 비탈길을 오른다. 알페트 봉과 마이트 봉은 아직 백설을 이고 있지만, 그 눈이 녹아 물이 불어난 줍다란 개울들이 줄무늬를 이루고 있다.

문득, 길을 돌아서자 집이 나타난다. 집 양쪽으로 나무들이 무성하고 르브뢩이라는 급류의 물소리가 요란하게 울린다. 거품을 일으키는 그 물은 골짜기를 향해 빠른 속도로 흘러간다.

이 급류를 건너야만 알프스 고산 지대의 전형성을 보여 주는 낡은 농가의 마당에 다다르게 된다. 한 해의 이 철에는 신발이 축축하게 젖을 수밖에 없으니, 도회지용 구두를 신은 사람에게는 참 안된 일이다.

푸른 눈에 멋지게 수염을 기른 남자가 나와서, 도끼로 장작을 패고 있다. 약간 경계 태세를 취하고 있는 듯하다. 아니 어쩌면 조금 수줍어하는 것일 수도 있다. 태평한 겉모습이 그 점을 말해 준다. 아닌 게 아니라 무척 착한 사람이다. 어딘가 모르게 예수의 아버지 성 요셉을 생각나게 한다. 알고 보니 그리 잘못된 생각은 아니다. 이 남자 사미 시노는 지중해 동쪽 연안 레반트 지방의 조상에게서 나왔다니 말이다.

「그럼 들어오시죠.」 그가 낡은 나무문을 밀면서 말한다.

문이 열리자 눈앞에 경탄할 만한 광경이 펼쳐진다. 갓난아기가 아직 얼굴에 주름이 잡혀 있는 예쁜 모습으로, 젊은 여자의 품에 안겨 있다. 여자의 밝은 얼굴에는 산고를 겪은 흔적이 아직 남아 있다.

「이제 닷새밖에 되지 않았어요, 우리 딸아이.」실비안 미뇨가 알려 주면서, 흔들거리는 낡은 의자에 앉는다. 마치 사과라도 하는 표정이다.

이곳은 바르스 숲, 더 정확히 말하면 르브룅 급류 근처에 있는 산속의 낡은 오두막이다. 오래전부터 아무도 살지 않던 곳인데, 사미와 실비안은 자기네 풋사랑을 지키기 위해 여기에 온 것이다.

그들의 사랑은 상호적인 사랑이기도 하고, 자연에 대한 사랑, 진정한 삶에 대한 사랑이기도 하다. 그들은 이 고장의 자연과 사람들이랑 어울려 가며 산다. 가장 가까이에 사는 주민들이 도보로 15분 거리에 떨어져 있긴 하지만, 그 주민들은 곧바로 그들을 받아 주었다.

들보들과 시멘트가 드러나 있는 낮은 천장, 굵은 널빤지로 이루어진 바닥, 나무 침대, 무쇠 난로와 그 안에서 불꽃을 활활 일으키며 요란스럽게 타고 있는 통나무 장작. 그 모든 게 50년 세월을 뒤로 돌리고 예전 삶의 가난한 조건을 생각나게 한다.

〈옛날식〉 출생

「우리는 우리가 서로 사랑했던 바로 이곳에서 우리 아이가 태어나기를 바랐어요.」그들은 눈길을 낮추며 말했다.

아기는 그들이 바라던 곳에서 태어났다. 5월 22일, 아름다운 봄날 밤, 피할 수 없는 산통을 겪고 난 뒤의 일이었다.

실비안과 사미는 자연으로 돌아가고자 하는 욕구가 커짐에 따라 현대의 진료를 믿지 않고, 의료 지원 받는 것을 거부했다.

실비안은 먼 옛날에 그랬던 것처럼 아무 도움도 받지 않고 아기를 낳았다. 그저 사미 한 사람만이 곁을 지켜 주었다. 물론 불안감이 없었던 것은 아니다. 특히 탯줄을 자를 때에 그러했다.

하지만 결국 모든 일이 잘 풀렸다. 아기는 잘 태어나, 이제 요람 속에 누워 있다. 요람이라고 하지만, 그건 목제 〈반죽 통〉(예전에 미장이들이 시멘트를 가지고 일할 때 사용하던 용기)인데, 사미가 그 아래에 나뭇가지 네 개를 박아 다리를 달아 놓은 임시변통의 도구이다.

〈네주〉라는 이름은 왜 안 되는가?

그로써 문제가 모두 해결되었다고 말하면, 거짓말일 것이다. 첫 번째 문제는 행정 당국의 반대로 생겨났다.

「우리는 딸아이에게 〈네주〉라는 이름을 붙였어요. 아이가 눈의 나라에서 태어났거든요. 그런데 가프에 있는 군청 공무원들이 그 이름을 받아 주지 않아요.」 부모이자 연인인 두 젊은이가 아쉬움을 토로한다.

「하지만 우리는 네주라는 이름을 가진 여자아이가 적어도 한 명은 있다는 사실을 알고 있어요. 그 아이는 잘 자라서 아무런 문제 없이 그 이름으로 살고 있어요.」

가프라는 곳에서는 다른 데보다 사람들이 더 보수적인 것일까? 그리고 외프라지, 조에 같은 이름들은 어려움 없이 받아들여졌는데, 네주는 그런 이름들보다 더 귀에 거슬리게 들리는 것일까?[15]

성에 대해서도 관련 공무원들은 거부 조치를 취했다. 사미와 실비안은 자기네 두 성을 붙여 〈시노-미뇨〉라는 성을 딸아이에게 주고 싶어 했다.

시대에 뒤떨어진 공무원들이 이렇게 이중적으로 고집을 부리자, 바르스의 주민들은 경악과 분노를 아울러 느끼는 상황이다. 바르스 사람들은 모두가 작은 〈눈덩이〉와 한편이 되어 있다.

아기를 둘러싸고 있는 모습을 담은 것이다. 기자는 예수의 탄생을 상기시키는 그 비교를 무척 좋아하는 듯하다. 기사 전체에 걸쳐서 그 비교를 은유적으로 활용한다. 기자는 아기의 이름을 둘러싼 문제를 기사의 흥밋거리로 삼는다. 그는 순진함을 가장하며 묻는다. 이 젊은 부모가 자기네 아이의 이름을 자기들이 원하는 대로 짓겠다는데, 왜 그러도록 내버려두지 않는가? 그의 묘사에 따르면, 이 젊은 부모가 거주하는, 버려 두어 낡아 빠진 헛간에 다다르자면 개울을 건너가야 하고, 이들의 생활 방식은 주위 사회의 관행에 역행하며, 이들의 아기는 의료 지원을 받지 않은 채로 태어났고, 이들은 가난한 삶을 선택했다. 마을의 행정 사무소는 아기의 출생 신고를 받아 주지 않았다. 정말 이유를 알 수 없는 일이다. 이들이 너무 이상한 이름, 너무 별난 이름을 선택했기 때문일까? 아니면 그저 단순히 이들이 바로 이들이기 때문일까?

이 기사는 이름 말고 다른 것들에 대해서도 말하고 있다. 사회 주변부의 두 젊은이가 자연으로 회귀한 사실과 그들에 대해서 사회가 느끼는 양가의 감정도 다룬다. 그들은 호감을 주는 사람들이다. 전혀 위험해 보이지 않는다. 그런데 다른 사람들이 소중히 여기는 것을 고집스럽게 거부하는 태도는 하나의 위협처럼 보이기도 한다. 바로 그런 점 때문에 공무원들이 중간에 훼방을 놓은 것은 아닐까?

이 지방 신문은 며칠 뒤에 이름 문제를 다시 다루면서 한 독자의 편지를 싣는다. 그 독자의 확언에 따르면, 부르봉 파르마 가문 공작의 딸 이름도 네주이고 아무도 그 점에 대해서 이의를 달지 않았다. 이 이름은 계급과 권력에 관한 논쟁을 불러일으켰고, 이쪽저쪽 양편에 상처를 줄 만한 이데올로기적이고 실존적인 갈등을 야기했다.

나는 이름들 속에 깃들어 사는 유령들에 관해서 생각했다,[16] 하고 마일리스 드 케랑갈은 서글프게 쓰고 있다. 이름들, 그 단어들에는 흔적이 담겨 있다. 같은 이름을 쓴다고 해서, 그 흔적이 모두에게 똑같은 것은 아니다. 우리를 따라다니는 유령에게 이름을 붙여 주면, 우리는 그 유령으로부터 조금은 해방될 수 있을까?

우리 부모는 어느 집 족보에서도 찾아볼 수 없는 이름을 우리 자매에게 붙여 주고 싶어 했다. 눈과 장미, 이는 자연의 생생한 힘을 가리키는 이름이지, 어떤 계통이나 문화나 종교와 관련된 이름은 아니다. 우리와 함께 무언가가 영속하기보다는 새롭게 시작하게 하는 이름, 우리 부모가 열망하는 새로운 세계 같은 무언가를 만들어 내는 이름인 것이다. 이 이야기는 단순히 이름의 문제가 아니라 이를 보는 특별한 관점에 대한 문제라고 할 수 있다. 내 어머니는 내 아버지와 결혼하지 않았고, 나와 내 여동생에게 자기 성을 물려주려고 했다. 자식들에게 어머니 성을 붙여 주는 것은 그녀가 보기에 당연한 일이었기 때문이다. 그 성은 우리를 통해 계속 존재할 수 있으며, 한 남자나 사회의 결정에 의해 포기하지 않아도 되는 것이었다. 누군가에게는 쉽게 허락될 수 있는 일이 행정 당국의 결정에 따라 어머니에게는 다시 한번 거부된 셈이다.

내 의붓아버지가 생겨남에 따라, 이름을 둘러싼 그 싸움은 흐지부지되어 버렸다. 또다시 어머니가 포기한 듯하다. 그 이유는 알지 못하지만, 이 역시 지배력의 효과가 아닌가 싶다. 내 어머니는 결혼식을 올리고 그의 성을 자기 성으로 삼는다. 그녀가 그와 함께 낳은 두 아이 역시 그의 성을 따르고, 그가 선택한 이름들로 불리게 된다. 내 남동생은 그가 좋아하는 조니 할리데이의 이름을 따서 조니라 불릴 뻔했지만, 아슬아슬하게 그것을 면한다.

재판이 끝나고 한두 해가 흐른 뒤에, 어머니는 이혼을 하고 마침내 결혼하기 전의 성을 되찾는다. 이제 내 의붓아버지에 대해 얘기할 때, 어머니는 그냥 간단히 그의 이름을 말하는 대신 그의 성을 분명하게 말한다. 아마도 자신과 그를 구별 짓기 위함일 것이다. 나 역시 나쁜 영혼을 불러들이는 기분을 느끼지 않고는 그의 이름을 발음할 수 없다. 로즈는 그의 이름을 구성하는 소리가 들릴 때마다 온몸이 뻣뻣해지는 느낌이 든다고 한다. 마치 그 이름 속에 흉조가 깃들어 있어서 그가 금방이라도 나타날 것만 같다고 한다.

그는 언어를 통해서 우리를 지배하려고 시도했다. 그는 우리가 아빠라고 불러 주기를 원했다. 그리고 어떤 가정에서 그러듯이, 우리에게 애칭을 지어 주고 싶어 했다. 구성원들이 더 친밀해지고 단란해지도록 우리끼리만 쓰는 이름을 지으려 한 것이다. 자기 나름대로 그럴싸한 논거를 댔던 듯하다. 애칭이란 사랑이고, 우리 사이의 관계가 바깥사람들과 맺은 관계보다 더 긴밀하다는 것을 보여 주는 방식이라는 식으로. 하지만 애칭에 관한 그런 이야기 역시 우리를 지배하는 하나의 방식임은 아주 분명했다. 그가 우리의 애칭이라며 골라낸 이름들이 얼마나 우스꽝스러운지 생각하면 그 점에 의심의 여지가 없었다. 나는 〈네네〉가 되고 내 여동생은 〈로로〉가 될 판이었다. 그는 분명코 우리 아버지가 붙여 준 이름에 그런 힘을 행사함으로써 우리 아버지를 모욕하고자 했다. 우리 아버지가 선택한 네주와 로즈 대신 우리를 네네와 로로라는 이름으로 부르려 한 것이다. 하지만 우리는 저항했다. 우리가 어떤 식으로 싸웠는지는 잘 기억나지 않는다. 그 싸움은 분명 오래 걸렸을 것이고 고되었을 것이다. 하지만 그는 결국 포기하고 말았다. 우리는 그를 아빠라고 부르지 않았고, 우리 이름을 지켜 냈다. 우리가 그 싸움에서 이긴 것이다. 하지만 다른 전선에서는, 다른 모든 전선에서는 우리가 졌다.

PLUS DE PEUR QUE DE MAL !

En cette matinée du 6 mars, le Spéléo-Club de la MJC de Bellegarde organisait une excursion à la grotte des Huguenots. C'était la cinquième visite proposée aux curieux du monde souterrain dans le cadre de la quinzaine spéléo. Le petit groupe composé de huit personnes était guidé par le dynamique et sympathique jeune président, Ivan Ragon. Il y avait là des hommes d'âge mûr (comme quoi, il n'est jamais trop tard pour taquiner l'aventure...) et deux jeunes et charmantes demoiselles : Neige et Florence. Après une petite et agréable marche d'approche dans la nature ensoleillée, le groupe parvient à l'entrée. Chacun s'équipe, Ivan donne les instructions pour la manipulation des lampes à acétylène et en avant ! La première partie s'effectue sans problèmes. Pour certains, c'est un baptême et le franchissement du seuil ne s'est pas fait sans appréhension. Cette grotte, bien que réputée pour l'initiation est de difficulté moyenne. Il y a un petit lac à franchir en deux fois et quelques passages d'escalade. Ce qui peut paraître élémentaire en plein jour l'est beaucoup moins dans le noir et l'humidité. Arrivé au lac, Ivan gonfle un petit dingy. Les deux demoiselles embarquent d'abord et Ivan, qui est équipé pour entrer dans l'eau jusqu'aux épaules les pousse doucement jusqu'à l'autre rive à une vingtaine de mètres, puis revient chercher les autres explorateurs. Ceux-ci passeront un à un, poids oblige !

Cette petite croisière souterraine leur a fait découvrir de magnifiques concrétions et un vestige de pont de calcite. La seconde partie du franchissement du lac sera plus courte, mais plus cocasse. Il n'y avait cette fois qu'une dizaine de mètres de traversée. La même opération fut répétée, mais, au moment d'accoster en face les deux filles se penchèrent du même côté et firent chavirer leur esquif. Il n'y avait aucun danger, sauf celui de mouiller sa montre. Les deux spéléos en herbe en furent quittes pour un petit bain d'eau fraîche et un moment d'émotion. Cette péripétie déclencha l'hilarité générale, y compris celle des représentants du sexe "dit faible". Pour un baptême, c'en était un ! Qui osera encore dire que les jeunes ne se mouillent pas !... Le groupe poursuivit son exploration comme prévu jusqu'au siphon terminal. Au delà du siphon, ce n'est plus une affaire de novices et pourtant c'est là que commence la partie la plus vaste de la grotte (mais pas la plus jolie). Le voyage de retour se déroula sans incident cette fois. Cependant, les deux baigneuses se hâtèrent de retrouver les voitures pour mettre des vêtements secs. Le soleil était chaud, l'air était doux, ce fut une bonne matinée dont tous garderont un bon souvenir.

어려움보다는 두려움이 더 많았어요!

그날 3월 6일 오전을 기해, 벨가르드 청소년 센터의 동굴 탐사 클럽이 위그노 동굴 소풍을 기획했다. 그건 2주일에 걸친 동굴 탐사의 일환으로 지하 세계에 호기심을 느끼는 사람들에게 제안된 다섯 번째 방문이었다. 여덟 사람이 작은 탐사대를 이루었고, 활동적이고 호감이 넘치는 젊은 탐사대장 이반 라공이 안내를 맡았다. 대원 중에는 노년이 멀지 않은 중년의 사람들도 있었고(하기야 모험을 즐기는 데에 나이가 무슨 상관이랴…), 젊고 호감이 넘치는 두 아가씨 네주와 플로랑스도 있었다. 그들 일행은 볕바른 자연을 마주하고 진입로를 유쾌한 기분으로 잠시 걸은 뒤에 입구에 다다른다. 저마다 장비를 갖추고, 이반의 지시에 따라 아세틸렌 램프의 작동법을 익힌 다음 전진! 첫 구간을 이동하는 데는 아무 문제가 없다. 몇몇 사람들에게 그건 일종의 세례이고, 그렇게 문지방을 넘는 일은 아무런 두려움 없이 이루어졌다. 그 동굴은 입문용이라고 알려져 있긴 하지만, 탐사하기엔 중간 정도의 난이도다. 작은 호수를 두 번에 걸쳐 건너야 하고 통로 몇 군데를 기어 올라가야 한다. 밝은 대낮에 한다면 간단한 일로 보이지만, 어둡고 축축한 곳에서는 별로 녹록하지가 않다. 호수에 다다르자, 이반은 작은 고무보트에 바람을 넣는다. 두 아가씨가 먼저 보트에 오르자, 이반은 어깨까지 물에 들어갈 수 있도록 장비를 갖춘 채로 그들을 20미터 건너편에 있는 기슭으로 밀어 간다. 그런 다음 다른 탐사자들을 태우러 돌아온다. 다른 탐사자들은 무게가 넘치지 않도록 유의하면서 차례차례 호수를 건너간다.

지하에서 그렇게 탐사 횡단을 하면서, 그들은 멋진 석회질 결핵을 구경하고 다리의 잔해처럼 보이는 방해석 결정을 살펴본다.

다른 지점에서 호수를 한 번 더 건너야 하는데, 거리는 더 짧지만 얄궂은 일이 벌어진다. 이번에 횡단할 거리는 10미터밖에 되지 않았다. 처음 건너던 때와 똑같은 방식으로 일이 진행되었는데, 맞은편 기슭에 닿는 순간 두 아가씨가 한쪽으로 쏠리는 바람에 보트가 뒤집어졌다. 손목시계가 물에 젖었을 뿐 위험한 사태는 벌어지지 않았다. 물에 빠진 두 새내기 탐사대원은 찬물로 목욕을 하고 잠시 얼떨떨한 기분을 맛보았다. 그 돌발 상황은 일행의 폭소를 불러일으켰다. 〈약한 성〉이라는 여성 대원들 역시 웃음을 터뜨렸다. 물로 씻었으니 이건 그야말로 하나의 세례가 아닌가! 요즘 젊은이들은 세례하지 않는다고 누가 감히 말할 수 있으랴……. 탐사대는 예정대로 호수 끄트머리의 도수관에 다다를 때까지 탐사를 계속한다. 그 너머로 동굴의 가장 넓은 부분이 펼쳐지긴 하지만 더 볼 만한 것이 있지는 않다. 돌아 나올 때는 아무 탈이 없었다. 하지만 물에 빠졌던 두 아가씨는 서둘러 자동차로 돌아가 마른 옷으로 갈아입었다. 햇살은 따사롭고 바람은 부드러웠다. 모두 이 행복한 아침나절을 좋은 추억으로 간직할 것이다.

내가 두 번째로 나온 신문에도 내 사진이 실려 있다. 나는 이마에 전등을 단 모습으로 공기 주입식 고무보트나 소형 보트로 보이는 배의 앞쪽에 앉아 있다. 내가 열여섯 살을 눈앞에 두고 있을 때의 일이다. 내 어머니의 어릴 적 남자 친구 한 사람이 동굴 탐사에 열광적으로 관심을 쏟고 있었는데, 그는 지역의 청소년 센터와 함께 동굴 탐사 행사를 개최했다. 기자가 지적하고 있는 것처럼, 우리의 지하 모험은 쥘 베른의 모험 소설보다는 이니드 블라이튼의 『페이머스 파이브』(소문난 악동 5총사)에 더 어울리는 것이라서, 우리는 어려움보다는 두려움을 느꼈다.

1993년에는 아직 인터넷이 없었다. 사람들은 지방 신문을 보면서 세상 소식, 지방 소식, 마을 소식을 알아냈고, 삼쌍승식 경마의 결과를 확인했다. 그리고 당연한 얘기지만, 사회면 보도 기사를 읽기도 했다. 나는 집단생활의 크고 작은 재난에 관한 기사들이 실리는 지면에 무사태평하게 기쁨을 함께 나눈 시간에 관한 기사를 싣는 게 멋진 일이라고 생각한다. 그날 내가 지하의 호수에 빠졌던 일이 어렴풋하기는 하지만, 땅속으로 내려갈 때 받은 강한 인상은 생생하게 남아 있다. 동굴 속은 고요했고, 축축하고 거무스름한 내벽들은 마치 세계의 신비한 중심으로 인도하는 기이한 창자처럼 살아 있는 듯했다.

나는 왜 이 기사를 여기에 소개하는 걸까? 독자들이 보기에 이 기사는 내가 말하고자 하는 일과 아무런 관계가 없지 않을까? 사실, 아무런 관계가 없다. 이 기사는 그저 성적 학대의 피해자들 역시 등반이나 수영이나 동굴 탐사를 하는 보통 사람들임을 보여 주는 증거, 지난 세기의 화려하고 매력적인 문체로 그것을 보여 주는 증거일 뿐이다. 그 피해자들에게 지하의 호수에 빠지는 일이며 양말을 적시는 일이 벌어질 수도 있음을 보여 주는 것이다.

내가 세 번째로 신문에 나왔을 때는 사진이 실리지 않았다. 이름들도 나오지 않았다. 하지만 모든 것이 이 기사에 담겨 있다.

사실을 간단하게 서술하기는 쉽지 않다. 기자는 이 기사의 부제에 느낌표를 붙일 때부터, 〈의붓아버지〉가 너무나 비열해서 그를 뭐라고 불러야 할지 모르겠다고 말하는 대목에 이르기까지 자기의 분노를 표현한다. 그런데 그는 자기도 모르는 사이에 그 시절의 선입관을 그대로 옮겨 놓는다. 그의 말에 따르면, 이 젊은 여자는 자신을 해방하기 위해서, **무시무시한 비밀**로부터 자신을 해방하기 위해 자기가 겪은 일을 털어놓는다. 사람들은 이 젊은 여자가 비밀을 털어놓은 뒤로 **무거운 짐**을 남들과 나누어지게 되어 훨씬 잘 지낼 거라고

7 ans de calvaire pour une fillette

HAUTES-ALPES. Le nouveau mari de sa mère en avait fait son "objet sexuel" alors qu'elle n'avait que 9 ans ! Durant près de sept années, la fillette a dû subir sans relâche agressions sexuelles et viols. Aujourd'hui majeure, elle s'est confiée et sa mère a déposé plainte. Le "beau père" a été écroué hier

Chaque fois que l'on prend connaissance de tels faits, les mots manquent pour exprimer la colère, l'émotion et l'indignation ressentis. Ils manquent aussi assurément pour qualifier leur auteur, un homme de 39 ans, écroué, hier matin, à la maison d'arrêt de Gap. Durant six années dans un village de la Vallouise, cet individu a agressé et violé la fillette de sa femme (1), de façon régulière et sordide. L'enfant avait 9 ans à peine lorsque le nouveau compagnon de sa mère a commencé ses agissements. Dès 12 ans, il lui imposait des relations sexuelles, lesquelles n'auront cessé que lorsque la jeune fille aura atteint un certain degré de maturité. Son calvaire remonte en fait à la fin des années 80 et au début de cette décennie.

Aujourd'hui majeure, poursuivant des études dans une grande métropole régionale, la jeune femme n'a plus été en mesure de garder son terrible secret, de porter seule ce lourd fardeau. Il y a quelques mois, elle s'est confiée à sa mère, ouvrant par là même (en révélant les agissements de son "beau-père") une plaie immense au niveau de la structure familiale.

Il aura fallu alors plusieurs mois à cette mère pour assumer le choc. De son second mariage et au fil des ans sont nés en effet deux enfants… Finalement, au début de ce mois, et après mûre réflexion, la mère s'est rendue au parquet de Gap. Et a parlé, déposant plainte entre les mains de la justice. Immédiatement, le substitut du procureur de la République, Michel Redon, a saisi les gendarmes de la brigade de recherche de Briançon. En deux semaines, faisant preuve de diligence, de perspicacité mais aussi de baucoup de tact, les enquêteurs ont multiplié les investigations et les auditions.

Finalement, ces dernières heures ils ont interpellé le "beau-père"… lequel a entièrement reconnu les faits. Pour seuls arguments de défense, l'homme a invoqué les *"difficultés relationnelles"* éprouvées avec la fillette lorsqu'il s'est mis en ménage puis marié avec sa mère. Il considérait que c'était là *"le seul moyen pour lui de rentrer en relation"* avec l'enfant.

Guide en saison d'été, il jouissait semble-t-il d'une excellente réputation dans la vallée et plus particulièrement au village où la famille réside. Hier matin, après que le parquet de Gap eut ouvert une information judiciaire, l'individu a été présenté au juge d'instruction, en l'occurrence à Mlle Louis, assurant l'intérim. Celle-ci lui a signifié sa mise en examen du chef de "viols sur mineurs" de moins de 15 ans "par personne ayant autorité".

Un crime et des circonstances aggravantes qui sont passibles de la cour d'assises et pour lesquels ce beau-père indigne encourt jusqu'à 20 ans de réclusion criminelle.

Jean BEVERAGGI

(1) Rappelons une nouvelle fois que le fait de ne pas révéler dans nos colonnes l'identité de la personne mise en examen (et bénéficiant jusqu'à son jugement de la présomption d'innocence) dans cette sordide affaire, relève de la seule nécessité, dictée par la loi et le bon sens, de protéger la victime et ses proches.

Le Dauphiné libéré, 2000년 6월

어린 소녀가 보낸 7년간의 수난

오트잘프. (고지 알프스) 그녀가 겨우 아홉 살이던 시절, 그녀 어머니의 새 남편이 그녀를 〈성적인 대상〉으로 삼았다! 7년 가까운 세월이 흐르는 동안, 이 어린 소녀는 쉼 없이 성적인 학대와 강간을 당해야만 했다. 그녀는 이제 성년이 되어 비밀을 털어놓았고, 그녀의 어머니는 고소장을 제출했다. 그 〈의붓아버지〉는 어제 수감되었다.

이런 사실을 알게 되면, 분노가 치밀고 슬픔이 북받치지만 그 마음을 말로 표현할 수가 없다. 어제 아침 가프 구치소에 수감된 39세의 그 범인을 말로 형용하고자 해도 역시 말이 부족하다. 그 남자는 발루이즈의 한 마을에서 6년 동안 자기 아내의 어린 딸을 규칙적으로 그리고 비열하게 학대하고 강간했다.[1] 아이는 자기 어머니의 새 반려자가 못된 짓을 벌이기 시작했을 때 겨우 아홉 살이었다. 아이가 열두 살이 되자, 그는 아이에게 성관계를 강요했고, 그 관계는 소녀가 얼마쯤 성숙한 뒤에야 멈춰졌다. 그러니까 아이는 1980년대 말에서 1990년대 초에 걸쳐서 수난을 당한 것이다.

　이제 성년이 된 이 여성은 이 고장의 대도시에서 학업을 이어가는 중이다. 그녀는 자기의 무시무시한 비밀을 감추지 않을 수 있게 되었고, 더 이상 그 무거운 짐을 혼자서 지고 가지 않아도 된다. 몇 달 전, 그녀는 어머니에게 비밀을 털어놓았다. 그럼으로써 (자기 〈의붓아버지〉의 소행을 폭로함으로써) 식구들 사이에 생겨났던 어마어마한 상처를 드러낸 것이다.

　어머니가 그 충격을 있는 그대로 받아들이는 데에는 몇 개월의 시간이 필요했다. 사실 그 두 번째 남자를 만나 몇 해를 함께 사는 동안 두 아이가 더 생겨난 마당이다.

　　이윽고 긴 숙고를 거친 어머니는 이달 초에 가프의 검찰청 지청을 찾아갔다. 그리고 자초지종을 말한 뒤에 고소장을 제출했다. 검사 대리 미셸 르동이 곧바로 브리앙송 수사대의 형사들을 소집했다. 수사관들은 2주일에 걸쳐서 신속하고 예리하게, 또한 임기응변을 능숙하게 발휘하며 조사와 심문을 거듭하였다.

　　결국 수사관들은 지난 몇 시간 동안 그 〈의붓아버지〉를 신문하였고, 그는 범행을 완전히 인정했다. 그가 자신을 방어하기 위해 내세운 근거는 단 하나, 〈관계의 어려움〉이었다. 그가 소녀의 어머니와 살림을 차리고 결혼을 했을 때 그 어린 딸아이와 관계를 맺는 데에 어려움이 있었다는 게 범행의 이유였다. 그는 그 범행이 아이와 〈관계를 맺기 위한 유일한 수단〉이었다고 주장했다.

　　여름철에 등반 안내인을 하던 그는 발루이즈 계곡에서, 특히 그의 식구들이 사는 마을에서 명성을 누리고 있었던 모양이다. 어제 오전 가프의 검찰이 증거 조사를 마치고 나서, 그를 수사판사 직무 대리를 맡고 있는 루이 여사에게 넘겼다. 그는 〈보호자의 권한을 가진 사람에 의한〉 15세 이하 〈미성년자를 상대로 한 강간〉 혐의로 입건되었다.

　　그건 하나의 범죄이자 가중 사유로 중범죄 재판으로 이송될 수 있는 터라, 그 비열한 의붓아버지는 20년 이하의 징역형을 받게 될 것이다.

장 베베라지 기자

(1) 다시 한번 상기하거니와, 본 기사에서 입건된 사람(그리고 유죄 판결이 확정될 때까지는 무죄로 추정된다는 원칙의 이득을 보는 사람)의 이름을 밝히지 않은 것은 법률과 상식에 따라 피해자와 그 근친들을 보호한다는 단 한 가지 필요에 부응한 것이다.

상상한다. 그런데 내가 스스로를 해방시키기 위해 그것을 털어놓았다는 말은 조서 어디에도 없다. 사실 나는 다른 사람들을 보호하기 위해 말한다고 처음부터 분명하게 주장하고 있다. 하지만 사람들은 모두 계속 믿는다. 내가 나 자신을 위해서 그런 일을 했다고 생각하는 것이다. 사람들은 더 나아가, 내가 내 목적에 도달하기 위해 내 주위 사람들을 조금 희생시켰다고 생각하기도 한다.

일이 벌어졌고 그 일을 겪은 사람은 바로 나다. 여기에서 말하는 **나**는 누구인가? 산속의 주변인들이 낳은 딸이 자라 성인이 된 그 여자인가? 호수에 빠진 〈약한 성〉의 동굴 탐사자인가? 7년 동안 수난을 겪은 뒤에 비통한 증언을 글로 남김으로써 마침내 스스로를 해방시킨 그 소녀인가? 말하는 사람이 정확히 누구인가 하는 것은 어쩌면 중요하지 않을지도 모른다. 이 이야기가 어디에서 왔는지, 어떤 마음에서 나왔는지는 중요하지 않다고 생각할 수도 있을 것이다. 하지만 이야기란 어떤 삶에서 나왔느냐에 따라서 서로 다를 수도 있을 것이다. 나는 위의 세 소녀이고 또 다른 많은 소녀들이기도 하다. 내 안에는 그 모든 목소리가 있다.

공포 영화 같은 나의 삶

극단적인 악몽에 시달릴 때가 있다. 악몽 속에서 그는 나를 강간하려고 쫓아온다. 나는 숨기도 하고, 그에게서 빠져나가기도 한다. 그를 달래 보려고 그럴싸하지 않은 말을 늘어놓다 보면 뜻밖에도 그 말이 먹혀들어서 그의 관심을 딴 데로 돌리기도 한다. 때로는 그에게 붙잡혀 결국 강간을 당하고 만다. 때로는 그에게서 벗어나려고 그냥 달린다. 구원을 요청하느라 소리를 지르지만 아무리 악을 써도 입 밖으로 소리를 내지 못하는 채 마구 달아난다.

한번은 이런 꿈을 꾸었다. 내 여동생이 몸은 아이인데 어른 같은 말투로 나에게 말한다. 그가 자기를 강간하지는 않았지만, 우리 남동생의 어린 친구들이 우리 집에 자러 오면 그 어린아이들 모두에게 손을 댄다는 것이다. 나는 그 어린아이들을 찾아보려고 어느 마을에 가서 갖가지로 애를 쓰지만, 그 마을엔 내가 모르는 골목들이 너무나 많다. 나는 숨을 헐떡거리며 달리다가, 두근두근 뛰는 가슴으로 잠에서 깨어난다.

때로는 반쯤 에로틱한 꿈을 꾼다. 얼마간 성적인 분위기를 풍기는 무대 한복판에서, 어떤 만남이 이루어진다. 알몸으로 있는 것이 매우 부적절한 이상야릇한 장소지만, 그런 상황에서도 우리는 전혀 혼란을 느끼지 않는다. 내 파트너는 돌아누워 있거나 옆으로 누워 있거나 어둠 속에 있다. 나는 애인이라고 생각하며 그에게 다가가는데, 문득 그의 얼굴이 분명하게 보인다. 비웃음을 흘리는 가면, 바로 그 사람이다.

무엇보다 공포 영화와 비슷한 꿈을 자주 꾸는데, 엄밀히 말해서 그건 일반적인 공포 영화라기보다 데이비드 린치의 컬트 영화에 더 가까운 꿈이다. 이 꿈들은 그저 무어라 형언할 수 없는 공포의 감정, 언제나 끈적끈적하게 달라붙어 있는 감정에 지배된다. 어떤 장면이 펼쳐지든 그런 감정이 배어든다. 나는 꿈이 시작될 때부터 그가 있다는 사실을, 그가 계속 있으리라는 것을 알고 있다. 그는 살펴보고 있다. 아니, 자기가 나설 순간을 기다리고 있다.

미국 멜로드라마 같은 나의 삶

나는 서민 계층 출신이다. 처음엔 시골의 히피족 비슷한 환경에서 자랐고, 그 뒤로 어머니가 새 남자를 만나 결혼했을 때는 매우 초라한 환경에서 자랐다. 우리는 임시변통으로 둘러맞춰 놓은 조건에서 살았다. 내 어머니, 의붓아버지, 네 아이(나를 맏이로 하여 딸 셋에 아들 하나)가 수리한 폐가에서 살았는데, 이 집은 늘 고치고 또 고쳐야 하는 상태였고 어머니는 살림을 하고 의붓아버지는 공사판에 나가서 일했다. 처음 몇 해 동안 성적 학대를 당하고 나서 내 몸에 탈이 난다. 심각한 척추 측만증이 생겨난 것이다. 어쩔 수 없이 나는 전문 병원에 오래 입원하여 치료를 받는다. 의료진의 결정에 따라 나는 비쩍 마른 몸에 작은 코르셋을 받쳐 입는다. 프리다 칼로의 그림에 나오는 것과 같은 이 의료용 코르셋은 척추가 똑바로 자라도록 도움을 준다고 한다. 내 척추는 일견 처음부터 잘못 생겨난 것처럼 보이고, 엄청난 짐의 무게에 짓눌린 듯 비틀리게 자라고 있다는데, 그게 무엇에 기인한 것인지는 아무도 알지 못한다. 하지만 나는 그런 상황에 낙담하지 않는다. 내 학교 성적은 매우 우수하다. 선생님들은 그 성적에 주목하고 내가 공부를 계속하도록 격려한다. 나는 발군의 성적을 보이며, 니스에 있는 대학에 진학하고, 마르세유에서 학업을 이어간 뒤에, 교환 장학금을 받아 미국에서 공부를 계속한다. 나는 대학에서 학업을 닦으며 새 친구들을 만나게 되는데, 교양이 풍부하고 나보다 사귐성이 좋은 그 친구들 덕분에, 나는 내가 무엇을 해야 하는지 깨닫는다. 나는 다른 아이들을 보호하기 위해서, 그리고 정의를 요구하기 위해 나를 강간한 자를 고소해야 한다는 깨달음을 얻은 것이다. 내가 어머니에게 말하자, 어머니는 심사숙고 끝에 마침내 나와 동행하여 고소장을 제출한다. 재판이 열리고, 죄인이 법정에 선다. 죄인은 유죄 판결을 받는다. 어린 자식들은 몇 년 동안 보호를 받는다. 나는 자유로운 몸으로, 다시 미국으로 떠나고 이어서 멕시코로 옮겨 간다. 그러는 동안 문학 박사 학위를 받고, 책을 쓴다. 또 괜찮은 남자를 만나 아이를 하나 낳기도 한다. 어느 날 나는 어릴 때 나에게 벌어진 일을 딸아이에게 들려준다. 딸아이는 그 일을 〈있을 수 없는 일〉로 여긴다. 자기가 경험한 삶과는 몇 광년이나 될 만큼 거리가 멀기 때문이다. 먼 훗날, 딸아이가 성년에 달하고 나는 거의 노년에 다다를 즈음에, 그녀가 이 책을, 내 삶의 그 무시무시한 순간을 이야기하는 이 책을 읽는다. 우리는 웅장한 풍광을 마주하고, 테라스에 앉아 있다. 멀리 안개가 보인다. 멕시코 미초아칸주에 있는 우리 집 맞은편의 언덕 위로 안개가 미끄러져 간다. 딸아이는 이 집에서 어린 시절을 보낸 뒤에, 외국에 공부하러 이 집을 떠났고, 늙은 부모와 며칠을 함께 보내기 위해 이따금 돌아온다. 딸아이가 두 손을 모아 내 손을 잡는다. 딸아이는 눈물을 조금 흘리지만, 나는 울지 않는다. 다행스러운 기분이 든다.

하나의 해피엔드

바로 앞에서 해피엔드를 들려주었다. 하지만 당연히 해피엔드란 없다. 어린 시절에 성적으로 학대를 당한 사람에겐 해피엔드가 있을 수 없다. 미국 영화들이 우리에게 그려 보이는 것과 같은 생존자의 신화를 믿는 건 실수이고 불안의 원천이다. 그런 신화를 믿으면, 시간이 선형으로 이어진다고 생각하면서, 피해자가 고소인으로, 살아남은 사람으로, 만족하는 사람으로 나아간다는 믿음을 갖게 된다. 사실, 우리는 시간이 순환적이라는 것, 시간은 오고 가고 다시 돌아오기를 영원히 되풀이한다는 것을 알고 있다. 콜럼버스 발견 이전의 사람들도 이미 그 점을 알고 있었고, 고대 그리스 사람들, 적어도 헤라클레이토스 이후로는 그 점을 알고 있었다. 결말은 없다. 결말이란 그저 시나리오의 문제일 뿐이다. 영화는 어느 시점에 멈춰야만 한다. 그러니까 살아남은 남자, 살아남은 여자가 걸어온 역정에 끝이 있는 것은 놀랄 일이 아니다. 살아남은 사람은 별로 나쁘지 않게 역경에서 벗어나기도 하고, 역경이 시작될 때의 조건에 비하면 아주 훌륭하게, 심지어는 경이로운 방식으로 벗어날 수도 있다. 하지만 그렇게 빠져나왔다고 해서 행복감을 느끼는 것은 아니다. 내 역할을 맡은 배우가 느끼는 평온한 기분, 아픔이나 괴로움이 없지는 않았지만 어린 시절에 성적 학대를 겪지 않은 내 딸아이 옆의 이 의자에 앉아 있는 배우의 그 기분을, 생존자들은 느끼지 않을 것이다. 그도 그럴 것이 나 역시 행복한 결말이라는 그런 고약한 감정을 느끼지 않으니까 말이다. 그게 끝난 일이 아니라는 게 그 이유다. 그 일은 나에게도, 당신에게도 어느 누구에게도 끝나지 않았다. 지상에서 그런 일을 겪는 아이가 있는 한, 절대로 끝나지 않을 것이다. 우리들 가운데 어느 누구에게도.

그렇기는 해도 우리가 그 트라우마에 관해서 말할 수 있게 되면, 이미 조금은 구원을 받은 것이 사실이다. 그렇다고 말이나 문학을 통해 치료가 이루어진다는 뜻은 아니다. 오히려 무언가를 하고 나서야 비로소 글을 쓸 수 있게 된다. 터널에서 벗어나는 작업을 어느 정도 해내야 글쓰기가 가능해지는 것이다. 들뢰즈가 한 이런 말이 생각난다.

> 사람들은 신경증을 지닌 채로 글을 쓰지 않는다. 신경증이든 정신병이든 그런 병들은 삶이 실현되는 통로가 아니라, 삶의 진행이 중단되고 방해되고 막힐 때 사람들이 빠져드는 상태이다. 그런 질병은 삶의 절차나 과정이 아니라, 과정의 중단이다.

결국 앙토냉 아르토의 유명한 문장(누구든 갖가지 방식으로 인용하는 명구), 즉 어느 누구도 사실상 지옥에서 탈출하기 위함이 아니라면, 그림을 그리거나 무언가를 조각하거나 빚어내지 않았고, 건물을 짓거나 무언가를 발명하지도 않았다,[17] 하는 말은 어쩌면 지나친 오해에서 비롯된 것인지도 모른다. 실제로 일은 그 반대로 벌어진다. 다시 말해서, 쓰거나 그리는 사람은 사실상 이미 지옥에서 빠져나왔고, 바로 그렇기에 쓸 수 있는 것이다. 지옥에 갇혀 있으면, 아무것도 쓰지 않고, 아무 얘기도 들려주지 않으며, 아무것도 발명하지 않는다. 그저 지옥 속에 있기에도 너무 벅차기 때문이다.

버지니아 울프가 쓴 대로, 우리가 어떤 사건에 관해서 말할 수 있는 것은, 그 사건이 진짜 고통에서 떨어져 나와 비현실의 양상으로 있기 때문이다. 그 사건은 언어를 통해서 포착될 때에만 현실이 된다.

과감하게 설명해 보자면, 내 경우에는 충격을 받을 때마다 그것을 설명하려는 욕구가 뒤따르는 게 아닌가 싶다. 내가 한 대 얻어맞았다는 느낌이 든다고 치자. 내가 어릴 때 생각하기로는 그것이 그저 일상생활의 솜덩이 아래 숨어 있는 어떤 적으로부터 나온 타격이었지만, 사실은 그렇지 않다. 이 충격은 어떤 질서가 갑작스럽게 드러나는 일이다. 당장 드러나지 않았다 해도 장차 드러날 것이 분명하다. 그것은 외양 뒤에 숨어 있는 실제적인 무언가의 징표이다. 그리고 나는 그것을 말로 표현함으로써 그게 현실이 되게 한다. 오로지 말로 표현함으로써만 그것을 온전하게 만드는 것이다. 여기서 온전하다는 말은 그것이 나를 다치게 할 힘을 잃었다는 뜻이다. 끊어진 부분들을 그렇게 하나로 합치는 것은 나에게 큰 기뽐을 준다. 아마도 그렇게 합침으로써 고통을 없애기 때문인 듯하다. 아마도 그때의 기쁨이 내가 아는 한 가장 강렬한 기쁨이 아닌가 싶다.[18]

진실을, 모든 진실을, 오로지 진실만을 말하세요

열네 시간에 걸쳐 재판이 진행되는 동안, 내 친구들과 가족, 마을 사람들과 예전의 선생님들, 그리고 모르는 사람들 상당수가 경악의 눈길로 지켜보는 가운데, 다시 말해서 그날 가프의 중죄 재판소에서 소녀 강간 사건에 대한 재판이 열린다는 것을 알고 법정에 참관하러 온 사람들이 놀란 눈으로 지켜보고 있는 가운데, 그는 자기가 기소된 행위들에 대해 대다수 사실이라고 인정한다. 이미 신문을 받은 터이지만, 그는 검찰에게 했던 말을 되풀이해야 한다. 일은 그렇게 반복된다. 디테일이 필요하고, 사실을 분명하게 밝혀야 한다. 사람들은 성적 학대의 빈도, 행위의 순서, 그가 나를 강간하면서 했던 말, 그가 아무도 낌새조차 알아채지 못하도록 하려고 썼던 방법, 그의 사고방식, 그가 그런 행위를 그만두기 위해 상상은 했지만 같은 일을 다시 벌임으로써 실행에 옮기지 못한 일을 분명하게 알아내고자 애를 쓴다. 그는 꽤 많은 것을 털어놓는다. 그렇게 많은 사람들이 지켜보고 있음에도,

참회 비슷한 것을 하면서 자백하고자 애쓰는 듯한 모습이다. 그는 매일 그런 일을 벌이기도 했고, 아무 일 없이 한 달을 그냥 보내기도 했다고 말한다. 사랑이 있었다고, 내가 쾌감을 느끼는지 관심을 기울였다고 말하기도 한다. 그렇게 갖가지 말을 늘어놓다가, 광기에 찬 어느 밤의 이야기가 나온다. 나는 그날의 일을 선연하게 기억하고 있지만, 그는 확증하기를 거부한다. 내가 이야기를 꾸며 내는 거라고? 나머지 일들에 대해서는 그러지 않는데 그 일만 꾸며서 말할 이유가 어디에 있는가? 그건 어느 날 밤의 일이다. 하루로 끝나지 않고 며칠 동안 이어질지도 모르는 일이 벌어진 것이다. 내 어머니가 급한 용무로 집을 나가 있던 때다. 내가 알기로는 할아버지가 돌아가셨던 해에 그 일이 일어났다. 어머니는 자기 자매들과 함께 할아버지를 병문안하기 위해 며칠 자리를 비웠다. 아마 일주일은 되었을 것이다. 그렇게 어머니가 할아버지 댁에 머무는 동안 벌어진 일이 맞는다면, 연도를 추정하기가 쉽다. 그건 내가 열두 살이던 때의 일이다. 할아버지는 목에 생긴 암으로 고생하셨는데, 어머니가 그렇게 병문안을 갔다 와서 몇 달이 지난 뒤에 돌아가셨다. 할아버지는 가구가 가득 들어차 있는 방, 할아버지가 더는 분간할 수 없게 된 추억들로 가득 찬 방에서, 흰 침대에 누운 채로 숨을 거두셨다. 어쨌거나 우리는 어머니가 병문안하러 갔을 때, 집에 남아 조용히 지냈다. 내 의붓아버지는 그 며칠 동안 밤마다 자기 침대에서 자자고 나에게 요구했다. 내 기억에 그때는 눈이 많이 내렸다. 여느 때에 비해 눈이 엄청 높이 쌓였다. 그가 말하기를 만약 우리 집 위쪽의 산에서 눈사태가 나서 집의 나머지 부분이 다 휩쓸려 가도 아래층 그의 침실에 있으면 안전하리라고 했다. 집 안이라는 안전한 곳에 피해 있지만, 그와 동시에 그 안식처에 갇혀 있다는 생각, 추위와 위험과 죽음으로부터 나를 보호해 준다는 그 피난처에 속절없이 매여 있다는 기이한 생각이 들었다. 나는 그의 재량에 맡겨진 신세였다.

그날 벌어진 영락없는 광란의 의식을 자세하게 전달하고자 한다. 다만 너무 비천하고 침통한 묘사는 빼기로 한다. 그는 나에게 네발짐승 같은 자세를 취하게 하고 항문 성교를 시도한다. 그건 억지로 되는 일이 아니다. 그는 무언가를 찾으러 가느라고, 나를 잠시 어둠 속에 놓아 둔다. 그러다가 다시 돌아오더니, 내 항문에 바셀린을 바르고, 단단한 무언가를 항문 속으로 박아 넣는다. 너 아프지 말라고 이러는 거야, 하고 그가 설명한다. 그래야 자기 게 들어간다는 것이다. 그런 짓거리를 아주 오랜 시간이 흐르도록 지속하면서 그는 나를 학대한다. 내가 쓰레기통에서 당근이며 주키니호박들을, 그가 자기 성기를 위한 자리를 마련하기 위해 괜찮다며 꽤나 만족스럽게 내 항문 속에 쑤셔 넣었던 그것들을 발견한 건 이튿날 아침이었다. 그가 그 짓거리를 끝냈을 때 나는 화장

실에 간다. 화장지에 피가 묻어났다. 그 피를 보니 거의 다행
스럽다는 기분이 든다. 왜냐하면 이제 그는 아무 일도 없었
다는 듯이 행동할 수 없을 테니까. 내가 피를 흘렸고, 그건 심
각한 일이니까.

　　그는 내가 묘사한 많은 일들을 사실로 인정했다. 이따금
내가 굳게 확신하지 못하는 때도 있었지만, 그는 내 기억이
맞는다고 확증해 주기도 했다. 그런데 이번에는 내 머릿속
기억이 뚜렷해서, 확신을 가지고 이야기를 들려줄 수 있었는
데, 그가 그건 사실이 아니라고 주장한다. 나로서는 과거의
일을 온전히 재구성하자면 실제로 벌어진 일과 벌어지지 않
은 일을 구별할 필요가 있기 때문에, 그 기억의 사실 여부를
중요하게 여길 수밖에 없다. 그래서 그 모든 청중 앞에서 주
키니호박, 바셀린, 당근 얘기를 다시 한번 들려준다. 그전까
지 그는 과거의 일을 재구성하는 과정에서 나를 도와준 편이
었다. 그의 확증이 적잖은 도움을 주었다. 그는 모든 일을 부
정할 수도 있었을 것이고, 그랬다면 아무도 내 말을 믿지 않았
을지도 모를 일이었다. 그는 왜 다른 일들은 부정하지 않으면
서 항문 성교는 부정할까? 그게 더 심각한 일이라서 그러는 걸
까? 아니면 그 스스로 그게 더 심각한 일이라고 생각하는 걸
까? 내 얘기가 이쯤에 이르렀으니, 어쩌면 독자들도 내가 무슨
말을 하고 싶어 하는지 짐작하리라는 생각이 든다. 그가 생각
하기에 항문 성교는 더 심각하고, 그가 나에게 겪게 한 다른

모든 행위보다 더 심각하다. 다른 사람이 아닌 바로 그 자신이 그 일을 저질렀기 때문에 그렇게 생각하는 것이다.

내 생각이 틀릴 수도 있다. 이번 얘기도 그러하다. 만약 그가 종교 생활에 관한 심문을 벌이던 중 자기 역시 사춘기 시절에 사제에게 강간을 당한 적이 있다고 얘기한다면, 그 이유는 아마도 자기가 저지른 일에 대한 약간의 관용을 얻을 수 있으리라 추측했기 때문일 것이다. 과거의 트라우마가 상습범에게 미치는 영향에 대한 연구들을 보면, 연구자들은 그 요인을 고려하지 않을 수 없다. 폭력의 순환이 학대자들에게 미치는 영향을 사회가 굳게 믿고 있기 때문이기도 하고, 사회가 학대자 역시 피해자였다는 사실을 정상 참작의 요인으로 간주하고 있기 때문이기도 하며, 많은 피고인이 자기네가 어린 시절에 겪은 일을 언급하고 있기 때문이기도 하다.

내 의붓아버지는 미결 구금 중 경찰관이나 정신 의학자를 만나 사춘기 시절에 겪은 일들을 들려주는 시간을 가진 뒤에, 몇 가지 일들이 어렴풋하게 기억난다고 말했다. 그는 여름 방학 캠프나 교리 교육 때문에 성당에서 긴 시간을 보내곤 했는데, 그때 성당에서 만난 사제들을 비난했다. 그가 말하는 사제들이란 아마도 그가 중학교 교육을 받은 마리아회 가톨릭 학교의 남자들일 것이다. 그 학교와 관련된 수사가 이루어진 바 있고, 몇몇 사제들이 당시에 저지른 행위들로 피해자들에게 고소당한 적이 있었다. 그런 사정을 감안하면, 옛날의 그 사건에 관한 그의 설명은 나름대로 일리가 있어 보였다. 하지만 그가 겪었다는 일은 기소되지 않은 채로 그냥 넘어갔다. 아마도 해당 사건의 공소 시효가 끝났기 때문이거나 그가 고소하기를 원하지 않았기 때문일 것이다. 혹시 그는 만약 자기 역시 피해자라면 사람들이 자기를 단순히 한 명의 범죄자가 아닌 다른 사람으로 보아 주리라 생각했을까? 내가 보기에 그 동기는 분명치 않다. 그는 그 일화를 들려주기까지 뜸을 들였다. 마치 심사숙고하는 과정을 거쳐야 하는 것만 같았다. 강간당한 적이 있는 강간범이라는 식의 인물상을 그가 처음부터 드러낸 것은 아니었다. 그리고 그런 말을 별로 되풀이하지도 않았다. 강간한 것도 수치스러운 일이고 강간당한 것도 수치스러운 일이지만, 그에게는 강간당한 일이 더 치욕스럽게 느껴진 것이었다.

그는 성적 학대의 장면을 묘사하지만, 그 기억이 또렷한 것은 아니다. 성가 악보를 펼쳐 놓는 보면대가 들어차 있는 어스레한 방에서 젊은 사제가 일을 벌이는 장면이다. 그는 몸과 마음으로 고통을 느꼈고 스스로 아무 말도 하지 않았다는 점을 회상할 뿐만 아니라, 자기가 정말 그런 일을 겪었는지 의심하며 그 기억을 감췄다는 사실도 기억해 낸다. 나는 그 묘사를 문서로 읽었다. 솔직히 말하자면 신빙성이 아주 높은 묘사였다. 행위 자체도 그러했고, 트라우마를 설명하는 전형적인 문체와 이야기를 들려주는 방식도 믿을 만했다.

　가해자들에 관한 여러 가지 연구를 살펴보았는데, 그 연구들에 따르면 아이를 강간하는 자들의 약20%가 과거에 피해를 당했던 사람들이다. 그 비율은 전체 인구 대비 발생률보다 조금 높은 수치이다. 그 연구들은 피해자가 가해자로 변하는 그 순환 과정에 대한 믿음이, 사람들 사이에 강하게 뿌리내려 있다는 사실도 보여 준다. 그리고 어린 시절에 피해를 겪었다는 사실이 위험 요소이긴 하지만, 그건 입장이 바뀌어 가해자가 되는 필요조건도 아니고 충분조건도 아니라는 점을 보여 주기도 한다.

　만약 당신이 배심원단에 속해 있다면, 그런 요소를 어떤 식으로 받아들일까? 그 사람 역시 강간을 당한 적이 있다는 사실, 어느 사제에 의해 몇 개월 동안에 열 번 또는 열두 번에 걸쳐 항문 성교를 당했다는 사실, 그것이 그의 죄를 더 비난받아 마땅한 것으로 보이게 할까 아니면 덜 무거운 것으로 보이게 할까? 그 사실로 인해 징역 연수가 늘어날까 아니면 줄어들까?

지금처럼, 용기가 없으면서 허세를 부리는 말투가 나올 때가 있다. 내가 이 책을 쓰는 게 마치 독자 여러분이 잘못해서 그러기라도 하는 것처럼 말이다. 마치 독자 여러분이 어떤 배심원, 부류는 다르지만 내가 이미 마주친 적이 있는 배심원과 비슷한 종류의 사람이기라도 한 것처럼 말하는 것이다.

사실 배심원단은 아무것도 바라지 않고 그곳에 온 분들이다. 시민의 의무를 수행할 필요가 있다는 점을 강조하며 재판에 참여하기를 요구받았을 때 시민 의식에 따라 그 요구를 받아들인 사람들이다. 마치 투표 결과를 검사하기 위해 투표함을 열러 가거나 시의회의 특별 회의에 참석하러 가듯이, 모두들 가프의 〈포르밀1〉 호텔에 간 것이다. 다들 그날 일정이 어떻게 되는지 모르는 채로 왔다. 그들은 간소하게 아침을 먹고 재판의 운용에 관한 정보를 들은 뒤에, 다 같이 중죄 재판소로 가서, 몇 시간에 걸쳐 내 사건의 전모를 파악하게 된다. 그들은 이제 어떻게 할지 집단적으로 결정해야 한다.

가해자의 변호사는 배심원단에 대해서 아무것도 알지 못하지만, 그들 중 두세 명을 제외할 수 있는 권한을 가지고 있다. 그는 여성이며 젊은 사람들이 피해자 쪽에 감정 이입을 하기가 더 쉬우리라 예상하고 그에 해당하는 여자들을 제외한다. 그녀들에게는 곧바로 돌아가는 것이 허용된다. 이 재판에 참여할 의무에서 벗어난 것이다. 그녀들이 바로 집으로 돌아갔는지 나는 알지 못한다. 짐작건대 그녀들이 바로 돌아갔을 것 같지는 않다. 그녀들은 시민적 의무를 수행하리라 결심하고 집을 떠나서, 알프스 고산 지방의 도청 소재지 가프까지 온 터이고, 국가가 열차비와 〈포르밀1〉에서 일박

하는 비용을 대준 만큼, 짐작건대 그녀들을 다른 재판에 참석하라고 보내지 않았을까 싶다. 다른 배심원들, 그러니까 남자들이나 나이가 더 많은 축에 드는 배심원들은 이제 재판에 참석하여 그 강간에 관한 양쪽의 진술을 검토해야 한다. 그들에게는 해당 사건과 관련된 세부 사항도 빠짐없이 진술된다. 그들은 관련 서류를 도로 덮을 수도 없고, 성행위 장면이 조금 더 적게 들어 있기를 바라거나 가해자의 발언 시간이 짧아지기를 바랄 수도 없다. 그들은 처음부터 끝까지 듣고 자기 의견을 확고히 정립해야 한다. 이후의 일은 그들의 해석에 달려 있으니까 말이다.

독자 여러분은 물론 배심원이 아니다. 여러분이 이 글을 읽고 있다는 점에서, 나는 여러분을 내 편으로 가정할 수도 있다. 그건 별로 틀리지 않을 가정이다. 어쩌면 여러분은 나를 아주 가까운 존재로 여기며 편을 들어 주기 때문에, 여러분 역시 이런 책을 아주 잘 쓸 수 있었을지도 모른다. 여기는 안전한 공간, 적이 없는 공간이다. 이런 공간에서 나는 누구를 설득할 필요도 없고 무언가를 설득하지 않아도 된다. 만약 처음부터 우리 모두가 모든 것에 대해서 동의하고 있다면 이 모든 일에 무슨 소용이 있을까?

내가 이 책을 쓰고 싶지 않은 이유

1) 나는 강간에 관한 글쓰기를 전문으로 삼고 싶지 않다.

2) 다른 무엇보다, 나는, 이 책처럼, 내가 빠져나가기 어려운 주제를 다루는 책들을 경계한다. 만약 우리가 주제에 압도된다면 어떻게 새로운 것, 미학적으로 가치 높은 것을 쓸 수 있겠는가?

3) 나는 다른 것을 만들고 싶고, 다른 것을 생각하고 싶고, 다른 중심을 가진 삶을 살고 싶다.

4) 살아남은 여자들과 남자들에 의해 그 주제로 많은 책이 해마다 쓰이고 또 쓰인다. 나는 그런 책들을 접하자마자 쭉 훑어본다. 개중에는 아주 잘 쓰인 책들도 있고, 좋지 않은 책들도 있다. 나는 그 책들을 똑같은 눈으로 읽는다. 실제로 벌어진 일에 관한 정확한 묘사를 찾아보기도 한다. 그자가 글쓴이에게 정확히 무슨 짓을 했는지, 몇 번에 걸쳐, 어디에서 했는지, 무슨 말을 했는지 등등을 알고 싶은 것이다. 이 책이 어떤 반응을 얻게 될지 생각할 때, 독자가 이 책을 펴서 내가 정확히 무슨 일을 겪었는지, 강간범이 성기를 나의 어느 부위에 넣었는지 알아낸 다음, 이런 기이한 확인 말고는 아무것도 얻어 내지 못한 채로 책을 덮어 버리는 것이 싫다.

5) 나는 무언가를 피해자들과 그 친지들에게 가져다줄 수

있을지, 가해자들이나 이 주제를 더 잘 이해하고 싶어 하
는 사람들에게 무언가를 줄 수 있을지 확신하지 못한다.

6) 나는 이 책이 바로 나에게, 한 인간이기도 하고 작가이기
   도 한 나 자신에게 무언가를 가져다줄 수 있으리라 확신
   하지 못한다.

7) 나는 글쓰기가 치료법이 된다는 생각을 믿지 않는다. 설
   령 그런 글쓰기가 존재한다 하더라도, 이 책을 통해 내가
   치유된다고 생각하면 혐오감이 밀려온다.

만약 다른 사람들을 위한 것도 아니고 나 자신을 위한 것도
아니라면, 이 책에 무슨 소용이 있을까?

더욱이, 나는 인류학자 도로테 뒤시Dorothée Dussy의 견해
에 동의한다. 근친상간의 문제를 인류학적 관점에서 연구한
이 연구자의 말에 따르면, 그런 이야기를 꺼낼 때에 딱 알맞
은 관점은 정면이 아니라 살짝 옆에서 보는 것이다. 만약 이
야기를 들려주는 사람이 그 충격적인 일의 1차적인 피해자
가 아니라 그 일에 영향을 받은 가까운 사람이라면, 직접적
인 고통에서 비롯되는 견디기 어려운 파토스에 빠지지 않고
하나의 사회 현상을 얘기하듯 말할 수 있다는 것이다. 그런
맥락에서 뒤시는 프랑스 사회에 중요한 반향을 일으킨 두 저
작물의 큰 이점을 설명한다. 사람들이 그 주제를 언급할 때
쇼크에서 벗어나게 할 수 있게 하는 저작물, 사회 집단을 주

눅 들게 하는 거부 심리에 빠지지 않게 하는 그 저작물은 카미유 쿠슈네르의 책『대가족 *La familia grande*』과 샤를로트 퓌들로브스키의 팟캐스트「아니 어쩌면 어느 날 밤에 Ou peut-être une nuit」이다.

> 그 저작물들은 근친상간에 대해서, 침묵의 역학에 대해서 말할 수 있게 해주었고, 근친상간이 가해자와 피해자 두 사람뿐만 아니라 가족 전체에게 강한 영향을 끼치고 가족의 삶을 결정짓는다는 사실에 대해서도 말할 수 있게 해주었다. 1인칭으로 서술하는 텍스트에서는 그 가해자·피해자의 쌍에서 벗어나지 못하고, 우리가 가해자나 피해자 자신이 아닌 한 우리와 동일시할 수 없는 두 사람을 마주하게 된다. 반면 피해자의 자매나 형제, 또는 자식에 대해서는 우리 자신과 동일시하는 것이 전적으로 가능하다. (『르 몽드』, 2021년 9월)

카미유 쿠슈네르의 책이 성공을 거둔 것(유명한 사람들에 관한 숨은 이야기를 들려준 것 이상으로 성공을 거둔 것)은 아마도 그 관점이 이해 가능성을 높인 덕분일 것이다. 그 관점 덕분에 독자는 태풍의 눈에서 벗어난다. 그래서 너무 명명백백하여 오히려 제대로 보지 못하거나 사건을 너무 어둡게 보지 않고, 그 너머를 보며 사회 현상이라는 관점에서 생각하게 되는 것이다. 샤를로트 퓌들로브스키의 놀라운 팟캐스트 역시 그 적당한 거리를 만들어 낸다. 퓌들로브스키가 인터뷰들을 진행하고 탐색을 이어가는데, 그녀의 어머니가 강간당한 피해자라는 점에서 자기와 별로 멀지 않은, 매우 가슴 아픈 주제를 다루고 있으면서도 간접적인 증인으로서 거리를 두고 있으니까 말이다. 그렇게 거리를 두고 바라보면, 근친상간이라는 현상을 가족의 모든 구성원에게, 여러 세대에 걸쳐서, 더 나아가 사회 전체에 영향을 미치는 하나의 충격파로 분석할 수 있게 된다.

내가 보기에도 그렇게 거리를 두고 바라보는 것이 적절하다. 내가 보기에도 그런 저주스러운 2인조, 피해자와 가해자라는 갇힌 틀, 그 고약한 듀오는 이제 지긋지긋하다.

팀 로스의 영화 「전쟁 지역 The War Zone」을 보던 때 느꼈던 충격이 기억난다. 이 영화에서 강간 사실을 알아내는 사람은 피해자의 남동생이다. 이 사춘기 소년은 자신이 증인이 될 만한지 스스로 되묻고, 관객은 이 소년과 함께 이야기를 따라간다. 말하자면 소년은 바라보는 인물, 촬영하는 인물, 벽의 틈새를 통해 장면들을 눈에 담는 인물, 징후들을 해석하는 인물이다. 소년은 목격자이고, 훔쳐보는 사람이며, 남이 알지 못하는 것을 느끼는 사람이기도 하고, 마침내 자기가 본 장면들을 말로 바꾸어 내는 사람이기도 하다. 소년은 침묵을 깰 수 있는 중개자이며, 적소에서 너무 멀지도 않고 너무 가깝지도 않은 사람이다.

멕시코 소설가 안토니오 오르투뇨는 그의 범상치 않은 단편 소설에서 한 소년을 화자로 삼아 비극적이고도 희극적인 사건에 관한 이야기를 들려준다. 주인공 소년의 아버지는 각지를 돌아다니며 과일을 파는 사람인데, 협잡을 부리기도 하고 조금 건달처럼 굴기도 한다. 그는 주말을 함께 보내자면서 부유한 사람의 시골 별장으로 자기 아들을 데려간다. 그곳에는 부모를 따라온 부잣집 아이들이 모여 있다. 소년은 그 아이들과 어울리면서 불편함을 느낀다. 아이들은 소년을 얕잡아 보며 거만하게 군다. 그래도 동갑내기 소녀 하나는 다른 아이들과 달리 조금 더 호의적인 태도를 보인다. 소녀는 소년이 글짓기를 잘하여 학교에서 상을 받았다는 얘기를 듣고 감탄을 표시한다. 소년은 술에 취한 부모들과 함께 호수에서 배를 타고 놀기보다는 혼자 숨어 있으려 하고, 자기를 놀리는 아이들을 피하려고 애쓴다. 게다가 자기 아버지가 아빠 노릇을 하느라고 어설프게 노력하는 게 창피스러워서, 따로 떨어져 있는 쪽을 선택한다. 그러다가 우연히 그 부잣집 아버지들 가운데 하나가 그 소녀 과달루페를 겁탈하는 장면을 목격한다. 나쁜 짓을 하다가 들킨 그 가해자는 크게 화를 내며 소년을 발가벗기고 허리띠를 풀어 두 아이를 때린다. 어른 중 누구도 전혀 알아차리지 못하는 사이에 벌어진 일이다. 어른들은 반쯤 취한 채로 뱃놀이에서 돌아와 주말

휴가를 계속 보낸다. 소년이 그 별장을 떠나는 순간, 소녀가 소년에게 말을 건넨다.

「너, 써야 해.」그녀가 천천히, 서툰 어조로 말했다.
나는 무어라고 대답해야 할지 알 수 없었다.
「너, 이걸 써야 해. 책으로. (……) 그들이 읽게 해야 해. 그들이 책장을 찢어 내고, 삼켜 버리도록 만들어야 해.」[19]

소년과 소녀는 침묵 속에서 그런 약속을 했고 두 번 다시 만나지 않았다. 화자인 소년이 작가가 되었는지, 그리하여 그 이야기를 출간했는지는 작가가 말해 주지 않지만, 우리가 그 이야기를 읽고 있으므로, 소년이 그 일을 하는 것으로 상정하게 된다. 소년은 그 약속의 당사자이자 목격자이기 때문이다. 그는 자기가 직접 본 일을 잊어버릴 권리가 없다. 침묵은 배신이 될 것이다.

내가 조금 더 거리를 두고 이 책을 쓸 수 있다면 좋겠다. 내가 그냥 무언가를 본 어떤 사람, 동심원처럼 퍼져 나가는 반향에 충격을 받은 어떤 사람, 한 여자아이가 당한 일에 복수하기 위해 책을 쓰겠다고 약속한 어떤 사람이면 좋겠다.

그렇게 분명한 이유를 내세우며 거리를 둘 수 있다면 정말 좋겠다. 하지만 그건 체스판 위에서 내가 설 자리가 아니다.

흔적을 안고 있는 여자

내가 어렸을 때의 일이다. 어느 날 의붓아버지가 내게 말하기를, 내가 학교에서 좋은 성적을 올리는 건 자기 덕분이라고 했다. 내가 특별한 까닭은 자신의 배려로 내가 특별한 삶을 살기 때문이라는 것이었다. 내가 명석하고, 나이에 어울리지 않게 지력이 뛰어난 것은 비범한 경험을 많이 하면서 한계를 뛰어넘어 보았기 때문이라고 했다.

자전 소설 『근친상간 *L'Inceste*』을 쓴 크리스틴 앙고는 최근작 『동방 여행 *Le Voyage dans l'Est*』에서 가해자인 아버지가 자기에게 근친상간에 관해서 글을 써보라고 권했다는 애기를 들려준다.

「나와 함께 겪은 일에 관해서 글을 써보는 게 좋지 않을까 싶어…… 흥미롭잖아. 그건 누구나 겪어 보는 경험은 아니야.」

크리스틴 앙고의 아버지는 그녀가 어떤 식으로 글을 쓰면 좋을지 의견을 들려주기도 했다. **독자가 스스로 꿈속에 있는지 현실 속에 있는지 묻게 만들어야 할 거야. 조금 불확실하게, 약간 로브그리예풍으로 가는 거지.**

이 책을 쓰기 어려운 이유에는 이런 측면도 있을 것이

다. 나를 고통스러운 일화들 쪽으로 다시 데려가기 때문에 어려운 것이 아니다(어린 시절에 성폭력을 당한 사람은 고통스러운 일화를 되새기기 위해 책의 힘을 빌릴 필요는 없다. 그는 매일 아침 이미 다 싸둔 짐을 들고 자리에서 일어날 뿐이다). 그보다는 과거에 겪은 일을 재현하다 보면, 글을 쓰는 사람이 온갖 노력을 다 기울여 자신의 열의며 여러 해에 걸친 독서 경험이며 마음과 영혼을 다 쏟아붓는데, 그것 역시 가해자가 도모한 일이라는 점 때문이다. 가해자는 그 일의 중심에 자리하고 있다. 그건 가해자가 예상한 일이나 다름이 없고, 그가 바란 일이다.

강간범들은 존재하기 위해 강간한다. 어쩌면 강간하기 전에는 그 점을 모를 수도 있다(생각건대 강간범들 대개는 그 점을 알고 있다). 하지만 일단 일이 벌어지고 나면, 그게 명백한 사실이 된다. 돌이킬 수 없는 그 행위는 피해자에게, 주위 사람들에게 평생 지워지지 않을 자국을 남긴다. 그건 힘이 생겨나게 하는 행위, 자기 자신으로부터 퍼져나가는 힘이 생겨나게 하는 행위다.

몇 해 전에 소아 성애 포르노그래피 조직망이 소탕된 적이 있었는데, 나는 그 조직망의 이름을 듣고 충격을 받았다. 그 조직망의 이름은 〈damagedforlife〉다. 그건 피해자들을 지원하기 위한 단체가 아니라, 가해자들이 인터넷상에서 자기들끼리 서로 소통하기 위해 만든 사이트다. 가해자들은 이 사이트에서 관람하는 행위들의 결과로 정말 평생이 다 가도록 낮지 않을 손상을 입는 피해자들이 있다는 사실을 알고 매혹되는 것이다. 사실 그들이 보기에 피해자들은 인격으로서 존재하지 않는다. 그들에게는 감정 이입이라는 것이 없다. 아니, 있다 하더라도 그건 기이한 감정 이입이다. 그들은 피해자의 고통을 피해자가 겪는 것만큼 감지할 수 없다. 하지만 피해자는 평생에 걸쳐 강간의 흔적을 지니고 다니는 수레처럼 존재한다.

〈damagedforlife〉는 평생 아물지 않을 손상을 입었다는 뜻이다. 영어 〈damaged〉는 프랑스어로 〈abîmé〉, 즉 아빔 abîme(수렁, 깊은 구렁)으로 둘러싸여 있다는 것이다.

Damaged for life. 나의 이 책은 강간의 흔적이 평생 간다는 점을 또다시 보여 준다. 그럼에도 불구하고 나는 이 책이 존재하기를 바란다. 하지만 이 책에 많은 독자가 생기는 것을 원하지는 않는다. 왜냐하면 이 책이 문학 속에 존재하는 방식은 내 글을 통해서가 아니라 내가 다룬 주제를 통해서이기 때문이다. 이것이 언제나 나를 사로잡던 강박 관념이었다. 게다가 그 주제는 내가 선택한 것도 아니었고, 원한 것도, 생각해 낸 것도 아니었다. 내가 한 일이 아니라 남에게 강요당한 일을 매개로 존재한다는 것, 그건 지독한 악몽이었다.

그럼에도 나는 글을 써나간다. 이게 기이한 반항처럼 보일지라도, 마치 황소의 두 뿔을 잡고 겨루듯 정면으로 부딪쳐 문제를 해결할 것이다. 계속 말하고 논증을 전개하여 그 황소가 진절머리를 내게 만들 것이다. 황소가 무너져 내릴 때까지, 황소가 나한테 그만하라고 애원할 때까지, 황소가 마침내 나를 가만히 내버려둘 때까지.

비밀과 거짓말

에마뉘엘 카레르의 소설 『적』은 2000년, 그러니까 나의 고소에 따른 재판이 벌어지기 1년 전, 내 의붓아버지가 아직 무죄 추정 원칙에 따라 미결 구금 상태에 있던 때에 출간되었다. 이 작품은 장클로드 로망이라는 남자의 삶에 관한 논픽션 소설이다. 거짓말에 바탕을 두고 살던 사람이 그 거짓이 가족에게 들통날 가능성이 생기자, 아내와 부모와 두 자식을 살해한 사내의 이야기인 것이다. 장클로드 로망은 의학 공부를 하기 시작했지만 한 차례 시험을 치르지 않았다. 그는 아무 탈 없이 시험을 잘 치렀다고 거짓말을 했다. 그때부터, 아무도 그 이유를 알 수 없는 노릇이지만, 거짓말들이 꼬리에 꼬리를 물었다. 작가는 그 첫 번째 거짓말에 많은 지면을 할애하여, 그 거짓말이 평범한 남자의 운명을 바꾼 기이한 분기점이 되었음을 보여 준다. 이야기의 주인공 로망은 자기가 의과 대학을 졸업했다고 사람들을 속이고, 일자리를 얻었다가 세계 보건 기구의 연구원이 되어 매일같이 제네바에 일하러 간다고 거짓말을 했다. 그의 가족과 친지는 그가 스위스 은행에 넣어서 불려 준다는 말을 믿고 자기들의 저축금을 그에게 맡겼고, 그는 살인을 저지를 때까지 18년 동안 그 돈으로 살았다.

나는 어머니의 권유에 따라 그 책을 읽었다. 혹은 어머니가 그 책에 대해서 말하는 소리를 듣고 읽었을 수도 있다. 어머니가 보기에 그 책은 괴물 같은 인물, 소름 끼치도록 섬뜩한 인물을 묘사한 것 같았다. 어머니는 그 인물의 이야기가 내 의붓아버지의 이야기와 무척 비슷해 보인다고 말했다. 그런 해석을 듣고 내가 깜짝 놀랐던 기억이 난다. 그건 내가 어머니에 대해서 느끼고 있던 분노를 더욱 강화할 뿐이었다. 그 책이 살인을 저지른 한 남자에 대한 이야기임은 사실이지만, 무엇보다 그 남자는 아주 긴 세월 동안 가까운 사람들에게 거짓말을 한 사람이다. 그 인물을 두고 모두가 스스로 던지는 질문, 그리고 책의 중심에 자리한 질문은 바로 이것이다. 어떻게 사람이 저렇게 아무 의심도 받지 않고 거짓말을 할 수 있지? 어떻게 아무도 알아차리지 못했을까? 그 거짓말은 어떻게 사람들의 삶 속에 들어앉아 일종의 진실이 된 채로 삶이 계속되는 것을 방해하지 않을 수 있었을까? 어머니는 그 책을 읽으면서 똑같은 질문을 자기 상황에 비추어 스스로 던졌을 게 분명하다. 어머니가 보기에 내 의붓아버지의 주된 문제는 거짓말에 관한 문제이기 때문이다. 어떻게 그는 어머니에게 그토록 오랫동안 거짓말을 할 수 있었을까? 어떻게 어머니는 아무것도 알아차리지 못했을까? 생각건대 장클로드 로망 가족의 이야기는 어머니를 안심시켰을 것이다. 그 사람들 모두가 어머니처럼 속임수에 넘어갔다. 그들 역시 대응하지 않았고, 아무것도 알아차리지 못했다.

그 시절에도, 오늘날까지도 내 마음을 몹시 아프게 하는 것은 어머니가 내 의붓아버지를 다른 사람이기에 앞서 거짓말쟁이로 보았다는 사실이다. 어머니가 로망이라는 살인자에게서 주목한 것은 자신의 거짓말을 사람들이 믿게 만드는 그의 능력이었다. 자녀들의 얼굴에 대고 총을 쏜 자의 잔혹한 범죄보다 그의 거짓말에 더 마음을 쓴 것이었다. 그 가짜 의사에게 속고 배신당한, 아무 잘못도 없는 주위 사람들. 어머니는 그들과 자신을 동일시하고 있었다. 자기의 새로운 짝이 된 남자가 수년 동안 자기 딸을 강간했는데, 어머니가 그 남자에게서 본 것은 강간범이 아니라 거짓말쟁이였다.

어머니는 무엇이든 자기를 중심에 놓고 보았다. 그건 내가 내 나름의 방식으로 세상사를 보는 것과 마찬가지였다. 나는 당시에 그런 자기중심주의를 자연스러운 것으로(저마다 자기가 보고 싶은 대로 본다는 식으로), 그리고 아주 잔인한 것으로(자연이란, 원래 잔인하다는 식으로) 받아들였다.

하지만 내가 알기로 어머니의 그런 태도는 나의 고통이나 범죄 그 자체에 대한 무관심이 아니라, 흔히 현실 부정이라 부르는 바로 그것이었다. 사실을 있는 그대로 받아들이는 과정의 한복판에서도 받아들이기를 거부하는 무수한 전략들이 나타나게 마련이고, 어머니의 관점도 그런 전략 중 하나다. 어머니 편에서 보면 자기가 거짓말에 속았다는 쪽으로 생각하는 게 더 편하다. 그것도 분명 끔찍한 일이지만, 다른 쪽으로 생각하는 것보단 덜 끔찍하기 때문이다. 거짓말이 더 끔찍한 사건을 감춰 주는 셈이다. 장클로드 로망의 거짓말에는 특별한 점이 있다. 그는 아무것도 감추지 않았고, 그저 아무것도 없음을 숨겼다. 내 의붓아버지는 무언가를 감췄고, 어머니는 그것에 대해서 말하지 않았다. 어머니가 〈거짓말〉이라고 말하면서 떠올린 것은 그가 했던 흰소리, 즉 그가 스스로 믿을 만한 사람이라고 말한 것, 그가 아이들에게 좋은 아버지가 되리라고 말한 것, 그가 바람기는 조금 있지만 그녀를 사랑한다고 말한 것 따위이다. 하지만 정작 그가 감춘 것은 밤에 나를 상대로 행한 그 짓이다.

잔인한 행위와 현실 부정은 양립할 수 없는 게 아니다. 보기를 부정하는 것과 보기가 불가능한 것은 동시에 있을 수 없고, 의식적인 부정과 무의적인 부정도 동시에 있을 수 없다. 악의 없는 부정과 온당치 못한 부정도 마찬가지다. 어머니들의 맹목성은 때로 두 가지가 동시에 가능하게 만들거나 둘 사이의 기이한 상태를 만들 수도 있다. 어머니들은 알면서도 모르고, 모르면서도 안다.

나는 어머니를 엄격한 마음으로 대한다. 어쩌면 그러는 게 내 권리일 수도 있을 것이다. 어머니에게 잘못이 있으니, 자업자득인 셈이다. 하지만 어머니 말대로 진실과 거짓이 문제의 핵심이다. 내가 이 책을 쓰는 것은 진실을 찾기 위함이다. 규명하기 어렵고 분명하게 진술하기 어려운 진실, 겉모습 너머에 있는 진실을 찾으려는 것이다. 그 진실이 드러난다고 해서 다른 진실, 좋은 쪽의 진실, 즐거운 순간들의 진실, 가족사진에 담긴 진실이 전부 무효가 되는 것은 아니다. 다만 그 진실은 다른 진실의 성격을 변화시킨다. 그것은 다른 진실의 어두운 부분이고 저주받은 쌍생의 진실이다.

나는 어머니를 엄격한 마음으로 대한다. 독자들 역시 엄격한 태도를 보일 것이라 생각한다. 아이들을 상대로 한 성폭행 사건에서 그건 문화적인 반사 작용이다. 어머니가 자기 아이를 지켜 주지 못했을 때, 사람들은 대개 강간을 저지른 장본인보다 아이의 어머니를 훨씬 더 심하게 나무란다. 어머니는 분명 나를 지켜 주지 못했다. 내 친아버지도 마찬가지다. 내 조부모도, 친척 아저씨들과 아주머니들도, 우리 가족의 친구들도 마찬가지다. 내 초등학교 선생님들과 중학교 선생님들도, 커뮤니티 센터의 강사들도, 내가 허리 통증 때문에 입원했던 병원의 의료진도, 우리를 맡아 주었던 심리 상담사들과 치료사들도, 나를 환자로 받아 준 대체 의학 치료사들도 마찬가지다. 아무도 나를 지켜 주지 않았다. 어머니에게는 책임이 있다. 나는 그 점을 부정하지 않는다. 몇 해에 걸쳐 분노하고 사죄를 요구하며 여러 가지 절차를 밟는 동안, 나는 어머니를 너그럽게 봐주지 않았다. 하지만 나를 강간한 사람은 어머니가 아니다.

어머니가 알게 되었을 때, 다시 말해서 어느 날 내가 자동차 안에서 어머니에게 사실을 이야기했을 때, 어머니는 아무 말 없이, 망연하게, 무엇 하나 붙잡지도 않은 채로 가만히 있었다. 내가 들려준 얘기를 믿을 수가 없었던 탓이다. 어머니가 차를 주차하고 나서 가장 먼저 한 일은 사실 확인이었다. 어머니는 내 의붓아버지에게 물어보러 달려갔다. 어머니는 그 일이 벌어졌음을 알고 나서도 1년을 더 그와 함께 있었다. 어머니 말로는 달리 어쩔 도리가 없었다. 혼자서 내 남동생과 다른 자매들을 확실하게 책임질 수 있으려면 간호사 연수를 끝내야만 했다. 나는 어머니가 잘못했다며 나쁘게 말했지만, 사실 어머니는 나를 강간한 사람이 아니므로 내가 탓할 이유는 없었다. 어머니는 내 편이 되어 그를 고소했고, 그와 이혼했으며, 자기 집을 잃었고, 마을 사람들과 자기 친구들에게 주던 신뢰감을 상실했다. 그녀의 삶이 무너졌다. 그녀가 그때까지 해온 모든 일이 그 의미를 잃어버렸다. 어머니는 여전히 히피풍으로 살고, 나쁜 일에는 마음을 너무 많이 쓰지 말아야 한다고 생각한다. 우리가 원하는 바를 분명하게 표현할 줄 알아야 하고, 우리의 능력을 넘어서는 일에 대해서는 세상을 향해 책임질 것을 요구해야 한다고 생각한다. 하지만 저주하는 말을 큰소리로 하는 것은 좋아하지 않는다. 그래도 어머니는 내가 부탁하면, 증거 자료도 보내 줄 것이고, 자기는 보고 싶어 하지 않는 사진들도 보내 줄 것이다. 자기의 사회적 처지도 생각하고 톨텍족 원주민의 위대한 가르침에 바탕을 둔 신중한 조언에도 귀를 기울이지만, 나의 그런 부탁을 거절하지는 않는다. 나는 확신한다. 어머니는 호의적으로 이 책을 읽을 것이고, 계속 나와 동행할 것이다.

〈그녀의 삶이 무너졌다.〉

바로 위에서처럼 그렇게 쓰는 건 쉬운 일이다. 몇 단어를 쓰고 다른 문장으로 넘어가면 된다. 하지만 그 문장이 무엇을 의미하는지 구체적으로 상상해 보는 게 좋을 듯하다. 열렬히 사랑하는 어떤 사람과 14년 동안 함께 사는 것을 상상해 보라. 당신은 그 사람을 너무 사랑한 나머지, 이미 보살펴야 할 딸아이가 둘인데도 그 사람과 함께 자식을 둘이나 더 낳는 광기 어린 행동에 나선다. 그 사람은 성깔이 조금 사나운 편이고, 〈나쁜 남자〉 성향이 조금 있다. 그는 언제나 자기가 결정한 대로 일이 이루어지기를 바란다. 하지만 자기 힘으로 일을 이루어 내는 사람이기도 하다. 그는 스스로 무엇을 원하는지 알고 있다. 그는 모험가이자 정복자이다. 스스로 그런 폭력성을 조금 누그러뜨리려고 노력하지만 어떻게 해야 할지 잘 모른다. 당신의 맏딸은 까다롭게 군다. 아이는 자기 친아버지랑 헤어지는 것도 멀리 떨어지는 것도 받아들인 적이 없다. 아이와 새아버지 사이에는 폭발의 위험이 도사리고 있다. 그 때문에 온 가족이 대가를 치른다. 말다툼이 벌어지고, 때때로 긴장이 고조된다. 맏딸이 대학에 가기 위해 집을 떠나자, 갑자기 삶이 평온해지고 당신은 즐거운 기분을 되찾는다. 여름철엔 하이킹을 온 관광객들을 산으로 안내하는 남편과 함께 일하기도 하고, 공부를 다시 하기도 한다. 집도 거의 다 지어지고 아이들도 자란 터라 당신 자신을 위한 시간을 더 가질 수 있게 되었다. 그래서 학위도 얻고 간호사 양성 과정에 들어가기 위해서 애를 쓴 것이다.

그러던 어느 여름날 오후, 방학을 보내기 위해 돌아온 맏딸이 이웃 마을의 친구들 집에서 지내며 한 번도 집에 발걸음하지 않더니, 당신에게 그 얘기를 들려준다.

나는 카레르의 책을 다시 읽는다. 20년이 지난 뒤의 일이다. 그 시절 내 어머니의 눈으로 읽어 보기를 시도한다. 그 시절 나의 눈으로 읽어 보는 것도 시도한다. 쉽지 않은 일이다. 결국 오늘날 나의 눈으로, 그냥 읽히는 대로 읽는다. 이건 어둠 속에 길을 내려는 책, 미묘한 힘을 분석해 보려는 책, 언제나 분명하지는 않은 역학 관계를 규명해 보고자 하는 책이다.

아내와 자식과 부모를 죽이고 살아남은 어떤 사람에게 편지를 쓴다고 할 때, 그 방식이 수천수만 가지나 되지는 않을 것이다. 그런데 거리를 두고 생각해 보면, 내가 속내평과 연민을 드러내는 그런 심각한 면모를 보이면서, 그리고 그를 끔찍한 일을 저지른 사람이 아니라 끔찍한 일에 맞닥뜨린 사람, 악마의 힘에 휘둘린 불운한 장난감으로 바라봄으로써 그야말로 짐승의 털을 손으로 쓰다듬듯 곧바로 그를 어루만져 주었음을 깨닫게 된다.

이런 성찰은 고통스러울 만큼 정확하다는 느낌을 준다. 범죄자가 어떤 힘의 지배를 받은 것처럼 보일 수도 있다는 얘기다. 범죄자는 때로 자기도 모르는 사이에 그 힘의 영향을 받는다. 그는 스스로 톱니바퀴 장치 속에 갇혀 있다고, 자기의 이해와 능력을 넘어서는 비극적 운명에 빠져 있다고 생각한다. 내 의붓아버지가 자기 얘기를 바로 그런 식으로 했다. 아마 오늘날에도 그런 식으로 얘기하고 있을 것이다. 자기가 범죄를 딛고 재 출발했다는 생각을 받아들이기 위해서 말이다. 어떤 일이 벌어졌다. 어떤 일이 우리에게 벌어졌다. 그에게 그리고 나에게. 하지만 특히 그에게 벌어졌다. 왜냐하면 나는 그가 지어 놓은 세계에서 실제로 존재한 적이 없으니까 말이다.

그럼 나는 나 자신에게 무슨 얘기를 들려주었을까? 나 같은 어린 피해자들은 스스로에게 무슨 얘기를 들려줄까?

1) 만약 내가 그 일을 아무에게도 말하지 않으면, 그 일은 존재하지 않는다. 누구도 그 일을 모른다면, 그 일은 존재하지 않는다.

2) 너는 그런 일을 당할 만한 무언가를 한 게 분명하다. 네 안에 있는 무언가가 그의 욕정을 자극한 것이다. 너는 창녀다.

3) 너는 사랑받는 것이다. 그 사람이 너를 사랑하니까 너한테 그런 일을 벌이는 것이다. 그는 너를 선택했다. 샤를로트 퓌들로브스키의 팟캐스트에 이런 얘기가 나온다. 어떤 소녀가 자기 할아버지에게 강간을 당했는데, 할아버지가 다른 소녀들에게도 성폭력을 가했다는 사실을 알게 되자 배신감을 느꼈다. 그 소녀는 자기가 유일하게 사랑받는 여자라고 생각한 것이다.

　나 역시 배신감을 느낀 적이 있지만, 그 이유는 조금 다르다. 공판 심리 중이었는데, 나는 그에게 정부(情婦)들이 있었다는 사실을 알게 되었다. 그는 나에게 그 사실을 말하지 않았다. 나에게 많은 얘기를 늘어놓던 사람치고는 전혀 다른 모습을 보인 것이었다. 그가 말하기를, 자기는 나에게 무슨 얘기든 다 하고, 고백하기 어려운 얘기까지 다 하며, 아무한테도 해본 적 없는 얘기를 나한테 털어놓는다고 했다. 그는 내가 자기한테 들은 얘기를 남한테 절대 말하지 않으리라는 것을 알고 있었다. 그와 나 사이에는 가해자와 피해자가 아니면 알 수 없는 극단적인 프라이버시가 있었다. 따라서 나는 그가 정부들에 관해서 나에게 거짓말을 했다는 사실을 알게 되었을 때 깜짝 놀라지 않을 수 없었다. 나는 다른 건 몰라도 내가 그런 사실들은 알았으리라 생각하고 있었다. 하지만 천만의 말씀이었다. 나는 전혀 진실을 알고 있지 않았다.

4) 이건 인생에서 겪는 시련 중 하나이다. 이 시련을 극복해라. 그러면 모든 게 가능해질 것이다.

이 책을 쓰는 일에 적지 않은 진전이 있고 나니, 수사 관련 서류를 참고하고 싶은 생각이 든다. 오늘날 내가 스스로에게 들려주는 이야기와 그 서류 속의 이야기를 대조하고 싶다. 그 시절에 나는 무슨 말을 하고 무엇을 이해했을까? 내 의붓아버지는 무어라고 진술했을까? 심리 전문가들의 감정은 어떻게 나왔을까? 짐작건대 그 문서들과 거기에 담긴 이야기들이 내 기억보다 더 많은 내용을 담고 있지는 않다. 하지만 같은 일에 관한 두 이야기를 서로 비교하는 것은 흥미로우리라는 생각이 든다.

나는 그 소송 관련 일건 서류를 내게 보내 줄 수 있는지 어머니에게 묻는다. 어머니는 서류가 사라졌다고 대답한다. 나는 재판이 끝나기 전에 프랑스를 떠나 외국에서 살았던 터였다. 미국 대학의 교환 교수 자리를 얻어 떠난 것이다. 나는 아주 오랫동안 불안정한 떠돌이 삶을 살았다. 어머니 역시 여러 번에 걸쳐 이사를 했다. 아마 그러다 보니 서류가 사라졌을 것이다. 과거의 일을 전혀 돌이킬 수가 없는데, 그것에 집착하는 게 무슨 소용이 있으랴?

만약 그 일건 서류가 나에게 중요했다면, 나는 그것을 보관했을 것이다. 그 서류가 사라졌다는 사실은 나 역시 그것이 사라지게 두었다는 얘기가 된다.

나는 어딘가에 그 서류의 복사본이 있지 않을까 싶어 두루 찾아 알아본다.

그 시절에 내 변호사로 일했던 여자에게 이메일로 연락을 보낸다. 당시에 그녀를 처음 만난 사람은 내 어머니였다. 내가 알기로는 그 변호사가 우리를 변호하고 싶어 했다. 그건 좋은 생각이었다. 그 변호사는 젊고 아름다운 여자였고, 자신감 넘치는 당당한 태도를 지닌 여자였다. 내 어머니에게도 없고 나에게도 없던 그런 당당한 품격은 어떤 식으로든 우리에게 힘을 주어, 우리가 해야 할 말을 전달할 수 있게 해 주었고, 우리 발언이 수치심 때문에 잘못 말해서 그 뜻이 왜곡되는 일을 막아 주었다.

그 변호사가 대답을 보내온다. 자기가 일건 서류를 복사해서 10년 동안 보관하고 있었지만 그 뒤에 파기했다는 것이다. 그러면서 오트잘프 데파르트망의 기록 보관소에 문의하라고 일러준다. 거기에 문의했더니, 이번에는 오트잘프 도청 소재지 가프의 중죄 재판소에 문의해 보라 한다. 그 중죄 재판소는 내 문의에 관심이 없는 듯 아무 답장도 보내 주지 않는다.

생각건대 그 변호사의 관점을 들어 보면 나에게 도움이 될 법하다. 나는 왜 그 사건 수사 당시에 내가 아닌 다른 사람들이 어떻게 생각했는지 알고 싶어 할까? 나도 잘 모르겠다. 혹시 내가 시간을 허비하는 건 아닐까? 내 관점에서 나온 일방적인 진술에 대해 내가 두려움을 느끼는 것은 아닐까? 내가 이미 찾고 또 찾아 왔던 진실, 그 덧없이 사라지기 쉬운 진실을 추구하는 일에 빠져들면 위험하다는 느낌이 든다. 나는 결코 그 진리에 충분히 다가갈 수 없을 것이다.

내가 그 변호사에게 전화 통화를 부탁하자, 그녀는 즉시 받아 준다. 사실 그녀는 매우 바쁜 사람이다. 인터넷에서 그녀의 이름을 검색해 보니, 이민자 수용을 위한 투쟁 단체에 속해 있는 게 눈에 띈다. 이민자 문제는 현재 오트잘프에서 뜨거운 쟁점이다. 내가 아는 다른 사람들도 그 단체에 소속되어 있고, 그들은 나에게 자기들이 얼마나 힘들게 싸우는지 이야기하곤 한다. 프랑스에서 고도가 가장 높은 도시 브리앙송으로 점점 더 많은 난민이 오고 있는데, 이제는 그들을 수용할 만한 장소가 어디에도 없다는 것이다. 임시 난민 수용소는 한 사람도 더 들어갈 수 없을 정도로 가득 차 있고, 폭력 행위가 나타날 조짐을 보이는 모양이다.

그 변호사는 일정이 꽉 차 있음에도 불구하고, 일부러 짬을 내어 20년 전에 일어난 그 사건에 관해서 한 시간 동안 이야기를 들려준다. 눈앞에 관련 서류를 두고 있는 것도 아닌데, 그녀의 기억이 너무 또렷해서 깜짝 놀라지 않을 수 없었다. 변호사는 그 사건과 재판, 그리고 우리를 완벽하게 기억하고 있다. 그녀를 변호사로 선임하기 위해 찾아온 내 어머니, 그보다 훨씬 뒤에 혼자서 그녀를 만나러 왔던 나, 내 남동생과 자매들을 기억하고 있고, 피고인인 강간범 그 사람도 당연히 기억하고 있다.

무엇보다 변호사가 생생하게 기억하는 것은 바로 그 사람에 관해서다. 무엇보다 그녀에게 강한 인상을 남긴 것은 그의 인격이다. 그의 인격, 나의 인격, 그리고 사건의 심각성에 관한 기억이 여전히 또렷하다. 그녀가 기억하기로 변론은 쉽지 않았다. 증인이 없었을 뿐만 아니라, 그 강간 사건을 두고 아무런 얘기도 돌지 않았기 때문이었다. 내가 어머니에게 사실을 알리기 전에는 아무도 그 일을 알아차리지 못했다. 변호사는 몇 가지 비천한 세부 사항도 기억해 낸다. 지하에 있던 방, 내 어머니가 일하는 동안에 벌어진 성폭력, 내가 여덟아홉 살 나던 때부터 사춘기 이후까지 아주 오랫동안 이어진 성적 학대, 변호사는 그런 것들을 나열하고 나서 말을 잇는다. 시간이 더 흐른 뒤에 내 의붓아버지는 내가 임신할지도 모른다는 걱정 때문에 항문 성교를 했다는 것이다. 변호사의 기억에 따르면, 내 여동생이 내가 처음으로 성적 학대를 당했던 그 나이가 되었을 때, 나는 그가 만약 여동생한테도 같은 짓을 한다면 절대로 그를 용서하지 않겠다고 생각하면서, 사실을 말하기로 결심했다. 그 뒤로 어머니는 그와 헤어지지 못한 채로 1년 동안 쇼크 상태에서 벗어나지 못했다. 당시에 우리가 찾아낸 유일한 해결책은 그가 자식들에게서 멀리 떨어지도록, 그가 떠나도록 만들기 위해 그를 고소하는 것이었다.

변호사의 기억에 따르면, 그에겐 카리스마 같은 것이 있었고, 산악계에서 인기를 얻곤 하는 많은 남자들처럼 자기중심적이고 성격이 매우 독특했다. 변호사는 당시에 그가 고산 등반 가이드라고 생각했다. 그녀가 기억하기로 그는 암벽 타기를 했고, 그 시절에 〈곡예 공사〉라 불리던 분야, 다시 말해서 밧줄을 타고 작업을 벌이는 위험한 공사판에서 일했다. 프랑스 남부에 공사 업체를 가지고 있던 친구가 그에게 일감을 준 것이었다. 변호사가 설명하는 바에 따르면, 그는 잘생기고 건장한 남자였고, 사람들이 놀랍게 여기는 일을 하고 있었으며, 권위적인 태도를 보였고, 남들이 자기 의지에 반하여 행동하는 것을 참아 내지 못했다. 변호사가 보기에 사건에 관한 그의 해명은 터무니가 없었다. 그는 나라는 소녀에게 거부당하는 일을 견딜 수가 없었다고 말했다. 내가 자기를 사랑하려 하지 않는 건 있을 수 없는 일이라 여겼고, 성행위야말로 나하고 접촉할 수 있는 유일한 방법이라고 생각했다. 그건 허위적이고 병적인 변명이었다. 어떻게 한 소녀가 자기를 강간하는 사람에게 사랑을 느낄 수 있겠는가? 그럼에도 그는 만난을 무릅쓰고 그 변명을 이어 나갔다. 변호사는 그의 페티시즘을 보여 주는 몇 가지 사례를 기억해 낸다. 그는 한 사람을 완전히 소유하는 데서 쾌감을 느끼는 사람이었다. 나는 그의 물건이 된 것이었다.

　　변호사는 그 시절에 내가 어떠했는지도 기억해 낸다. 나는 겉보기엔 스물한 살의 젊은 여자였지만, 증언에 나섰을 때는 그가 나한테 해를 끼치도록 가만히 두지 않겠다고 단단히 결심하고 있는 소녀였다. 그가 성적으로 학대할 때 나는 나 자신에게서 분리되어 있다고 느꼈다. 그래서 나는 그가 나에게 한 짓은 내가 아니라 그가 욕망하는 물체를 상대로 한 것이라고 말할 수 있었다. 이를테면 나는 그의 힘이 닿지 않는 곳에 물러나 있었던 셈이다. 변호사는 비슷한 일을 겪은 다른 피해자들을 변호한 적이 있었는데, 그 피해자들은 대개 실의에 빠져 있었고 자기들에게 닥친 일 때문에 완전히 망가져 있었다. 변호사가 기억하는 바에 따르면, 나는 학교 성적이 우수했고, 아주 명망 높은 대학의 입학 허가를 받기도 했다. 그녀 말로는 내가 그를 고소한 뒤 너무 지친 사람처럼 무너져 내렸다고 한다. 마치 내 저항이 한도에 달하기라도 한 것처럼 학업을 중단했다는 것이다.

변호사가 기억하고 있는 것 가운데 몇 가지 세부 사항은 내 기억과 일치하지 않는다. 마치 제대로 알고 있는 사람은 나인 것처럼, 그것들을 정정하고 싶다. 어머니는 내 이야기 중에 약간 모호한 대목이 있음을 알게 되자, 나처럼 정정하고 싶어 한다. 둘이 합의하는 이야기에 도달하려면, 양쪽에서 모두 고칠 건 고쳐야 할 것이다. 날짜, 장소, 정황을 다시 한 번 살펴보아야 한다. 그런데 거기에 무슨 의미가 있지? 피로가 느껴지면서 문득 그런 의문이 든다. 정확한 게 좋다는 건 알지만, 때로는 그게 무슨 소용인가 하는 생각이 들기도 한다.

먼저 나이라는 문제가 있다. 아마 독자들도 스스로 질문을 던졌을 것이다. 그 일이 일곱 살 때 시작되었는가, 아니면 여덟아홉 살 때 시작되었는가? 그게 열네 살 때까지 계속된 일인가, 아니면 그 이후까지 이어진 일인가? 이야기 속에는 서로 어긋나는 부분들이 있다. 그런 불일치는 위험하다. 말하는 사람에게 부여한 신뢰감에 의심이 가게 하기 때문이다. 어떤 세부 사항에 의심을 품기 시작하면 나머지 전체에 대해서도 의심하게 된다. 고소장을 낼 때, 나는 날짜를 정확하게 기재해야 했다. 그건 어림잡아 말하는 것만큼 쉬운 일이 아니었다. 나는 아홉 살 무렵이라고 말했다. 그 나이에 우리가 살았던 지하실에 관한 추억이 많았기 때문이다. 그러고 나서 추억을 더듬다 보니, 그보다 훨씬 전에 일어났던 일들이 생각나 여러 장면을 재구성할 수 있게 되었다. 지하실에 살던 때보다 더 오래전의 추억이 떠올랐다고 어머니에게 알려 주자, 어머니는 얼굴을 찡그리더니, 이젠 놀랍지도 않아, 하고 말했다. 어머니는 안전핀과 관련된 그 일이 왜 일어났는지 짐작이 간다고 했다. 나에겐 그 일에 관한 기억이 없다. 어머니 얘기로는, 우리가 그와 함께 살기 시작한 지 얼마 되지 않아서 내 질에 안전핀이 박혀 있는 일이 벌어졌다. 어머니가 손을 내밀어 그 안전핀을 빼내지 않으면 안 되는 상황이었다. 그건 내가 예닐곱 살 때 벌어진 일이었다. 내 의붓아버지는 내가 하는 말을 거의 그대로 확인해 주긴 했지만, 무슨 말이건 덧붙이려고 한 적은 없었다. 그는 정확히 언제 그 일이 시작되었는지 말하려 하지 않았고, 처음에 어떻게 일을 벌였는지 진술하려 하지 않았다. 그는 기억나지 않는다고 했다. 나로서는 모르는 게 당연하다. 내가 일곱 살, 여덟 살, 또는 아홉 살에 벌어진 일이니까 말이다. 하지만 그는 스물다섯 살, 스물여섯 살, 또는 스물일곱 살이었다. 어떻게 그 나이에 자기가 실행에 옮긴 바를 잊을 수 있단 말인가?

우리 대화가 끝날 무렵, 나는 변호사에게 그동안 상황이 달라졌다고 생각하는지 물어본다. 변호사는 20년 전에 비해 피해자들의 목소리에 더 많이 귀를 기울이는 것 같다고 대답한다. 성적 학대 사건이 예전보다 늘거나 줄지는 않았지만, 고소가 늘었다는 것이다. 그런데 고소를 해도 증거가 부족하다는 이유로 불기소 처분을 내리는 경우가 흔하다. 내 경우에는 그런 문제가 생기지 않았는데, 그것은 그가 범행을 자백했기 때문이다. 변호사는 이런 경우가 일반적이지 않다는 점을 인정하면서, 만약 그가 자백하지 않았다면, 만약 그가 나를 거짓말쟁이로 몰았다면, 그는 유죄 판결을 받지 않았을지도 모른다고 말했다.

그는 스스로 범죄를 인정할 만큼 태연하게 소송에 임했다. 그러다가 막판에는 자기가 앞서 말했던 것을 부분적으로 취소하고 싶어 했다. 감옥에 들어갈 가능성이 높아지자, 그는 자신을 변호하려 노력했고, 정상 참작의 사유를 찾아내려고 애썼으며, 일부 사실을 감추려고 했다. 그는 자신에게 죄가 있다는 사실을 받아들이고 싶어 했고, 자기가 저지른 행위들을 인정하고 싶어 했으며, 나아가서는 그 행위들을 정당화하려고 하기도 했다. 하지만 너무 많은 벌을 받는 것은 원하지 않았다. 그래서 자기가 사회에 복귀할 만한 사람이라고 이유를 달았고, 다시는 그런 짓을 하지 않으리라 약속했다. 자기는 신뢰할 만한 사람이라는 것이었다.

재판이 벌어지는 동안, 그를 변호하기 위해 증인들이 증언대에 섰다. 그들 중 누구도 그가 저지른 범죄의 사실성에 이의를 제기하지 않았다. 하지만 그들은 그가 보여 준 갖가지 장점에 관해서 말하려고 나왔다. 그런 범죄를 저지른 건 안타까운 일이지만, 그는 모범적인 성실성을 지닌 사람이라고, 신실한 남자라고, 착한 아들이라고, 의리 있는 친구라고, 악착스러운 일꾼이라고, 용기를 가지고 일하는 사람이라고, 때로 산속에서나 위급 상황에서 구조 활동에 나서기도 하는 영웅적인 사람이라고 말하기 위해 온 것이었다. 20년이 지난 지금에 와서 돌이켜 보면, 새삼 궁금증이 인다. 그들은 자기 자신들에 대해서 어떻게 생각할까? 아이를 강간한 남자를 변호하기 위해 행했던 그 증언에 대해서 어떻게 생각하고 있을까? 그를 돕는다고 해서 그들에게 이익이 될 건 전혀 없었다. 그들은 그 점을 알면서도 자발적으로 증언에 나섰다. 그들 중에는 내 부모와 가까운 친구도 한 사람 있었고, 내가 무척 좋아하던 사람으로 공사판에서 그와 함께 일했던 남자, 즉 알프스산맥 속의 댐 수리 공사와 리옹 오페라 극장의 둥

근 지붕 건설 공사 때 함께 근무했던 남자도 있었으며, 감옥에 갇힌 그를 접견하러 왔던 여자들과 그의 가족 구성원들도 있었다. 그들은 그 사람 삶의 모든 측면에 관해서 증언하러 왔다. 그의 어린 시절부터 재판 때까지, 어느 면에서 보더라도 그는 나무랄 데가 없었다. 그런 점에서 성범죄는 예외적인 행위였다.

참 이상한 일이다. 내가 보기엔 그 반대가 진실이다. 그의 범죄는 그 인생의 나머지 전부를 정상에서 벗어난 것으로 만든다. 그의 범죄는 그의 인생을 존엄성의 프리즘을 통해 읽을 수 없게 한다. 어떤 식으로든 도덕적 품성과 관련지어 바라보고자 해도 그럴 수가 없다. 게다가 그 증인들은 조금 과장해서 말하고 있었다. 그들은 모두 그가 위압적인 사람이라는 사실, 그가 남이 자기 뜻에 거역하는 걸 용납하지 못한다는 사실을 알고 있었으니까 말이다. 그는 권위적인 사람이라고 모두가 말했지만, 그런 성격은 하나의 가치로, 강한 의지와 자신감을 보여 주는 특징으로 받아들여지고 있었다. 우리만이 볼 수 있었던 것, 즉 그가 폭군처럼 구는 집 안에서 아이들과 내 어머니가 보았던 것들은, 사실 그들 가운데 어느 누구도 본 적이 없으니, 그럴 수도 있었다. 하지만 그의 성격에서 가장 두드러지게 나타나는 점은 그가 반대 의견을 참아 내지 못하는 사람, 줄곧 모든 것을 자기 뜻대로 해야 하는 사람, 자기가 결정하고 감독하고 벌해야 하는 사람, 권력을 나

뭐 가지면 안 되는 사람이라는 점이다.

세상의 모든 것은 섹스와 관련되어 있다. 단 섹스는 예외다. 섹스는 권력의 문제다. 오스카 와일드가 한 말로 종종 인용되는 유명한 문장이다. 이 격언이 어디에나 적용될 수 있는지는 알지 못하지만, 성폭력 관련 맥락에서는 정곡을 찌르는 말처럼 보인다. 미성년자를 상대로 한 성적 학대는 대부분 섹스보다 권력과 더 깊이 관련되어 있다. 물론 그것도 섹스와 관련된 행위이긴 하지만, 그런 상황에서 섹스는 다른 무엇이기보다 지배의 도구다. 아이들은 그 점을 잘 안다. 하지만 그것을 말로 표현하는 것은 아이들에게 쉬운 일이 아니다. 미국 작가 도로시 앨리슨의 어린 주인공은 이렇게 말한다. **나는 왜 내가 거기에 와 있는지, 그리고 왜 그가 날 건드리도록 가만히 있었는지 설명할 수가 없었다. 그건 섹스가 아니었다. 한 남자와 한 여자가 벌거벗은 몸을 서로 어루만질 때와 같은 그런 것이 아니라, 섹스와 비슷하긴 한데 그가 미친 듯이 갖고 싶어 하는 강력하고 무시무시한 어떤 것, 나로서는 전혀 이해할 수 없는 무언가였다.**

내 의붓아버지는 왜 그런 범행을 저질렀느냐는 질문을 받았을 때, 어쩔 수 없이 그런 상황에 몰리게 되었다고 말했다. 나와 관계를 맺고 싶었지만 달리 방법을 찾아내지 못했다는 것이다. 20년의 세월이 지난 지금에 와서 볼 때, 그건 얼토당토않은 주장으로 보인다. 내 눈에는 당시에도 그게 얼토당토않은 주장으로 보였다. 그럼에도 그는 많은 사람들을 설득하는 데에 성공했다. 자기가 원하는 것은 나에게 받아들여지는 것, 내가 자기에게 마음의 문을 완전히 여는 것, 내가 어쩔 수 없이 그렇게 하도록 만드는 것이라고 말했다. 그건 단지 성적인 지배뿐만 아니라 그보다 더 많은 것을 겨냥하는 포식자의 아주 분명한 고백이다. 지배를 넘어, 고문을 넘어, 삶 그 자체에 도달하겠다는 것이다.

2021년 4월 『르 몽드』에 실린 한 기사에는 성범죄자 치료 센터에 관한 현장 보도가 나오는데, 이 보도에서 성범죄자들의 내면 깊숙한 동기들이 언급된다. **성적인 행위로 이행하는 것은 방어적인 해결책을 시도하는 일이다. 다시 말해서 근본적인 결핍에 관한 더 큰 불안에 맞서서, 우울증적인 붕괴 위험을 막기 위한 하나의 시도라고 볼 수 있다.** 그 치료 센터의 심리학자인 가엘 생잘므Gaëlle Saint-Jalmes의 말에 따르면, 오래전부터 폭력의 존재론적 문제에 관심을 가져 온 그가 보기에 강간은 **심리적인 밸브**이다. 가해자들에게 그 행위는 폭력을 통해서 더 심각한 무언가로부터 스스로를 보호하는 것이다. 그런 폭력이 방어의 한 형태가 된다는 생각이 남성들 쪽에 자리하고 있기 때문에 그런 폭력을 선택하는 일이 계속 벌어진다. 여자들보다는 남자들이 성범죄를 더 많이 저지른다. 그리고 남성의 지배, 신체적이고 심리적인 지배가 중요한 역할을 맡게 된다.

그런 설명은 내 의붓아버지의 행동을 이해하는 데도 도움이
된다. 그는 자기를 지키려고, 자신을 변호하려고 노력했다.
그는 진심으로 자신을 피해자로 느끼고 있었다. 살아오면서
사회의 몇몇 불공정성과 사람들의 부당 행위 때문에 피해를
보았다고 느꼈다. 그뿐만 아니라 나와의 관계에서도 피해를
보았다고 느꼈다. 내가 자기를 원하지 않았다는 게 그 이유
였다. 자기는 모든 것을 그 어린 소녀에게 갖다주는데, 그 소
녀에게서 거부당하는 것을 그는 받아들일 수 없었다. 그 소
녀가 자기에게 가하는 나르시시즘적 상처를 용납할 수 없었
다. 강간은 꼭 필요한 하나의 징벌이었다. 자신에게 순종하
도록 가르치기 위해서는 벌이 필요했다. 그리고 그는 조니
할리데이의 목소리에 맞추어 노래하기 위해 라디오 볼륨을
높였고, 가사를 영혼 속 깊이 믿으면서 노래했다.

네게 약속할게 내 입으로 키스할 때 짠맛을
네게 약속할게 내 손으로 널 만질 때 꿀맛을
네게 약속할게 네 잠자리 위쪽에 하늘을
네 밤이 감미롭도록 꽃들과 레이스들을[20]

가엾은 조니, 그는 로코코풍 무덤 속 깊은 곳에서 자기가 무

엇 하러 이 책 속에 와 있는지 궁금해하리라. 그가 나를 원망하지 않았으면 좋겠다. 사운드트랙을 고른 건 내가 아니니까.

그의 말에 따르면 그는 그 일에 관해서 말하려고 노력했다. 그 정도까지는 아니더라도, 무언가 잘못되고 있다는 걸 자기 주변 사람들에게 이해시키려고 노력했다.

학교에서 축제를 벌일 때면, 우리는 변장한 모습으로 학교에 갈 수 있었다. 아이들은 모두 가장용 의상을 입었고, 어른들도 일부는 그랬다. 어느 날, 내 의붓아버지가 변장을 하고 학교에 왔는데, 그 복장이 꽤 이상했다. 그는 어딘가에서 밤색 작업복을 찾아냈다. 그 옷을 입기는 쉽지 않았다. 사실 밤색 작업복은 흔히 볼 수 있는 옷이 아니다. 작업복은 대개 파란색 아니면 회색이다. 그래도 이왕 찾아냈으니 그는 아래위가 한데 붙은 그 작업복을 입었다. 그리고 목에는 두루마리 화장지의 휴지심을 끈에 꿰어 투박한 목걸이처럼 걸고 있었고, 허리께에는 플라스틱 변좌를 달고 있었다. 그 변좌 역시 끈을 꿰어 멜빵처럼 어깨에 메고 있는 모습이었다. 사람들은 조금 놀란 기색을 보였다. 그 짓궂은 장난을 제대로 이해하지 못한 눈치였다.

「뭘로 변장한 거야?」

「네 눈엔 뭐로 보여?」

「글쎄, 잘 모르겠는데.」

「에이, 척 보면 알아봐야지. 이건 뒷간의 변기고, 난 똥이야.」

하지만 그 변장에 담긴 메시지는 조금 수수께끼 같아서 한눈에 알아보기가 쉽지 않았다. 그는 자기 뜻을 알리려고 더 애를 쓰지 않았다. 가장행렬 때 하는 농담이라면 몰라도, 자기가 왜 스스로 똥이라고 말하는지를 설명할 수는 없었다. 하지만 그는 자신이 그때 편지를 담은 병을 바다에 던진 것 같은 기분을 느꼈다고 했다. 그건 그가 심문을 받던 중에 한 말이었다. 자기가 애기를 하려고 했지만 아무도 자기 말을 듣고 싶어 하지 않았다는 식의 논거였다. 그는 그 일을 놓고 내 어머니를 탓했다. 「당신 생각 안 나지? 내가 똥으로 변장했을 때 기억나? 아무도 무엇 하나 묻지 않았어. 내가 왜 스스로 똥이라고 생각하는지 아무도 알고 싶어 하지 않았다고! 아무도, 당신까지도!」

그날 나는 공주, 요정, 그런 모습으로 꾸미고 있었다.

이건 내가 어디선가 들려준 적이 있는 애기다. 컴퓨터에서 내 문서를 검색해 보니 거의 20년 전에 이 애기를 쓴 적이 있다. 내가 같은 애기를 되풀이하는 것이다. 아주 오래전부터, 똑같은 일을 자꾸자꾸 생각하고 되새긴다. 트라우마 탓에 계속 그럴 수밖에 없는 것일까? 그건 모르겠다. 나는 정신 분석도 받아 보지 않았고, 심리 치료를 받은 적도 없다. 나는 아무것도 하지 않았다. 그게 트라우마의 산물이라고는 생각하지 않는다. 그건 그냥 삶이다. 나는 그 문서를 찾아낸다. 이야기가 아니라 한 편의 시다. 〈가장행렬〉이라는 제목이 붙은 그 시는 이렇게 끝난다.

그 사람, 똥으로 변장하고
공주의 손을 잡는다
공주는 손을 주고 싶지 않은데
그는 억지로 손을 잡는다
알면서 그러는 거다
어린 공주
똥으로 변한 그
그는 공주를 바라본다
공주는 멀리 건너다본다
날 봐야지
환하게 빛나는
어린 공주는
해어진 원피스 차림으로
눈길을 준다, 그래야 하니까
그러나 아무 말도 하지 않는다
그는 용서받고 싶어 하는 것이다

그의 내면 어딘가에서 누군가가 용서를 청한다
그녀에겐 연민이 일지 않는다
해어진 의상을 입은 무도회의 여왕
그녀는 손을 준다, 주어야 하니까
그러나 그녀는 원하지 않는다
용서하기를.

내 친구 에드몽이 삽화가 노릇을 맡아 이 시에 삽화를 넣었고, 이런 시들을 모아 한 권의 시집을 만들 생각이었다. 그런데 계획한 대로 일이 이루어지지 않아, 백지가 반쯤 남은 시집이 되어 버렸다. 그 삽화 역시 스무 해 전의 작품이다. 그 사건과 관련하여 내가 할 이야기는 이미 이 그림에 담겨 있다. 나는 그림의 전경(前景)에 나와 있는데, 그 가장용 복장은 익살스러운 느낌을 주려고 입은 것이지만, 내 눈매에 깊이 서린 불길한 기운 때문에 익살과는 거리가 멀어 보인다. 내 뒤의 배경은 검은색이다. 폭풍우가 몰아치는 속에서 고래처럼 생긴 동물이 나를 삼키려 다가든다. 한쪽 귀퉁이에는 떠돌이 개가 돌아다니는 모습이 그려져 있다. 거의 모든 삽화에서 그러듯이 한 편의 시와 다른 시를 연결해 주는 몽환적인 존재가 있는 것이다. 이 개는 멕시코의 거리에서 흔히 볼 수 있는 개, 비쩍 마르고 털이 빠지고 눈초리가 사나운 개다.

내 어머니 집의 골방에 플라스틱 상자가 하나 있는데, 펠트
펜으로 내 이름을 써 놓은 딱지가 붙어 있는 그 상자 안을 뒤
지다 보니, 잡다한 서류, 오래된 편지들, 옛날 사진들, 깨진
부적 팔찌들에 이어 마침내 2000년 6월 날짜가 찍힌 그르노
블 지방 법원의 보고서가 나타난다. 그 문서에는 내가 해당
사건에 관해서 분명하고 정확한 법률 언어로 이야기한 것이
모두 들어 있다. 피고인의 종합적인 전기가 들어 있고, 내 진
술의 개요, 내 어머니 진술의 개요, 내 의붓아버지 진술의 개
요가 들어 있다. 그가 파리에서 보낸 어린 시절, 알프스산맥
에서 보낸 그의 청년기, 그와 내 어머니의 만남, 성적 학대,
그가 내세우는 이유를 다시 한번 확인할 수 있다. 그 모든 것
이 내가 앞서 말한 주관적인 견해와 거의 일치한다. 나는 그
문서를 이 대목에 싣는 게 어떨까 하고 생각해 보았다. 내 산
문과 소송 중에 나온 말을 병치하는 게 흥미로워 보였다. 아
마도 같은 사건에 관한 두 가지 이야기를 나란히 놓으면, 그
차이를 깨닫게 되지 않을까 싶었다.

명목상 소송 절차에는 상대방의 이익을 침해하는 일체
의 하자가 허용되지 않는 터라 (……)
　　사실상 본 정보가 전체적으로 다음 사실들을 확증
하는 터라 (……)
　　소송 절차가 복잡하다는 점을 참작

수사를 통해 그 주장에 반하는 정보를 충분히 확보
했다는 점을 고려하여 (……)
　　형사 소송법 199조와 214조, 216조, 802조에 비추어
　　그런 동기들로 인하여
　　법원
　　합의부에 소재하는 중범죄 재판부
　　법률에 맞춰 숙고한 연후
　　기소장 수리
　　그리고 강간죄와 상기한 성폭행 연관 범법 행위들
에 관한 법률에 따라 심판을 받도록 그를 오트잘프 데파
르트망의 중죄 재판소로 이송한다.

진술된 사실들을 기록한 공식 문서와 내 기억에 조금 차이가
있지만, 일치보다 그런 불일치에 더 마음이 끌린다. 아마도
그런 이유로 나는 보관된 기록을 찾아보고 싶어 했을 것이
다. 그래야 내가 이미 천 번이나 머릿속에서 곱씹은 그 이야
기 중에서 아직 떠올리지 못한 요소들을 찾아낼 수 있으니까
말이다. 다른 관점을 찾아내겠다는 그 생각이 아직 남아 있
다. 사실에 더 가까워지기 위함일까? 단편적인 정보들을 완
전하게 만들기 위해서일까? 아니면 나 자신에게서 조금 벗
어나기 위해, 나를 떠나지 않고 숨 막히게 하는 일방적이고
주관적인 해석에서 벗어나려고 애쓰는 것일까?

예컨대 이런 문장이 있다. **네주가 그와 관계할 때 자신이 실제로 그 자리에 있다기보다는 딴사람이 되어 공격당하는 기분이 든다고 그에게 말하던 날, 그는 일체의 관계를 중단했다.**

그 문장을 다시 읽으니, 그가 그렇게 진술하는 것을 의아하게 여겼던 일이 생각난다. 그는 재판 중에 문득 그 얘기를 들려주었다. 어느 날, 우리가 다시 한번 그가 나한테 하는 행위를 놓고 이야기를 나누던 때의 일이라고 했다. 내가 그에게 하던 일을 계속해도 상관없다고, 나한테는 하나 안 하나 마찬가지라고, 마치 그가 다른 사람을 상대로 그 모든 행위를 하는 것 같다고 말했다는 것이다. 그 순간 그는 겁을 먹었다고 했다. 정말로 나를 계속 아프게 하는지, 나의 심리적인 안정에 영향을 주는지 걱정이 되었고, 그래서 그 일을 그만두게 되었다는 것이다. 그때껏 나를 아프게 한다고 느끼지 못하는 것 같던 사람이 갑자기 그런 진술을 하는 게 터무니없어 보였지만, 그 점을 차치해도, 내가 보기에는 정말 이상한 점이 있었다. 나는 성적 학대가 중단되게 만든 그 협상을 나름대로 아주 정확하게 기억하고 있다. 나 자신으로부터 분리되어 외부에서 나 자신을 관찰하는 사람처럼 느끼는 해리 장애가 나에게 있었을 수도 있지만, 그것과 그날의 대화는 아무 관계가 없었다.

어쨌거나 나는 그 대화를 기억한다. 두 사람의 관계를

나름대로 분석하고 그에게 의견을 들려주면서 당당하게 맞서는 내 모습이 눈에 선하다. **아냐, 우리는 그쪽이 말하는 그런 특별한 관계를 맺은 적이 없어. 그쪽은 나에게 다가들 수 있다고 생각하지만, 이건 내가 아니라 내 몸일 뿐이야.** 우리 두 사람이 어디에 있었는지는 기억나지 않는다. 아마도 사춘기 때 내가 쓰던 방 안이거나 침대 위나 자동차 안일 것이다. 그는 섹스 후에 말하는 것을 좋아했다. 나로서는 그 말을 들어 주는 것말고는 달리 선택지가 없었고, 그저 창밖 풍경이나 천장이나 타피스리의 무늬를 바라보고 있었다. 때때로 그가 참을 수 없도록 성가시게 하면, 화를 억누르며 대답하기도 했다. 나로서는 망각의 늪에 묻어 버리고 말았을 그 말대꾸가 재판 기록에 담긴 채 그 사건의 요소로 탈바꿈하여 모습을 드러냈다.

법률 조항들이 기재되어 있는 그 문서, 법원의 관인이 찍혀 있고 변호사와 법원 서기의 서명이 들어간 그 문서는 그 나름의 방식으로 내 이야기를 유효한 것으로 인정한다. 그 문서는 먼저 사람들이 나의 말에 관해서 잘못 상상하는 것을 막아 주기 때문이다. 그러니까 내가 과장해서 말하리라고, 내가 내 말에 힘을 실어 주기 위해 조금이라도 꾸며서 말하리라고 생각하는 것을 방지해 준다는 것이다. 또 다른 이유도 있다. 이런 종류의 이야기를 접하면 어떤 자연스러운 힘에 이끌리게 된다. 이를테면 무슨 일이 벌어졌는지 주변 사람들이 알게 되었을 때, 그들은 설마 하면서 내가 말하는 것을 있는 그대로 받아들이지 않게 된다. 사람들은 그 모든 일이 하나의 픽션처럼 짜여 있다는 느낌을 받으며 어느 정도 거리를 둔다. 결국 진짜가 아니라 한 편의 이야기로 받아들이는 것이다. 그래서 사람들은 그 서술의 양상, 그 언어의 측면에 관심을 기울이면서, 지시 대상을 생각하지 않으려 한다. 내가 그 사건에 대해서 무슨 말을 하는지나 무슨 생각을 하는지에 상관없이, 사진들과 기록 보관소의 문서들, 당시의 편지들, 그리고 재판 기록은 마치 증거처럼 그 모든 일이 존재했음을 보여 준다. 그것들은 해석으로 환원될 수 없는, 사실의 조각들이다. 반드시 진실성이나 글을 쓰는 사람의 선의를 보장하는 것은 아니지만, 실제로 벌어진 그 일을 시간 너머로 운반하는 책임을 어느 정도는 지고 있다. 그것들은 증인 없는 이 증언의 부서지기 쉬운 목발이 된다.

결혼식 때 나는 드레스 차림이었다. 그가 강요했기 때문이다.

　내 어머니는 바지 차림이었다. 두 사람 모두 흰색 옷을 입었다. 하지만 어머니는 머리를 짧게 깎고 바지를 멋들어지게 차려입었다. 그건 작은 반란이었다. 그런데 나에겐 선택의 여지가 없었다. 그는 일쑤 내가 원피스 차림으로 있기를 요구했다. 결혼식 날에는 옷을 바꿔 입으려고 애썼지만, 그는 내가 그러도록 내버려두지 않았다. 결국 드레스를 입은 건 신부인 어머니가 아니라, 나다.

그게 정확히 몇 살 때의 일인지 모르겠다. 내 남동생이 아기였을 때니까, 내가 열 살 무렵이다. 곧 어머니에게 전화해서 물어보아야겠다. 어머니는 결혼식을 올린 그해를 잘 기억하고 있을 것이다. 나는 어머니 모르게 이 책을 쓰는 중이다. 언젠가는 어머니에게 이 사실을 알려드려야 하리라. 내가 어머니에게 사진들을 보내 달라고 부탁한 적이 있었는데, 어머니는 그 이유를 정확히 모른다. 나는 나처럼 피해자인 다른 친구들과 함께 시청각 퍼포먼스를 하고자 했다. 그런데 그 계획이 수포로 돌아갔다. 그건 전 세계적으로 유행한 팬데믹 때문이기도 하고, 그런 주제를 다룬 우리 작품이 가져올 결과를 생각하기 시작하며 열정이 이내 식었기 때문이기도 하다. 심리적으로 지쳐 가면서 에너지를 잃은 것이다. 우리가 기획했던 건 우리의 가족사진들을 홀 벽면에 붙이는 것, 그리고 관객에게 우리의 고백이 옛날 합창곡처럼 중첩해서 녹음된 것을 들려주면서 그 사진들을 가까이에서 볼 수 있게 하는 것이었다. 지금 나에게는 그 친구들도 없고, 내가 덜 노출되기를 바란 그 고백의 말을 함께 전달할 공동체도 없고, 사진도 없고, 나침반도 없다. 나는 표류하는 배를 홀로 타고 있을 뿐이다.

〈어찌할까? 오 도둑맞은 마음아〉[21]

나는 심리 치료사를 만난 적도 없고 정신 분석가를 만난 적도 없다. 전문가들하고는 그 일에 관해서 얘기를 나눈 적이 없다. 내가 속한 환경에서는 아무도 정신 치료를 받으러 가지 않는다. 정신 치료를 받으러 가는 건 우리에게 무서운 일이다. 그리고 우리가 알고 있기로, 우리를 받아 준다고 하는 기관들에 가보면, 공공 서비스는 업무 과중 상태에 빠져 있고 지방 의료진은 제대로 훈련되어 있지 않으며, 무료 서비스의 대기실은 사회적으로 배제될 위험에 처한 사람들, 정신적 고통을 겪는 정말 가난한 부랑자들로 가득 차 있어서, 너무 일이 많거나 능력 없는 치료사를 만날 가능성이 적지 않다. 그래도 나는 아주 이르게 내가 겪은 일을 말했다. 제일 먼저 내 얘기를 들어 준 사람은 내 평생의 친구 마리안이다. 비가 내리던 어느 날 오후, 학교가 파하고 집으로 돌아가던 때의 일이었다. 그다음에는 내가 집을 떠나 대학에 갔을 때, 대학의 여자 친구들에게, 그리고 사귀던 남자들에게 이야기했다. 그들은 내 얘기를 들어 주었고, 나를 믿어 주었다. 아무도 내가 하는 얘기에 의심을 품지 않았다. 그들은 나에게 조언을 하고 나를 이끌어 주었다. 많은 사랑으로 나를 감싸 주었다. 고소장을 제출하는 것이 이내 유일한 해결책으로 나타났다.

신기하게도, 고소하자는 생각을 가장 먼저 한 사람은 에드몽이다. 나중에 친구 사이로 바뀌었지만, 당시에 우리는 연인이었다. 그는 나보다 서른다섯 살 연상이다. 또 한 가지 역설적인 사실이 있다. 나는 사건들을 일어난 그대로 사람들에게 들려준다. 논픽션의 이점은 사람들로 하여금 진실성을 믿게 할 수 있다는 점, 일관성이 없어 보이고 더 나아가 불가능해 보이기까지 하는 일련의 사건들을 그대로 진술할 수 있다는 점이다. 어쨌거나 믿고 안 믿고는 독자의 권리다. 일이 이런 식으로 이루어졌다고 말했으니 독자의 믿음을 얻어야 하는 것이다.

쉰네 살 먹은 그 남자는 열아홉 살짜리 젊은 여자와 데이트를 했다. 그는 카리스마가 넘치는 예술가였고, 언제나 젊은 여자들과 연애 관계를 맺고 있었다. 어떤 점에서 보면 한 명의 포식자였던 셈이다. 그런 그가 소송으로 가는 길에서 나의 주된 지원자가 되어 주었다. 그가 정신과 의사인 친구에게 그 얘기를 했는데, 반드시 그런 식으로 해결해야 한다는 게 그 친구의 대답이었다. 내 남동생과 여동생들이 위험을 피하기 위해서도 그렇고, 내가 나중에 스스로를 다시 세우기 위해서도 다른 방법은 없다는 것이었다.

해결책은 하나밖에 없다는데, 그게 정말 해결책일까? 정말 그렇다면 그건 누구를 위한 해결책일까? 말하는 것, 고소장을 제출하는 것, 그건 가족이라는 사회 단위를 폭발시킨다. 일단 말이 터져 나오면, 복잡한 소외의 과정이 펼쳐진다. 모두가 그 폭파 사고의 불길에서 스스로를 보호하고자 한다. 수치심이 빠르게 번져 나가고 남에게 옮아간다. 그래서 사람들이 당신에게서 등을 돌린다. 가족 내부뿐만 아니라 외부에서도 같은 일이 벌어진다. 당신을 지지하는 사람들은 적어지고, 그저 가까운 친구들만 남게 된다. 그들은 당신을 소중하게 여기는 사람들이다. 그들 역시 당신 때문에 수치심을 느낄 수 있지만, 그들은 그것을 넘어서서 당신을 지지한다. 그렇게 당신은 위로를 받는다. 그건 분명한 사실이다. 하지만 누구나 그런 고독 속에서 평생을 살 준비가 되어 있는 것은 아니다.

그 일의 무대는 니스 구항구 부둣가, 분홍색과 황토색과 회색이 어우러진 건물 안이다. 나와 함께 사는 여자 친구는 자기 남자 친구랑 밤을 보내기 위해 나갔다. 나를 우리 지붕 밑 방에 홀로 두고 나간 것이다. 나는 강의를 복습해야 하지만 정신을 집중하기가 어려운 상황이다. 나는 두 층을 내려가서, 문을 두드린다. 그 집에 사는 에드몽은 오전에 그린 패널화를 다시 손질하는 중이다. 군데군데 회칠이 벗겨져 나간 벽은 데생, 그림을 그려 장식한 문장, 여자 초상화 등으로 덮여 있다. 춤추는 몸들도 보이고, 태양이며 새들도 보인다. 그 작품들은 예술과 삶에 대한 일종의 선언, 내가 믿고 싶어 하는 이야기들을 들려주는 천진하고 아름다운 선언이다. 우리는 말을 주고받고, 작업대 위에 놓인 데생 작품에 관해서 의견을 나눈다. 의견을 나눈다기보다 주로 그가 말을 하면서, 책꽂이에서 책을 찾아다가 나에게 보여 주고, 내 얼굴과 어깨를 쓰다듬는다. 어떻게 하면 내 마음을 끌 수 있을지 나름대로 고심하는 기색이다. 우리 두 사람 사이에 이상할 정도로 강한 기운이 감돈다. 그는 나를 상대로 무엇을 해야 할지 모른다. 그가 보기에 나는 자기에 대한 사랑에 빠져 있고, 그런 종류의 사랑을 찾아 자기 집에 온 것이다. 우리는 키스를 나누고, 중이층에 올라가 몸을 섞는다. 하지만 막상 일이 끝나고 나니, 공기 중에 불만의 느낌이 서린다. 그는 이해하고 싶고, 자기가 생각한 사랑 이야기를 확신하고 싶다. 나라고 뭐가 문제인지 아는 건 아니지만, 사랑의 문제가 아닌 건 분명하다. 그는 너무 나이가 많다. 내 부모보다 나이가 많은 늙은 남자다. 섹스 하는 건 좋은 일이지만, 난 사랑에 관심이 없다. 우리는 말싸움을 벌인다. 아니, 그럼 우리 두 사람은 뭐야? 그가 묻는다. 이건 아무것도 아냐, 우린 사랑 따위를 말하지 않고 아무도 우리를 보지 않으니까 이건 아무것도 아냐, 이게 뭔지 알아야 할 필요가 없어. 아니, 그럼 네가 원하는 게 뭐야? 그가 다시 묻는다. 자꾸 그러니까 짜증 나, 난 아무것도 원하지 않아, 날 가만히 내버려둬. 나는 벗어 놓은 옷을 다시 입고 문을 나선다. 집으로 돌아가기 위해 두 층을 다시 올라가지 않고, 구항구 부둣가를 걸으려고 밖으로 나간다.

어둡다. 밤기운이 조금 차다. 그래도 매운 추위는 아니라서, 옷깃만 세워도 찬 기운이 덜 느껴진다. 걸어가다 보니, 나도 모르게 등대 쪽으로 가고 있다. 우리 모두가 해 질 녘에 걷는 산책로다 보니 자연스레 그렇게 되는 것이다. 우리가 해 질 무렵 여기를 걷는 이유는 이곳이 노을을 보기에 가장 아름다운 곳이기 때문이다. 하지만 당장은 어둠 속이라서 신기로운 것을 전혀 볼 수 없다. 게다가 위험하기까지 하다. 거래를 벌이는 범죄 조직원들이 있고, 마약을 즐기러 왔기에 산책자들의 방해를 싫어하는 사람들도 있으며, 남들 눈에 띄지 않도록 시멘트 구조물 뒤에서 주사를 맞는 마약쟁이들을 바라보면서 자위행위를 하는 변태 성욕자들도 있다. 그래도 나는 계속 걷는다. 파도 소리가 나를 달랜다. 에드몽이 나를 따라오고 있다. 방파제 끄트머리에 다다르자, 그가 내 곁으로 온다. 우리는 아래쪽의 커다란 바위로 내려가 파도가 부서지는 소리를 들으며 한동안 침묵을 지킨다. 나는 담배를 피운다. 그는 담배를 끊은 지 몇 해가 지났지만, 나 대신 불을 켜서 담배에 붙여 준다.

나는 강간당한 이야기를 그에게 들려준다. 그는 밤중에 그 방파제로 와서 내 곁에 있을 이유가 전혀 없다. 내 편에서 보자면, 그에게 줄 것이 아무것도 없다. 아직 스무 살도 되지 않았는데, 삶의 짐이 너무 무겁다. 만약 그가 너무 가까이 다가든다면, 얼굴에 증오의 침을 맞게 될 판이다. 원래는 그에게 뱉을 침이 아니지만 내 증오를 표출하는 대상이 되는 것이다. 그도 할 수 있는 일이 없지만, 나 역시 당장 아무것도 할 수 없다. 나는 공부를 계속해야 한다. 나는 내 또래의 남자나 여자에 대한 사랑에 빠져야 한다. 나는 이제 자유로우니 살아가는 법을 배워야 한다. 이 밤 시간에, 이 방파제에서, 이 늙은 카사노바와 함께할 일은 아무것도 없다. 하지만 나는 그에게 얘기를 들려준다. 그가 내 여자 친구라도 되는 양 얘기를 들려준다. 그런데 그는 어른이고, 현실의 삶에서 힘을 발휘할 수 있는 사람이며, 분별력이 있고 거리를 둘 줄 아는 사람이다. 그리고 그런 이야기는 듣는 사람에 따라 다르게 받아들여질 수밖에 없다. 그는 나에게 담배 한 개비를 달라고 한다. 나는 담배 한 개비를 말아 준다. 그는 한 모금을 빨고 침을 좀 뱉더니 흐뭇이 마저 피운다. 그러고는 꽁초를 항구의 검은 바닷물 속에 던진다. 우리는 더 이상 아무 말도 하지 않는다. 갑자기 피로감이 몰려온다. 세상의 모든 피로가 우리를 덮친다. 나는 얘기를 들려준 것에 부끄럼을 느낀다. 하지만 너무 늦었다. 이미 일어난 일이다. 그는 부끄러워할 일이 아니라고 말하고 싶어 한다. 그러면서 내 손을 잡는다. 그는 내 손을 20년 동안 잡게 될 것이다.

에드몽의 제안을 긍정적으로 받아들이는 데는 상당한 시간
이 걸리게 된다. 나는 고소장을 제출한다는 생각 자체를 거
부하면서 몇 달을 보낸다. 그 썩어 빠진 제도가 나를 위해 정
말 무언가를 해줄 수 있을까? 우쭐거리는 부르주아 정신과
의사가 우리 같은 사람들의 삶에 관해 무얼 알까? 그런데 조
금씩 해결의 실마리가 풀린다. 이윽고 나는 어머니에게 내가
겪은 일을 말하기에 이른다. 그 고백 이후로 1년이 더 흐른
다. 다른 해결책이 없을까 이리저리 생각하면서 무위의 시간
을 보낸 것이다. 그러다가 어느 날, 어머니와 전화 통화를 하
던 중에 우리가 막다른 골목에 들어와 있다는 점을 받아들이
기에 이른다.

나(21세, 사람들의 왕래가 많은 마르세유 거리의 공중전화
부스에서, 화를 억누르며): 이제 어쩔 수가 없어. 그 사람이
랑 헤어져야 해.

　　어머니(43세, 집에서, 몰래 일을 꾸미고 있음을 들킬까
봐 불안해하며): 그게 쉽지 않아.

　　나: 아니, 뭐야. 벌써 1년이 지났잖아.

　　어머니: 어떻게 해야 할지 모르겠어.

　　나: 다른 방법이 없다면, 내가 고소장을 제출할게. 만약
엄마가 나와 함께하지 않겠다면, 나 혼자 할 거야.

실제로 해보니, 고소장을 제출하는 것은 믿기지 않을 정도로 쉽다. 편지 한 통을 써서 검사에게 보내면 된다. 첫걸음은 그냥 그렇게 뗀다. 그러고 나면 많은 일이 뒤따르지만, 결정적인 것은 바로 그 첫걸음이다. 아주 간단한 짧은 편지여도 상관없다. 잘 쓸 필요도 없고, 타자기로 글자를 치거나 컴퓨터로 인쇄를 할 필요도 없다. 형식에 맞게 작성하는 법을 알아야 하는 것도 아니고, 변호사를 선임해야 하는 것도 아니다. 그냥 종이에 몇 단어를 쓰면 된다. 누구나 5분만 들이면 할 수 있는 일이다. 나는 간결한 문체로 괴발개발 썼고, 어머니는 중등 교육을 받지 않은 사람들이 대개 그러듯, 초등학교 선생님처럼 아름다운 서예 글씨로 고소장을 썼다.

내가 고소장을 제출하고 며칠이 지나 부활절 방학이 시작되었을 때, 내 어머니는 자식들을 어딘가로 데려갔고, 경찰관들이 내 의붓아버지를 찾아 집으로 왔다. 그들은 그의 손에 수갑을 채웠고, 파란 승합차의 뒷좌석에 그를 태웠다. 그런 다음 그를 경찰서 유치장에 가두었다. 그들은 그를 신문했고, 그에게 묵비권을 행사할 권리와 변호사를 선임할 권리가 있음을 알려 준 뒤에 구치소로 이감했다. 그는 거기에 2년 동안 갇혀 있었다. 그 2년에 걸쳐서 소송 자료가 만들어졌다.

Marie Simon
52 rue Roger Brun
13 005 MARSEILLE

Monsieur le Procureur de la République,

Je porte plainte contre mon beau-père pour abus sexuels sur ma personne durant les années 1986 à 1991. J'ai aujourd'hui 21 ans, j'avais au début des faits aux environs de 9 ans.

Je porte plainte pour le préjudice physique et moral sur moi-même ainsi que pour tenter de mettre hors de danger mon frère et ma sœur qui vivent encore à ses côtés.

A Marseille, le 30 mars 1999,

네주 시노

52, 로제 브룅 로(路)

13005 마르세유

검사님께,

저의 의붓아버지 ████ 씨를 고소합니다. 그는 1986년부터 1991년까지, 저라는 인격을 상대로 성적 학대를 범했습니다. 저는 이제 21세이고, 사건이 시작되었을 때는 9세 무렵이었습니다.

　　제가 고소하는 이유는 제가 받은 신체적이고 정신적인 피해를 인정받기 위함이고, 더 나아가 여전히 그와 함께 사는 제 여동생과 남동생을 위험에서 벗어나게 하기 위함입니다.

마르세유에서, 1999년 3월 30일.

네주 시노

Madame ███████ ███████ épouse ███████
███████████████████

                    Monsieur le Procureur de la République,

Je porte plainte contre Mr ███████ ███████ (mon mari)
pour avoir commis des viols aggravés sur ma fille
Mlle SINNO Neige durant les années 86, 87, 88, 89, 90, 91.
Les faits ont été reconnus devant témoin, le Dr ███████
███████, psychiatre à Briançon
Je porte plainte en tant que femme, mère pour officialiser
ces agressions avec toute la reconnaissance que cela
a pour chacun et aussi pour protéger mes autres
enfants ███████ et ███████
Craignant des réactions de violence, je vous prie
d'attendre les vacances de Pâques (le 4 Avril)
pour que je puisse mettre les enfants hors de
sa portée.

                    Aux ███████ le 4 Avril 1999.
                    ████████████████████████

██████ 의 아내 ██████

██████

██████████

검사님께,

저는 ██████ ██████ (제 남편)을 고소합니다. 그는 86, 87, 88, 89, 90, 91년에 걸쳐 제 딸 네주 시노를 상대로 심각한 강간을 저질 렀습니다. 그 사실은 증인인 브리앙송의 정신과 의사 ██████ 박 사 앞에서 인정되었습니다.

저는 아내이자 어미로서, 이렇게 하는 것이 모두를 위하는 일이 라 온전히 인정하면서 고소장을 제출합니다. 이는 그 범죄의 피해를 공식화하기 위함이기도 하고, 저의 다른 자식들인 ██████ 와 ██ ██████ 를 보호하기 위함이기도 합니다.

저는 폭력적인 반응이 나오지 않을까 우려하기 때문에, 부활 절(4월 4일) 방학을 기다려 주시기를 부탁드립니다. 그래야 제가 아이들을 그의 손이 미치지 않는 곳에 둘 수 있기 때문입니다.

██████ 에서, 1999년 4월 4일.

██████

심연을 탐색하기

재판을 통해 꼭 진실이 확립되는 것은 아니다. 재판은 똑같은 사실이나 일련의 사실에 대한 여러 해석, 동일한 사건과 그 결과와 쟁점에 관한 여러 이견을 서로 대비할 수 있게 해주고, 그럼으로써 이따금 공통되는 해석이나 서로 더 가까워지는 해석을 협상해 내기도 한다. 그리고 만약 소송 당사자들이 서로 합의하지 않으면, 배심원들이 나서서 어느 쪽 해석이 사회의 선택을 받을지 결정한다.

소송 당사자나 증인들이 사건에서 멀리 떨어져 있거나, 상상하기 어려운 내용이면, 그만큼 기억의 정확성을 신뢰하기가 어려워진다. 참으로 역설적인 것은 트라우마적인 기억이 떠오르는 방식이다. 보통의 경우 개인적인 기억은 부정확하기가 십상인데, 트라우마와 관련된 기억은 아주 깊이 각인된다. 그리고 이 기억은 마치 영화의 한 장면처럼 반복해서 재생되는 경향이 있다. 때로는 무심한 순간에, 꿈속에서, 무의식적으로 나타나기도 한다. 하지만 자기 의지에 상관없이 등장하는 그 장면은 아마도 실제로 벌어진 일을 그대로 보여주지는 않을 것이다.

그렇다고 해서 아니 에르노가 『여자아이 기억 *Memoire de fille*』에서 아주 잘 말하고 있는 그 공허한 심연을 내가 느낄 수는 없다. 그 이야기에서 기억하기라는 행위는 **그 일이**

벌어지는 바로 순간의 무시무시한 현실성과 일어난 그 일이 몇 년 뒤에 띠게 되는 기이한 비현실성 사이의 심연을 탐색하기가 된다.

다른 시절들을 놓고 생각해 보면, 그런 심연이 느껴진다. 예를 들면 내가 멕시코에 도착했을 때가 바로 그런 경우이다. 사진 속의 나를 보면, 그게 누구 사진인지 모를 정도다. 나는 사진 속의 여자가 무엇을 느끼고 무슨 일을 겪었는지 재구성해 보려고 애를 쓴다. 서로 다른 여러 각도에서 멕시코에 도착했던 무렵의 일을 이야기할 수 있을 법하다. 그러다 보면 빛과 음파의 회절과 비슷한 현상이 일어나면서 서로 다른 여러 가지 이야기가 만들어진다. 경이감과 불안이 뒤섞인 복합적인 감정이 똑똑히 기억난다. 반면에 내가 어디를 여행했는지, 치아파스의 마을들, 사막의 마을들에 대해서는 기억이 혼란스럽다. 사진 속 내가 신고 있는 가죽 샌들은 기억에 생생하다. 하지만 그것이 오늘날의 나에게서 떨어져 나간, 나에게서 아주 멀리 있는 샌들인 것처럼 보인다. 그게 꼭 소설 속 이야기 같다는 건 아니지만, 그런 것과 거의 비슷하다.

그런데 그런 기억과 달리, 강간과 관련된 그 모든 일은 너무나 자주 벌어졌다. 처음 일이 벌어진 뒤로 아마 거의 매일같이 일어났을 것이다. 그 일에 대한 기억은 내 뇌 속에 동결된 듯 새겨져 있고, 그래서 마음을 놓고 있을 때면 언제나 똑같은 형상으로 떠오른다. 그 형상이 펼쳐지면. 너무나 현실적인 느낌과 비현실적인 느낌이 동시에 나타나, 마치 하나가 되듯 서로 뒤섞인다. 그건 온 존재가 모든 힘을 다해 반항하는 느낌, 멈출 수 없는 일에 저항하면서, 스스로 소멸해 가는 느낌이다.

나에게 어린 시절은 햇빛 드는 검은 아침의 나라로 남아 있다. 아르헨티나 시인 알레한드라 피사르니크Alejandra Pizarnik의 시들 속에 있는 것처럼.

나는 어린 시절을 기억합니다
내가 늙은 여자였던 그때를
꽃들이 내 손에서 시들어 가고 있었습니다
환희의 거친 춤이
꽃들의 심장을 파괴하고 있었으니까요

나는 햇빛 드는 검은 아침을 기억합니다
내가 어린아이였던 그때를
그러니까 그건 어제의 일이고
그러니까 그건 수세기 전의 일이네요[22]

나는 그 장소들을 기억한다. 나는 시각 기억력이 아주 나쁘지만, 그 장소들의 세부 사항을 지금도 기억하고 있다. 때로는 냄새들에 대한 기억이 되살아나기도 한다. 나는 아마도 그가 그 짓을 하는 동안 오래도록 주위를 살피면서 가만히 있었을 것이다. 어쩌면 생각을 다른 데로 돌리기 위해 바깥쪽 사소한 것들에 눈길을 붙박고 있었을지도 모른다. 아니면 해리 장애의 부수적인 결과일 수도 있다. 몸에서 떨어져 나온 부분이 비록 그곳에서 완전히 벗어나지는 못하더라도 주위로 돌아다닐 수 있게 되었음을 알고, 눈에 닿는 대로 무대 배경의 기이한 디테일이나 수수께끼 같은 설비 등을 기억해 나간 것일 수도 있다.

우리가 살았던 첫 번째 집이 기억난다. 욕실에 오갈 때 다니던 긴 복도, 파란색과 회색이 어우러진 융단. 이 기억 덕분에 성적 학대가 시작된 시기를 추정할 수 있다. 내가 고소장을 제출했을 때보다 지금 더 정확하게 가늠이 된다. 그 집 지하실이 기억난다. 나중에 우리 침실이 되었던 그 방에 등반 장비가 담긴 금속 상자가 쌓여 있던 것도 기억난다. 그는 그 상자들 위에 나를 누이곤 했다. 커다란 작업실도 생각난다. 그는 그 방의 난로 가까이에 서서 나를 기다리곤 했다. 다른 방들에 대한 기억도 떠오른다. 아는 사람들 집의 손님방. 그 사람 형네 집의 아이 방. 술 장식이 달린 겨자색 침대 커버. 외할머니 댁 진녹색 타피스리로 장식된 침실. 그가 일하던 스키 용품 가게의 지하실. 스키 바닥에 바르는 왁스 냄새가 기억난다. 어떻게 그는 그토록 간이 크게 굴었을까? 가게에 손님들이 들어올 수도 있었을 텐데 말이다. 나는 스키 클럽에 다녔다. 그를 따라 그의 일터에 다닌 것이다. 내가 그에게 펠라티오를 해주고 나면, 그는 나에게 스키를 내주었고, 나는 클럽의 스키 코치가 오기를 기다렸다가 코치가 낡은 시트로엔 메아리를 몰고 오면 다른 아이들과 함께 타고 스키장에 갔다. 자동차들이 기억난다. 텐트들, 캠핑장. 그가 빌린 산장. 그 산장의 방들도 지하실부터 다락방까지 기억난다.

강간의 현장들말고는 그 시절에 대한 기억이 거의 없다. 학교에서 내가 어떻게 지냈는지, 내 급우들은 누구였는지, 자유 시간에는 우리가 무엇을 하고 놀았는지 기억해 내기가 쉽지 않다. 여동생과 얘기를 나누면서 그 모든 일들을 조금은 재구성할 수 있었지만, 내 머릿속이 약간 비어 있는 것처럼 기억이 흐릿하다. 그에 반해서 강간과 관련된 기억은 믿기지 않을 만큼, 그리고 무서울 정도로 선명하다.

하지만 나는 내가 기억하고 있는 일이 실제로 일어났다고 얼마나 확신을 가지고 말할 수 있을까?

회색 지대

재판에서, 내가 당시에 동의하지 않았다는 점을 입증하는 것은 매우 중요했다. 내 변호사가 기억하는 바에 따르면, 그와 나는 법정에서 쾌감과 동의의 문제에 관해 논쟁을 벌였다. 나는 단 한순간도 동의한 적이 없었다. 나에겐 그게 명백한 사실이었다. 내 의붓아버지도 그 점을 인정했다. 한편으로 그는 내가 오르가슴을 느낄 때까지 행위를 멈추려 하지 않았다. 그게 어서 오도록 내가 정신을 집중했던 일이 기억나기도 한다. 그게 오지 않으면 그의 몸짓이 영원히 계속될 것만 같았다. 그가 원하던 쾌락은 내 의사에 반하여 나에게 쾌감을 주는 것이었다. 나에게 그런 쾌감을 줌으로써, 나를 강간 행위의 공범으로 만들고 싶어 했다. 그의 눈에, 우리가 살고 있던 사회의 눈에 그렇게 보이도록 만들고자 했다. 그는 아마도 그렇게 오르가슴을 내세워 연막을 치는 일이 나에게도 통하리라고 생각했을 것이다. 하지만 나에게는 통하지 않았다. 나는 경험으로 잘 알고 있었다. 오르가슴이 꼭 쾌감인 것은 아니다.

그럼에도 불구하고 이따금 그게 작동되기도 한다. 프랑스의 시인 뤼도비크 드그루트Ludovic Degroote가 자기가 겪은 일을 묘사하면서 **강간**이라는 단어가 행위의 실상을 제대로 담을 수 있는지 오랫동안 의심하게 된 것도 그 문제와 관련되어 있다.

신문을 볼 때 나는 언제나 강간 관련 기사들을 읽는다. 30년 동안 나 자신에게 물어본다. 내가 겪은 일 역시 강

간인지, 강간이라는 말이 적절한지, 따지고 보면 피해
자인 나 역시 쾌감을 느꼈기에 일어난 그 모든 일에 내
책임도 있는 것이라서 내가 피해자가 될 수 없는 것은
아닌지 (……)

육체적으로 성적 쾌감을 느낀다는 그 문제는 당시 사람들에
게 중요한 테마였다. 크리스틴 앙고가 자기 책에서 그런 얘
기를 하자, 기자들은 그녀가 정말 〈쾌감〉을 느꼈는지 알고
싶어서 대단한 관심을 보였다. 예를 들면 그녀가 『동방 여
행』에 인터뷰 하나를 옮겨 실었는데, 거기에 이런 말이 나
온다.

「……그런 관점에서 너무 깊이 들어가고 싶지는 않지
만, 우리는 매우 사적인 일들에 관해서 이야기하고 있어
요. 동시에 성적인 관점에서 이야기하고 있죠. 그건 불
쾌할 뿐인가요? 아니면 무언가가 뒤섞여 있나요?」
「쾌감의 문제 말인가요?」
「네.」
「매 맞은 아이에게 매 맞을 때 아팠냐고 묻나요? 왜
강간당한 아이에게 쾌감을 느꼈느냐고 묻는 거죠? 매
맞은 아이는 구타로 모욕을 당한 것이고, 강간당한 아이
는 어루만짐으로 모욕을 당한 겁니다. 두 가지 경우 모

두에서 모욕의 전략이 행사된 것이죠. 근친상간은 혈연 관계를 부정하는 행위입니다. 아이를 노예로 만들면서, 아버지 또는 가족 중 어느 강력한 인물의 성적 만족에 이르는 행위죠. 아이 자신이 예속되고 모욕당하고 인격이 훼손되었다는 것을 아는데, 그런 행위를 겪으면서 무슨 쾌감을 느낄 수 있을까요?」

그다음으로 동의의 문제가 있다. 저항하지 않는 아이, 도움을 청하려고 달려가지 않는 아이, 가해자의 얼굴을 할퀴면서 맞서지 않는 아이(당연히 이는 우스꽝스러운 이미지들이다. 학교 선생님이나 삼촌이나 아빠가 다정한 모습으로 다가오는데, 그런 게 가능할지 상상해 보라), 그런 아이는 자기에게 무언가가 강요되는 상황에 동의하는 것이라고 말할 수 있을까?

동의가 무엇을 뜻하는지 결정하는 건 몹시 어려운 일이다. 사실 그 자체를 확정하는 것보다 훨씬 더 어렵다. 우리는 무엇에 의거하여 판단해야 할까? 아이가 한 행동에 의거할까? 아이가 했을 법한 행동에 의거할까? 아이가 느꼈거나 느꼈을 법한 것에 의거할까? 아이가 말한 바에 의거할까? 아이가 말할 수도 있었지만 말하지 못한 무언가에 의거할까? 그런 이유로, 아이를 상대로 얻어 낸 동의는 동의가 될 수 없다고 법률로 분명하게 규정하면 모두에게 일이 더 쉬워질 것이다. 그건 강간범들에게도 마찬가지다. 그들은 자기들에게 어떤 식으로든 문이 열려 있었다고 상상하면서 변명하기가 일쑤다.

일반적으로 볼 때, 삶에 회색 지대가 존재한다는 것은 공상적인 생각으로 보인다. 경계가 모호한 회색 지대는 과도한 행위와 학대 행위를 허용한다. 하지만 회색 지대는 또한 책임과 선택과 자유 의지의 영역이다. 회색 지대는 문학의 영토, 철학의 영토가 되고, 과학의 영토가 되기도 한다. 성인의 세계는 대개 회색이고, 회색의 무수한 색조이다. 우리의 성공이든 우리의 실패든, 그 회색의 부식성 때문에 가장자리가 침식된다. 하지만 아이들은 회색 지대에 살지 않는다. 아이들은 흰색 또는 검은색 속에 산다.

문이 활짝 열려 있었다고 말할 수는 없다 해도, 문이 빠끔하게 열려 있었을 수는 있지 않을까? 문이 아주 조금이라도 열려 있었다면, 빛이 보였을 것이고, 그 빛이 적잖이 새어 나오면 안으로 들어가도 된다는 신호로 받아들여질 수도 있었을 것이다. 네가 문을 빼꼼하게 열어 놓은 채로 그냥 있었던 게 아니라고 확신하는가? 부주의로 또는 보복에 대한 두려움 때문에 너는 열쇠를 돌려 문을 잠그지 않았다. 어떻게 문이 조금도 열려 있지 않았다고 확신하는가? 그런데 만약 문이 없다면, 그렇기 때문에 문이 열려 있느냐 닫혀 있느냐가 문제되지 않는다고, 문을 부수고 들어갔느냐 살짝 밀었느냐가 문제가 되지 않는다고 처음부터 규정한다면, 중요한 문제 하나가 사라지면서 우리가 굳이 고민하거나 핑계를 댈 필요가 없게 된다.

아이의 방은 언제나 활짝 열려 있다. 아이는 동의의 문을 열거나 닫을 수 없다. 아이는 그 문의 손잡이를 움직이지 못한다. 그냥 손잡이에 손이 닿지 않는 것이다. 성년 피해자들 중에도 손잡이를 잡지 못하는 사람들이 있다. 그들은 바닥에 엎드려 있거나 너무 오래도록 엉금엉금 기고 있기 때문이다. 아니면 어떤 폭군의 통제를 받고 있거나 그와 유사한 다른 상황에 놓여 있기 때문이다. 하지만 그것과 관련해서는 또 다른 논의가 필요하다. 실제로 재판에 참여한 배심원이나 조정자와 토론과 협상을 벌임으로써, 양립할 수 없는 견해들 사이에서 접점을 찾아내거나 저마다의 회색 지대에서 불확실성의 여백을 찾아낼 수도 있다.

이 대목에서 기록 보관소의 또 다른 자료 하나를 첨부했으면 하는 생각이 든다. 그건 재판을 며칠 앞두고 우리 변호사의 요청에 따라 어머니가 만든 사진들의 콜라주다. 우리는 변론을 서둘러 준비했다. 아마도 내가 미국에 있던 때라서 공판 기일을 임박해 통지받았기 때문일 것이다. 첫 공판이 시작되기 며칠 전에 우리는 증인들을 찾아내야 했다. 변호사는 내 어머니에게 이런 식으로 말했다. 만약 따님 편에서 말해 줄 증인이 없으면, 피고인 쪽 증인들만 나오게 될 거고, 처음부터 끝까지 그 증인들만 진술하게 될 거예요. 게다가 배심원들이 환하게 빛나는 스물세 살짜리 젊은 여자가 법정에 나와 있는 것을 보면, 상황을 올바르게 인식하지 못하고, 계속 성년의 여자가 고소했다고 생각할 거예요. 그들에게 따님이 미성년자였다는 사실을 깨닫게 해줘야 해요. 예를 들면, 따님이 성적 학대를 당하던 시절에 몇 살이었는지를 보여 주는 사진이 필요하지 않을까 싶어요. 무엇이 문제인지 이해하지 못하신 것 같군요. 만약 우리가 구체적인 사실을 강조하지 않으면, 그리고 따님이 계속해서 그가 감옥에 들어가는 것을 바라는 게 아니라는 듯한 태도를 보인다면, 재판이 끝나자마자 그가 석방되어 나올 위험성이 있어요. 다음 주에 그가 석방되면 자기의 두 자녀에 대한 부양 의무 분담을 요구할 거예요. 그렇게 변호사는 우리에게 압력을 가했다. 아마 우리가 변론을 제대로 준비하지 못해서 소송에서 패하지 않을까 걱정했을 것이다. 우리가 진정으로 이해받기를 바란다면 노력을 기울여야 하는 상황이었다.

증인들을 구하는 문제와 관련해서, 우리가 할 수 있는 일은 별로 없었다. 마리안, 내가 고소장을 제출하기 전에 강간 애기를 들려주었던 그 친구는 증언하러 오기를 수락했다. 내 어머니의 한 여자 친구는 증언하러 오겠다면서, 우리 친지들을 대표하여 몇 가지 심정을 표현하고 싶다고 했다. 사건에 대한 소식을 접하고 큰 비탄에 빠졌던 일과 그런 일이 벌어지는 동안 자기들이 전혀 몰랐다는 사실에 죄책감을 느꼈다는 점을 말해 주고, 우리에 대한 연대감을 표시하고 싶다는 것이었다. 나는 이들의 용기 있는 행동에 대해 평생에 걸쳐 감사의 마음을 갖게 되었지만, 다른 한편으로 이들은 몇 시간 동안 증인 대기실에서 기다려야 했다. 그것도 피고 편에서 증언하러 온 열 명의 증인들과 함께 말이다.

사진은 어머니가 맡았다. 어머니는 손으로 하는 일을 무척 좋아했다. 신문 스크랩도 좋아했고, 바느질도, 물건을 만들고 수선하는 일도 좋아했다. 그래서 배심원들이 돌려볼 수 있도록 내 사진들의 콜라주를 공들여 만들었다. 완성된 그 작품은 간소하지 않았다. 그도 그럴 것이 간소함은 어머니의 스타일이 아니었다. 장식을 넣거나 형광색 스카치테이프를 쓰지는 않았지만, 어머니가 내 사진들을 붙인 도화지의 색깔은 놀랍게도 푸크시아 핑크였다. 그야말로 더없이 멋진 콜라주였다. 만약 그게 나머지 증거품들처럼 분실되지 않았다면, 나는 그것을 이 페이지에 삽화처럼 넣었을 것이다.

매번 날짜로, 사건으로, 구체적인 행위로, 소녀의 사진으로 되돌아가야 한다. 애초부터, 그런 회귀, 그런 한없는 해석 속에서 길을 잃게 될 위험이 도사리고 있다. 내 고소의 정당성에 대한 의심이 생겨나고, 겉으로 보이는 회복력을 수긍하는 분위기가 더해진다. 내가 곤경에서 벗어났다는 사실 때문에, 배심원들의 눈에는, 세상 사람들의 눈에는 나를 강간한 자의 유죄성이 얼마쯤 적어진다. 심지어는 내 자신의 눈에도 그렇게 보인다. 만약 그가 정말로 무언가 심각한 짓을 나에게 했다면, 나는 지금 여기에 있을 수 없으리라. 종종 나는 이렇게 생각했다. 너는 살아 있고, 너의 뇌는 잘 작동하고 있어. 너는 자유롭게 떠나고 생각하고 살아가고 있어. 뭐하러 네가 고소를 하는 거야?

모범수

그 사건의 재판 결과는 전형적이지 않다. 오히려 끝까지 가는 소송 중 아주 드문 경우에 속한다. 우선 대다수 피해자는 고소를 하지 않는다(프랑스의 경우 10% 미만). 고소의 대부분은 불기소 처분이나 각하 결정으로 끝이 난다. 최근 사법 통계의 공식적인 수치에 따르면, 강간(성년을 상대로 한 것과 미성년자를 상대로 한 것을 다 포함해서)에 대한 고소 중 74%가 불기소 처분을 받았고, 수사의 대상이 된 고소 사건들 중 50%가 성폭행이나 성추행 혐의로 공소 제기가 되지 않았다. 요컨대 고소 사건의 10%만이 중죄 재판소나 소년 법원에 공소 제기가 되었고, 강간에 대한 유죄 판결은 지난

10년 동안 40% 감소한 것으로 나타났다. 10% 중의 10%, 실제로 그건 많은 게 아니다. 1백 건의 강간 사건 중에 단 한 건이 판결을 받는다는 뜻이니까 말이다. 중죄 재판소에서 유죄 판결을 받을 가능성은 아주 적다는 얘기다. 하지만 우리 사건의 경우에는 유죄 판결이 내려졌다. 내 의붓아버지는 징역 9년 형을 받았다. 아마도 내가 아주 어릴 적에 강간이 시작되었고, 그것이 오랫동안 계속되면서 심각성의 기준을 채웠을 뿐만 아니라, 영향력을 지닌 어른에 의해서 저질러진 일이었기 때문일 것이다.

다른 무엇보다 그건 그가 사실을 고백하고 인정했기 때문이었다.

그가 왜 그랬는지 나는 모른다. 만약 내 진술과 그의 진술이 서로 어긋났다면, 확신컨대 내 말은 믿어지지 않았을 것이다.

그러니까 그가 어떤 식으로든 나를 도왔다고 말할 수 있다. 그가 기여한 바에 대해서는 인정을 해야 한다. 그는 속죄를 바랐을까? 용서를 구했을까? 그건 내가 알 수 없는 일이다. 내 생각에 그는 그러지 않았다. 어쨌거나 그는 단 한 번도 내게 용서를 구한 적이 없었다. 생각건대 내가 고소장을 제출했을 때, 아니 어쩌면 그 이전에, 나는 그를 위해 사는 것을 그만두었다. 아마도 나는 그저 욕망의 대상으로, 주체성이 없는 하나의 대상으로 존재한 것 말고는, 그에게, 그의 세상에서, 그의 평행 우주에서 존재한 적이 없었을 것이다. 그는 재판 중에 나를 앞에 두고 나를 3인칭으로 지칭했다. 그가 왜 자백을 했는지 나는 모른다. 그 점에 대해서 그에게 감사하는 마음을 가져야 할까? 나는 그렇게 생각하지 않는다. 그냥 일이 그렇게 된 것이다. 그 이유는 그 사람 개인과 관련되어 있다. 나하고는 상관없이, 내 삶과는 무관하게, 또다시 그가 결정을 내린 것이다. 하지만 만약 그가 부인하거나 거짓말을 했다면, 나에게는 모든 일이 더 나쁜 쪽으로 흘러갔으리라는 게 사실이다.

사라진 서류를 찾느라고 잡동사니를 모아 둔 골방을 뒤지다가 어느 상자에서 편지 한 통을 발견했다. 그가 구치소에 있던 초기에 내 어머니에게 보낸 편지다. 팩스 용지에 쓰거나 베껴 놓은 글이라서 알아보기가 힘들었다. 그와 관련된 모든 것이 마치 돌에 새긴 듯 그렇게 내 안에 각인되어 있다는 사실이 믿기지 않는다. 그의 손 글씨는 마치 내 귀에서 그의 목소리로 속삭이듯 나에게 말을 건다. 나는 그가 글자를 어떤 방식으로 쓰는지 기억해 낸다. 그가 한 문장을 쓰고 나서 짧게 숨을 내쉬던 모습, 그의 호흡 방식, 그 인격의 온갖 디테일이 기억난다. 나는 20년 전에 재판이 끝난 뒤로 그를 본 적이 없다. 하지만 그가 감옥에서 나온 뒤 친환경 농장을 새로 차리고 그것을 홍보하기 위해 인터넷에 올린 동영상을 보았을 때, 나는 금방 알아보았다. 그가 스트레스를 감추기 위해 살며시 미소를 지으면서 눈을 깜박일 때의 그 신경질적인 표정을.

나는 그 편지를 그대로 옮겨 쓴다. 다만 남동생과 여동생들의 이름은 다른 이름으로 바꾼다. 틀린 맞춤법과 내 이름에 대문자를 쓰지 않은 것도 똑같이 따라 한다. 그렇다고 그것이 빠르게 끄적거린 편지라는 애기는 아니다. 그는 편지에 적힌 것처럼, 하고 싶던 애기를 모조리 하려 했다. 그 애기를 팩스 용지에 적은 뒤에, 내 어머니에게 보내 달라고 교정 당국에 부탁했다. 그는 편지가 읽히리라는 것을 알고 있었고, 그것이 기록 보관소에 들어갈 서류가 되리라는 것도 알고 있었다. 만약 이 책에서 그에게 말할 기회를 주었다면, 아마도 그는 편지에서 말한 것과 같은 방식으로 자신을 변호했으리라.

나는 그 편지를 그대로 옮겨 쓰고, 그것을 본문에 삽입한다. 그러고 나서 삽입된 글을 삭제한다. 그 편지에서 그는 내 어머니에게 말한다. 그녀의 충고와 훈계에 진저리가 난다고, 모두에게 더 나은 삶을 향해서 함께 나아가고 싶다고. 자기가 고통받고 있으니 그녀 역시 고통받고 있고 아이들도 고통받고 있다는 것을 안다고. 자기가 곧 징역형을 선고받으리라는 것을 안다고. 그런데 남들 애기를 들어 보면 자기가 출소해서 다시 그녀와 함께 살면서 가정생활을 꾸리고 싶어 하는 것 같다고. 이어서 그는 사람들이 자기 말에 귀 기울여 주기를, 자기가 이해받기를 바란다고 말한다. 그의 설명에 따르면, 그는 그런 행위를 하면서 내 어머니의 딸에게, 다시 말해서 네주에게도 자기 친딸에게도 해를 끼치려고 한 적이 없다. 그가 해를 끼치고 싶어 하던 사람이 있었다면, 그건 아마도 사미 시노라는 남자의 딸이었을 것이다(하지만 그녀를 강간하려고 했던 것은 아니었다고 그는 괄호 안에 덧붙인다). 그의 행위를 촉발한 시동 장치는 그 어린 여자아이가 자기 딸이 되기를 거부한 일, 원했다면 자기 딸이 될 수 있었을 텐데도 그것을 거절했던 행동이었다.

나는 그 편지를 삭제한다. 참을 수 없기 때문이다. 그 문장들을 쓰면서 피해 사실을 조금도 언급하지 않은 것은 무심한 생략처럼 보인다. 그는 강간에 관해 말할 때 그 행위를 **네주와의 문제**라든가 **네주와의 그 상황**이라는 식으로 부른다. 그의 설명에 따르면, 나는 그 모든 일과 아무 상관이 없고, 나는 그저 그의 **어항 속을 동요시키는 선동자**였고, 하나의 시동 장치일 뿐이었다. 그는 다른 아이들을 상대로 재범을 저지를지 모른다는 추측을 접하고 자기가 얼마나 당황했는지 다시 강조해서 말한다. 자기가 자기 자식들 중 어느 하나라도 건드린다는 것은 도저히 있을 수 없는 일이고, 만약 그런다면 정말 치욕스러운 일이 되리라는 것이다.

그런 논거는 내가 오래전부터 접한 터라 익숙하게 다가

온다. 주위 사람들을 끌어당기는 자력을 가진 그가 그런 논거를 설득력 있게 나에게 설파할 때면, 나도 그 논리에 빠져들곤 했다. 그런데 그것을 글로 써놓으니 더 엉성하고, 더 불합리할 뿐만 아니라, 더 박약하기까지 하다. 그런 주장은 종이로 이전할 수 없다는 느낌, 물질 속에서만, 삶의 짙은 안개 속에서만 작동하는 기계라는 느낌이 든다. 내가 그의 말을 듣고 있을 때면, 그의 말은 비극 속의 대사 같은 느낌을 주곤 했다. 그를 사랑하기는 불가능하다는 것이 너무나 강하게 느껴졌다. 그건 모든 면이 반짝반짝 빛나는 다이아몬드처럼 단단하고 아름다운 직관이었다. 만약 내가 한 걸음이라도 그에게 다가갈 수 있었다면, 그의 인간적인 다정함을 받아들이는 행동을 했다면, 그는 나에게 상처를 줄 필요가 없었을지도 모른다. 하지만 나는 그런 행동을 하지 않았다. 나는 그에게 선택의 여지를 남겨 놓지 않았다.

그 모든 일이 얼마나 역겹고, 얼마나 기괴한가. 나는 그 점을 인정한다. 하지만 그가 감옥에 들어가는 건 바라지 않았다. 내가 보기에 감옥에 가두는 것은 그가 나에게 저지른 강간의 특성에 어울리지 않는다. 그리고 그가 징역형을 산다고 해도 전혀 변하지 않은 채로 나오지 않을까 두렵기도 하다.
　　내가 고소하기를 바라지 않았던 데에는 이유가 있다. 나는 예전에도 그랬고 지금도 그렇지만, 정치적으로 말해 투옥에 반대한다. 내 주위 사람들은 주로 문학, 철학 분야의 대학생들과 아나키스트적인 펑크족으로 이루어져 있었다. 그들은 거의 똑같은 이유로 체제에 회의를 품고 있었다. 나는 미셸 푸코의 책들을 읽었다. 내가 보기에 감옥은 수감된 사람들을 소외시키고, 그들이 사회에 복귀할 수 있도록 준비시키지 못한다. 감옥은 수감된 사람들의 사회적 관계를 단절하고 그들을 희생양으로 삼으면서 더 위험하게 만든다. 말하자면 그들의 자기애적 복수심의 물레방아에 물을 부어 주는 셈이다. 앞서 말했듯이 내가 고소장을 제출한 건 내 남동생과 여동생들을 보호하고 싶었기 때문이다. 나는 그 아이들을 그에게서 멀리 떼어 놓아 달라고 어머니에게 부탁했다. 어머니가 즉시 생각한 일은 그에게 정신과 의사를 만나러 가라고 부탁하는 것이었다. 내 의붓아버지는 동의했다. 그는 브리앙송의 한 개업의를 찾아가서 몇 달 동안 진료를 받았다. 그 의사를 플뤼마주라 부르기로 하자. 자기 얘기가 나오고 있음을 그 의사가 알게 되는 경우를 생각해서, 그의 개인 정보를 보호하는 것이 내 의무이기 때문이다. 그가 의사로서 자기 입장을 선택했고 그 선택에 대해서 책임을 져야 하겠지만, 나로서는 그가 누구인지 말할 수 없다. 플뤼마주 박사는 그 남자가 자기 자식들에게 위험하지 않다고 진단했다. 의사는 그가 재범을 저지를 위험성이 전혀 없다고 말하면서 내 어머니와 나를 안심시키고, 고소장을 제출하는 것은 해결책이 아니라고 말했다. 그래서 내 의붓아버지는 진료 과정을 마치고 다시 삶을 이어가면서 주위의 모든 사람들에게 계속해서 영향력을 행사했다. 내 어머니는 이혼하고 싶어 했지만, 그는 이혼이 아무 데에도 도움이 되지 않는다면서 거부했다. 이혼은 자식들에게 트라우마가 되리라는 게 그의 주장이었다.

우리는 결국 고소장을 제출했다. 그를 멀어지게 할 다른 해결책을 찾아내지 못했기 때문이다.

재판 중에 나는 말했다. 나는 감옥에 반대한다고, 그가 감옥에 갇힌다고 해서 도움을 받으리라 생각하지 않는다고, 그가 감옥에 갇히는 건 나에게도 도움이 되지 않을 뿐만 아니라, 내가 이미 지니고 있는 모든 죄책감에 하나를 더 보탤 뿐이라고. 이어서 나는 요구했다. 그를 가족에게서 멀리 떼어 놓기를, 그에게 전문적인 치료를 의무화하는 선고를 내리도록.

하지만 재판은 피해자들에게 기쁨을 주기 위해서 열리는 것이 아니다. 사회는 대리인들을 통해서, 피해자들이나 가해자들에게 좋은 쪽이 아니라 사회 자체에 좋은 쪽을 결정한다. 그래서 그는 나에게 경제적으로 배상하고 9년 동안 감옥살이하라는 선고를 받았다. 치료를 의무적으로 받으라는 선고는 없었다.

재판이 열린 시점은 그가 이미 오트잘프 도청 소재지 가프에서 미결 구금 상태로 2년을 보냈을 때였다. 선고를 받은 뒤에 그는 마르세유의 보메트 교도소로 이감되었다. 내 남동생과 막내 여동생은 그를 접견하러 거기에 가곤 했다. 그는 그 아이들에게 자그마한 물건들을 넣어 달라고 부탁했다. 초콜릿 바, 작은 케이크, 운동화 따위였다. 아이들은 그런 일을 해야 한다는 사실에 마음이 불편했다. 마치 아버지가 같이 불법 행위를 하자고 요구하는 것만 같았다. 하지만 그들은 아버지의 요구에 응했다. 그들이 아버지를 접견하러 가는 건 의무였다. 법률이 그렇게 정하고 있다. 어머니는 아이들에게 그런 시련을 안기지 않으려고 노력했지만, 판사의 협박 때문에 그럴 수가 없었다. 만약 어머니가 의무를 이행하지 않으면, 친권을 박탈할 수도 있다는 것이었다. 아이들은 미성년자들이었고, 그들의 아버지에게는 어머니가 원하든 원치 않든 그들을 만날 권리가 있었다.

어머니는 아이들을 감옥으로 데리고 갔지만, 접견실에는 들어가지 않았다. 아이들은 자원봉사 동행자들과 함께 들어갔다. 그가 체포될 즈음에 아이들은 열두 살, 열세 살이었다.

그는 9년 형을 선고받았지만, 5년밖에 복역하지 않았다. 모범수라서 형기가 줄어든 것이다. 성범죄자들에게는 흔히 있는 일이다. 그들은 교도소의 모범생이다. 내 의붓아버지는 수감자들이 자연 속에서 산책하는 권리를 누리는 코르스섬의 시범 교도소로 이송되는 데에 성공하기까지 했다. 그 시범 교도소는 주로 아동을 강간한 사내들을 수용하고 있다. 왜냐하면 성범죄자들은 대개 별로 폭력적이지 않고, 직원들이나 다른 수감자들을 위험에 빠뜨리지 않으며, 말썽 부리지 않고 사회에 복귀하기 때문이다.

다큐멘터리 영화감독 기욤 마사르Guillaume Massart가 2017년에 코르스섬의 그 교도소, 카자비앙다에 관한 영화 「자유La Liberté」를 만들었다. 그 교도소는 약 130명의 수감자를 수용하고 있다. 수감자들은 바다와 1,500헥타르의 임야로 둘러싸인 교정 시설에 살고 있다. 그들 중 대다수는 가족 내 성범죄 혐의로 실형을 선고받은 사람들이다. 그 교도소가 지향하는 바가 일반 교도소보다 덜 엄격한 교정 시설을 만들자는 것은 당연히 아니다. 아동을 상대로 한 강간범들에게 선처를 베풀자는 뜻이 아님은 분명하다. 그보다는 그냥 유순한 수감자들, 도망치지 않을 수감자들, 오랫동안 징역살이를 하면서 수공 작업과 농사일을 맡아 노동해 온 사람들을 위한 교정 시설이다. 심리 치료가 더 많이 이루어지고, 다양한 치료법이 행해지면 좋겠지만, 그런 기대에 부합하지는 못한다. 그곳 역시 벌을 주기 위한 수감 시설이지, 치유하기 위한 시설은 아니다. 그곳 수감자들은 다른 방식으로 벌을 받는 것이다. 사람들은 그들의 죄가 심각하고 남에게 극심한 치욕을 안겼기 때문에 더 이상 그들을 대접할 필요가 없다고 생각한다.

기욤 마사르 감독은 강간범들에 관한 영화를 만들려고 일을 시작한 게 아니었다. 처음에 그는 교정 시설의 환경에 관해서, 수감과 극단적인 감시의 문제, 신체 통제의 논리에 대해서 말하기를 원했다. 그는 수감자들과 직접 이야기를 나눌 생각은 아니었지만, 수감자들이 그에게 이야기를 하고 싶어 했기 때문에 이내 감방 하나에 초대를 받았다. 그는 그 사람들에 대해 공정한 태도를 견지하고자 했다. 그들을 너무 멀리 두지도 않고, 그들의 주장에 공감하지도 않을 생각이었다. 영화는 그런 주저 속에서 진행된다. 그러다가 감독은 결국 공감을 선택한다. 특히 한 수감자에게 감정 이입을 한다. 그 수감자는 가해자일 뿐만 아니라 피해자이기도 하다. 그는 숲속을 걷는 동안 나뭇가지의 어른거리는 그림자를 얼굴에 받으며 자신의 과거 얘기를 들려준다. 부모의 강요에 따라 성매매를 하던 그 끔찍한 시절의 이야기를.

몇 차례에 걸쳐 인터뷰를 진행하면서, 감독은 더 호의적인 태도를 보인다. 그는 아동을 상대로 한 성범죄자들이 대체로 구식의 일반 감옥에서 가장 심하게 천대받는 수감자임을 인정한다. 그들은 대개 몰매나 집단 성폭행의 피해자들이다. 아무도 그들의 말을 들어 주지 않고, 아무도 그들의 고통을 고려하지 않는다. 이 영화를 통해서 그들은 마침내 자기들의 말을 귀담아듣는 주의 깊은 귀를 만나게 된 것이다.

그들은 지난 일을 후회한다. 자기들이 무슨 일을 벌였는지 이해하고 싶어 한다. 하지만 그것에 대해 말할 수가 없어서 그것을 부인한다. 똑같은 이유로 자유가 박탈되는 형을 선고받은 사람들에게 둘러싸여 있지만, 그들은 서로서로 의견을 나누지 않을 뿐만 아니라, 그 주제에 관해서 연대감을 느끼지 않는다. 일을 같이하고 일상적으로 공동생활을 하면서 서로 돕고 서로 가까워질 수 있음에도, 그들은 회개한 자들의 공동체를 이루지 않는다. 저마다 지옥 같은 고독의 우리에 갇혀 사는 것이다.

그들은 사람들이 자기들을 충분히 도와주지 않는다고 생각한다. 그들 모두가 스스로 불공평한 대우의 희생자라고 느낀다. 사람들은 그들을 이해하려고 노력하지 않는다. 한 수감자의 말에 따르면, 사람들은 너무 빠르게 그들을 심판하고, 그들이 왜 이런 상황에 이르렀는지 묻거나 깊이 생각하지 않는다. 사회는 그들을 추방하고, 그들을 하류 인간으로, 변화할 수 없는 괴물로 여긴다. 하지만 그들은 인간이고, 감정을 느끼고 고통을 겪는 존재들이다. 그렇게 그들은 자기 자신에 대해서, 자기가 그 무관심의 희생자가 된 점에 대해서 이야기하고 또 이야기한다.

나는 사회가 그들을 이해하려고 노력하지 않는다는 말이 사실이라고 생각하지 않는다. 오히려 그와 반대되는 일이 벌어지고 있다고 느낀다. 우리는 어떻게 그리고 왜 그들이 그런 상황에 이르렀는지 스스로 묻고 또 묻는다. 그것은 우리 세계의 감춰진 중심이다. 상상조차 할 수 없는 그 악행도 우리 전체를 구성하는 한 부분이다. 그런 종류의 범죄를 집중 조명하는 기사들이 우리에게 얼마나 큰 관심을 불러일으키는지만 봐도 그 점을 알 수 있다.

어쨌거나 나는 오래전부터 나 자신에게 그런 질문을 던지고 있다. 그리고 슬픈 눈길로 바다를 바라보는 그 수감자들, 자기네 죄의 무게 때문에 몸은 구부정해졌지만, 그래도 미래의 어떤 가능성을 향해 걸어가는 그들의 영상을 볼 때면, 나를 강간한 남자가 눈에 보이고, 그의 걸음걸이, 주머니에 손을 넣은 모습이 보인다. 나는 다시 한번 그의 자리에 나를 놓아 보고, 그가 무슨 생각을 하는지 짐작해 본다. 다큐멘터리 감독에게 그가 무슨 대답을 줄 수 있는지 헤아려 보고, 그가 진실한 모습을 보이는 순간, 그가 대중의 찬사를 구하는 순간이 어느 때인지 추측해 본다.

그는 조용히 앉아서 풍광을 바라보거나 부동자세로 명상에 잠기는 법을 배운 적이 없다. 하지만 바닷가를 걸으면서 아름다움에 매혹되는 기분을 느낀 적은 있다. 그는 자기 자식들을 생각한다. 자식들이 자기 잘못 때문에 아빠 없이 자라야 한다는 사실에 회한을 느낀다. 그는 내 생각을 할까? 내가 그의 잘못 때문에 어린 시절 없이, 순진무구함도 꿈도 없이 자라야 했다는 것을 생각할까? 이따금 그런 생각이 그의 뇌리를 스치는 것은 가능한 일이지만, 그는 그것이 너무나 부담스러운 생각이라서 본능적으로 털어 버린다. 그는 내가 강하다고, 스스로 회복하는 데에 분명히 성공했다고 생각한다. 아니면 아무것도 생각하지 않고, 나를 지워 버렸을 것이다. 아니 어쩌면 나를 지우기보다 그는 나를 지배하면서 느꼈던 쾌감이나 절대적으로 통제하고 있다는 기분을 되새기고 있을지도 모른다. 마음속 깊은 곳에서, 다른 사람들이 살아 보지 못한 것을 자기는 경험해 보았다면서 의기양양한 기분을 느낄지도 모르는 것이다. 다른 건 몰라도 그가 자기 욕망의 끝에까지 간 건 분명하다. 그리고 그는 그 행동의 결과를 책임지는 것이다.

괴물이란 도대체 무엇일까? 정상 상태에서 너무나 멀리 벗어나 있기에 사람들이 이해할 수 없고, 자신도 스스로 이해할 수 없는 존재, 그게 괴물이 아닐까? 자기들의 발기된 성기를 자기네 아이들의 몸속에 넣고, 아무도 듣지 못하도록 아주 작은 목소리로 그들의 귀에 대고 세상에 있는 그 무엇보다 더 그들을 사랑한다고 속삭이는 그자들이 바로 괴물이 아닐까? 그들은 자기들의 행위만으로 규정되기를 원치 않는다. 내 어머니가 말한 것처럼, 그들에게는 아마도 좋은 면들이 있을 것이다. 그들 역시 옛날에는 천진한 아이였다. 하지만 성인이 된 그들이 한 행위는 그들을 다른 존재로 변신시

컸다. 만약 그 다른 존재가 괴물이 아니라면, 도대체 무엇인지 나는 모르겠다.

예전에 피해를 겪은 사람에게는 학대자들의 인간미를 지지하는 그런 영화를 보는 건 견디기 힘든 일이다. 그 영화 속에서 피해자는 추상화되어 있다. 영상에서, 그리고 무대에서 빠져 있기 때문이다. 피해자에게는 발언권이 없다. 피해자는 수감자들의 이야기 속에 거의 등장하지 않는다. 수감자들은 주로 자기들의 실수나 어리석음, 자기들이 저지른 〈미련한 짓〉을 언급한다. 그들은 자기들이 저지른 행위가 심각하다는 점을 안다고 말하지만, 정작 그 행위에 대해서는 분명하게 말하지 않는다. 그들 중 어느 누구도 자신이 아이를 반복적으로 강간했다고, 어떤 경우에는 몇 년에 걸쳐서 강간했다고 인정하지 않는다. 바로 그런 이유로 실형 선고를 받았음에도 말이다.

그들이 자기네 행위의 심각성을 정면으로 바라볼 수 없는 것은 어쩌면 정상일지도 모른다. 만약 그들이 진정으로 그렇게 할 수 있었다면, 아마도 자살을 했을 것이다. 아이를 강간한 자에게는 그게 단 하나의 명예로운 탈출구가 아닌가 하는 생각이 든다. 그야말로 죽도록 수치심을 느끼는 것이 마땅하다. 하지만 그들은 자살하지 않는다(자살하는 쪽은 대개 성폭행의 피해자들이지 가해자들이 아니다). 그들은 두 번째 기회에 대한 자기들의 권리를 요구한다. 그리고 우

리는, 사회는, 그들에게 무거운 징역형을 선고했지만, 그 형
벌이 언젠가는 끝나기에, 그들에게 그 두 번째 기회를 누릴
권리가 주어져야 한다고 믿는 쪽을 선택했다. 그들의 빚은
청산된다. 그들은 갇혀 있던 곳에서 나와 세상 속으로 들어
갈 수 있다.

2부

유령

그리고 내 눈에 어둠이 보인다는 것

—윌 올덤의 노래 가사에서

30년 뒤, 그 트라우마에 대한 몇 가지 고찰

어느 날 나는 깨달았다. 강간, 어린 시절, 가족 등 그 모든 일이 끝났다는 사실을. 나는 내 삶을 살러 떠날 수 있게 되어 있었다. 내가 자유롭다는 생각이 들었다. 하지만 인간은 결코 완전히 자유로울 수가 없다. 그 무엇도 정말로 끝나지 않기 때문이고, 만약 우리가 다른 누군가가 된다 해도 그 어둠의 부분 역시 자기 나름의 길을 계속 가기 때문이다. 그는 더 이상 내 곁에 있지 않았다. 그는 더 이상 나에게 해를 끼칠 수 없었다. 나는 세상 속으로 나갈 수 있었고, 사람들을 만나고 말하고 웃을 수 있었다. 그가 나를 잡으러 오는 일은 더 이상 일어나지 않았다. 다만, 내가 어디를 가든, 아무 때나 내 고개가 돌아가고 그의 그림자가 보였다.

이 주제에 익숙하지 않은 사람들은 강간이 몇 년 동안 되풀이되었다면 그것이 피해자의 성행위에 본질적으로 영향을 미쳤으리라 상상한다. 그런 일을 겪은 사람들이라면 애정 관계와 성생활에 문제가 있으리라 생각한다. 아닌 게 아니라, 우리는 종종 그런 종류의 문제를 겪는다. 하지만 실제를 보자면, 성적 학대를 견디고 살아남은 사람에게 성행위의 문제는 대개 부차적이다. 앞서 말했듯이, 강간이란 섹스의 문제라기보다 권력의 문제다. 권력이라는 요인을 고려하지 않으면 강간이라는 현상 전체가 우리의 이해를 벗어나게 된다. 내가 앞서 인용한 『르 몽드』의 기사, 즉 폭력을 심리적인 밸브라는 관점에서 말하고 있는 그 기사에서, 파리 고등 법원 소속의 임상 심리학자 니콜라 에스타노는 이렇게 설명한다. **강간은 흔히 성적인 욕구를 참지 못하고 성관계를 강행하는 것으로 표현되지만, 사실은 힘이나 분노의 문제를 표출하기 위해 성행위를 이용하는 것이다. 그러니까 강간은 사이비 성행위이고, 성 본능이나 성적 만족과 관계를 맺기보다 지위, 적의, 통제, 지배와 더 밀접한 관계를 맺은 성적 행동의 총체이다.** 성적인 포식은 육체적인 쾌락에 관련되어 있다기보다 지배 관계, 즉 힘의 관계에 더 많이 관련되어 있다. 강간자들이 그런 공격 행위를 선택하는 이유는 그게 지배하기의 한 방식, 남을 복종시키는 한 방식, 다른 가능한 형식들을 넘어서는 방식이기 때문이다.

그 사람은 나를 상대로 절대 권력을 행사했고, 강간이 지속되는 동안 그 힘을 통해 자신에게 초인적인 느낌을 부여했다. 그는 나를 살리거나 죽이기를 결정할 수 있었다. 그런 괴물의 정체성, 나중에 어느 순간이 되면 그들 모두가 내던 져 버리는 그 정체성을 그들은 광적인 쾌감을 느끼며 구현하였다. 괴물이 된다는 것, 그건 사회가 괴물인 당신을 알아차리는 순간 하류 인간이 된다는 뜻이다. 하지만 아무에게도 괴물인 당신이 보이지 않으면, 당신은 왕이 된다.

그런 지배의 문제는 가해자들을 이해하는 데에 도움이 된다. 그런 관점에서 사건을 보면, 가해자들의 동기가 무엇인지, 무의식화된 감정의 발산이 어떤 기능을 하는지를 더 잘 이해하게 된다. 더 나아가 그 문제는 피해자들을 이해하는 데에도 유용하다. 강간당한 사람은 다른 무엇이기에 앞서 멍에 아래에 속박되었던 사람, 얼마 동안 자기를 상대로 절대 권력을 행사하던 자의 지배를 받던 사람이다. 성적인 지배는 존재의 근본까지 침해하는 억압의 한 형식이다.

그가 스스로 통제하기를 그만두고 그냥 나를 죽이기를, 그래서 그 모든 일이 끝나 버리기를 원하던 때가 있었다. 그러다가 어떤 탈출구가 실제로 존재한다는 사실을 깨달았을 때, 내 안에서 무언가가 환하게 빛났다. 내가 감내할 수 있는 만큼만 감내하게 되리라는 그 깨달음, 내가 원한다면 떠날 수 있으리라는 그 깨달음은 내 생애 전체에 걸쳐 큰 도움을 주었다. 그날, 나 스스로 죽어 있다고 생각하던 때에, 나는 아마도 조금 죽었을 것이고, 죽지 않고 살아남은 내가 유령 같은 존재가 되어 오늘날까지 버틸 수 있었으리라. 버틸 수 없었던 여자는 가야 할 곳으로 떠나갔고, 다른 여자, 즉 살아남기를 바랐던 여자가 바로 나다. 하지만 그런 분리는 그리 간단하지 않다. 둘은 서로를 끊임없이 떠올린다. 나의 저주받은 부분인 그 여자는 떠났지만 그리 멀리 가지는 않았기 때문이다. 종종 그녀의 짧은 숨소리, 중간중간 잘린 목소리가 내 귀에 들려오고, 그녀의 그림자가 거울 속에 보인다. 내 잠결에 그녀가 살그머니 다녀가기도 한다. 그녀는 언제나 가까이에 있다. 그녀 역시 무언가를 기다리면서.

그렇듯이 강간의 결과는 성생활이라는 한정된 영역에 그치지 않고, 훨씬 더 넓은 영역에서 나타난다. 강간을 당하고 나면, 숨 쉬는 능력부터 남에게 말을 거는 능력, 먹고 씻는 능력, 영상을 보고 그림을 그리는 능력, 말을 하거나 침묵하는 능력, 자신의 존재를 현실로 인식하는 능력, 기억하고 배우고 생각하는 능력, 자기 육체에 머물고 자신의 삶을 사는 능력, 스스로 그냥 존재하는 것이 가능하다고 느끼는 능력에 이르기까지 영향을 받는다.

그럼에도 불구하고 내가 할 수 있는 일이 있다. 섹스가 결정적인 요소라고 생각하는 사람들이 실망하지 않도록, 그리고 인내심을 갖고 여기까지 이 소박한 추억담을 읽은 분들이 실망하지 않도록, 다소 성적인 특성을 가진 일화 몇 가지를 공유하고자 한다.

아이들을 성적으로 학대하는 남자들의 다수가 그렇듯이, 내 의붓아버지는 종종 나에게 펠라티오를 요구했다. 그건 소리를 내지 않고 쉽게 행해질 수 있는 행위고, 흔적을 남기지 않는 행위다. 요즘 흔히 하는 말로 가성비가 좋은 행위라고 말할 수 있을 것이다. 그것은 또한 총체적 지배의 쾌락을 구현하는 행위기도 하다. 한 아이의 입안에 자기 성기를 넣는 것, 그건 아이의 몸속뿐만 아니라 머릿속으로도 파고드는 것이다. 다른 폭력도 머릿속까지, 심장에까지 닿을 수 있지만, 입안에 성기가 들어오는 것은 구체적이고도 상징적으로 강력한 예속을 의미하고, 피해자에게 참여를 강요하는 행위이다. 피해자는 무슨 일이 벌어지는지 모를 수가 없을 뿐만 아니라, 자신의 성기를 상대로 벌어지는 다른 성행위를 할 때와 달리 완전히 유리될 수가 없다. 음경을 빨아야 하고 음경의 연한 피부가 이에 부딪혀 상처를 입지 않도록 해야 하기 때문이다. 게다가 피해자는 무언가를 더 해야 한다. 수동적으로 굴 수가 없다. 그 일이 벌어지도록 그냥 기다리기만 할 수가 없다. 요컨대, 좀 더 간단히 설명하자면, 아이들에게 강요하는 행위들 가운데 펠라티오가 반복적으로 등장하는 데에는 아마도 또 다른 심층적인 이유가 있을 것이다. 어쨌거나 나는 몇 해가 지나는 동안, 내 의사에 상관없이 펠라티오를 능숙하게 잘하는 소녀가 되고 말았다. 매번 정액을 삼키는 것으로 일을 마무리했던 건 물론이다. 그건 그 행위의 일부였고, 나는 그 점에 이의를 제기한 적이 없었다. 세월이 흘러 내가 자유롭게 살게 되고, 성생활의 자유를 얻은 뒤에도, 나는 정액 삼키기를 그치지 않았다.

어느 날, 나는 입속에 들어온 것을 도로 뱉을 수 있다는 사실을 깨달았다. 생각건대, 도로 뱉는 일이 일어난 것은 서른 살이 넘었을 때였다. 그건 하나의 발견이었고, 작은 계시였다. 그 일을 통해서 나는 내가 성행위를 하는 동안 전에 당한 강간 행위의 일부를 재현하고 있음을 깨달았다. 나는 정작 펠라티오 하기를 좋아하지 않으면서도, 별생각 없이 그저 파트너에게 쾌감을 주려고 프랑스어로 〈**피프**pipe〉라고 불리는 그 행위를 하고 있었다. 실제로 상대와 유리되어 있지 않음에도 내가 거기에 존재하지 않는다는 느낌을 조금 가진 채 마음속으로 도망갈 길을 찾아 가면서 행하던 그 입짓을, 계속하고 있었던 것이다. 그런데 도로 뱉는 행위는 무엇보다 이런 확신을 갖게 해주었다. 이제 나는 자유롭게 내가 원하는 대로 하고 있다는 강한 확신 말이다. 문득 내 행위에 약간의 변화가 생기면서 **피프**라는 행위 자체가 달라지기 시작했다. 나는 그 행위에서 실제적인 쾌감을 느끼기 시작했고, 손을 놀리고 애무를 보태면서 즐기기 시작했다. 무엇보다 아무도 이제 나에게 삼키라고 강요하지 않는 그 끈적거리는 액체를 내 손 안에 뱉는 그 순간을 조금은 조바심을 내며 기다리게 되었다. 그건 아주 생생한 쾌감이고, 매번 강렬하게 안겨

드는 기쁨이며, 드러낼 필요가 없는 기쁨이다. 때로는 장난기 어린, 조금 괴벽스러운 미소가 내 얼굴에 엷게 번져 내 파트너가 얼핏 의아함을 느끼기도 했을 것이다.

　같은 맥락에서, 사실을 있는 그대로 말하는 편이 낫겠다. 두 가지 일의 관계를 설명해야 할 것 같다. 내가 여기서 말하는 뱉는 행위와 말하는 행위는 독성이 있는 무언가를 몸 밖으로 배출한다는 의미와는 관계가 없다. 나는 작은 거짓말이 허용되는 경우라도 사실을 있는 그대로 말하기를 좋아한다. 정액 삼키기를 거부하고 도로 뱉어낼 때면, 든든한 기분이 든다. 내가 하는 일을 선택할 자유를 누리는 기분이다. 나는 여러 해 동안 거짓말을 강요받았다. 나에겐 선택권이 없었다. 이제, 나는 사실을 있는 그대로 말한다. 때로는 그 결과가 심각할지라도, 또는 굳이 말할 필요가 없을지라도, 태연하게, 그리고 기쁜 마음으로 진실을 말한다.

이 대목에서 **피프**라는 말을 사용하는 것에 독자들이 충격을 받지 않았으면 좋겠다. 내 여자 친구들 가운데 하나는 그 말에 충격을 받았다. 그녀가 받은 인상에 따르면, 내가 그 행위에 대한 공포감을 느끼게 하려고 그 말을 쓰면서 여성 독자를 약간 공격하듯이 굴고 있다고 한다. 마치 여성 독자는 그 행위를 제대로 이해하지 못하고 있다는 듯이, 마치 상처에 소금을 뿌리듯 그 비천한 말을 한다는 것이다. 그건 전혀 내 의도가 아니다. 한 영역에서 다른 영역으로 넘어갈 때 언어가 비뚤어지는 현상이 또다시 일어난 것이다. 트라우마의 차원에서 보면, 내 가해자가 사용하던 말들은 비천함의 낙인이 찍혀 나에게 금기가 되었다. 그건 우연의 일치다. 그는 **섹스**라는 단어를 썼고, **핥다**, **빨다**, **애무하다**, **자지** 같은 말을 썼다. 그는 내가 **예쁘다**거나 **귀엽다**고 말하곤 했다. 그는 나에게 **포옹**이라는 행위를 했다. 나는 그 단어들을 거의 사용하지 않는다. 그 말들에 진절머리가 난다. 그것들을 내 어휘 목록에 다시 넣으려고 애쓰지 않았고, 그것들을 새로 터득한 행위들과 연결 지으면서 새로운 생명을 얻게 하지도 않았다. 그냥 그것들을 제거했을 뿐이다. 그런데 파이프를 뜻하는 그 피프라는 말에는 문제를 느끼지 않는다. 펠라티오를 한다고 할 때 프랑스어로는 보통 ⟨**tailler une pipe**⟩라고 한다. 말 그대로 파이프를 자르거나 뾰족하게 깎는다는 뜻이다. 나는 이 관용구를 무척 좋아한다. 그런대로 재미있는 말이다. 나는 이 말을 접할 때마다 잠시 생각에 잠긴다(펠라티오와 파이프 사이에 무슨 관련이 있는 거지?). 게다가 이 말은 벨기에의 화가 르네 마그리트의 그림을 생각나게 한다. 대상의 재현이라는 개념을 문제 삼는 부제(⟨이건 파이프가 아니다 Ceci n'est pas une pipe⟩)가 화면 아래쪽에 적혀 있는 「이미지의 배반 La Trahison des images」이라는 그림 말이다. 내가 보기에 피프라는 말은 저속하지 않다. 오히려 약간 지적인 느낌을 주기까지 한다. 프랑스 사람들은 펠라티오를 할 때 〈파이프를 자른다on taille une pipe〉고 말하지만, 실제로 파이프를 자르거나 끝을 뾰족하게 깎는 일은 벌어지지 않는다. 누구나 종종 그러듯이, 무언가를 하고 있다고 말하면서 그것과 다른 일을 하는 것이다. 그런 일을 가리키기에 알맞은 전문 용어가 없으면 더욱 그렇게 될 수밖에 없다.

오늘날 우리가 듣게 되는, 성행위에 관한 더 진보적인 견해에 따르면, 삽입 행위는 성관계의 중심이 되지 않는다. 아이를 강간하는 자들의 다수가 오래전부터 이 점을 알고 있었다. 우리의 상상 속에서, 그리고 우리의 법률 속에서 강간은 강압적이고 폭력적인 삽입 행위와 연결되어 있다. 그래서 강간범들은 그 행위를 피하고 다른 짓을 벌인다. 자기들이 하는 일이 강간의 범주에 속하지 않는다고 스스로 확신하게 해주는 다른 행위를 벌이는 것이다. 성적인 학대는 삽입 행위에 비해 덜 심각하다고 믿는 그들은 피해자를 불확정성의 상태에서 벗어날 수 없게 만들어 진술에 필요한 말들을 찾아내지 못하게 하는 것이다.

돌이켜 보면 나는 그 일이 어떻게 벌어지는지 궁금해했던 것 같다. 알고 싶은 마음에 그 일이 벌어지기를 바랐다. 실제로 사람들이 무엇을 느끼는지 알고 싶었다. 그 일은 그가 나에게 강요하는 것이 바로 강간임을 확인하는 일이기도 했다. 그때까지 나는 그의 행위가 강간임을 완전히 확신하지 못하고 있었다. 그는 삽입이라는 행위를 벌이기 전까지 오랜 시간을 보냈다. 그래서 그 일은 내 의식이 깨어나던 때와 거의 동시에 벌어졌다. 그건 내가 열두 살 또는 열세 살 나던 때의 일이었다. 그가 처음으로 삽입하던 때에 찾아온 쾌감을 기억한다. 마침내 나는 무언가를 분명하게 느꼈다. 마침내 나는 무슨 일이 벌어지는지 알게 되었다.

내가 강간을 당했기 때문이다

사람들과 보통의 관계, 가벼운 관계를 갖는 건 괜찮은 일이지만, 그 사실을 아는 데 시간이 많이 걸렸다. 나는 친구들을 사귀거나 연애를 할 때 상당한 정도의 강렬함과 진지함을 추구했다. 그저 하룻밤 성관계를 하거나 모르는 사람과 함께 히치하이킹을 하는 경우에도 그런 태도는 달라지지 않았다. 나는 그런 식으로 굴어야 하는 환경에서 처신하는 법을 배웠고, 경박한 관계는 그저 따분해 보였다. 고문은 터무니없는 감방을 만들어 낸다. 이 감방에 갇히면, 우리는 다른 사람의 두 눈을 통해 존재하기 시작하고, 그 다른 사람은 우리 눈에 비치는 모습 그대로 존재한다. 더없이 정직하게 있는 그대로 존재하는 것이다. 적어도 우리가 믿는 바는 그러하다. 알몸 상태에 놓여 있으면 그렇게 보일 수밖에 없다. 극단적인 상황에 놓이면, 마치 중독성 강한 마약에 빠진 것처럼 더 강렬하게 살고 있다는 느낌을 갖게 된다. 절대적인 진리에 도달한 듯한 느낌에 사로잡히는 것이다. 물론 착각이다. 하지만 우리의 모든 감각, 우리의 온 존재가 경험한 지각, 마치 다른 식으로는 도달할 수 없을 것 같은 극도의 경험 같은 지각을 해체하기란 쉬운 일이 아니다.

성적 학대에서 살아남은 사람들이 겪는 주된 문제는 자기 자신의 이미지와 관련되어 있다. 강간당한 아이는 청소년기와 성년기에 다른 사람들처럼 나르시시스트가 되지만, 그냥 나르시시스트가 아니라 병든 나르시시스트가 된다. 그도 나름대로 자아상을 만들어 가지만, 그의 눈에 보이는 것은 흉측한 괴물, 기형적인 몸뚱이, 추한 얼굴이다. 아니, 그는 추하지도 않고 기형적이지도 않다. 그건 실제와는 다른 문제다. 그가 거울 속 자신을 들여다보면, 강간자 눈에 보이는 모습이 눈에 들어온다. 그러니까 그건 성욕을 자극하는 몸이다. 아름답지도 추하지도 않지만, 본래의 특성상 욕구를 일으킬 수 있는 몸, 파괴나 사디즘이나 고문 같은 불건전한 욕망을 불러일으킬 수 있는 몸이다. 너무 아름답거나 너무 추한, 저항할 수 없는 몸인 것이다. 그런 의미에서 그 몸은 괴이하고 혐오스럽다. 그 몸과 얼굴은 유해한 속성을 지니고 있고, 억제할 수 없도록 끌어당기지만, 주의해서 살펴보게 하거나 찬미하게 하거나 정감을 불러일으키지 않고, 그냥 그것들을 갖고 싶은 욕구, 어떤 식으로든 그것들을 더럽히고 파괴하고 싶은 욕구를 불러일으킨다.

하지만 그렇게 거울 속에 자신을 비춰 보는 일에서 벗어날 수는 없다. 내가 어릴 적에 병적인 호기심을 가지고 나 자신을 살펴보았던 일이 기억난다. 한순간이 지나자 현기증 같은 것이 느껴졌다. 정신을 집중한 짧은 순간에 완전히 미친 듯한 메커니즘이 작동하는 게 느껴진 탓이었다. 사랑과 증오, 매력과 거부감이 동시에 겹쳐졌다. 나는 그것들이 움직이고 무대를 지배하기 위해 서로 다투는 것을 볼 수 있었다. 그게 괴로운 일이라는 것은 알지만, 나는 계속 바라다본다. 괴로운 동시에 마음을 사로잡는 일이기 때문이다.

옷을 사러 가서 피팅 룸에 들어갈 때면, 언제나 옛날의 그 장면을 다시 접하는 기분이 들어서 당혹스럽다. 나는 이미 배운 바대로, 요가 수행자가 그러듯이 그런 생각과 느낌이 마치 (부분적으로) 정신의 산물인 것처럼 내 앞으로 그냥 지나가게 한다. 그리고 그것들의 효과가 빠르게 나타나도록 내버려두면서 너무 크게 타격을 받지 않게 애쓴다. 그래도 거의 매번 눈물을 짓지만, 그게 곧 지나가리라는 것을 안다. 나는 나 자신을 바라보고, 내 몸을 보면 눈물이 맺힌다. 거울 속 이미지를 통해 나에게 몸이 있음을 확인하고, 내가 단지 작은 뇌나, 천진한 호기심으로 안팎을 살피는 눈으로서만 존재하는 것이 아니라 몸으로 존재한다는 사실을 확인한다. 그 확인은 나에게 상처를 주고, 몸의 단일성에 대한 지각과 겹쳐진다. 나에겐 몸이 단 하나뿐이다. 이 몸에는 한계가 있고, 나는 그 한계를 극복할 수 없다. 이 몸은 아름답지도 추하지도 않지만 나는 그것을 증오한다.

그래서 나는 선정적인 옷과 내 몸을 가려 주는 두꺼운 스웨터 사이에서 갈피를 잡지 못하고, 섹시한 속옷을 살까 편하게 신는 슬리퍼를 살까 망설인다. 끌어당길 것이냐, 밀어낼 것이냐 하는 사고방식을 이해하려는 시도지만, 그 마음이 어떻게 흐르는지는 도통 이해할 수 없다. 마음의 흐름이 계속 달라지기 때문이다. 마음의 흐름은 생각하는 실체의 변화, 즉 지각되는 바를 바탕으로 보고 분석하고 판단하는 실체의 변화와 일치하지 않는다. 나는 옷 사는 것을 싫어한다. 피팅 룸은 하나의 시련이다. 하지만 나는 옷을 잘 못 입는 것도 싫어한다.

언젠가 편안한 마음으로 옷을 입을 수 있다면 참 좋겠다. 버지니아 울프가 말했듯이, 아, 새 옷 차림으로, 행복하게 산책할 수 있는 그 미지의 행복이여!

거울을 볼 때 수치심을 느끼는 일은 평생토록 지속되었다. 사내아이처럼 굴던 말괄량이 시절이 끝난 뒤에도 오래도록 이어졌다. 나는 지금도 공공장소에서 얼굴에 분을 바르지 못한다. 옷과 관련된 모든 일 — 옷을 입어 보는 것, 새 드레스를 입고 방 안에 들어가는 것 — 은 여전히 나를 겁먹게 한다. 상황이 더 좋다 해도 나에게 부끄럼을 타게 하고, 자의식을 느끼게 하고, 불편한 마음을 갖게 한다. 〈아, 내가 줄리언 모렐[1]처럼 새 드레스를 입고 정원 곳곳으로 뛰어다닐 수 있다면!〉하고 나는 줄리언의 가싱턴 저택에서 몇 년 전에도 생각했다. 줄리언이 소포를 풀고 새 드레스를 입은 뒤에 마치 한 마리 토끼처럼 팔딱거리며 빙글빙글 춤을 추던 때의 일이었다.

어떤 단어들은 오랫동안 내 안에 혐오감을 불러일으켰다. **강간**이라는 단어는 발음조차 되지 않았다. 그건 참 모순된 일이다. 내가 그 단어를 말할 수 있게 되었을 때 해방감을 느끼기도 했으니까 말이다. 내가 기억하기로, 나에게 벌어진 일과 관련하여 그 단어를 쓸 수 있게 되었을 때, 나는 마치 한 줄기 시원한 바람이 내 안에서 부는 것 같은 기분을 느꼈다. 하지만 그 말에 적응하는 데에는 시간이 걸렸다. 전혀 관련이 없지만, 단어를 구성할 때 강간viol(비올)의 두 음절이 들어가는 말들, 즉 〈비올레〉(보라색), 〈비올라〉, 〈라비올리〉, 〈드 트라비올〉(삐딱하게) 같은 말들까지도 내 안에 본능적인 거부감을 불러일으켰다. 요즘도 그런 단어를 듣기만 하면

몸에 자동적으로 긴장이 감돌기 시작한다. 예전보다 긴장이 덜하기는 하다. 예전에는 마치 작은 방전이 일어나는 것만 같았다. 이제는 그런 긴장이 추상적으로 변하고, 금방 사라지는 증상이 되었다.

몇 해 동안, 여러 가지 것들이 나에게 혐오감을 주었다. 음식, 털, 땀……. 시간이 흐르면서 혐오 반응은 줄어들었다. 그래도 어떤 냄새나 어떤 질감에 대해서는 여전히 말이나 몸짓으로 혐오감를 표시한다.

악몽을 꿀 때도 있다. 하지만 앞서 말했듯이 대개는 몇 시간이 지나면 마음이 안정된다. 아주 지독한 악몽을 꿀 때는 시간이 더 걸리지만, 그래도 며칠 지나면 괜찮아진다.

그 모든 것을 돋보기로 보듯이 자세히 살펴보면, 그렇게 심각한 것 같지는 않다. 사실 그런 혐오감과 약간의 수치심, 약간의 거부 반응은 별로 대수로운 일이 아니다. 그건 기이한 버릇들이 한데 모여 있는 것이고, 그런 기벽은 누구에게나 있게 마련이다. 강간당한 사람들의 기벽은 강간과 관련이 있다. 그건 너무나 당연해 보인다. 문제는 나의 경우를 보면, 오랫동안 모든 기벽이 강간과 관련되어 있었다는 점이다. 내가 원하든 원하지 않든, 내가 그 기벽을 억제하거나 드러내기로 선택하든 안 하든, 모든 게 강간과 관련되어 있었다. 오늘날에도 마찬가지다. 내가 다른 일을 생각하는 소강 국면도 거치고, 모든 것을 언제나 그것과 관련시키는 것도 아니지만, 아직도 그런 일이 종종 벌어진다. 그런 의미에서 그는 승리했고 나는 아무것도 할 수 없다. 그야말로 〈평생 아물지 않을 손상을 입은Damaged for life〉 것이다.

나의 가장 큰 장점이 무어냐고, 나를 규정하는 특성이 무어냐고 질문을 받으면, 나는 내가 용감하다고 말한다. 거의 생각하지 않고 그렇게 말한다. 내가 그 점을 자랑스럽게 여기는지는 나도 잘 모른다. 나는 그게 사실이라 믿기에 그렇게 말한다. 용감하다는 게 바로 나의 특성이다. 내가 출산하는 동안 내 곁을 지켜 준 산파도 나를 두고 용감하다고 말했다. 그 산파는 칭찬하는 말을 많이 하지 않는 사람이었고, 내 출산을 돕기 전에 상당수의 분만을 지켜본 경험자였다. 나이는 칠순이 넘었고, 어린 자식 두 명을 잃는 아픔을 겪은 적이 있었다. 그런데 우리가 함께 두려워하고 함께 은총을 빌던 그 순간에, 죽음이 그녀와 나와 막스와 아직 이름이 없던 우리 아기를 스쳐 지나가던 그때, 산파는 내 눈을 바라보았고 내 눈에 담긴 두려움과 슬픔과 분노와 희망 등 온갖 것을 보았는데, 무엇보다 그녀가 본 것은 그 엄청난 용기, 독하고도 순수하고도 거의 외설적이라 할 만큼 강렬한 그 힘, 어둠에 맞서는 그 의지였다.

그 남자를 멀리 떼어 놓으려는 나의 확고한 태도, 내 삶을 주도적으로 이끌기 위해 내가 쏟던 힘에 관해서 우리 변호사가 하고자 했던 말이 그와 비슷하다. 내 가해자는 내가 용감해지도록 강요하지 않았다. 용기는 공격에 맞서 내가 선택한 대답이다. 하지만, 따지고 보면, 그것은 그 일에서 나왔다. 나의 가장 큰 장점, 내가 고뇌하던 순간에 간청하던 그것, 모든 게 와해되는 듯했던 때에 내가 갈구하던 그것은 바로 내가 겪은 일에서, 그가 나한테 저지른 일에서 왔다.

내 인격을 형성한 것은 바로 그 사람이다. 좋은 점과 나쁜 점, 훌륭한 부분과 끔찍한 부분 모두 그가 만들었다.

나는 이러하기도 하고 저러하기도 하다. 그 모든 이러함과 저러함은 내가 겪은 어린 시절에서 곧바로 온 것이다.

나는 내가 정말 존재하는지 확신하기가 쉽지 않다. 내 몸이라는 공간을 어떻게 지켜야 할지 잘 모른다. 침해당하는 것을 쉽게 허용한다.

나에겐 내적인 삶이 있다. 위대하고 무한한 삶, 내밀한 나만의 삶이 있다. 어렸을 때 이렇게 생각했던 것이 기억난다. 내가 겪고 있는 일에 비하면 감옥에 갇혀 있는 건 아무것도 아니라고. 나는 몇 년 동안이라도 감방에 갇혀 있을 수 있을 것 같았고, 그동안 생각에 깊이 잠겨 지내는 데에 성공할 수 있을 것 같았다. 나는 어떤 일을 겪더라도, 나를 위한 시간을 갖고 내면의 세계 속에서 거닐 수 있다. 나는 종종 똑똑한 티를 내지 않으려고 노력한다. 힘을 가진 사람들의 마음을 상하게 해서 그들이 화를 내지 않을까 걱정하는 것이다. 직업적으로 맺고 있는 관계에서, 나는 자동적으로 나 자신을 종속적인 위치에 놓는다.

나는 현실로부터 해리하는 내적 능력이 아주 뛰어난 편이다. 몇 시간 동안 어떤 것에 정신을 집중할 수 있다. 환경이 어떠하더라도, 예를 들어 주위가 시끄럽고 사람들이 나를 둘러싸고 있다 해도 집중력을 잃지 않을 수 있다. 전자음악이 최대 음량으로 연주되는 파티 중에도 나는 어떤 번역에 관한 문제에 대해 주의 깊게 생각할 수 있다.

나는 기억력이 별로 좋지 않다. 무엇이든 외우려고 해보면 잘 되지 않는다. 아주 짧은 시도 외우지 못할 정도다. 하지만 내 머릿속의 한 자리를 차지하고 꼭 기억되는 옛일들이 있다. 첫째는 내가 잊고 말고 할 것도 없이 언제나 남아 있는 아주 선명한 추억들이다. 둘째는 아주 흐릿하지만, 강박적으로 자꾸 소환됨에 따라 실상이 드러나게 되는 추억들, 원래의 디테일이 빠져 있지만 자꾸자꾸 떠오름에 따라 상당한 정확성을 띠게 되는 추억들이다.

나에겐 고통에 대한 강한 내성이 있다. 나는 스스로 마음을 먹으면, 내 몸과 정신과 감정에 집착하지 않을 수 있다. 나는 일주일 내내 아무것도 먹지 않고 지낼 수 있다.

이따금 우물 속에, 아주 깊은 검은 구멍 속에, 바닥이 보이지 않는 구멍 속에 떨어진 기분을 느낀다. 나는 얼마쯤 시간을 들여 거기에서 빠져나온다.

나는 전복적인 것에 매력을 느끼기도 하고, 혐오감을 느끼기도 한다.

나는 영적인 것은 그 어떤 것도 본능적으로 믿지 않는다. 나에겐 신앙이 없다. 영혼의 문제는 좋게 말하면 나랑 관계가 없어 보이고, 나쁘게 말하면 연민이나 경멸을 느끼게 한다. 내가 보기에는 니체의 말이 딱 맞다. 그는 예술이 인생에 의미를 부여하는 유일한 것이라고 하지 않았는가. 그 말에는 예술을 제외하면 아무것도 의미가 없다는 것, 모든 게 더없이 잔인하고 부조리하다는 뜻도 담겨 있다.

나는 거짓말 속에서 자라났다. 그 거짓말 속에서 내 인격이 형성되었다. 그 거짓말은 내가 바로 나임을 깨닫는 것과 연결되기도 한다. 내가 거짓말하지 않으면 안 된다는 사실을 알아차렸을 때, 그 〈나〉가 내게 나타났다. 〈나〉가 마치 내게 속해 있는 것처럼, 이게 바로 너야 하는 듯이 나타났다. 그 이전에는 절대적인 고독을 의식한 적이 없었던 듯하다. 세상에 나 홀로 있다는 그 막막하고 고통스러운 순간을 마주하게 된 것이다. 다시 말해서, 나는 내게 벌어지던 일을 숨겨야 한다고 강요당하던 바로 그 상황에서 내가 누구인지 생각하게 된 것이다. 나의 내면세계는 내가 바깥 세상 사람들에게 낯선 존재라는 것, 그들에게 내가 진짜 누구인지 밝힐 수 없다는 자각 속에서 만들어졌다. 그 비밀, 그리고 내가 그 비밀을 견디며 살아가고 있음을 안다는 사실이 나의 힘이었다.

만약 내가 그 비밀이 새어 나가게 한다면, 몇 마디 말로 온 가족을 망가뜨리게 되는 셈이었다. 나는 아주 빠르게 그 점을 알아차렸다. 내가 이따금 하던 상상 놀이가 기억난다. 화가 나 있을 때, 나는 앞으로 무슨 일이 일어날지 상상하면서 그 시간을 견디곤 했다. 어머니가 당신의 여자 친구와 차를 마시는 동안 내가 설거지를 했던 때가 아주 생생하게 떠오른다. 나는 몇 가지 이유로 짜증이 나 있다. 나에게 또 설거지를 시켜서 불만스러운데, 내가 끼어들 수 없는 어른들의 대화를 둘이서만 나누고 있고, 친교를 맺는 그런 순간에 나도 동참하고 싶지만 그들은 나에게 아무런 관심을 보이지 않기 때문에 속이 언짢은 것이다. 나는 성이 나서 양면 스펀지 수세미로 접시를 박박 문지르며, 내가 두 어른을 향해 이런 식으로 말하는 것을 상상한다. 〈그 사람이 나를 강간하고 있어. 내가 어릴 때부터 그랬어. 그래서 나는 그 사람이 싫어. 그 사람은 자꾸자꾸 날 강간해.〉 나는 마음속으로 그 말을 점점 더 세게 되뇐다. **그 사람이 나를 자꾸자꾸 강간해.** 마치 줄타기를 하는 기분이 든다. 양쪽 절벽 사이에 설치된 줄처럼, 내가 그 말을 하기 전의 세계와 말하고 난 뒤의 세계 사이에 걸린 줄을 타는 기분이다. **그가 나를 강간해. 강간해. 강간해.** 한쪽에는 우리가 익히 알고 있는 것과 똑같은 삶이 있고, 다른 쪽에는 그 말과 함께 시작될 새로운 세계가 있다. 그 말을 들은 두 여자가 반응을 보이고 다른 결과가 뒤따를 것인데, 그 여파가 적잖이 끔찍하리라는 것을 나는 안다. 그렇게 되면 우리는 정말로 비참한 상황에 빠지게 되리라. 그는 떠나야 하고, 감옥에 가야 하는데, 그러면 어머니가 홀로 네 자녀를 돌봐야 한다. 사람들은 우리를 남의 집에, 위탁 가정에 맡기게 될 것이고, 내 여동생들과 남동생은 행복한 어린 시절을 보내지 못하게 될 것이다. 그런데 나는 짧은 시간이나마 영광을 누리게 되리라. 그저 **강간**이라는 한 단어를 말하기만 하면 되는 일이다. 소리를 지르려고 하는데 입이 고약한 반죽으로 변하는 꿈속처럼, 만약 내 혀가 그 말을 제대로 뱉어 내지 못하고 더듬거린다면, 나는 울부짖듯이 계속 그 말을 소리치거나 스펀지 수세미로 벽에 쓸 수도 있을 것이다. **강간**, 하고 두 글자를. 그러면 모든 것이 달라지리라. 하지만 나는 아무 말도 하지 않는다. 그러는 동안 설거지가 끝난다. 아무 말도 안 하지만, 난 알고 있다. 나에겐 힘이 있다. 힘이 있다는 건 겁나는 일이다. 가족이 내가 어떻게 하느냐에 달려 있다는 것을 나는 안다. 내 말 때문에 어떤 일이 닥칠 수 있음을 나는 안다. 내 침묵에도 그런 힘이 있다. 비밀을 내 안에 품은 채로, 나 자신과 마주하고, 나는 든든한 기분을 느낀다. 나는 내 힘이 새 나가지 않도록 조심스럽게 감시한다.

나는 어린 시절을 이상화한다. 친아버지를 이상화하고, 내 눈에 행복해 보였던 사람들을 가장 훌륭한 사람들로 기억한다. 나는 만약 나에게 그 일이 벌어지지 않았다면 내가 어떤 사람이 되었을지 종종 생각한다.

나는 중독이 잘 되는 체질이지만, 어떤 것에도 중독되어 있지 않다. 중독성 물질에 의존하는 일이 생기지 않도록 언제나 엄격하게 관리한다. 내가 담담하게 중독성 물질을 바라보고 있으면, 그것들은 조롱하는 듯한 미소를 지으며 나를 바라본다.

나는 누군가에게서 비밀 얘기 듣는 것을 좋아하지 않는다. 누가 나에게 비밀을 털어놓으면, 나는 하나의 무덤이 된다. 나만 알고 있으라고 누가 부탁하면 나는 그 비밀을 지킨다. 단 한 번도 남에게 누설한 적이 없다. 나에게 침묵은 금이다.

그는 자기의 어두운 면을 나에게 보여 주었고, 그러면서 나의 어두운 면과 인류 전체의 어두운 면을 보여 주었다. 그래서 나는 불량배나 죄인이나 불운한 사람과 마주치면, 마치 나와 비슷한 사람들을 대하듯이 그들의 눈을 바라볼 수 있다. 그들은 내가 왜 그러는지 잘못 생각하지 않는다. 내가 자기들을 도덕적으로 판단하는 사람이 아니라는 사실을 아는 것이다.

나는 안다. 진실이 언어 속에 있지 않음을. 나는 안다. 진실이 어디에도 없다는 것을. 나는 안다. 이야기를 들을 때 우리는, 말해지는 바와 성격이 꼭 같지 않은 어떤 경험을 떠올릴 수 있다는 것을. 픽션은 흥미롭다. 세상에서 나한테 이보

다 많은 흥미를 느끼게 하는 것은 없다. 픽션에서는 다른 이
치가 작동된다. 그 이치가 매력적이다. 누가 무언가를 말하
는데, 그것과 다른 이야기가 들린다. 말해지는 바가 딴 데를
가리키고 언어의 그늘로 우리를 이끌어 간다. 그 그늘 속에
서 진실이 기다리고 있지만, 그것은 결코 말해지지 않는다.
나에게 읽기를 가르쳐 준 사람은 내 아버지지 그 사람이 아
니다. 아버지는 나만의 무기가 될 만한 것을 내게 주었고, 상
상의 세계로 도피하는 법과 고독을 즐기는 취향을 물려주었
다. 그런 것들을 알게 되면서 문학에 대한 사랑이 생겨났다.
하지만 내 의붓아버지는 언어의 이중성과 침묵의 이중성을
알게 해주었다. 둘만의 그 내밀한 관계, 그것에 대한 혐오감.
내 글쓰기는 바로 거기에서 시작된다.

하지만 사실 그 사람 자체가 나를 그렇게 만든 것은 아
니다. 『처녀 *Virgin and Other Stories*』라는 단편 소설집으로
유명한 미국 소설가 에이프릴 아이어스 로슨이 말한 것처럼,
그 모든 일은 **강간 때문에 벌어진 것이다. 내가 강간을 당했
기 때문에 벌어진 일이다.** 내가 강간을 당했기 때문이다. 내
가 강간을 당했기 때문이다.

〈당하다〉라는 동사를 써서 피동문을 만든 게 흥미로워 보인
다. 이 피동문을 대할 때 내 안에서 의미심장한 반향이 인다.
〈내 의붓아버지가 나를 강간했다〉라는 문장 같은, 피해자를

주어(강간자)가 저지른 행위의 대상으로 만드는 능동문과 달리, **〈내가 강간을 당했다〉**라는 피동문은 피해자가 부당하게 겪은 일을 강조하고 그 행위의 책임자를 드러내지 않는다. 그리고 이 문장에서 주어는 〈나〉이다. 강간자는 진술 내용에서 아예 사라진다. 이건 피해자가 외부 힘의 영향을 받는 상황, 방해를 받는 상황, 거부하기가 불가능한 상황, 자유 의지를 괄호 안에 넣는 상황이다.

내 의붓아버지 역시 자기를 넘어서는 어떤 힘의 조종을 받고 있다고 느꼈다. 마치 어떤 비극의 주인공처럼, 예를 들어 의붓아들 히폴리토스에 대한 욕망에 사로잡힌 채 괴로워하던 파이드라처럼, 그러한 힘에 짓눌리고 있다고 생각했다. 사람들은 때로 그런 상태를 강박이라 부른다. 아직 오래된 일은 아니지만, 그렇게 감정적이고 성적인 문제에서 자기 절제를 할 수 없는 상태를 흔히 치정(癡情)이라 여기고, 치정 범죄, 치정극, 치정 폭력 따위의 말을 썼다.

치정에는 통제할 수 없다는 특성이 있고, 그런 점에서 문학의 주요한 주제가 되어 왔다. 치정은 전복적인 힘이고, 사회 질서를 위협하기 때문에 사람들을 매료시킨다. 치정은 개인적인 힘을 표명하는 것이라서, 그 힘을 억압하고 무너뜨리려는 세상에 맞서 저항할 수밖에 없다. 윌리엄 포크너의 작품에 나타나는 치정이 바로 그러하다. 억제할 수 없는 충동과 운명의 힘이 맹위를 떨친다. 우리는 마치 폭풍이나 홍수를 지켜보듯, 아무것도 하지 못하는 채로 그냥 바라본다. 사드 후작의 작품에 나타나는 욕망은 선악을 넘어서는 자연의 힘이다. 복종시킬 수 없는 그 힘은 마치 제멋대로 움직이는 기계 장치처럼 작동한다. 도덕 체계와 무관하게 순수한 생명 체계의 지배를 받기 때문이다. 우리는 우리가 느끼는 욕망에 대해서 책임을 져야 할까? 우리 자신도 모르게 우리 안에 욕망이 들어 있고, 욕망이 우리를 벗어나 작동하는 경우에도, 우리는 책임을 져야 할까?

내 의붓아버지는 바로 그런 방식으로 상황을 설명하려 했다. 무언가가 그에게, 우리에게 일어난 것이지, 자기가 뭔가를 하고 싶었다거나 의도적으로 계획한 게 아니라고. 자기는 그런 점에서 피해자라고, 가해자는 자기가 아니라 소녀라고, 자기와 함께 살면서 자기 안에서 그런 기계 장치 같은 게 작동하게 만든 소녀가 가해자라고.

강간에 대한 피해자의 책임에 관해 의문을 제기하려는 것은 아니다. 그 문제는 걱정하지 않아도 된다. 내가 보기에 누가 죄인인가에 대해서는 의심의 여지가 없다. 앞서 말했듯이, 그가 여러 해 동안 감옥살이를 하는 것보다 스스로 목숨을 끊는 것이 내게는 더 적당해 보였다. 하지만 내가 어렸을 적에 그는 내가 자기 관점을 이해하도록 강요했고, 그래서 나는 지금도 그를 이해한다. 이해하기는 하되, 다른 방식으로,

약간의 거리를 두고 이해한다. 만약 내가 어느 시점엔가 그의 마음속에 있지 않았다면, 그 주장의 취지를 따라잡을 수 있었을까? 그건 모르겠다. 하지만 그가 말하고자 했던 바는 자기로선 어쩔 수가 없었다는 것이었다. 나를 강간하려는 욕구가 생겼는데, 그것에 저항하기 위해 자기가 할 수 있는 일이 전혀 없었다는 얘기였다. 나 역시 저항하기 위해 할 수 있는 일이 아무것도 없었다. 그가 그 일에 대하여 누군가에게 얘기할 수 있지 않았을까, 하고 독자들은 물을 것이다. 나 역시 누군가에게 도움을 청할 수 있었을 것이다. 하지만 나는 사실상 그럴 수 없었다. 자기가 겪은 일에 관해 말할 수 없다. 말하고 싶어도 말할 수 없다는 점, 이것이 바로 아동 성 학대 현상의 특이한 성격이다. 그러니까 이렇게 한번 가정해 보자. 나에게 그랬던 것처럼 그가 맞서 싸울 수 없는 어떤 외부의 힘이 그에게 그 이상한 침묵을 강요했다고. 또 그가 강간을 벌인 몇 주 또는 몇 달, 몇 년 동안, 누군가에게 고백하지 못한 것, 같은 행위를 다시 또다시 되풀이하려는 욕구를 이겨 내기 위한 무언가를 하지 못한 것 등 거의 모든 일이 그에게도 일어났다고. 수사법으로 하는 빈말이 아니라 정말로 가정을 해보자. 아마 많지는 않겠지만, 어떤 경우에는 그게 사실일 가능성도 있으니까 말이다. 물론 그렇게 드문 경우에도 어느 순간 자신의 행동을 선택할 가능성이 전혀 없었다고 말하기는 어렵겠지만, 그래도 그에게 증거 불충분에 의한 무죄 추정의 특권을 남겨 두자.

이 경우를 놓고 보면, 그에게 벌어진 일, 즉 자기가 보호하기로 되어 있는 여자아이를 성적으로 학대한 일은 그의 삶을 완전히 변화시켰고, 그의 존재에 큰 영향을 끼쳤다. 그래서 그때부터 그가 행한 모든 일은 물론이고, 그가 예전에 겪은 모든 일이며 그가 앞으로 행하거나 말하거나 생각하게 될 모든 것이 그 사건, 그 상황, 그 지옥과 연결된다. 강간 때문에 그가 딴사람이 되었다. 이 논법을 끝까지 밀고 나가면, 그는 나 때문에 딴사람이 된 것이기도 하다.

각각의 강간 이야기에는 독특한 점이 있다. 사랑 이야기든 증오에 관한 이야기든 모두 공통된 토대를 바탕으로 하고 있지만, 막상 그것을 겪어 보면, 독특한 것이 된다. 만약 그가 다른 강간을 범했다면, 그는 다른 사람이 되었을 것이다. 어쨌거나 그는 다른 사람을 상대로 강간을 저지른 적이 없다고 일관되게 단언했다. 어떤 사람들은 내 어머니와 나처럼, 그가 내 여동생들과 남동생을 상대로 성적 접촉을 하고 싶어 했을 수도 있다고 상상했지만, 그는 그런 지레짐작에 대해서 엄청나게 화를 냈다. 다른 피해자가 생기는 걸 막기 위해서 그에게 유죄 판결을 내렸을 때도 그는 격분한 모습을 보였다. 다른 피해자가 있을 수 있다는 생각 자체를 받아들이지 못했다. 자기는 같은 피가 흐르는 자식에게 손을 댄 적이 없다고 했다. 내 여동생은 나와 겨우 두 살 터울이고 나를 닮았다. 우리는 같은 집에 살았다. 여동생은 그가 가볍게 쓰다듬었던 일을 기억하고 있다. 하지만 그녀를 상대로는 그가 더 멀리 나아가지 않았다. 그건 그와 나에게 일어난 일이고, 오늘날의 우리를 만든 일이다.

호랑이의 발자취

죽은 소녀가 말하기를, 난 살아 있는 사람의 허파 속에서 겁에 질려 숨이 막혀 가고 있어. 누가 당장 나를 여기에서 꺼내 주면 좋겠어.

—앙토냉 아르토

우리는 그것을 자기 안에 지니고 다닌다. 다양한 형태로, 평생에 걸쳐.

2013년, 나는 난소에 생긴 낭종을 제거하기 위해 수술을 받기로 결심했다. 여러 달 동안 별일이 아니라 생각하고 대체 의학의 치료를 받고 난 뒤의 일이었다. 낭종이 너무 크게 자라서, 그것을 포르말린에 담아 의학 회의 때 제시하면 다른 의사들을 깜짝 놀라게 할 정도였다. 나는 통증이 없었기 때문에, 그냥 양성의 물혹일 거라고 생각했다. 난소 낭종은 때로 저절로 사라지기도 한다는 애기도 들은 터였다. 그런데 두 차례 침을 맞기도 하고, 정신 신체 의학 치료와 산부인과 진료를 받기도 했지만, 내가 바라던 대로 종양이 마법처럼 사라지거나 조금 작아지지도 않고 더 커졌다.

결국 나는 프랑스에 머무는 때를 이용해서 전문의의 진료를 받기로 했다. 브리앙송의 의사들은 나를 긴급히 마르세유의 병원에 보냈고, 그다음 주에 수술이 진행되었다. 알고 보니, 그건 난소암이었다. 전이성이 꽤 강한 암이었다. 의료진이 나를 살리기 위해 당장 일련의 치료를 시작해야 하는 상황이었다. 당시 나는 서른다섯 살이었다.

미국 작가 마고 프라고소Margaux Fragoso의 회상록『호랑이, 호랑이 *Tiger, Tiger*』를 아직 읽지 않았던 시절의 이야기다. 2011년에 출간한 이 책에서 마고는 자기가 어린 시절에 어떻게 친절하고 조금 별난 이웃 남자를 만나게 되었는지 들려준다. 그 남자는 이국적인 동물들을 기르고 있었고, 그녀가 자기 가족에게서 받지 못한 각별한 관심을 기울여 주었다. 그러면서 10년 동안 그녀에게 성폭력을 가했다. 나는 그 책에 관한 비평을 읽어 보았다. 평자들은 한편으로 문학적인 장점을 칭찬하면서, 다른 한편으로 그런 잔혹성의 세계에 빠져드는 게 과연 가치가 있는지 의문을 품고 있었다. 강간과 심리적 지배가 분명하게 묘사되어 있고, 피해자와 가해자 사이의 역겹고도 중독성 강한 관계가 서술되어 있는 세계, 양자가 저마다 고통을 느끼면서 서로 밀착하는 바람에 하나의 감옥, 하나의 우리가 만들어지고, 거기에 두 사람이 아픈 짐승처럼 갇혀 있는 그런 세계에 독자가 함몰될 필요가 있는지 자문하는 것이었다.

그 회상록의 제목은 윌리엄 블레이크의 시에서 나온 것이다. 가장 많이 알려진 영시에 속하는 이 시는 프랑스 대혁명이라는 격변기에 런던에서 쓰인 『순수의 노래와 경험의 노래 *Songs of Innocence and of Experience*』에 실려 있다. 블레이크는 이 작품을 통해 신비주의적 직관과 성서의 영향을 받은 잠언을 펼쳐 보인다. 그렇게 계시를 드러내면서 공포를 표시한다. 시구에 암시성이 강한 삽화를 곁들인 점도 인상적이다. 『순수의 노래와 경험의 노래』에 실린 다른 시들이 모두 동요를 모델로 삼아 지어진 것처럼, 「호랑이 The Tyger」는 창조신이 세계를 창조할 때 빛과 어둠이 복잡하게 뒤엉키도록 한 것을 시의 제재로 삼는다. 호랑이는 포식자고 맹수이며, 엄청나게 아름답고 열정적이고 파괴적인 동물이다. 호랑이는 프로메테우스적인 형상이고, 불과 죽음을 상징하는 형상이다. 그의 불가사의한 폭력은 우주에 던져진 하나의 수수께끼이다.

호랑이야, 호랑이야, 밝게 타오르는구나,
깜깜밤중 수풀 속에서

어떤 불멸의 손이나 눈이

그대의 무시무시한 균형미를 만들 수 있었을까?

(……)

별들이 자기네 무기를 내동댕이쳤을 때

그리고 자기네 눈물로 하늘을 적셨을 때

그분은 자신의 작품을 보고 미소를 지었을까?

그분은 어린양을 만들고도 그대를 만들었는가?

블레이크는 어린양에 관한 시도 썼다. 호랑이의 순진무구한 분신이라 할 수 있는 어린양을 부르며 〈누가 널 만들었니〉라고 묻는 것으로 시작하는 이 시에는 그 물음에 대한 명쾌한 답이 들어 있다.[2] 그런데 「호랑이」는 대답 없이 질문을 연속적으로 던지는 방식으로 이루어져 있다. 나는 이 시의 삽화가 무척 마음에 든다. 시구를 읽으면서 머릿속에 그린 것과는 아주 다른, 이상한 호랑이가 나와 있다. 실제 호랑이와 닮지 않아서 무섭지도 않고 맹렬해 보이지도 않는다. 그저 사람 머리를 한, 조금 굼떠 보이는 이상한 짐승일 뿐이다. 하지만 이런 호랑이가 지상에 있는 악의 화신이다.

그분은 어린양을 만들고도 그대를 만들었는가? 이 질문은 강박적으로 내 머릿속에 자꾸자꾸 떠올랐다. 이건 분석의 합리적인 과정을 끝내는 근본적인 문제 제기에 아주 가깝다. 끝내 답을 찾기가 어려운 질문일 수도 있다. 어쩌면 우리는

The Tyger.

Tyger Tyger, burning bright,
In the forests of the night;
What immortal hand or eye,
Could frame thy fearful symmetry?

In what distant deeps or skies,
Burnt the fire of thine eyes?
On what wings dare he aspire?
What the hand, dare seize the fire?

And what shoulder, & what art,
Could twist the sinews of thy heart?
And when thy heart began to beat,
What dread hand? & what dread feet?

What the hammer? what the chain,
In what furnace was thy brain?
What the anvil? what dread grasp,
Dare its deadly terrors clasp!

When the stars threw down their spears
And water'd heaven with their tears:
Did he smile his work to see?
Did he who made the Lamb make thee?

Tyger Tyger burning bright,
In the forests of the night:
What immortal hand or eye,
Dare frame thy fearful symmetry?

다른 방식으로 다시 생각해 봐야 할지도 모른다. 예를 들면 영적인 방식으로 생각하는 것이다. 우리 모두가 그런 쪽으로 갈 준비가 되어 있는 것은 아니지만 말이다. 나를 강간한 자와 나는 같은 흙으로 빚어졌을까? 어떤 점에서 우리는 서로 비슷할까? 내가 그를 이해할 가능성이 정말 있을까? 이 질문들은 서로 얽혀 있다. 질문들이 다 똑같은 의미를 지닌 것도 아니고, 다 똑같은 과정을 가리키는 것도 아니지만, 모두가 똑같은 불이 붙어서 타오르고 있다.

만약 우리 모두가 동등하고, 같은 에너지에 의해 창조되었다면, 호랑이와 어린양은 결국 서로 만나게 된다. 선과 악은 단 하나의 중립적인 생명의 원천에서 나온다고 사드 후작이 말한 것과 똑같은 논리를 따르게 되는 것이다. 나에게 있어서 호랑이는 당연히 강간범이다. 그래서, 성폭력에 관한 소설에 〈호랑이, 호랑이〉라는 제목이 붙은 것을 보았을 때, 나는 마음속으로 마고에게 찬사를 보냈다. 잘 했어요, 친구, 하고 나는 생각했다.

피해자들의 증언에서 우리는 언제나 이런 질문을 접한다. 왜? 왜 그런 짓을? 왜 나를? 피해자들은 때로 이런 질문의 답을 찾기 위해 가해자들과 대면하기를 바라기도 한다. 특히 가해자가 성폭행을 저지르고 난 뒤에 피해자의 삶에서 사라져 버렸을 때에 그러하다. 어떤 피해자들은 가해자를 다시 만나려고, 가해자에게 직접 물어보려고 쉽지 않은 탐문을 벌이기도 한다. 자기에게 정말 무슨 일이 벌어진 것인지 알고자 하는 욕구에서 벗어날 수 없는 것이다. 하지만 그러다 보면 엄청난 실망에 빠지게 된다. 가해자는 멍청이든 사디즘적으로 영리한 자든 대답을 제대로 들려줄 능력이 없다. 그저 자기 자신에 대해서, 자기 관점에 대해서, 자신의 의식적인 또는 무의식적인 동기에 대해서 말할 수 있을 뿐이다. 여러 아이들 중에서 피해자로 선택된 경우에도 왜 자신이 선택되었는지 설명을 듣는다 한들, 삶에 도움이 될 만한 열쇠를 얻지는 못한다. 피해자는 자신이 어떻게 하느냐에 따라서가 아니라, 언제나 가해자의 뜻에 따라 선택되는 것이기 때문이다. 포식자들은 대개 자기애가 강하고, 자기 자신들에 대해서 말한다. 때로는 우리에게 연민을 불러일으키는 망상 속으로 이끌어 가기도 한다. 특히 그들이 죄인이기 이전에 피해자기도 했다면 더욱 그러하다.

그들의 동기에 의미를 부여하고 그들을 공정하게 벌하자면, 왜 그래야 하는지 충분히 이해해야 하는데, 그런 상태에 도달할 수가 없다. 그들에게서 정말 무엇이 죄가 되는지 찾아낼 수가 없고, 악의 원인을 밝혀낼 수도 없으며, 기능 장애가 있다면 치유될 수도 있을 텐데 그게 어디에 있는지 알아내지 못하기 때문이다.

프랑스의 저널리스트 장 아츠펠드Jean Hatzfeld는 르완다 집단 학살에 관한 조사 활동을 벌이면서, 먼저 피해자들의 증언을 기록했다. 그 생존자들에게 자기들을 대상으로 삼은 그 증오의 수수께끼를 풀어 달라고 요구할 수는 없다. 아츠펠드는 3년 뒤에 나온 두 번째 책에서 감옥에 갇힌 학살자들에게 물으며 깨닫는다.[3] 학살자들 역시 우리가 이해하도록 도와줄 수 없다는 것을. **도발자들은 (……) 영혼에 비밀이 있어요**, 하고 한 죄수가 말하지만, 그들의 이야기 속에는 우리로 하여금 그 비밀을 깨우치게 할 만한 것이 전혀 없다. 한나 아렌트가 보여 준 것처럼, 가해자들은 자기들의 행위를 놓고 깊이 생각하지 않는다. 깊은 생각이 없기에 그들은 살아남을 수 있는 것이다. 아츠펠드 기자는 질문을 받은 그 살인자들이 악몽을 꾸지 않는다는 사실에 충격을 받는다. **그럴 수가 있을까? 모든 전쟁 범죄자 중에서, 집단 학살에 가담한 살인자가 가장 적게 고통을 겪고 그 일에서 벗어난다고?** 설령 후회를 한다 해도, 그들은 그저 자기 자신들에 대해서, 자기네 삶이 망가진 것에 대해서, 자기네의 불행한 운명과 관련해서 회한에 젖을 뿐이었다. 그들은 너 나 할 것 없이 선량한 사람임을 자처하면서, 피해자들과 사회가 자기들을 용서해 주어서 자기네가 집단 학살 이전처럼 정직한 삶을 다시 살아가게 되리라 생각하고 있었다.

한번은 양차 세계 대전을 전문적으로 연구하는 역사학

자에게 왜 군인들이 분쟁 지역에서 최악의 학대 행위를 저질렀는지 물어본 적이 있었다. 그때 나는 그 역사학자가, **그들이 그렇게 할 수 있었기 때문일세**, 하고 답하는 말을 들었다. 별거 아닌 말로 들릴 수도 있는 대답이지만, 역사학자는 깊은 우울감이 서린 표정으로 그렇게 말했다. 그 그늘진 표정에는 전쟁, 악, 폭력에 관해 오래도록 연구해 온 역사학자의 고뇌가 배어 있는 것 같았다. 그들이 강간을 저지르는 것은 그들이 할 수 있기 때문이고, 사회가 그들에게 그 가능성을 주기 때문이며, 사람들이 허락을 했기 때문이다. 한 남자가 강간을 허락받으면 그 짓을 하는 것이다. 마치 악이 하나의 가능태(可能態)로 우리 안에 언제나 존재하기라도 하는 것처럼, 또 만행이 가능해진 조건에서 야만적인 행위가 자동적으로 벌어지기라도 하는 것처럼, 그런 일이 벌어진다. 이건 그야말로 잔혹극이다.

마고 프라고소의 회상록이 출간되고 6년이 지난 2017년, 그녀의 이름이 신문에 다시 나타났다. 그녀가 난소암으로 향년 38세에 세상을 떠났다는 기사가 났다. 내가 전혀 믿고 싶어 하지 않던 비의적인 가설이 하나 있다. 내 히피 여자 친구들이 주장했던 것인데, 내 난소암은 어린 시절 나에게 벌어졌던 일과 관련 있을 수 있다는 것이었다. 하지만 그런 인과 관계를 나로서는 믿을 수가 없었다.

내가 마르세유 콘셉시옹 병원에 입원해 있던 동안, 한 남자 친구가 폐암 때문에 마르세유에서 가장 큰 병원인 라 티몬 병원에 입원했다. 그는 내가 외국으로 떠난 뒤에 보지 못했던 친구였다. 우리는 내가 마르세유에 살았던 몇 해 동안 가깝게 지냈다. 그는 나보다 네다섯 살 연상이었다. 그 역시 자기 나름의 사연이 있는 사람인데, 기운이 한창인 젊은 나이에 병을 앓고 있었다. 그는 어린 시절에 의붓어머니에게 학대를 당했다. 시샘 많고 잔인하기 짝이 없는 계모가 의붓자식을 괴롭히는 일이 동화 속에서처럼 벌어졌다. 아이는 벽장에 갇히기도 하고, 모욕을 당하기도 하고, 노예처럼 부림을 당하기도 했다. 그러다가 청소년기에 집을 나가서 주변인의 삶을 살았다. 때로는 멋들어지게 때로는 마약에 취해서 살다가 심한 우울증에 빠져들었다. 자기보다 약한 사람들에게 분노를 터뜨리기도 했다. 그는 자식들을 버리고, 여자 친구들을 때리고, 비난받아 마땅한 행위들을 여러 번 저질렀다. 그래도 완전히 바닥까지 내려가지는 않고, 수렁의 경계에서 빠져나갈 길을 찾고 있었다. 그는 창문도 나 있지 않은 차고에서 살았다. 마르세유 라 플렌 구역에 있던 차고에 일종의 무단 거주를 한 셈이었다. 그러면서 낮에는 가구점의 작업장에서 일했고, 밤에는 시내를 활보하거나, 전쟁 비디오 게임 또는 액션 게임을 즐기면서 날이 새도록 시간을 보냈다. 때로는 밤중에 다른 타락한 영혼들과 함께하는 라이브 액션 역할극 게임을 이끌기도 했다. 그 역할극에 참여하는 사람들 가운데에는 드루이드교 신관이나 중세의 기사 역할을 하는 사람들도 있었다. 그는 도시에서 멀리 떨어진 다른 곳, 물질과 유혹에서 멀리 떨어진 다른 땅에 가서 사는 것을 꿈꾸었다. 그러다가 마침내 프랑스령 기아나로 가는 배를 타기에 이르렀다. 사람들이 내게 들려준 얘기에 따르면, 그는 나무로 손수 집을 짓고 로빈슨 크루소처럼 살았다고 한다. 내가 암 치료를 받던 해에, 그는 긴급하게 프랑스로 돌아왔다. 배가 공처럼 부풀어 오르고, 허파에 물이 가득 차는 사태가 벌어진 탓이었다. 우리가 둘 다 아는 친구가 일러 준 바에 따르면, 우리가 함께 어울리던 그 당시에, 가장 고약한 어린 시절을 보낸 사람은 바로 그와 나, 우리 두 사람이었다.

달리 어쩔 수가 없으니 수술을 받아야겠다고 결심하기 전의 일이다. 멕시코에서 한 여자 친구의 조언에 따라 비의적인 치료를 한다는 여자를 찾아갔다. 윤기가 흐르는 갈색 머리를 길게 기른 아름다운 여자가 나를 맞아 주었다. 목소리며 거동이며 두 손이 부드러웠다. 그녀는 내 눈을 바라보며 낭종에 관한 내 얘기를 들어 주었다. 그녀의 치료법은 내 장기들을 서로 이어 주는 컬러 도형들을 상상하라고 요구하면서 내 몸의 여러 부위에 흑요석을 배치하는 것이었다. 그에 앞서 그녀가 들려준 말이 인상적이었다. 종양으로 임신 3개월쯤

된 것처럼 볼록해진 내 배를 두 손으로 짚고서 그녀는 이렇게 말했다. 낭종이란, 무릇 액체를 담고 있는 피막이야. 눈물로 가득 찬 주머니라고나 할까.

그 여자만 그런 생각을 하는 건 아니다. 과학자들 역시 학대와 이후 질병 사이의 관계에 대해 관심을 기울이고 연구를 해왔다. 그들의 결론은, 비록 다른 맥락에서 다른 언어로 표현하기는 했지만, 그 비의적인 친구들의 결론과 별반 다르지 않다.

1990년대부터, 선도적인 연구들을 통해, 중독에 따른 일탈 행위와 건강 문제 사이에 인과 관계가 있을 뿐만 아니라, 그런 행위와 다른 증상들, 일견 관련이 없을 듯한 다른 증상들 사이에도 인과 관계가 있다는 점이 밝혀졌다. 연구자들의 논리적 설명에 따르면, 학대는 피해자들의 우울증과 자기 자신을 보살피지 못하는 상태로 이어지고, 그럼으로써 불량한 식사, 위험이 따르는 행동, 중독을 어쩔 수 없는 일로 받아들이게 하며, 결국에는 그렇게 건강 관리를 제대로 하지 못해 질병에 걸리게 한다는 것이다. 하지만 다수의 환자는 그런 상태에 빠지지 않았고, 담배를 피우거나 술을 마시지 않았으며, 빈곤한 계층에 속해 있지 않았다. 그 논리적 설명의 빠진 고리는 나중에 신경 과학의 발전과 함께 밝혀졌다. 신경 과학은 트라우마가 어떻게 호르몬 생성과 신경 회로에 영향을 미치는지, 더 나아가 면역 체계와 DNA에까지 영향을 미치는지 보여 준다.

아동기 부정적 경험 Adverse Childhood Experience, ACE
에 관한 한 연구가 그 문제를 다루는 새로운 방식의 시동 장
치가 되었다. 어린 시절에 겪은 어려움의 여러 가지 원인(폭
력, 버림받음, 한쪽 부모와 이별 등)을 조사하는 설문지를 가
지고 응답자의 어린 시절 체험을 알아내면, 우리는 그 경험
과 나중에 성인이 된 그 사람의 신체적이고 정신적인 건강이
어떤 관계를 맺는지 살펴볼 수 있다.

ACE 수치가 높으면 높을수록, 중독성 장애부터 만성
질환에 이르기까지 거의 모든 범주에 걸쳐서 그 결과가
심각하다. 아동기 부정적 경험이 없는 사람들과 비교할
때, ACE 수치가 4 이상 되는 사람들은 담배를 피울 가
능성이 2배 높아지고, 알코올 중독자가 될 가능성은
7배, 15세 이전에 성관계를 가질 가능성은 6배 높아진
다. 그리고 암에 걸릴 가능성은 2배, 심장병에 걸릴 가능
성도 2배, 공기증이나 기관지염에 걸릴 가능성은 7배나
높아진다. ACE 수치가 4 이상 되는 성인들은 그 수치가
0인 사람들과 비교할 때, 자살 시도를 12배나 더 많이
한다. 그 수치가 6 이상인 사람들은 그 수치가 0인 사람
들보다 마약을 47배나 더 많이 투약한다.(폴 터프, 「더
파버티 클리닉 The Poverty Clinic」, 『뉴요커』, 2011)

아동 성 학대에 관련해서도 연구를 진행했는데, 그 결과가 비슷하다. 어린 시절에 피해를 당한 사람들은 정신 건강(특히 양극성 장애)부터 갖가지 기능 장애에 시달리는 신체 건강에 이르기까지, 모든 면에서 위험성이 높은 성인이 된다.

마치 우리가 불행을 계량화할 수 있기라도 하듯, 그 ACE 수치를 가지고 이야기하는 장면을 상상하면 조금 이상한 기분이 든다. **넌 얼마야? 난 4가 나왔어. 괜찮네, 난 10이야, 오빠가 다운 증후군 환자이기 때문이야. 그렇구나, 우리 어머니가 자살했는데, 내 점수는 얼마나 나올까?** 하지만 과학적인 수치는 직감보다 더 확실하게 우리의 생각을 이끌어 준다. 그래서 21세기 초의 서양식 사고방식이 종종 효과를 보기도 하는 것이다. 숫자들은 말해 준다. 자살 시도를 12배나 더 많이 하고, 마약을 47배나 더 많이 투약한다고. 어쨌거나 그 정도가 심하다는 점을 알려 주는 것이다.

내가 난소암 수술을 받았던 그해에, 내 친구 크리스티앙은 몇 블록 떨어진 병원에서 폐암으로 죽었다. 나는 몸이 나아지는 대로 그를 보러 갈 생각이었다. 우리가 서로 도울 것이고, 앞서 말한 인과 관계를 무시해도 되리라고 생각했다. 하지만 나는 수술에서 회복하는 데에 너무 많은 시간을 들였다. 수술은 작은 의료 처치가 아니었다. 나는 그를 문병하러 가지 못했다. 그는 향년 40세를 일기로 삶을 마쳤다.

그는 죽었고 나는 살아 있다. 그런 생각이 뇌리를 파고들 때는 어떻게 해야 할까? 청소년기에 사귄 여자 친구들에게 내가 강간당한 얘기를 들려주었을 때, 그녀들은 지금의 나와 비슷한 생각을 했을 것이다. 네주가 여러 해 동안 강간을 당했고, 그동안 나는 태평하게 나무를 타며 놀았지. 내가 당할 수도 있었을 텐데, 나에겐 그런 일이 벌어지지 않았어.

궁지에서 벗어나기

생존자들의 책을 읽다 보면, 그들이 **피해자의 태도를 취하고 싶어 하지 않는다**거나 **피해자로 여겨지기를 원하지 않는다**는 얘기를 종종 접하게 된다. 그게 정확히 무슨 뜻일까? 대체로는 동정의 대상이 되기를 거부한다는 뜻이다. 근데 피해자는 왜 으레 공감과 낮추보는 친절이 뒤섞인 그 동정이라는 이상한 감정을 통해서 인식되어야 하는 걸까?

그 모든 게 조금 불합리해 보인다. 강간당하는 것과 피해자가 되지 않는 것은 동시에 이루어질 수 없다. 강간당한 사람은 강간의 피해자다. 누군가 그의 뜻을 거스르며 그를 상대로 저지른 폭행의 피해자다.

벨기에의 연쇄 살인범 뒤트루가 납치한 소녀들에 대한 다큐멘터리를 본 적이 있다. 그 다큐멘터리에서 한 기자가 말했다. 〈이 젊은이를 보십시오. 이 젊은이는 자기 삶을 다시 꾸려 나가고 있습니다. 이 젊은이는 피해자가 되기를 거부합니다. 이 젊은이는 남자 친구를 사귀고, 성행위를 하기도 합니다.〉 마치 그녀가 성행위를 하면서 강간의 흔적을 지우고, 삶을 다시 꾸리면서 그 괴물에게 감금되었던 여자이기를 그만두고 있다는 듯이 말하는 것이다. 마치 궁지에서 벗어나 다른 삶으로 넘어감으로써 피해자이기를 그만두기라도 한 것처럼 말하는 것이다. 마치 그 궁지에서 벗어나는 것이 목표가 된다는 듯이, 유일하게 가능한 목표가 된다는 듯이 말하는 것이다.

어떤 피해자들은 궁지에서 벗어나고 다른 피해자들은 그러지 못한다는 사고방식, 트라우마를 이겨 내는 것은 도덕적으로 칭찬할 만한 목표라는 사고방식은 내 마음에 들지 않는다. 역경을 극복하지 못하는 사람과 비교하여 충격을 견뎌 낸 사람을 초인으로 만드는 식으로 위계를 짓는 것은 혐오스러운 일이다.

처음엔 나도 조금은 그런 식으로 생각했다. 내 회복 탄력성에 자부심을 느꼈다. 나는 회복 탄력성이라는 그 개념을 에드몽 덕분에 알게 되었다. 그가 정신과 의사의 진료를 받으러 갔다가 내 사건에 대해 얘기했고, 그 의사가 고소를 하라고 조언해 주었다. 의사는 내가 과거의 일에서 벗어나기 위해 무엇을 하고 있는지 에드몽에게 물었다. 에드몽은 내가 공부를 하고 있다고, 많이 읽는다고, 책을 붙들고 산다고, 그게 아마도 자기 삶에서 벗어나기 위한 하나의 증후인 것 같다고 대답했다. 〈아니에요, 그건 좋은 일이에요. 아주 좋아요. 네주는 그 책들 덕분에 과거의 일에 매이지 않고 빠져나올 겁니다〉하고 의사는 말했다. 프랑스의 유명한 신경 정신과 의사이자 정신 분석가인 보리스 시륄니크의 저서를 많이 읽는 사람다운 분석이었다.

그 여자는 **문학을 통해 구원받을 것**이라는 게 그 의사가 하고 싶었던 말이 아니었을까? 턴테이블에 걸린 음반이 돌며 모차르트의 교향곡이 나직하게 흐르는 가운데, 서가를 등지고 안락의자에 몸을 기댄 채 그는 그렇게 말하고 싶었을 것이다. 나는 그 말을 믿고 싶었다. 문학의 왕국이 피난처를 찾는 고아를 맞아 주듯 나를 환영해 주기를 꿈꾸고 싶었다. 하지만 예술과 문학의 힘을 빌린다고 해도 비천한 삶에서 완전히 벗어날 수는 없다. 문학은 나를 구원해 주지 않았다. 나는 구원받지 못했다.

나는 오랫동안 나의 뿌리라 할 만한 모든 것, 즉 내가 태어난 알프스, 노동자 계급 출신의 부모, 나를 대학까지 가게 해준 기회균등 학교 등을 모두 한 바구니에 담아 등에 지고 살았다. 사람들이 내 등에 지워 준 그 짐 속에는 강간도 들어 있었다. 나도 할 수만 있다면, 사르트르가 장 주네의 『도둑 일기』

에 관해서 쓴 책에 나오는 아름다운 문장을 철학자 디디에 에리봉이 삶의 원칙으로 선택한 것처럼, 내 문장으로 삼고 싶었다. **중요한 건 사람들이 우리를 가지고 무엇을 하느냐가 아니라, 사람들이 우리를 가지고 만들어 놓은 것을 우리 자신이 어떻게 만들어 가느냐 하는 것이다.**

그건 선택의 문제였다. 그 바구니에서 내가 간직하고 싶은 것과 더 자유로워지기 위해 버릴 것을 선택하면 되는 일이었다. 나는 각각의 인간이 자기 사회 계급이나 인종이나 성별이나 문화에 상관없이 똑같은 실존적 도전 의식을 가지고 삶 속으로 나아간다고 믿고 싶었다. 저마다 자기가 원하지 않는 것을 버리고, 자기를 성장하게 하는 것을 분명하게 받아들이면서 삶에 뛰어드는 것이면 좋겠다고 생각했다. 나는 내 어린 시절의 강간을 그냥 여러 요소 가운데 하나로 간주할 수 있다고 오랫동안 믿고 싶었다. 하지만 명백한 사실 하나를 깨닫지 않을 수 없었다. **사람들이 우리를 가지고 만들어 놓은 것**의 범주들 사이에는 심연처럼 깊은 차이가 있었다.

용감하고 대담하게 역경을 이겨 내는 것, 자신이 파괴되는 일을 받아들이지 않는 것. 프랑스 작가 비르지니 데팡트가 강간과 관련해서 보여 주는 태도가 마음에 든다. 강간을 자유로워지기 위해 감내해야 할 위험으로 간주하는 태도 말이다. 작가는 말한다. 좀 살아 보고 싶다는 마음이 들 때부터 뜻밖의 일이 닥칠 것을 각오해야 한다고, 만약 그런 일이 닥치면 우뚝 일어나 걸어가라고. 나중에 작가가 〈그것은 나를 흉측하게 만드는 동시에 나를 형성하기도 했다〉라고 말하면서 트라우마 체험이 끈질기게 지속된다는 점을 인정하기는 했지만, 강간에 대한 그녀의 첫 반응은 언제나 나도 그렇게 하고 싶다는 생각을 하게 했다.

잘 참았어, 하고 나는 생각했다. 나는 강인하잖아. 그리고 촌뜨기 세 놈 때문에 트라우마에 빠질 수는 없어. 다른 일을 하면서 살아야 하거든.

내가 그렇게 말할 수 있다면, 나 스스로 그 말이 맞는다고 믿는다면 얼마나 좋을까. 나는 오랫동안 혼자 생각했다. 내가 강간범을 이기는 길은 그 고난을 딛고 회복하는 거라고, 그자가 나를 정복하지 못하게 하는 거라고, 그자에게 그런 기쁨을 주지 않는 거라고. 그런데 우리가 보았듯이, 내가 역경을 딛고 회복하는 것 역시 그에게 도움을 주는 요소, 그가 저지른 일에서 그의 책임을 면하게 해주는 요소이다. 그를 상대로 하는 승리는 없다. 그는 내가 뭘 하든 신경을 쓰지 않는다. 오래전부터 그는 내 삶 속에 존재하지 않는다. 그리고 강간을 당하면서 성장한 경우에는 회복하느냐 마느냐 하는 문제가 잘못 제기된 문제이기도 하다.

〈우뚝 일어나서 걸어가라〉는 작가의 말은 아동을 대상으로 한 폭력의 경우에는 적용될 수 없다. 왜냐하면 아이들 편에서 보면 이 문장의 생략된 주어, 즉 일어나서 걸어가라고 명령을 받은 사람은 강간을 당했고, 화자 즉 일어나서 걸어가라고 명령하는 사람 또한 강간을 당했기 때문이다. 이 작은 세상 전체가 강간이라는 상황 속에 있다. 아이에게는 이미 그러했고 여전히 그러하다. 우리는 다시 일어설 수 없고, 우리를 그 지경이 되도록 만들어 놓은 것에서 벗어날 수 없다. 성폭력을 일상적으로 당하며 자랄 때는 온 세상을 그런 관점으로 보게 되는 것이다. 아이는 언제나 지배 아래에 있다. 자유롭고 억압받지 않은 자아는 없다. 폭력이 끝나고 평온을 되찾을 그런 균형은 없다.

앞서 나온 바를람 샬라모프가 말한 바에 따르면, 감옥살이는 성격을 강하게 만드는 경험이 될 수 있지만, 고문은 정신의 완전한 붕괴를 야기한다. 아동에 대한 성적 학대는 한낱 시련이나 살다가 겪는 사고가 아니라, 존재의 근거 자체를 파괴하는 극도의 모욕이다. 한번 피해자가 되면 피해자에서 벗어날 수 없다. 한번 피해자는 영원한 피해자인 것이다. 설령 우리가 그 역경에서 벗어난다고 해도, 진정으로 벗어나는 것은 아니다.

써놓고 보니 무척 과장된 문장들이 있다. 내가 글의 분위기에 휩쓸렸나 보다. 나는 일반론을 얘기하려는 것이 아니다. 그러다 보면 잘못 생각할 가능성이 많아진다. 오로지 내 개인적인 경험만을 말하는 편이 나을 것이다. 어떤 사람들은 행위 도중에 느끼는 행복감을 상상하기도 한다. 이탈리아 작가 골리아르다 사피엔차Goliarda Sapienza의 『기쁨의 기법 *L'Arte Della Gioia*』[4]은 다섯 살짜리 여자아이의 이야기로 시작된다. 아이는 연상의 사춘기 소년에게 욕망을 느껴, 그를 자극하고 그와 함께 성애에 눈을 뜨게 된다. 청소년기의 그 남자는 아이가 원하는 대로 입으로 아이의 성기를 애무해주지만, 더 멀리 나아가는 것은 받아들이지 않는다. 몇 해가 흘러 아홉 살이 되었을 때, 소녀는 한 남자와의 육체관계를 갈망한다. 그 남자는 자신이 그녀의 아버지라고 말하는 사람이다. 소녀는 그 갈망에서 즐거움을 느낀다. 강간이 재앙으로 변하기 전까지는 말이다. 여성 독자들은 대개 소설의 이 대목을 모데스타라는 여주인공의 조숙에 따른 시련으로 해석한다. 그녀가 누리는 무한한 자유의 전조로 보는 것이다. 내가 경탄하며 읽는 몇몇 여성 작가들은 근친상간이나 미성년 매춘의 이야기를 들려준다. 그 이야기 속의 젊은 여자들은 자기들 나름대로 이득을 볼 뿐만 아니라 성생활의 첫발을 떼기도 했다.

아이의 동의를 받고 성행위를 한다는 주장과 관련하여,

그 동의에 나이 제한을 두어야 한다는 사람들이 있는가 하
면, 나이 제한을 두는 것은 아이들과 청소년들을 지능도 성욕
도 자유 의지도 없는 바보로 여기는 일이라고 생각하는 사람
들도 있다. 프랑스 철학자 기 오켕겜Guy Hocquenghem이나
미셸 푸코, 토니 뒤베르Tony Duvert가 후자의 입장에서 논
의를 전개했다. 그들은 성인들이, 특히 어머니들이 자식들
과 관련된 모든 일에 언제나 관여하고 싶어 하면서, 감시 체
계와 개성 발달을 제한하는 틀에 아이들을 가두고, 그들의
진정한 특성과 욕망의 영역에 대해서는 눈을 감아 버리는 행
태에 문제가 있다고 보았다. 푸코는「프랑스 퀼튀르France
Culture」라디오와 한 인터뷰에서 이렇게 말했다. 〈어쨌거나
법률로 정한 나이 장벽에는 별 의미가 없어요. 다시 한번 말
하지만, 우리는 아이를 믿을 수 있어요. 아이는 자기가 폭력
을 당했는지 당하지 않았는지 말할 수 있어요.〉 가해자들이
그런 생각을 한다면, 그들에게 반박하는 건 어려운 일이 아
니다. 하지만 아이 자신이 그렇게 말하면, 문제가 복잡해진
다. 스페인의 아티스트이자 작가인 디아나 J. 토레스Diana J.
Torres는 자기가 열여섯 살이 되기 전까지 60명의 애인과 사
귀었다고 이야기한다. 그들 가운데 일부는 그녀가 일하는 대
가로 보수를 주던 사람들이었다. 그녀를 요트에 태워 주고,
파솔리니를 논하고, 자기 아내 때문에 겪는 문제를 말하던
남자도 그들 중 하나였다.

그 남자와의 관계에서, 나는 완전하고도 절대적인 힘을 지니고 있었다. 그는 자기를 조종하는 줄을 나에게 맡기고 있는 마리오네트일 뿐이었다. 자신을 짓궂은 소녀인 나의 의지에 완전히 맡기고 있었다. 하지만 미성년 여자아이를 바보로 여기는 그 한심한 태도 때문에, 누구도 그 일을 나처럼 바라보지는 않았을 것이다. (……) 만약 내가 하고자 했다면, 학대 혐의로 그를 신고하는 전화 한 통으로 그의 인생을 망쳐 놓을 수도 있었고, 그에게 협박을 가해서 거금을 뜯어낼 수도 있었을 것이다.

한 여자아이가 상상의 세계에서 어른을 상대로 성욕을 느끼고, 성애에 눈을 뜨면서 관계를 맺을 수 있다는 것, 그건 이해가 가는 일이다. 하지만 여자아이가 성행위에서 실제적인 만족을 느낄 수 있다거나 나중에 그 일을 자아 형성에 있어 행복한 단계로 평가한다는 건 있을 법하지 않은 일로 보인다. 하지만 내 눈에 사실인 것이 다른 사람들에게도 사실인 것은 아니다. 학대받은 아이가 자기 운명의 주인이 된다는 그 얘기는 매력적이다. 디아나는 피해자의 다른 모습을 생각하게 만든다. 가해자가 피해자에게 나쁜 짓을 저질렀다면, 피해자는 당한 모습 그대로 망가져 있어야 한다고 사회는 생각하지만, 그것과 전혀 다른 태도를 보이는 피해자가 있다는 사실을 보여 준다. 나는 학대받고도 그렇게 자기 운명의 주인이 되는 일이 어떻게 이루어지는지 이해하고 싶다. 단지 내가 쿨해지고 싶다거나, 규범을 따르기보다 어기는 것이 더 쿨하기 때문일 뿐만 아니라, 그게 서로 다른 인식들이 대립한다는 점을 분명하게 보여 주기 때문이기도 하다. 나는 디아나 J. 토레스의 거친 힘이 부럽고, 그녀의 자유, 그녀의 혁명적인 분노가 부럽다. 나는 프로메테우스적으로 반항적인 성행위를 창조함으로써 나 자신을 해방시키는 데에 성공하지 못했지만, 그들의 격렬한 주장에 늘 매료되었다. 왜 그들의 목소리에 귀 기울이기를 받아들이지 않는 걸까? 아동 피해자들에 대해서 우리가 알고 있다고 생각하는 모든 것과 아주 다르게 말하고 있지만, 그래도 그 목소리들에 귀를 기울여야 하는 것 아닐까?

어떠한 시련에도 쓰러지지 않는 회복 탄력성을 칭찬하기, 역경을 딛고 정상 상태를 회복한 초인적인 남녀를 높이 평가하기, 이런 일들은 해로운 이상화의 방향으로 가는 게 아닌가 싶다. 스스로가 회복하지 못하고 있음을 아는 사람들에게 훨씬 더 많은 절망을 안겨 주기 때문이다. 그런데 다른 한편으로 보자면, 나는 심각하고 돌이킬 수 없는 것으로 보이는 결과들을 서술해 가면서 두려움을 느낀다. 청교도적인 사회적 규범에 순응하는 방향으로 가는 게 아닐까 두렵다. 그리고 강간당한 아이는 회복할 수 없을 만큼 상처를 입었고, 그의 삶은 망쳐진 것이라는 편견을 더 굳건히 하는 게 아닐까 두려운 것이다.

나에게도 기쁨의 순간들이 있지 않았을까? 당연히 있었다. 하지만 성행위 중에 그런 순간은 없었다. 아무리 생각해 보아도 기쁨의 자취가 전혀 남아 있지 않다. 그렇다고 해서 어린 시절이 온통 어둡기만 했다는 뜻은 아니다. 아이나 청소년은 언제나 공간 속의 틈새를 찾아내 행복해진다. 누구나 마음속 깊은 곳에서 행복의 길을 찾아낸다. 어린 시절은 두 번 다시 오지 않음을, 청소년기는 단 한 번뿐임을 누구나 마음속으로 안다. 만약 그날그날에 맞게 삶의 기쁨을 찾아내지 못한다면 여기에 머물 필요가 없는 것이다. 나에겐 풀이 무성한 들판이 있었다. 다른 사람들이 웃으면서 내 이름을 부르는 동안 나는 거기에 숨어 있었다. 나에겐 산골짜기 잿빛 돌들 사이로 물이 활기차게 흐르는 시내가 있었고, 굵고 감촉이 좋은 빗방울로 뺨을 적셔 주는 소나기, 열매를 따러 기어오르던 벚나무들이 있었다. 나에겐 두 살 터울인 금발의 여동생이 있었다. 어른들은 우리에게 두 동생을 맡겼다. 머리가 곱슬곱슬한 그 남동생과 여리고 잘 웃던 그 여동생은 우리의 소중한 보물이었다. 낮 동안이나 부모가 멀리 일하러 가던 여름 방학 때면, 어른들은 우리가 자유롭게 지내도록 내버려두었다. 그럴 때면 우리가 노는 동안 어떤 아주머니나 할머니가 어중간하게 우리를 봐주었다. 우리는 모든 일을 알아서 했고, 자유로웠다. 나는 말할 수 있다. 나는 행복했고, 우리는 행복했다. 아무도 여름날의 소낙비에서 우리를 떼어 낼 수 없으리라.

신기루

고문의 문제를 다시 이야기해야 한다. 나는 어쩔 수 없이 강간을 고문과 비교하게 되고, 그러면서 그 비교를 유감스럽게 여기곤 한다. 나는 마음속으로 내가 겪은 일을 곳곳에 투사한다. 거의 무의식적으로 이루어지는 일이다. 무엇을 읽다보면, 문득 한 단어, 한 문장이 방전을 일으키고 나를 강간의 기계 장치로 다시 이끌어 간다. 칠레의 현대 문학에 관한 글을 쓰느라고, 피노체트 체제가 저지른 권력 남용에 관한 논문을 읽은 적이 있다. 저자는 고문의 심리적 결과를 분석하다가, 고문이 피해자를 현실과 단절시키는 극한 체험이라고 설명한다. 〈고문에서는 합리적이던 모든 것이 부조리가 된다.〉 이와 같은 문장을 읽을 때면, 나도 모르게 그것을 내가 쓴 문장처럼 여기게 된다. 그 문장은 어린 시절에 반복된 성적 학대에 완벽하게 적용된다. 살아남으려면 어쩔 수 없다는 식으로 그냥 무의미한 체계에 적응하도록 강요하는 그 성적 학대에서도 합리적이던 모든 것이 부조리가 된다. 그 문장은 내 의붓아버지의 언술과 명령을 생각나게 한다(〈너는 나를 사랑하지 않아, 그래서 너를 강간하는 거야〉, 〈너는 얌전하게 잘 지내고 있어, 네가 마음에 들어, 그래서 너를 강간하는 거야〉, 〈네가 건방지게 굴어서 화가 나, 그래서 너를 벌하기 위해 강간하는 거야〉, 〈내가 너를 강간하는 건 너를 사랑하기 때문이야〉 등등). 그런데 우리가 아동 성폭행을 고문에 비교할 수 있을까? 내가 보기에 그건 확대 적용이다. 그런 접근법은 경계해야 하는 것 같다. 하지만 나는 그렇게 비교하는 것을 스스로 금할 수 없다.

그렇게 반인류 범죄의 주모자들과 비교하는 것이 충격적이고 공정하지 않을 수도 있다는 점을 나는 안다. 그러니까 그러지 말아야 할 것이다. 나에게는 원인과 결과를 너무 빠르게 연관시키는 경향, 유추를 하는 경향이 있다. 그런 의미에서 나는 사고를 엄격하게 하는 사람이 아니다. 내 사고는 빠르게 돌아가고, 도취에 잘 빠지며, 자기 손에 잡히는 요소들을 제멋대로 날뛰게 만든다. 하지만 그건 당연한 게 아닐까? 특히 해당 주제에 관한 철학적 자료가 없다는 점을 고려할 때 더욱 그러하다. 무릇 사고란 필요하다면 모든 수단을 활용하고, 잡을 수만 있다면 무엇이든 움켜쥐는 법이다. 들뢰즈가 말하듯이, 사고는 세상 사람들이 헛소리를 하게 만든다.

나는 페미니즘 이론을 읽지 않았다. 아마 읽었다 해도 거기에서 답을 찾아내지는 못했을 것이다. 이유는 모르지만, 나는 그쪽으로 가지 않았다. 페미니즘 관련 책들은 나에게 가까이 오지 않았다. 내가 경험한 일에 관해서 말해 주는 책들에 정면으로 맞서는 것을 내가 거부했던 걸까? 그건 잘 모르겠다. 사실, 내가 찾아낸 대답은 언제나 성폭력 현상의 분석이라는 영역 밖에서 가져온 생각들에서 나왔다. 때로는 일반적인 견지에서 본 비판적인 사고를 통해 대답을 얻기도 했다. 내가 자아를 형성한 것은 픽션을 통해서였다. 픽션은 존재하지 않는 사례를 바탕으로 한 측면적인 대답, 주제를 벗어난 대답만을 가져다준다.

나는 노예 제도, 홀로코스트, 알제리 전쟁에 관한 소설들을 읽으며 폭력에 관해 생각하는 법을 배웠다. 이따금 성적인 학대와 반인륜 범죄를 뒤섞어서 생각하는 일이 벌어진다. 성 학대가 트라우마를 야기하는 것은 분명하지만, 그렇다고 그것을 반인륜 범죄에 접근시킬 수는 없으므로, 두 가지를 나란히 놓고 비교하는 일을 바로잡거나 두 가지의 미묘한 차이를 고려해야 할 것이다. 그렇게 사고가 표류하는 순간들이 생기는 것은 나의 지적 형성 과정이 특이했기 때문이라고 볼 수 있다.

나는 나 자신에게 벌어진 일에 관해서 아무에게도 말할 수 없었다. 그러다가 나이를 먹으면서, 내가 예속된 자의 위치, 절대적으로 복종하는 자의 처지로 전락해 있음을 조금씩 깨닫게 되었고, 그 모든 것의 의미에 관해서 자문하기 시작했다. 내가 읽던 책들(중학교 도서관, 마을 공공 도서관의 책들)에는 성폭행에 관한 얘기가 나왔지만, 성폭행에 대한 책들은 없었다. 책들에 그 주제가 언급되기는 하는데, 그 방식이 조악스러웠다. 마치 흔히 벌어지는 끔찍한 비극, 당사자는 어찌해 볼 도리가 없는 비극, 피해를 당한 여자들은 자살을 하거나 우울증에 걸린 채 짧게 사는 걸로 끝나는 비극에 대해서만 말하는 듯했다. 예를 들어 내 사춘기 시절에 중학교 선생님들이 많이 권하던 작가, 오늘날에도 여러 선생님이 권하지 않을까 걱정되는 작가 에밀 졸라의 소설들을 보면, 강간은 여자들과 아이들이 겪는 보통의 비극으로 나오고, 이 비극은 당연히 그렇게 될 수밖에 없다는 듯 이리저리 흘러가다가, 학대나 매춘, 우울증, 폭력적인 요절로 이어진다.

　다른 한편으로, 내가 말하는 그 시절의 중요한 흐름 하나가 생각난다. 내가 중학교에 다니던 1980년대 말에는 우리 사회가 제2차 세계 대전의 역사적 분석에 깊은 관심을 기울이고 있었다. 강제 수용소, 억압에 시달렸던 사람들의 회상, 대학살이라는 상상조차 할 수 없는 범죄에 관한 글들이 서로 흥미를 다퉈 가며 우리에게 쏟아져 내리듯 널리 퍼졌다. 한계 상황에서 글을 쓰는 문제와 예술의 문제가 중요한 주제로 떠올랐다. 아우슈비츠 수용소의 대학살을 견디고 살아남은 뒤에 글을 쓸 수 있을까? 설령 글을 쓴다 해도 제대로 쓸 수 있을까? 복수의 끝없는 순환은 압제에 맞서는 단 하나의 출구일까? 복수가 억압에 맞서는 유일한 길일까? 그건 끝없는 악순환이 아닐까? 그 황량한 세계는 내 문제를 투사하는 상상의 공간이었다. 나는 그 세계를 들여다보면서 내가 겪는 일을 왜 이해해야 하는지 깊이 따져 보았다. 생각할 수 없는 일을 생각하고, 들려줄 수 없는 이야기를 들려주고, 인간의 경계를 마주하는 것이 왜 필요한지 생각해 보았다.

솔제니친. 프리모 레비. 케르테스 임레. 안드레 브링크. 토니 모리슨. 그들이 강제 수용이나 인종 격리 정책이나 노예 제도에 관해서 쓴 글을 읽으면서, 나는 절대적 악이라는 문제를 생각하게 되었고, 살아남은 사람이 왜 죄의식을 갖게 되는지 이해하게 되었으며, 회복 탄력성에 한계가 있다는 점도 알게 되었다.

그런 맥락에서 보면, 나는 지속적인 성적 학대라는 극단적인 지배를 경험함으로써 다른 트라우마들이 얼마나 큰 영향을 미칠 수 있는지 알게 되었다.

마리안은 어린 시절에 사귄 여자 친구이고, 내가 겪은 성적 학대 이야기를 처음으로 들려준 친구이다. 그는 인류학 공부를 마치고 브리앙송 근처 마을에 돌아와 살고 있다. 다큐멘터리 영화를 찍는 게 그의 일이다. 10년 전부터, 우리가 자란 지방에 난민들이 오기 시작했다. 그들은 도보로 알프스 산맥의 고개들을 넘어서 온다. 더 남쪽에 있는 이탈리아 국경에서 제한 조치가 강화된 뒤로 그런 행로를 택한 것이다. 마리안은 그들 가운데 여러 명의 다양한 경험에 관한 다큐멘터리 영화를 만들었다. 그는 시리아의 감옥을 거쳐 온 사람들의 내적인 상처들에 관한 글을 읽으면서 충격을 받았다고 내게 알려 준다. 그들은 트라우마를 겪고 완전히 허물어진 채로 대장정의 끝에 다다른다. 그들은 유럽에 도달하기 위해 바다를 횡단해야 했다. 그러느라고 엄청난 어려움을 겪었지만, 그것으로 끝이 아니었다. 그들은 고문자들의 악행을 두 눈으로 보았고, 인간의 잔혹성을 부정할 수 없는 상황에 맞닥뜨렸다. 그들은 이제 그런 고난에서 벗어날 수 없다. 설령 그들이 체류에 필요한 서류를 받는다고 해도, 설령 그들이 자기네 나라를 떠나면서 스스로 다짐했던 목표에 도달한다 해도, 그들은 영원히 자기들이 본 것에서 벗어나지 못한다.

보아하니 나 자신의 경험에 관해 서술하면서, 하고 싶은 말을 제대로 표현하지 못하고 있는 것 같다. 말하자면, 강요로 인해 어쩔 수 없이 어두운 쪽을 거쳐 오고 나면, 순수한 상태로 돌아가는 일은 영원히 불가능하다.

결국 나의 고난을 시리아에서 고문당한 난민들의 고난과 동일시하는 것일까? 물론 아니다. 내가 어린 시절에 고난을 겪은 지하실을 아우슈비츠의 지하 독방에 비교할 수 없듯이, 그런 동일시는 할 수가 없다. 하지만 폭력에 관해서 성찰하는 개념들은 이 영역에서 저 영역으로 옮겨 갈 수 있다.

그와 똑같은 방식으로 이 책 역시 원래의 맥락에서 벗어나 사용될 수 있을 것이다. 이 책은 나의 개인적인 문제 제기, 나의 전기를 훨씬 넘어서서 나아갈 수 없지만, 이 책을 읽을 사람들은 책의 아주 작은 대목들을 끌어내어 애초의 취지에서 벗어나 사용할 것이다. 내 말들은 해석과 왜곡의 대상이 되기도 할 것이고, 망상에 빠진 헛소리로 여겨지기도 할 것이다. 그리고 다른 사고방식, 다른 발상과 결합되기도 할 것이다. 사고가 진정으로 증식되려면, 뿌리줄기나 뿌리를 통해서가 아니라, 수술의 꽃가루가 암술머리에 옮겨지는 것과 같은 방식으로 퍼져 나갈 수밖에 없다.

나는 오랫동안 그 지하실에 혼자 갇혀 있다고 느꼈다. 하지만 다른 한편으로는 그 느낌이 트라우마와 사회의 침묵에 기인한 착각이라는 이지적 직감이 들기도 했다. 나는 다른 아이들도 똑같은 일을 겪고 있거나 비슷한 경험을 했을 거라고 느꼈다. 내 주위의 반항적인 청소년들에게 그런 것을 물어볼 엄두를 낸 적은 없지만, 잃어버릴 게 전혀 없는 것처럼 행동하는 남자애들, 자기들의 구원 가능성을 스스로 파괴하는 듯하던 남자애들, 가출한 여자애들, 아무하고나 잠을 자는 여자애들 중에 그런 일을 겪은 아이들이 있는 것처럼 보였다.

나처럼 꼭 지하실에서는 아닐지라도 비슷한 일을 겪었을 것 같았다.

만약 내가 말을 했더라면, 그들과 나는 혼자가 아니므로 덜 외로웠을 것이다. 나는 왜 그러지 않았을까? 앞서 말한 것을 되풀이하자면, 우리 집에서는 어떤 일에 대해서 아무도 말하지 않으면 그 일은 존재하지 않는다. 그리고 나는 그 일이 존재하지 않게 하는 쪽, 그 일을 어둠 속에 묻어 두는 쪽을 선택했다.

열일곱 살에 집을 떠나고 나서 나는 내가 겪은 일을 이야기하기 시작했다. 처음 시작할 때는 깜짝 놀랐다. 내가 얘기를 들려줄 때마다, 마치 답례를 받듯이 강간당한 이야기를 들었다. 대화 상대가 직접 당한 이야기일 때도 있었고 그와 아주 가까운 사람의 이야기일 때도 있었다. 그런 상황이 어김없이 벌어졌다. 그래서 나는 거의 모든 곳에서 성폭행이 벌어지는 게 아닐까 하고 추정하지 않을 수 없었다. 그런 직감에 힘입어, 예전의 피해자들이 대개 그랬던 것처럼 비공개 재판을 하기보다, 공개 재판을 하자고 요구했다. 내가 보기에 공개 재판을 하기만 하면, 언젠가 그 주제에 관해 글을 써야 한다는 의무감에서 벗어나게 될 것 같았다.

그런데 무엇이 달라졌기에 내가 생각을 바꾸어 이 글을 쓰고 있을까? 아마도 내가 어떤 경계를 넘어 다른 편으로 건너왔기 때문일 것이다. 과거에 나는 연약한 소녀였지만, 이제는 그런 소녀가 아니다. 이제는 내가 보호를 맡을 차례다.

내가 딸에게 말한 방법

장소들에 대한 기억 덕분에, 딸아이가 어렸을 때 있었던 일들이 언제 벌어졌는지 알아낼 수 있다. 우리가 대화를 나눴던 일이 기억난다. 멕시코 남동부 휴양 도시 칸쿤의 어느 해변에서 있었던 일이다. 우리 가족사에 기록될 만한 여행이라서, 나는 그 여행을 언제 했는지 알고 있고, 그때 딸아이가 몇 살이었는지 정확히 알아맞힐 수 있다. 막스는 학회에 참여하던 중이었고, 딸아이와 나는 관광을 하고 있었다. 거기에서 멀지 않은 유카탄의 주도 메리다로 친구들을 만나러 가기로 되어 있었기 때문에 막스가 일을 끝내고 돌아오기를 기다리던 참이었다. 우리는 그 바닷가에서 이야기를 나누었다. 집에서 나누던 대화의 연장선상에서 말을 주고받았다.

　나는 얼마 전부터 딸아이에게 얘기를 해주겠다고 생각하면서 마음의 준비를 하고 있었다. 이야기가 성폭행 예방 전략 중 하나가 될 수 있으려면, 말하는 내용에 깊이가 있어야 하고 아이와 대화를 나눌 수 있어야 한다. 아이들한테 그저 싫다고 말하는 법을 가르치거나, 자기 몸은 자기 것이라고, 아무도 그 몸을 건드릴 권리가 없다고 가르치는 것만으로는 충분하지 않다. 성폭행 예방 프로그램에서는 대개 그런 것들을 가르치지만, 그건 합의할 수단이 없는 사람이나 합의하지 않는 사람에게 합의하는 방법을 가르치는 거나 다름없다. 아이는 오빠나 형이나 선생님이 〈싫어요〉라는 말을 생각할 수 없는 상황으로 자기를 몰아넣을 때, 싫다고 말할 수 없다. 그리고 만약 우리가 말을 유도하고, 준비하고, 귀담아 들어 주지 않는다면, 아이는 자기에게 무슨 일이 일어났는지 스스로 말할 수도 없다. 무언가를 구상하려면 아이디어가 필요하고, 그것을 말하자면 단어들과 수용의 맥락이 필요하다.

내가 엄마 노릇을 제대로 할 수 있을지 걱정스러웠다. 딸아이에게 내 삶에 관해서 말해 주어야 하는 것은 분명했다. 나는 곧 때가 오리라는 것을 알고 있었다. 그런데 내가 상상했던 것보다 훨씬 자연스럽게 일이 벌어졌다. 나는 내 어린 시절이 쉽지 않았다는 얘기를 아이 앞에서 한 적이 여러 번 있었다. 그럴 때 나는 학대라는 말을 사용했다. 어느 날, 집에서 아이가 나에게 대뜸 물었다(사실, 이건 결코 〈대뜸〉 물은 게 아니다. 그냥 빙산의 큰 부분이 우리 눈에 보이지 않는 것이리라). 그가 나에게 정확히 무슨 짓을 했는지 궁금했던 모양이다.

「엄마의 아빠였다는 그 사람이 엄마를 많이 때렸어?」

「아냐, 그러지는 않았어. 나를 때린 건 아냐.」

「아 그렇구나. 그럼 엄마한테 뭘 한 거야?」

「너, 성적 학대가 뭔지 아니?」

「아니, 몰라.」

「어떤 어른이 성적인 행위를 자기와 함께하도록 강요할 때 쓰는 말이야.」

「그게 뭔데?」

「으음……. 그 사람은 내 은밀한 부위를 만졌어, 그리고 나보고 자기의 은밀한 곳을 만지라고 시켰어. 자기 음경을 강제로 내 입속에 넣기도 했지.」

「우아칼라!」(프랑스어로 대화를 나누고 있었음에도, 딸아이는 혐오감을 표시하느라고 자연스럽게 이 멕시코 표현을 썼다. 이건 〈웩〉이라는 말과 비슷하기는 한데, 그보다 정도가 심한 상황에서 나오는 말이다. 멕시코 사람들은 극도의 반감을 표현하고자 할 때 이 말을 쓴다.)

나는 이참에 딸아이에게 물었다. 누가 딸아이에게 또는 딸아이 여자 친구들에게 그와 비슷한 어떤 행동을 시도한 적이 있는지. 그리고 아이에게 말했다. 그런 일이 생기는 경우에는 언제나 내가 아이 편에 있을 거라고. 만약 아이가 그와 같은 일의 피해자나 증인이 된다면, 혼자서는 자신을 방어할 수 없으리라고, 그래서 어떤 믿을 만한 어른에게 도움을 청해야 하리라고. 그 어른이 나여도 되고 다른 사람이어도 된다고. 아이는 응, 응, 하고 말했다. 마치 건성으로 듣고 있을 때 말하듯이.

그날은 그게 전부였다. 아이는 아무것도 더 묻지 않았다. 적어도 그 주제에 대해서는 아무것도 묻지 않고, 화제를 바꿨다. 그래서 나는 그 대화를 나중에 이어가야 하리라고 생각했다. 그날의 대화가 너무 빨리 진행되어서, 아이가 제대로 이해하지 못했으리라는 생각이 들었다.

그런데, 사실 당연한 얘기지만, 아이는 아주 잘 이해했다. 몇 주일 뒤, 아니 어쩌면 몇 달 뒤에, 우리는 유카탄 반도에서 여행을 했다. 우리는 친구들 집에 머물고 있었다. 대학원생 커플인 그 친구들은 칸쿤 남쪽에 있는 푸에르토모렐로스 근처에 건설 중이던 구역에 살고 있었다. 그들의 집은 시멘트로 지은 입방체 건물이었고, 그 주위에는 나중에 정원이 될 땅이 마련되어 있었다. 날씨가 견디기 힘들 만큼 더운 계절이었다. 젊은 여주인은 지방 관광에 관한 간담회에 참석하기 위해 막스와 함께 아침에 나갔고, 그녀의 남편은 박사 논문을 쓰느라고 에어컨이 설치된 유일한 방에 틀어박혀 있었다. 나는 주위를 좀 둘러보고 좀 시원한 곳에서 낮 시간을 보내려고 딸과 함께 나갔다. 우리는 마을 광장을 걷다가, 버스를 타고 해변까지 간 다음, 거기에서 오후를 보냈다.

그날 우리가 간 곳은 칸쿤의 바닷가였다. 호텔들 사이에 있는 공공 해수욕장을 찾아내기 위해 인터넷을 검색했던 일이 생각난다. 그곳은 아름다운 해변이었다. 하늘엔 구름이 끼어 있었다. 우리는 기분이 좋았고, 희고 고운 모래로 성을 쌓았다. 터널 파기 놀이를 하던 중에 아이가 내게 물었다. 너무 생급스러운 질문이라서 처음엔 무슨 뜻인지 알아차리지 못했다.

「그 사람이 엄마한테 한 거 있잖아, 엄마의 아빠가 한 거.」

「정확히 말하면 엄마의 아빠가 아니었어.」

「그래, 그 사람이 엄마한테 한 거, 그걸 왜 엄마의 엄마한테 말하지 않았어?」

나는 잠시 사이를 두고 생각에 잠겼다. 아이는 마치 토마토퓌레를 만들 듯이 모래 반죽을 개어 작은 모래 탑 위에 올리면서, 참을성 있게 기다렸다.

「그럴 수가 없었어. 우리에게 그런 일이 벌어졌을 때, 엄마가 묻지 않는 한 말할 수가 없었어. 이상하게도 목구멍에 말이 걸려 있는 것처럼 말문이 막혀 있었어. 내가 겁을 먹고 있었던 것 같아.」

「그 사람이 엄마를 죽일까 봐 두려웠어?」

「응.」

우리는 계속해서 모래로 이러저러한 형상을 만들었다. 나는 아무거나 되는 대로 만들었지만, 그건 중요하지 않았다. 우리는 날이 저물 때까지 대화를 이어 나갔다. 이번엔 딸아이가 질문을 멈추지 않았다. 아이는 다른 것들을 모두 물어보았다.

그 사람이 로즈 이모한테도 그런 짓을 했어? 또 다른 이

모한테도? 엄마 남동생한테도 그런 짓을 할 수가 있었을까?
왜 엄마 할머니한테 말하지 않았어? 엄마 학교 선생님한테
말할 수는 없었어? 엄마 울었어? 학교에서도 울었어? 아니
면 그냥 집에서만 운 거야? 왜 우는지 누가 물어보지 않았
어? 왜 거짓말을 한 거야?

이제 나는 안다. 내가 겪은 일보다 더 나쁜 경험들이 무척 많
다는 것을. 굳이 멀리 가서 찾을 필요도 없다. 어쩌면 내 어머
니에게 벌어진 일이 내게 일어난 일보다 더 나쁠 수도 있다.
내 어머니에게 벌어진 일은 아마도 사람에게 일어날 수 있는
최악의 일일 것이다. 당신이 세상에 오게 한 딸아이가 수년
간 강간과 고문을 반복해서 당했으니 말이다.
　　어떤 사람들은 부모가 되면서 자신의 어린 시절을 돌아
보고 어린 시절이라는 그 나라에 들어가는 새로운 행운을 얻
게 된다고 말한다. 그런가 하면 또 어떤 사람들은 우리 자식
들에게 과도하게 우리 자신을 투사하지 말라고 권고하기도
한다. 그 때문에 아이들에게 고통을 줄 수도 있고, 아이들이
자기들 자신으로 살아갈 자유를 박탈할 수도 있다는 것이다.
그들은 〈당신 자식은 당신 자식이 아닙니다. 그 아이들은 당
신에게서 온 것이 아니라 당신을 통해서 나온 것입니다〉 하
는 식으로 말한다. 그런데 사실, 어린 시절에 강간을 당했을
때는, 자기 자신이나 자기와 가까운 사람들에게 아이가 생기

면 그 아이에게 자신을 투사하지 않기가 불가능하다. 더 나아가 내가 보기에는 자기와 마주치는 모든 아이들에게 자신을 투사하지 않기가 불가능하다. 자기들을 보살펴 주기로 되어 있는 어른들에게 아이들이 둘러싸여 있는 상황에서, 그 아이들과 함께하면서 그런대로 정상적인 역할을 해내기가 여간 어렵지 않다. 심리적으로 엄청난 노력을 기울이지 않으면 안 된다.

　이런 장면들을 머릿속에 그려 보라. 당신은 친구와 함께 공원 벤치에 앉아 있다. 산책을 조금 한 뒤에, 앉아서 담배를 피우고 수다를 계속 떠는 중이다. 아이들은 놀이터에서 자기들끼리 놀고 있다. 놀이터에는 모래판이 깔려 있고, 미끄럼틀, 그네, 시소가 설치되어 있으며, 벤치에서 멀지 않은 그늘에는 어머니들이 아이들을 지켜볼 수 있는 구석 자리들이 있다. 당신은 일부러 마음을 써서 아이들을 바라보지는 않는다. 하지만 아이들의 모습이 눈에 들어온다. 아이들은 모두 누구랑 같이 왔고, 조금 멀리서든 가까이에서든 어머니나 보모나 다른 보호자의 보살핌을 받는다. 보호자 중에는 아버지도 한두 명 있다. 당신은 대화를 중단하거나 얘기의 흐름을 바꾸지 않고, 그 아버지들이 공원에서 집으로 돌아가자마자 자기 자식을 강간하지나 않을까 걱정한다. 혹시 그 아버지들이 아이의 어머니가 준비하고 있는 점심을 먹기 위해 아이를 승용차에 태우고 집으로 돌아가는 중에, 짧게 펠라티오를 받을 생각으로 길가에 차를 세우지는 않을지, 아니면 저녁에 욕실에서 일을 벌이지는 않을지, 또는 잠자리에 든 아이를 껴안고 잘 자라는 인사를 하기 전에 일을 벌이지는 않을지 이리저리 생각한다. 옆에 앉은 친구에게 그 말을 하지 않은 채로 생각에 빠져 있다가 대화의 맥락을 조금 놓치면, 얼른 가닥을 되잡고 이야기를 이어 나간다. 스스로 무슨 생각을 했었는지는 거의 깨닫지 못한 채로.

당신은 생일잔치에 초대를 받아 여러 사람과 자리를 함께하고 있다. 아이 하나가 오줌이 마려워서, 자기를 화장실에 데려다줄 사람을 찾는다. 친척 청소년 하나가 나서서, 아이의 손을 잡고 친절하게 아이를 데려간다. 당신은 눈으로 그들을 좇으며, 더 빨리 나서지 않은 것을 후회한다.

당신은 테니스 클럽의 코트 앞쪽으로 지나가는 중이다. 코치가 사춘기 소녀 선수의 발목을 문지르고 있다.

한 여자 친구가 당신에게 얘기를 들려준다. 일곱 살, 열두 살 난 자기 딸들이 자기네 교리 교육 모임 회원들과 함께 피정(避靜)을 하기 위해 일주일 동안 캠핑을 간다고.

당신은 버스를 타고 가는 중이다. 한 여자아이가 자고 있다. 머리를 남자 어른의 무릎 위에 둔 채로.

나는 남의 동정 살피는 일을 그만둘 수가 없다. 그건 내가 어릴 때, 다른 사람들에게 아무 일도 일어나지 않는다는 점을 확인하기 위해 이미 하던 일이다. 나는 언제나 남의 동정을 살핀다. 어떤 때는 마음을 별로 쓰지 않고, 어떤 때는 신경을 많이 써서 살핀다. 나는 공용 풀장의 탈의실에 있는 아빠들을 살피고, 제자들을 자기네 사무실로 맞아들이는 중학교 선생님들을 살핀다. 나는 길에서 마주치는 사람들, 내 친구들, 내 이웃 사람들을 살핀다. 나는 내 반려자를 살핀다. 그는 내가 자기를 사랑하고 있음을 알고, 내가 자기를 신뢰한다는 것도 안다. 내가 자기를 살피고 있고, 내가 달리 어쩔 수 없다는 것도 알고 있는 것 같다. 나는 그가 나를 용서하고 있다고 믿는다.

내가 이 대목을 쓰고 있는데, 셀린 시아마의 영화 「쁘띠 마망」이 개봉되었다. 외할머니를 잃고 괴로운 시간을 보내던 중에, 어머니가 슬픔을 견디지 못하고 어린 여자아이 넬리를 외갓집에 홀로 남겨 두고 떠나간 뒤에, 넬리는 숲속을 거닐다가 자기 또래의 여자아이, 아마도 상상의 친구인 것으로 보이는 여자아이를 만난다. 그 아이는 어리기는 하지만 넬리의 어머니이다. 어렸을 적의 넬리 어머니가 바로 그 아이인 것이다. 감독의 그 아이디어가 아주 멋져 보인다. 내 딸은 종종 내 어린 시절의 얘기를 들려달라고 부탁한다. 아이가 마치 나인 것처럼 상상해 보려는 것인지, 스스로 내 자리에 서서 상상해 보려는 것인지는 알 수 없다. 내 쪽에서는 아이의 삶을 설계하는 어른 노릇을 하기보다 아이의 관점에서 아이를 알아 가고 싶다. 아이의 친구가 되는 것, 그게 최선일 것이다.

내 생각이 정처 없이 흘러간다. 나 스스로 어린 여자아이가 되어, 보호받는 삶, 내가 가져 본 적이 없는 그런 삶을 상상해 본다. 그런 삶을 살았어도, 성장하면서 지금의 나처럼 변화했을까? 그게 아니라면, 나는 어떤 사람이 되었을까? 막스는 정상적인 부모의 귀염과 사랑을 받고 자란 사람이다. 내가 그런 환경에서 태어났다 해도, 지금의 내가 되었을까? 혼자 된 어머니와 함께 살거나 보육원에서 자란 내 여자 친구들처럼 살았다 해도, 나는 지금의 내가 되었을까? 나는 내가 겪은 삶을 살면서 무언가를 얻었을까? 나는 내가 겪은 삶을 살면서 무언가를 잃었을까? 만약 내가 얻거나 배운 무언가가 있다면, 어떻게 그것을 딸아이에게 넘겨주어야 할까? 어떻게 내가 겪은 일을 딸아이가 겪지 않게 하면서, 그것을 전달해 주어야 할까? 만약 내가 무언가를 잃었다면, 딸아이가 내 상처를 물려받지 않으리라는 것을 어떻게 확신할 수 있을까?

딸아이는 이제 열 살이다. 아이는 어루만져 주고 마사지해 주는 것을 언제나 좋아했다. 종종 잠들기 전에 머리카락을 쓰다듬어 달라고, 등을 어루만져 달라고 나에게 부탁한다.

그렇게 해주면 아이는 사르르 잠이 든다.

나는 한 손으로 아이의 작고 반들반들한 등을 문지른다. 아이는 여름에 그을린 대로 아직도 피부가 구릿빛이다. 내가 어릴 때 그랬던 것처럼, 키가 작고 몸매가 야리야리하다. 피부 아래로 척추뼈가 작고 단단한 언덕처럼 볼록볼록 튀어나온 게 느껴진다. 나는 아이가 좋아하는 대로 등에 손을 대고 오르내린다. 아이 방에 아이랑 단둘이 있다. 내가 아이에게 무슨 일을 할 수 있는지 상상해 본다. 손의 방향을 바꿀 수도 있고, 손을 아래쪽으로 내려 잠옷 바지 속으로 넣을 수도 있으리라. 내가 원한다면, 아이의 작은 음부를 어루만질 수도 있으리라. 그러면 아이는 너무 놀라서 아무 말도 하지 못하리라. 나는 아이의 항문에 손가락을 넣을 수도 있으리라. 손가락을 몇 센티미터만 옮기면 되는 일이다. 그러면 우리 삶은 영원히 달라질 것이다.

내 손이 멎었다. 불을 켜고 싶다. 방에서 나가고 싶다.

엄마, 더 해줘.

나는 다시 등을 어루만지기 시작한다. 숨을 고른다. 그냥 호기심 때문에, 무슨 일이 벌어지는지 알고 싶어서, 그와 같은 일을 벌이는 사람도 있을까? 그냥 도발적으로, 기성의 질서를 깨뜨리기 위해서, 게임의 규칙을 지키지 않으면 어떤 일이 벌어지는지 알아보기 위해서 그런 일을 행하는 사람도 있을까? 어쨌거나 내가 보기에 아마도 딸아이는 아무 말도 하지 않을 것이다. 설령 무슨 말을 하더라도 나는 아이가 저항하지 않도록 쉽게 조종할 수 있을 것이다. 아이의 비위를 맞추며 이건 그냥 다정한 손짓일 뿐이라고 믿게 할 수도 있을 것이고, 내가 그녀에게 방을 정리하라고 시킬 때처럼 약간의 협박을 가할 수도 있을 것이다. 예를 들면 토요일에 나오는 애니메이션을 가지고 협박하는 것이다. 너, 내가 말한 대로 하지 않으면 텔레비전 못 보는 줄 알아, 하는 식으로. 아니면 위험한 일이 벌어지리라고 말하면서 아이에게 더 겁을 줄 수도 있을 것이다. 만약 아이가 나를 고소하면, 내가 매우 불행해지리라고, 우리 가족의 삶이 망가지리라고, 내가 감옥에 갈 수도 있으리라고 말하는 것이다. 그러면서, 네가 바라는 게 그거야? 하고 물으면 아이가 겁을 먹을 것이다.

엄마, 또 멈췄잖아. 엄마가 제대로 문질러 주지 않으면 내가 잠들 수가 없어.

나는 마음을 모으고, 아이가 잠들 수 있게 제대로 쓰다듬어 주려고 애쓴다. 아늑하기도 하고 어둡기도 한 그 방에서 어서 나가고 싶다. 나는 그냥 떠오르는 대로 그런 생각들을 하면서, 스스로를 조금 괴롭힌다. 나는 아이에게 해를 끼치지 않으리라는 것을 절대적으로 확신한다. 하지만 선과 악을 가르는 경계를 느낄 수 있다. 가해자들이 무엇을 느끼는지, 온몸을 휘감는 그 에너지의 흐름, 그 아드레날린을 짐작할 수 있다. 성적인 흥분은 제외하고 말이다. 하지만 어쩌면 그런 흥분이 올지도 모를 일이다.

엄마, 이제 잠이 오지 않아. 이야기 하나 해줘.

옛날에 아주 착한 임금이 살고 있었어. 임금에게는 자식이 여덟 명 있었어. 아들 일곱에 딸 하나였지. 임금은 홀아비였어. 자식들을 무척 좋아해서 사랑을 듬뿍 주며 키웠지. 그런데 어느 날 한 여자와 사랑에 빠지고 말았어. 어떤 마법의 희생자가 된 거지. 임금은 그 음흉하고 잔인한 여자하고 재혼했고, 그 여자는 왕자들을 미워했어. 그래서 자기가 지닌 힘을 이용해서 왕자들에게 악운을 씌워 그들을 고니로 변하게 했지. 그래도 공주는 자기 곁에 두고 하녀로 부려먹었어. 고니로 변한 왕자들은 살 땅을 찾아 멀리 떨어진 어느 왕국으로 날아갔고, 공주는 오빠들이 어떻게 되었는지도 모르는 채로 살아가게 되었지.

아버지가 그 계모에게 홀딱 반해 있었기 때문에, 공주는 학대를 당하고 있어도 그 사실을 알릴 엄두를 내지 못했어. 너무나 좋아하던 오빠들이 그리워서 종종 울었지. 공주가 오빠들을 다시 만나기 전까지 여러 해가 흘러갔어.

어느 날 공주가 성채와 이웃한 숲속을 거닐고 있을 때의 일이었어. 공주가 가본 적이 있는 작은 호수 쪽에서 새들이 날개를 구기는 듯한 소리가 들려왔어. 공주가 그쪽으로 걸어가 보니, 물가에 아주 아름다운 고니 일곱 마리가 앉아 있었어. 해가 막 넘어가는 찰나가 되자, 그 고니들이 다시 왕자들로 변했어. 공주는 그들 쪽으로 달려갔어. 하지만 재회의 기쁨은 별로 오래가지 않았어. 왕자들이 인간의 모습을 유지하는 시간은 겨우 한 시간밖에 되지 않았거든. 오빠들은 누이에게 자기들이 어떤 불행을 겪었는지 이야기해 주고, 자기들이 왜 다른 왕국으로 날아갔는지 설명해 주었어. 그들이 자기들 어린 시절의 땅으로 돌아올 수 있는 때는 1년에 단 한 번밖에 없어. 그들이 고국으로 돌아오려면 바다를 건너야 했어. 그런데 이 바다에는 연중 단 한 차례 해수면이 가장 낮은 간조에만 나타나는 작은 섬이 있었고, 그들은 해가 질 무렵, 이 섬에 날아들어 왕자의 몸으로 쉬다가 다시 고니의 몸으로 날아오르곤 했어. 「오빠들, 나를 데려가 줘!」 어린 여동생이 간청했어. 「쓸모 있는 사람이 되도록 최선을 다할 거야. 나는 오빠들을 너무나 사랑해. 다시는 헤어지고 싶지 않아.」

형제들은 한자리에 모여서 그 문제를 놓고 서로 의견을 나눴어. 어려운 결정을 내려야 하는 상황이었어. 그 여행에 위험이 따르는 데다가 공주를 데려가다가 자칫 잘못하면 모두가 목숨을 잃을 수도 있었거든. 그들은 각자 돌아가면서 여동생을 등에 태우고 날아가기로 결정했어. 이튿날 모두가 여행길에 올랐어.

그 여행은 다른 때보다 오래 걸렸어. 공주의 몸무게 때문에 고니들의 비행이 느려질 수밖에 없었거든. 그들이 너무

나 닿고 싶어 하는 섬은 수평선에 나타나지 않았고, 해가 지고 있었어. 어린 여자아이는 이러지도 저러지도 못하며 큰오빠 목에 매달려 있었어. 큰오빠는 여동생을 등에 태우고 가면서 그녀가 자기들 모두를 죽게 하는 원인이 되지 않을까 생각하고 있었지. 다행히도, 더는 견디기 어렵겠다 싶은 순간에 바다 한복판에 작은 바위섬이 나타났어. 그들이 찾던 바로 그 섬이었어. 그들은 서로 바싹 달라붙은 채로 거기에서 한 시간을 보냈어. 그리고 다시 고니의 모습으로 돌아간 뒤에 여행을 계속했지. 이튿날 그들은 아주 아름다운 나라에 도착했어. 형제들은 그 나라의 어느 숲에서 평온한 삶을 살고 있었어. 숲에 있으니까, 누구도 그들이 변신하는 것을 목격할 수가 없었지.

여자아이는 오빠들과 함께 이상하기는 하지만 행복한 삶을 살기 시작했어. 밤에는 동굴 속에 나뭇가지를 엮어 만들어 놓은 침대에서 잠을 잤고, 낮에는 괴괴한 정적 속에서 혼자 지내며 해넘이 때에 오빠들이 돌아오기를 목마르게 기다렸지. 그러던 어느 날, 동굴 속에 있던 소녀 앞에 요정이 나타나서 말했어. 마법에서 풀려날 방법이 있다는 거야.

「쐐기풀을 꺾어다가 모아야 해. 그 쐐기풀로 오빠들에게 맞는 셔츠를 짜야 해. 옷이 다 만들어지면, 오빠들이 변신하는 찰나에 그 옷들을 한 번에 그들에게 던져 주는 거야. 너에게 그런 행운이 있는지 시험해 보고 싶니? 그러면 이제부터 단 한마디도 입밖으로 내면 안 된다는 점을 명심해. 네가 말을 하지 않아야 마법이 풀리는 거야.」

소녀는 요정이 일러 주는 방안을 받아들였어. 이어지는 며칠 동안 소녀는 쐐기풀을 꺾어다가 옷을 만들기 시작했지. 형제들은 먼저 여동생에게 무슨 일이 생겼는지 궁금해하다가, 마침내 알아냈어. 그들은 여동생이 애쓰는 것을 고마워하면서, 최선을 다해 그녀를 도왔어. 그녀가 옷을 짤 수 있도록 자기들의 부리로 쐐기풀을 많이 많이 날라 온 거야.

그러던 어느 날, 이웃 왕국의 왕자가 말을 타고 숲속을 지나갔어. 왕자는 젊은 여자 하나가 말없이 호숫가에서 셔츠를 짜고 있는 모습을 보고 사랑에 빠져 버렸어. 왕자는 여자를 자기 말에 태워 왕국으로 데려갔어. 그녀는 다 만들어진 셔츠들을 자기 드레스 속에 숨기는 데 성공했고, 많은 쐐기풀을 따로 챙겨 놓기도 했어. 왕자는 아름다운 방을 여자에게 내주었어. 큰 창문 너머로 공원이 내려다보이는 방이었지. 왕자는 왜 그녀가 옷을 계속 짜는지 이해할 수 없었어. 하지만 그녀를 무척 사랑하기도 했고, 옷 짜기를 못 하게 하면 그녀가 우는 것을 보았기 때문에, 그녀가 마음대로 하도록 내버려두었지. 사람들이 그녀를 두고 뒷공론을 하기 시작했어. 왕자가 마녀에게 홀렸다는 말이 돌았어. 왕국의 자문관들이 모여 의견을 나누고, 만약 그녀가 자신에 대해 백성들에게 설명하지 않으면 그녀를 화형대에 올려 죽일 수밖에 없다는 결론을 내렸어.

공주에겐 선택의 여지가 없었어. 그냥 하던 일을 계속해야 하는 거야. 쐐기풀은 다 떨어져 가는데, 재판 날짜가 다가오고 있었어. 공주는 마지막 날까지 말 한마디 하지 않고 밤낮으로 옷을 짜고 또 짰어. 공주에게 판결을 내리는 날이 왔어. 공주는 법정에 나왔지. 자기를 변호하기 위한 말은 전혀 하지 않았어. 이미 완성된 셔츠들을 옷 속에 조금도 티가 나지 않게 감춰 놓고, 마지막 셔츠를 계속 짜기만 했지. 화형 판결이 내려졌어.

화형대가 준비되어 있었어. 왕자는 미친 듯이 괴로워하며 눈물을 철철 흘리고, 용서를 간청했어. 왕자에게 허용된 것은 해가 지기 전까지 그저 몇 시간 동안 화형을 미루는 것이었어. 왕자는 감방에 들어가 자기가 사랑하는 여자 곁에 머물면서 말을 좀 하라고 부탁했어. 하지만 공주는 요정에게 약속한 대로 말을 하지 않았어. 옥지기들이 그녀를 잡으러 왔어. 그들은 그녀가 화형당할 광장으로 그녀를 데려갔어. 그들이 광장에 도착하던 찰나, 고니들이 위풍당당한 모습으로 그녀의 발치에 내려앉았어. 공주는 옥지기들을 뿌리치고 고니들을 쓰다듬었어. 그때 석양빛이 비쳤어. 그러자 공주는 고니들을 향해 셔츠들을 던졌어. 형제들은 곧바로 사람의 모습을 되찾았어. 마침내 그녀는 말문을 열 수 있었어. 형제들은 모든 사정을 설명했고, 막내 여동생은 화형을 면했어.

그들은 모두 그 왕국에 남아서 살아갔어. 모두가 여생을 함께 보냈지. 일곱 형제는 마침내 저주에서 풀려났고, 공주는 말하는 자유와 기쁨을 되찾았어. 그들의 기이한 모험과 관련해서 한 가지 더 추억할 만한 것이 있어. 공주의 막내 오빠는 한쪽 팔이 고니 날개 모습으로 남아 있어서 다른 한쪽 팔로만 살아야 하는 불운한 운명을 겪었지. 공주가 그의 셔츠를 완전히 마무리할 시간을 얻지 못해서, 한쪽 날개가 팔로 온전히 변화하지 않은 탓이야.[5]

나는 이 이야기를 프랑스어로 들려주면서, 단순 과거라는 시제를 사용했다. 조동사와 과거 분사를 결합하는〈복합 과거〉와 달리 단순하게 동사 어미를 변화시킨다 해서〈**단순** 과거〉라는 이름이 붙었고 일상생활에서 쓰이지 않는 시제지만, 소설이나 우화 같은 문학 작품 속에 쓰이면서 독자를 이야기에 몰입할 수 있도록 도와준다. 이 시제는 우리에게 즐거움을 주고, 우리를 평행 우주로, 존재하면서도 존재하지 않는 세계 속으로 이끌어 간다. 이 세계에서는 어린 시절에서 막 나온 인물들이 마법적인 피조물의 등에 탄 채로 바다 위를 날기도 하고, 소금으로 이루어진 산을 기어오르기도 하며, 식인귀에게서 도망치기 위해 몸을 숨기기도 한다. 위험은 곳곳에 널려 있고, 학대는 끊이지 않고 이어진다. 아버지인 국왕의 욕망에서 벗어나기 위해, 당나귀 가죽을 뒤집어쓰고 다니기로 한 공주는 더러운 가죽의 혐오스러운 겉모습 아래로 자신의 아름다움을 감춘다. 그저 역한 냄새와 추한 생김새만이 그녀를 보호해 준다. 다른 사람의 비천함에서 벗어나기 위해 자신을 비천하게 만드는 것이다. 신데렐라는 집 안의 궂은일을 도맡아 하고, 의붓자매들의 학대를 받는다. 〈푸른 수염〉이라는 폭력적인 귀족 남자는 자기와 결혼한 여자들을 차례차례 죽인다. 피노키오는 유괴와 아동 매매의 희생자가 된다. 헨젤과 그레텔이라는 남매는 숲속에서 길을 잃고 헤매다가 마녀의 꾀임에 속아 종살이하는 처지가 된다. 마녀는 아이들을 통통해지게 만들어서 잡아먹는 악행을 저지르는 자다. 해리 포터는 이모부와 이모와 이종사촌에게서 박대를 받고 계단 밑의 벽장을 침실로 써야만 한다. 인생의 길에 가로놓인 온갖 역경을 용감하게 이겨 내는 어린 남녀 주인공들의 숱한 경험(만약 여러분이 더 진지한 용어를 쓰고 싶다면, 앞에서 말한 〈아동기 부정적 경험〉이라는 말을 기억하시라)이 상상의 세계로 옮겨 가서, 회복 탄력성에 도달할 수 있다고 조언하고, 행운은 결국 찾아오게 마련이라고 믿게 하면서 우리를 안심시킨다. 동화 속의 목소리가 우리에게 말한다. 언젠가, 어느 왕자가 알아차리게 될 거야, 악취 나는 겉모습에 왕비가 가려져 있음을. 언젠가, 사람들은 너에게 마법의 힘이 있음을 알게 될 거야. 너의 고결한 영혼이 온갖 시련을 통해 빛을 발하게 될 거야. 언젠가, 네가 다 자라고 나면, 네가 맞고 또 맞아도, 버티고 나면, 행운이 너에게 미소 지을 거야.

이왕 말이 나왔으니, 달 속에 산다는 토끼의 전설도 여러분에게 들려드리고자 한다.

어느 날, 신들 가운데 가장 위대하고 가장 선량한 케찰코아틀이 인간의 형상을 하고 세상을 두루 여행하러 떠났다. 온종일 걸어 다녔더니, 피로와 허기가 몰려왔다. 날이 저물었지만, 그는 계속 걸었다. 하늘에 별들이 반짝거리기 시작하고, 달이 떠올랐다. 그는 다리쉼을 하기 위해 길가에 앉았다. 그때 작은 토끼 한 마리가 굴에서 나오는 게 보였다.

「너는 무얼 먹니?」그가 토끼에게 물었다.

「풀을 먹어요.」토끼가 대답했다.「조금 먹어 볼래요?」

「고맙지만 사양하겠어. 난 풀을 안 먹거든.」

「그럼 무얼 먹을 거예요?」

「배고프고 목말라서 죽겠어.」

토끼가 케찰코아틀에게 다가들어 말했다.

「저기요, 나는 그저 한 마리 작은 토끼예요. 하지만 그렇게 배가 고프면, 나를 먹어요. 자, 나 여기 있어요.」

그러자 신은 토끼를 쓰다듬으며 말했다.

「큰 감동을 주는 말이로구나.」

신은 고분고분한 토끼의 작고 보드라운 머리를 계속 어루만졌다.

「이제부터 온 세상이 너를 영원히 기억하게 될 거야. 네가 착해서 그렇게 보답하고 싶구나.」

이어서 신은 두 손으로 토끼를 잡더니, 자기 위쪽으로 높이, 높이높이, 아주아주 높이높이, 달에 닿을 때까지 들어올렸다. 토끼의 그림자가 달에 찍힌 채로 영원히 남을 때까지 들어올린 것이다.

그러고 나서 신은 지상에 다시 내려와 토끼에게 말했다.

「봐라, 이제 네 초상이 달에 새겨진 거야. 영원히 지워지지 않을 초상이야. 너는 작은 토끼로 남을 테지만, 이제부터 온 세상이 너를 기억하게 될 거야.」

이 전설이 우리가 하던 얘기와 무슨 상관이 있을까? 어쩌면 아무 상관이 없을지도 모른다. 하지만 나는 이 전설에서 또다시 약한 인물, 상처받기 쉬운 인물, 희생을 통해 이상화되는 인물의 한 형상을 본다. 비록 전설 속에 나와 있지는 않지만, 토끼는 잡아먹히기 때문이다. 토끼는 다시 또다시 잡아먹히는 존재이기 때문이다. 토끼가 신에 의해 영광을 얻게 되는 것은 이타적인 제안을 하기 때문이 아니라, 자기 살을 바치기 때문이다. 가장 강력한 자에게 자신을 희생물로 바치는 것. 괴물에게서, 아버지에게서, 식인귀에게서 도망치기 위해 몸을 숨기는 것. 이것이 바로 우리가 동화나 전설 같은 이야기에서 얻는 교훈이다. 그래도 그 꼬마는 결국 보상을 받을 거야. 이 세상에서 받지 않으면 다른 세상에서라도 받을 거야. 어떤 세상에서도 보상을 받지 못할 거라고? 설령 그렇다 하더라도, 밤중에 달빛을 바라보는 사람들의 기억 속에는 남게 될 거야.

힘의 불균형 앞에서는 선택의 여지가 없다. 어떤 때는 숨어야 하고, 그늘 속에서 기다려야 하고, 할 수 있다면 달아나야 한다. 언젠가는 벗어날 수 있는 날이 온다. 벗어나서, 피난처로 옮겨 가는 날이 온다. 그런데 피난처에 있으면 이상한 기분을 느끼게 된다. 우리가 어둠을 벗어나도, 어둠이 존재하기를 멈추지 않는다는 사실을 알기 때문이다. 그건 쿠바 작가 레이날도 아레나스가 미국으로 망명한 뒤에 말한 것과 조금 비슷하다. **당신은 불길에 휩싸인 집을 떠났습니다. 당신은 도망을 쳤고, 무사히 피난처에 다시 자리를 잡았습니다. 하지만 그동안에 집은 계속 불탔습니다.**

수치

너는 두 눈으로 악을 바라보았어. 이제 아무도 더는 너를 볼 수 없어. 메두사의 전설이 다시 펼쳐지는 거야. 강간을 당한 이후에는 아무도 메두사를 바라볼 수 없어. 메두사를 보는

사람들은 돌로 변해. 그녀의 증오심이 너무나 강해서, 머리
카락들 자리에 뱀이 자라난 거야.

마을에서 사람들은 나에게 인사하기를 그만두었다. 시골에
서 어떤 사람을 따돌리고자 할 때면, 사람들은 그의 발언권
을 빼앗아 버린다. 그에게 말하기를 중단하고, 그에게 인사
하기를 그만둔다. 시골 마을에서는 이런 말을 종종 듣게 된
다. 아무개 말이야, 그 사람 속을 모르겠어. 이젠 나한테 인사
도 안 하더라고.
　　내 어머니는 이웃 사람들이 감옥에서 나온 내 의붓아버
지에게 인사하는 것을 보고 당혹감을 느꼈다. 그래서 왜 그
에게 다시 말을 거는지 미미에게 물어보았다. 미미는 내가
어린 시절에 가장 좋아했던 할머니들 중 한 분이다. 마을 위
뜸의 고지에서 아주 가난하게 살았던 분이다. 우리는 그 할
머니네 부엌에 가서 석류 시럽을 마시곤 했다. 그 부엌에서
는 건초 냄새와 양의 똥 냄새가 났다. 식탁보에는 광택을 내
기 위해 밀랍을 발라 놓아서 파리 다리가 달라붙어 있었다.
그래서 우리는 할머니의 옛날이야기를 들으면서 손가락으
로 그것들을 치워 버리곤 했다. 할머니 쪽에서도 나를 좋아
했다. 아이를 가져 본 적이 없는 그 시골 할머니는 양치기로
사는 대신 공부를 하고 싶었다며 자기가 꿈꾸었던 삶에 대해
서도 얘기를 들려주었다. 내가 대학에 다니기 위해서 마을을

떠날 때는 눈물을 지어 보이기도 했다.

　내 어머니: 사람들 말이, 언니하고 언니 남동생은 계속 그 사람한테 인사한다고 하더만.

　미미: 아이고, 그 사람이 우리한테는 아무 짓도 안 했잖아.

그렇게 말하는 사람이 있다 해도, 우리는 알고 있다. 그 사람이 한 일은 우리를 넘어서서 마을의 모든 사람에게 한 일이라는 것을. 그 사람의 행위는 마을의 모든 사람에게 영향을 미쳤다. 사람들은 몇 년 동안 내가 그 마을에 돌아갈 때면 일부러 나를 알아보지 못한 척했지만, 그들이 나를 못 알아볼 리가 없다. 나는 마을에 대한 평판을 나쁘게 만들었다. 우리 자신에게뿐만 아니라 그들에게도 치욕을 안겼다.

　우리 집이 그랬듯이 마을도 여러 해 동안 강간범의 장소가 되었다. 문제가 되는 건 마을에 강간범이 있다는 사실이 아니었다. 문제가 되는 건 마을에 대한 평판이 달라지게 하는 말, 마을 사람들에게 치욕을 안기는 고소 행위였다.

　말하겠다고 마음을 먹으면, 많은 것을 잃을 준비를 해야 한다. 말하고 나면, 당연히 가족을 잃는다. 마을도 잃고, 어린 시절도, 어린 시절의 추억도 잃는다. 그 대가로 무엇을 얻을까? 그건 잘 모르겠다. 진실을 얻기는 하지만, 진실이란 과연 무엇일까? 그 물음에 답하기는 쉽지 않다.

떠날 것인가 남을 것인가

그렇다면, 자신에게 새로운 가치를 부여하기 위해 떠나야 할까? 나는 떠났다. 처음엔 몇 시간 동안 달려가야 하는 곳으로, 다음엔 멀리, 그다음엔 더더욱 멀리 떠났다. 하지만 아무리 가도 충분히 먼 곳은 어디에도 없다. 나는 멕시코에 산다. 내 여동생 중 하나는 칠레에 산다. 우리가 양가감정을 가진 채로 사랑하는 나라들, 우리가 결코 고국에 있는 것처럼 지내지 못할 나라들에서 사는 것이다.

내 또 다른 여동생과 남동생은 떠나지 않았다. 그들은 자기네 아버지가 날 강간했던 집을 볼 때 무슨 생각을 할까? 그 집은 팔렸고, 그들은 그 집 옆에 있던 차고를 물려받아, 그것을 작은 주거 공간으로 개조하였다. 여동생은 그 집에서 오래 살았다. 그녀의 정원 끄트머리에는 작은 탁자와 의자들이 놓여 있었다. 울타리 너머에는 그녀가 어린 시절에 살던 집, 우리가 어린 시절에 살았던 집이 있었다. 그녀의 눈에는 무엇이 보였을까? 그 장소에 자기 삶을 보탤 수 있었을까? 나에게는 죽음의 검은색이 모든 풍광을 계속 흉하게 만들고 있는데, 그 검은색 위에 색깔들을 넣어 그림을 그릴 수 있었을까? 아니면 매일 아침 울타리 너머로 그 죽음을 정면으로 바라보면서, 그 죽음과 함께 살아가는 것을 받아들였을까?

누구든 가본 적이 없는 장소에 가게 되면, 눈에 보이는 것만 보게 된다. 이미 가본 적이 있는 장소에서는 눈에 보이는 것과 눈에 보이지 않는 것, 두 가지를 다 본다. 이제는 사라진 것, 그 장소에 대해서 사람들이 우리에게 이야기해 준 것, 전해 오는 이야기들, 구석구석에 얽힌 개인적인 경험들까지 눈에 들어온다.

바스크어로 글을 쓰는 스페인 작가 베르나르도 아차가는 한 외국인이 시골 마을에 정착하여 농부들과 함께 우정을 쌓아 가는 이야기를 들려준다. 어느 날, 그들 세 사람은 평원이 내려다보이는 언덕에 올라 나지막한 담장에 앉는다. 외국인은 눈 아래로 펼쳐져 있는 평원을 굽어보면서 그 풍광의 특별한 점에 관하여 두 마을 사람과 이야기를 나눈다. 나이든 두 농부 중 한 사람이 화자에게 말한다. 그가 토끼처럼 영리하다 해도, 풍광 속에서 그는 그의 눈에 보이는 것만큼만 보는 거라고. 외국인은 분명하게 이해한 것은 아니지만 어렴풋하게나마 그 말이 맞는다고 느낀다. 그래서 그렇게 말한 이유를 설명해 달라고 농부에게 부탁한다.

「왜냐하면 당신은 실제로 있는 것만 보고 있으니까요. 반면에 나는 실제로 있는 것도 보고 실제로 있지 않은 것도 봐요.」

이어서 마을 사람은 길 하나를 예로 든다. 그는 평원을 아래쪽으로 통과하여 멀리 사라져 가는 길을 가리킨다. 그는 그 길이 어디로 이어지는지 알고 있다. 그래서 그 길을 보면, 그 길이 이어지는 마을을 생각하고, 그 마을을 생각하면 그 마을의 샘과 오래된 집들을 머릿속에 그린다. 그는 거기에서 그치지 않고 추론을 더 이어간다. 그러면서 같은 장소에서 자기 삶을 보낸 사람과 외부에서 온 사람 사이에 어떤 차이가 있는지 설명해 준다. 자기처럼 이 마을에 살았던 사람은 어느 장소에 가든, 어느 건물의 잔해를 보든, 어느 나무와 마주치든, 과거의 무언가를 다시 보고 다시 느낀다는 것이다.

「나는 저 나무들을 보면, 우리 어린 시절에 즐겼던 축제를 다시 봐요. 여자아이들과 남자아이들이 다시 보이고, 베니토와 내가 다시 보이죠. 오늘날의 우리 같은 슬픈 모습이 아니라, 스무 살 시절의 당당한 풍채, 번쩍번쩍 빛나던 우리의 흰 셔츠가 눈에 보여요. 참으로 경이롭지 않은가요?」

여러분이 보기에도 그게 경이로운가? 눈에 보이는 것을 통해 다시 눈에 들어오는, 눈에 보이지 않은 것들이 어떤 종류냐에 따라 다를 것이다.

나는 내 여동생의 정원 끄트머리에 놓인 작은 탁자에서 차를 마실 때, 울타리 너머로 내가 자랐던 집이 눈에 들어오고, 나는 새 거주자들이 개축 공사 해 놓은 것을 보고, 우리가 어릴 때 심은 나무들이 얼마나 자랐는지 본다. 그것 말고 다른 것들도 눈에 들어온다. 예를 들면 집의 다른 부분이 공사 중이던 때에 우리가 1년 동안 지냈던 지하실이 눈에 선하게 그려진다. 우리는 모두가 같은 방에서 잤다. 어머니는 아침 여섯 시에 에크랭 국립 공원 관리소의 청소를 하러 출근했다. 어머니가 출근하고 나면, 그가 나를 자기 침대로 불렀고, 나는 자는 척을 했다. 하지만 시간이 조금 지나면 나는 소변을 보고 싶은 마음이 간절해졌다. 나는 되도록 오랫동안 소변을 참았다. 그가 깨어 있다는 것을 알기 때문이었다. 우리 침대와 부모님 침대 사이에 놓인 책꽂이 뒤쪽에서 그의 숨소리가 들려왔다. 그래도 결국엔 일어날 수밖에 없었다. 나는 요강으로 쓰라고 갖다 놓은 단지에 소변을 보았다. 그는 내 기척을 듣고 나를 불렀고, 나는 침대로 다가갔다. 그때 내 여동생(아직 태어나지 않은 막내 여동생이 아니라, 두 살 터울의 여동생)이 무엇을 했는지 궁금하다. 그 아이는 나보다 더 오래 소변을 참았을까? 그 아이 역시 침대로 갔을까? 우리가 위층으로 옮겨 간 뒤에도, 우리는 종종 장비들을 보관하던 지하실에 내려갔다. 그는 정원에 나가 일을 하라며 나를 내보냈다가, 흙을 외바퀴 손수레에 담아 몇 차례 옮기고 나면 나를 지하실로 부르곤 했다. 돌을 짜맞추어 만든 둥근 천장이 지금도 눈앞에 보인다. 나는 그 돌들의 틈새에서 아주 오래전부터 자라고 있던 이끼를 없애기 위해 시멘트 이음새를 긁었던 일이 생각난다. 그 지하실 모습이 눈에 선하다. 집의 정면이 보이고, 그 뒤쪽의 방들이 모두 보인다. 공사하기 전의 방들도, 공사한 뒤의 방들도 하나하나 눈앞을 스쳐 간다. 방이 스쳐 갈 때마다 그 안에 있는 내가 보이고 그 사람이 보인다.

마을에 남은 여동생은 무얼 보고 있을까? 그녀도 눈에 보이는 것을 통해 보이지 않는 것을 보고 있을 텐데, 그녀에게 보이는 것은 내 눈에 보이는 것과 아주 다를까? 그래서 매일 그것이 보여도 관대할 수 있는 것일까? 여동생은 거기에서 행복한 추억을 보는 것일까? 아니면 그저 천진무구한 것일까? 그것도 아니라면 그냥 집을, 알프스산맥의 멋진 집을, 한때 폐가였다가 20년 뒤에 아주 훌륭하게 복원되었던 그 집을 좋아하는 것일까?

내가 보기에 그녀가 나쁜 기억이 서린 그 집을 좋아하는 것은 불가능한 일이다. 그 집을 산 사람들은 어떨까? 그들은 이득을 얻으리라는 생각에서 그 집을 샀을 것이다. 재판이 끝난 뒤에 그 집이 아주 싼 가격에 팔렸으니까 말이다. 그들이 그 집에 무슨 사연이 있는지 모르고 샀을 리가 없다. 그들의 가족 구성원이 마을에 살고 있었으니까 얘기를 충분히 들었을 것이다. 그들은 특이한 집, 방에서 한 소녀가 강간을 당한 집을 샀다. 각각의 방에서 강간이 벌어진 그런 집을 산 것이다. 어떻게 그런 집에 나쁜 기억이 서리지 않을 수 있을까? 설령 유령을 믿지 않는다 해도, 그런 사실을 안다면 어떻게 그런 일을 생각하지 않을 수 있을까? 집 맞은편에 있는 작은 집에는 강간당한 그 소녀의 여동생이 살고 있다. 매일 그 여동생과 마주친다. 그 소녀가 자란 집, 의붓아버지가 감옥에 들어간 뒤 그 소녀가 떠나간 집 앞에서 매일 그 여동생과 마주친다. 그들은 그때마다 그녀가 무엇을 느끼며 사는지 궁금하지 않을까? 그래도 그들은 알프스산맥의 그 아름다운 돌집을 사서 이익을 보았다고 만족해할까?

내가 동생들을 보호하기 위해 침묵을 지켜야 한다고 생각했을 때, 나는 아무 말도 하지 않았다. 나는 밤에 공동묘지로 가고, 쐐기풀로 셔츠를 짜는 동화 속 인물이 되었다. 내가 그들을 보호하기 위해 진실을 말해야 한다고 생각했을 때, 나는 말했다. 사람들은 내가 모든 것을 잃게 되리라고, 내가 마녀나 배신자 취급을 받게 되리라고 말했다. 그래도 나는 말했다. 나는 내가 그들을 구하기 위해 할 일을 다했다고 생각한다. 그런데 그들을 무엇에서 구한다는 것일까? 오랫동안 나는 내가 한 일, 우리가 한 일이 바로 그들을 더 나쁜 무언가에서 구한 것이라고 믿었다.

그런데 이제는 잘 모르겠다.

그들은 이제 어른이 되었고, 저마다 자기 방식대로 자신에게 내린 저주와 싸우고 있다. 변신이 완성되지 않아 한쪽 팔이 고니의 날개 모습인 막내 왕자처럼, 과거의 무게가 종종 그들을 짓누른다. 그들은 그런 팔을 감추기 위해 자기들이 할 수 있는 일을 하지만, 어깨에 관절로 연결된 고니의 날개란 쉽게 사라지게 할 수 있는 것이 아니다.

내 여동생의 작은 정원에서 차를 마시고 있을 때, 그녀가 말했다. 「아버지가 가장 후회하는 일은 딸아이인 나의 사춘기 동안에 집에 있지 않았던 거래. 그래서 내가 아버지 없이 자라게 한 게 너무나 후회스럽대. 게다가 아버지가 감옥에 갇혀 있었으니 최악의 상황이었던 거지.」 나는 이렇게 대꾸했다. 「아냐, 그건 꼭 필요한 일이었어. 안 그랬으면 너희가 강간을 당했을지도 모르잖아.」 여동생은 그렇지 않다고 확신했다. 그는 절대로 그런 일을 하지 않으리라는 것이다. 그가 말하는 것을 여동생은 그대로 믿는다. 「왜 그렇게 생각하는데?」 「우리는 그의 자식이고, 같은 핏줄로 이어진 관계니까, 그는 절대로 우리를 건드리지 않았을 거야.」

그렇게 얘기를 나눈 뒤에, 나는 집으로 돌아왔다. 내 나라로, 나의 새로운 나라로 돌아와서, 여동생이 그 정원에서 말한 것을 놓고 생각을 계속한다. 눈에 보이는 것과 보이지 않는 것에 대해 생각하고 또 생각한다. 끊임없는 정신적 강박 속에서 그 말을 계속 곱씹는다. 여자 친구들에게 내가 왜 고뇌에 빠져 있는지 얘기해 줬더니, 그들은 내 여동생을 나무라지 말라고 조언한다. 여동생은 아무 죄가 없고, 누구나 그렇듯이 자기 나름대로 길을 걸어가는 사람이라는 것이다. 하지만 나는 기어이 이렇게 대답하지 않을 수 없었다. 만약 그 일이 그녀에게 일어났다면, 그녀는 그를 용서할 수 없었으리라고. 그녀가 그를 용서하는 것은 피해자가 자신이 아니라 나이기 때문이라고. 여동생은 계속 살아갈 힘을 얻기 위해, 그 사람처럼, 다른 많은 사람들처럼 내게 일어난 일을 부인한다. 부정할 수 없는 사실 자체를 부인하지는 않지만, 그 심각성을 부인하는 것이다. 그런데 나는 여동생을 계속 사랑할 수 있도록 그녀가 그를 용서한다 해도 받아들여야 하고, 그가 저지른 일이 용서할 만하다고 그녀가 생각하더라도 받아들여야 한다. 나는 조금 잊어야 하고, 그게 어려우면 잊은 척이라도 해야 한다. 나 역시 마치 그게 나한테 일어난 일이 아니라는 듯이, 마치 그게 심각한 일이 아니라는 듯이, 마치 그런 일이 일어나지 않은 듯이 행동해야 한다. 그러고 보면 나는 처음부터 그렇게 해야 했다. 그랬다면 모두가 몇 년 동안 아무 이유 없이 고통받는 것을 피하지 않았을까?

삶을 다시 꾸리기

그는 감옥에서 나오자, 산티아고 순례길로 도보 여행을 떠난다. 많은 수감자가 그러듯이, 그는 창살 뒤에 갇혀 있는 동안 열정적인 태도로 영적인 삶을 살았다. 그 멋진 순례 도중에 그는 스무 살 어린 젊은 여자를 만난다. 다시 말하면 예전에 자기의 피해자였던 여자와 비슷한 나이의 여자를 만난 것이다. 하지만 이번에는 그녀가 성인이다. 그가 마흔다섯 살쯤 되었으니까 나이 차이가 많이 나는 데도 상대가 성인이다. 두 사람은 서로 사랑에 빠진다. 그녀 역시 독실한 신앙인이다. 아마도 그런 비합리적인 성향과 신비주의적인 열의가 있어서, 그녀가 그의 죄를 알고도 그를 용서할 수 있었으리라. 그녀는 그를 하느님이 보내 주신 그대로 받아들인다. 스스로 죄인이 된 심정으로, 속죄를 갈망하며, 온 마음을 다하여 받아들이는 것이다.

그들이 어떻게 사랑하게 되었는지 알 수 없으니, 나로서는 상상력을 발휘하여 이야기를 조금 지어낼 수밖에 없다. 솔직히 말해서, 아이를 강간한 남자를 사람들이 어떻게 용서할 수 있는지, 아니 그에 앞서 어떻게 용서하려는 마음을 먹을 수 있는지, 10년이나 15년이나 20년 전에 아이를 강간한 사내를 어떻게 반려자로 선택할 수 있는지 나는 알 수가 없다. 하지만 이건 독자나 나의 이야기가 아니라, 그 젊은 여자

와 관계된 이야기니까 그 문제는 더 논하지 말고 넘어가기로
하자. 그 여자는 자기가 사랑하는 그 남자를 향한 애덕으로,
주님과 생명에 대한 자신의 믿음을 증명할 수 있도록, 그를
모욕했던 사람들을 용서하고 주님이 그가 가는 길에 놓아 주
신 장애물을 넘어서는 데에 성공한다.

세상에. 그녀는 그를 용서하는 것에 그치지 않고, 더 나
아가 그 남자와 결혼하고, 친환경 농장을 마련하고, 그와 함
께 자식 넷을 낳는다. 네 자녀! 우리 넷을 더하면 여덟. 그가
꿈꾸던 가족을 완성하는 마법의 수다. 그들은 숲으로 둘러싸
인 땅에 돌로 지어 놓은 옛집을 사들이고, 친환경 채소를 가
꾸고, 잼과 병조림과 통조림을 만든다.

그리고 얘기가 나온 참에 양념을 조금 치자면, 그들은
농장에 사람들을 맞아들인다. 대학생들도, 초등학생들도 농
장을 방문할 수 있다. 그 부부에게는 집에서 자녀들을 직접
교육할 수 있는 권리가 있다. 법률은 그들에게 그것을 금할
수 없다(누구든 감옥에 가기 전에는 죄가 없는 것으로 간주
되고, 형을 살고 감옥에서 나오면 마치 성령이 중재하신 것
처럼 다시 죄 없는 사람으로 간주된다). 그들이 그런 일을 못
하게 하는 방법은 딱 하나, 누군가가 재범이 행해지고 있음
을 입증하는 것, 재범의 위험성이 있는 것에 그치지 않고 실
제로 재범이 벌어지고 있음을 입증하는 것이다. 다시 말하
면, 누군가가 그들이 사는 집에 몰래 들어가서 그가 자식들

가운데 하나랑 단둘이 있을 만한 방에 숨어 있다가, 그의 범행 현장을 적발해 내는 방법밖에 없다. 만약 동영상 증거가 있다면 훨씬 더 좋다. 파리로 위장된 드론을 쓰는 것도 생각해 볼 만하다. 하지만 그때까지 우리는 재범이 없으리라고 추정해야 한다. 그렇게 추정하지 못하면 밤에 잠을 자지 않고 경계해야 한다.

나는 두 가지 선택 사이에서 망설인다. 한쪽에는 모든 것이 최고의 세상에서 최선을 향해 간다는 낙관주의적 추정, 혹은 그 정도까지는 아니더라도 모든 게 그것에 가까운 세상, 다시 말해서 나를 강간한 자가 다른 아이를 상대로 재범을 저지르는 사태가 발생하지 않는 세계에 있다는 추정이 있다. 다른 쪽에는 악몽이 낮에도 밤에도 되풀이될 수 있다는 또 다른 가능성이 있다. 그 악몽은 약간의 변이를 보이며 되풀이된다. 반복되지만 똑같이 반복되지는 않는 게 악몽의 특성이다. 욕망이 그렇듯이 공포도 상상력의 영향을 받는다. 상상된 공포에서 다른 공포가 생겨나기도 한다.

그는 아마도 다시 범죄를 저지르지는 않을 것이다. 재범이 증명되기 전까지는 무죄 추정의 원칙이 적용되어야 한다. 그에게는 용서받을 권리가 있다. 그는 젊은 여자를 만났다. 그 여자는 내 어머니와 꽤 비슷하게 생긴 데다가 훨씬 젊다 (스무 살 연하, 그러니까 내 나이 또래다. 으음, 뭐 사실 모두가 그렇게 하지 않는가. 사람들은 이런 것을 남성 우월주의의 징표로 보지 않는다. 사랑에는 나이가 없는 것이다). 게다가 소박한 품성을 지닌 사람이고, 가정생활과 자녀 교육과 친환경 농장에 헌신하는 여자다. 그들은 숲으로 둘러싸인 아름다운 땅에 지어진 오래된 시골집을 샀다. 나는 그들이 허물어진 집의 개축 공사를 해가면서 살아가는 모습, 모두가 같은 방에서 자는 모습을 머릿속에 그려 본다. (집이 공사 중이라서 다른 집을 세내어 살면 좋겠지만, 그들은 그럴 수가 없었다. 그 집을 살 때 빌린 돈을 갚아야 하기 때문이다. 그래서 그들은 공사 현장의 한복판으로 이사를 했다. 아이들은 나중에서야 자기들 방을 갖게 될 것이다. 현재로서는 아름다운 모험을 벌이는 셈이다. 적어도 자기네 집에 살면서 자기들이 직접 공사를 해나가니까 말이다. 옛날의 일이 똑같이, 거의 똑같이 되풀이된다. 그래도 그곳은 조금 덜 춥다. 알프스산맥 속에 있는 땅이 아니다. 올리브나무가 많고, 눈은 거의 내리지 않는 곳에 있다.) 그들은 빵과 잼과 병조림과 통조림을 만든다. 분명코 마르멜루를 심었을 것이다. 그가 아주 좋아하는 나무니까 말이다. 그는 모과와 사과를 합쳐 놓은 것처럼 생긴 그 열매의 냄새를 좋아한다. 어느 과일에서도 맡을 수 없는 그 냄새는 그를 어린 시절로 데려다준다. 그 열매로 젤리를 만들어야 하는데, 옛날에 어머니가 만든 것처럼 맛을 내기가 쉽지 않다. 그래서 만들고 또 만들기를 계속한다. 열매를 다시 삶고, 설탕을 더 넣어 보고, 뒤섞고 걸러 내고, 여기저기에 묻히거나 자국을 남긴다. 마르멜루 젤리는 너무 끈적거려서 부엌의 곳곳에 들러붙어 있게 마련이다. 그래서 한번 만들고 나면 그 자국을 깨끗이 닦아 내고 파리들을 쫓아낸 뒤에, 다시 만들고 또다시 만든다. 아니 어쩌면 그는 이제 그런 방식으로 마르멜루 젤리를 만들지 않을지도 모른다. 모든 일을 처음부터 새로 시작하고 있으니까 말이다. 옛날 옛적에 한 가족이 숲속에 외따로 살고 있었답니다, 하고 새로운 이야기가 펼쳐지는 것이다.

그 가족이 함께 모여 찍은 사진을 상상해 본다. 그는 서른 살을 더 먹었지만, 사진은 옛날에 우리가 찍은 가족사진과 같은 종류의 것이다. 그의 아내도 내 어머니와 똑같은 표정을 지은 채로 그의 어깨에 손을 올리고 있다. 그 사진을 머릿속에 그리니 묘한 기분이 든다. 책의 첫머리에서 말한 가족사진, 우리 네 자녀가 부모와 함께 찍은 그 사진을 보듯, 한참 들여다보게 된다. 얼굴들을 살피다 보면, 대답을 듣기가 어려울 법한 질문들이 생겨난다. 물론 천진하게 질문을 계속한다 해도 대답이 나오지는 않는다. 당연히 우리는 아무것도 알아낼 수 없다. 결국 아무것도 보이지 않는다. 우리가 보려고 하는 것은 가시 세계의 것이 아니기 때문이다.

몇 가지 미학적 고찰

글쓰기는, 보이는 것과 보이지 않는 것을 모두 다루기 때문에, 모호한 것을 분명하게 밝혀 준다.

— 베르나르 노엘 Bernard Noël

아우슈비츠 수용소에 감금되어 있었던 작가는 아우슈비츠에 관해서 글을 써야 할까? 아니다. 당연히 아니다. 아우슈비츠 생존 작가인 프리모 레비는 자신이 수용소에서 겪은 일을 증언하는 글을 썼을 뿐만 아니라, 매우 흥미로운 동물 우화[6]를 쓰기도 했다. 작가가 의무적으로 무언가를 해야 하는 건 아니다. 하지만 미국의 유명한 회상록 작가 메리 카가 말하는 것처럼, 기능 장애에 걸린 가족이 자기 앞에 있다면, 그런 주제를 포기하기가 정말 아쉬울 것이다.

나는 언제나 성적 학대에 관한 책들을 읽고 싶어 한다. 그와 동시에 무언가가 나를 그런 책들에서 멀어지게 하고, 너무 깊이 파고들지 못하게 한다. 다른 피해자들이 그런 매혹과 반감에 대해서 말하는 것을 들은 적이 있다. 앞서 말한 샤를로트 퍼들로브스키의 엄마는 당신의 아버지에게 강간을 당했는데, 그 아버지가 세상을 떠나고 나서야 그런 일이 있었음을 고백했다. 그분은 이런 얘기를 들려준다. 〈평생에 걸쳐 신문을 뒤적이다 근친상간 사건과 관련된 말이 나오는 걸 보면, 곧바로 기사를 읽었다. 그렇게 홀린 듯이 기사를 읽었지만, 다른 한편으로는 그 기사를 가지고 무엇을 할 수 있는지 알 수가 없었다. 나는 그저 내가 덜 외롭다고 느꼈다. 나에게 일어났던 일이 다른 곳에서도 일어나는구나, 그러니까 그런 일이 존재하는구나, 하는 생각이 들었다. 그런 일에 이름이 있었다. 그런 일은 신문에서 끔찍하다고 규정하는 하나의 범죄였다.〉 하나의 깨달음이 문득 의미를 가지면서, 우리 안에 있는 무언가를 해방시키는 것이다. 현실과 동떨어져 있는 것처럼 보이는 행위들, 그저 침묵과 어둠에만 속하는 것 같은 행위들, 신체 역학이며 담론이며 삶의 다른 부분에 이상한 형태로 스며들어 있는 연극적 의식이 독특하게 결합된 것처럼 보이는 행위들. 그 행위들은 사실상 현실의 영역(그런 일들이 다른 사람들에게도 일어나고 있고, 우리에게도 일어났던 실제의 영역), 불법적이고 공포스러운 현실의 영역에 속한다. 다른 곳에서도 똑같은 행위와 똑같은 침묵을 겪은 사람이 있고, 그런 모욕이 인정되고 신고되었음을 아는 것은 중요한 일이다. 아무 말을 하지 않는 사람도 그런 것을 알게 되면, 위안을 얻을 수 있다.

그럼에도 우리는 항상 조금 망설인다. 내가 성적 학대를 다룬 책을 사는 것은 자주 있는 일이 아니다. 나는 그런 책들을 가까이에 두고 싶어 하지 않는다. 주로 도서관에서 열람하거나 서점 혹은 마트의 진열대에서 훑어본다. 그런 책들은 이미 많이 나왔고, 계속 출간된다. 매년 수십 종의 책들이 나온다. 언제나 그런 책들이 눈에 들어온다. 내가 어렸을 적에도, 크리스티아네라는 독일 소녀를 인터뷰하고 쓴 유명한 전기 『우리, 베를린 동물원의 아이들 *Wir Kinder vom Bahnhof Zoo*』[7]이 꽂혀 있던 서가와 문고판 진열대에 가 보면, 표지에 망가진 인형이 그려져 있고 〈아빠의 소녀〉, 〈부서진 순결〉, 〈그걸 말하기 위한 단어들〉 같은 제목이 붙어 있는 책들을 볼 수 있었다. 나는 샤를로트 퓔들로브스키의 엄마처럼, 강간 장면이 어떻게 묘사되었는지 보기 위해 책을 훑어보곤 했다. 대개는 시간이 좀 걸린다. 그런 장면이 처음부터 나오진 않으니까 말이다. 책의 첫머리에는 나쁜 일이 벌어질 것을 예상하게 하는 상황들이 나온다. 그러다가 책의 3분의 1쯤을 넘겨야 문제의 행위가 나타난다.

성폭행 이야기는 증언뿐만 아니라 문학 작품에도 아주 많이 나온다. 그런 문학 작품에는 절충적인 책, 즉 자전적인 사실에 영감을 받아서 쓴 픽션들도 있고 장편 소설들도 있다. 미국 작가 헤더 루이스Heather Lewis와 도로시 앨리슨과 캐시 애커Kathy Acker, 프랑스 작가 크리스틴 앙고의 소설들이 그에 해당한다. 성적으로 학대당하는 아이들의 이야기는 졸라, 모파상, 로트레아몽, 마야 앤절로, 앨리스 워커, 토니 모리슨, 포크너, 바르가스 요사, 가르시아 마르케스의

작품에도 나오고, 루이페르디낭 셀린과 르 클레지오와 포스
터 월리스의 소설에도 나온다.

　　나는 그런 책들을 담담하게 읽으려 노력했지만, 심정은
언제나 착잡하였다. 책들은 내 고통을 되살아나게 하지만,
읽지 않을 수가 없었다. 책을 덮고 나면, 무언가 작지만 쓸모
있는 행위를 해냈다는 생각에 흐뭇한 기분이 들었다. 그게
무엇에 쓸모가 있었을까? 그건 나도 잘 모른다.

　　그래서 어느 토요일 오후, 봄빛이 여리게 서린 속에서,
그는 취해서 비틀거리며 집으로 돌아왔다. 부엌에 있는
딸이 보였다. 딸은 설거지를 하고 있었다.

일상생활의 한 장면이다. 그는 그녀를 바라본다. 그녀는 열
한 살이다. 그는 그녀를 보면서 여러 가지가 뒤섞인 감정을
느낀다. 역겨움과 죄책감과 연민과 애정. 아이는 그의 딸이
다. 아이는 그가 처음 만났을 때의 아내를 생각나게 한다. 아
이는 제 엄마의 몸과 몸짓과 허약함을 지니고 있다. 그 허약
한 모습을 보자 혐오스러운 기분이 든다. 아이를 너무나 가
난한 환경에서 키우고 있다는 죄의식, 아이에게 더 나은 삶
을 줄 수 없다는 자책감이 밀려온다. 자기는 실패했는데, 아
이가 그 실패의 살아 있는 증거라는 생각에 화가 난다. 자기
는 아이를 싫어하는데, 아이의 사랑을 받고 있다는 생각에

욕지기가 나려 한다. 아이가 한쪽 발로 다른 쪽 다리오금을
긁기 시작한다. 그러면서 등 뒤에 그가 있음을 모르는 채로
설거지를 계속한다. 그 동작은 그에게 강렬한 감정을 불러일
으킨다. 젊은 날의 한 장면, 아내가 그렇게 한쪽 발로 장딴지
를 긁고 있을 때 아내를 애무해 주었던 그 장면을 떠올리게
하는 것이다. 그는 무릎을 꿇고 네발로 기어가서 딸아이의
종아리 쪽으로 올라간 발을 잡는다. 아이가 균형을 잃는다.
그는 아이가 넘어지지 않도록 다른 손을 들어 아이의 엉덩이
를 받쳐 주지만, 이미 과거의 추억과 죄의식이 뒤엉킨 채로
흥분 상태에 빠져 정신적으로 완전히 균형을 잃고 만다.

그렇게 육욕이 생겨도 그 둘레를 에워싸는 예법의 경계
가 있었다. 그는 성교를 하되, 다정하게 하고 싶었다. 하
지만 다정함은 오래가지 않았다. 아이의 질이 너무 좁아
서 더는 참을 수가 없었다. 그는 마치 자기 영혼이 뱃속
을 타고 내려가 그녀의 몸속으로 불쑥 들어가기라도 하
듯 엄청난 힘을 주어 삽입을 했다. 그때 그녀에게서 외
마디 소리가 빠져나왔다. 그녀가 낼 수 있는 한마디 소
리, 목구멍 깊은 곳에서 공기를 들이마시는 소리였다.
마치 서커스 풍선에서 한순간에 공기가 빠져나가는 것
같았다. 성욕이 해체되고 나자 — 사그라지고 나자, 그
는 물기와 비눗기가 남아 있는 아이의 손이 자기 손목에

들러붙어 있음을 알아차렸다. 아이는 손가락을 모두 오
므려 꽉 쥐고 있었다. 그렇게 그러쥐고 있는 것이 그에
게서 놓여나려는 헛되지만 악착같은 시도에서 나온 것
인지, 아니면 어떤 다른 감정의 결과인지, 그는 알 수 없
었다.

— 토니 모리슨,『가장 파란 눈』

곧 무슨 일이 벌어질지 알아차리게 되면, 내 심장 박동이 빨
라진다. 그 일이 벌어지리라는 것을 알고 있는데, 빠져나갈
구멍이 없다. 그러다가 마치 안개 속에서처럼, 딴 세상에서
처럼, 그 일이 벌어진다. 그러고 나면 감정이 누그러진다. 일
이 벌어진 거야. 다 끝났어. 독서는 계속되고 책은 다른 에피
소드를 서술하며 나아간다(아니면 더 할 말이 별로 없을 수
도 있다. 그러면 진열대에 책을 놓고 물건을 사러 가버린다).
나는 책의 어느 대목을 읽으면서, 내가 누구보다 책을 잘 이
해하고 있다고 생각하기도 한다. 때로는 내가 작가보다 더
잘 이해하고 있다고 생각하기까지 한다. 그런 마음으로 그
대목을 통과하고 나면 일종의 환희를 느낀다. 내가 책을, 세
상을 이해하기 위한 열쇠를 쥐고 있다는 느낌이 든다.

　독자들도 분명히 알아차릴 만한 얘기지만, 독서를 하다
보면 트라우마의 단계들이 작은 규모로 되풀이된다. 그런데
거리를 두는 방식으로, 위험하지 않은 방식으로 되풀이된다.

우리는 책을 서가에 도로 놓으면 된다. 우리는 언제나 무사하다. 우리는 작은 기쁨을 얻는다. 작지만 기쁨은 기쁨이다. 살아남은 자의 작은 기쁨, 대담하지만 조금은 부끄러운 기쁨이다. 강간당하는 게 실제로 무엇인지 아는 특권, 상반된 감정이 양립하는 그 특권에서 나오는 많은 기쁨과 비슷한 기쁨이다.

그런 책들 가운데, 예술성이 높은 어떤 책들은 마치 공격을 가하듯이 구성되어 있다. 아마도 피해자가 겪는 바를 독자가 상상하도록 만들기 위해서일 텐데, 이야기 자체도 그렇지만 이야기를 들려주는 방식도 공격적이다. 독자는 아주 세세하게 묘사된 학대 장면으로 곧장 들어간다. 견딜 수 없을 만큼 불쾌한 장면이 몇 페이지씩 이어진다. 독자는 덫에 걸린 채로 실상에 가장 가까이 간다. 언어는 추하고, 문장은 독자를 더럽히려 애쓴다. 독자는 지친 채로 빠져나온다. 실제로 더럽혀진 채로.

그런 일을 가지고 아름다운 작품을 만들어 내기는 어렵다. 힘을 지닌 작품이나 다른 무언가를 향한 발판을 만들기도 쉽지 않다. 그런 행위를 가지고 무언가를 만드는 것 자체가 어렵다.

다음은 어떤 책에 관한 기사의 발췌다. 앞에서 본 마고 프라고소의 책『호랑이, 호랑이』에 관해서 쓴 글인데, 이 글을 읽고 나니 그 책을 읽고 싶은 마음이 사라졌다.

이 책은 『롤리타』와 거리가 멀다. 성은 노골적으로 묘사되고, 대화는 멜로드라마적이며, 연대기적인 디테일에 너무 집착한다. 『타이거, 타이거』는 소프트 포르노를 보는 것만큼이나 읽기가 공허한 책이다. (제니 디스키 Jenny Diski, 『가디언』, 2011)

사실 그 책을 읽는 것은 고통스러운 일이고, 끔찍한 일이기도 하다. 독자가 증인이 되어, 한 소녀의 노예화 과정을 무력하게 지켜보아야 하기 때문이다. 그 소녀는 사랑이 없는 채로 가해자의 요구를 들어주고 가해자에게 연민을 느낀다. 그런데 이 기사에서 문제 삼는 것은 그런 참을 수 없는 현실이 아니다. 성의 노골적인 묘사, 그게 문제다. 이 비평에 따르면 바로 그게 이 책을 아주 불쾌한 읽을거리로 만든다. 마고 프라고소는 더 잘했어야 한다. 나보코프의 험버트처럼, 생략법, 회피적인 표현, 은유법, 멋진 문체를 사용해서 자신을 보호했어야 한다는 것이다. 이 짓궂은 비평가는 이렇게 덧붙인다.

사실대로 말하자면, 그 모든 것은 핵심에서 벗어나 있다. 나는 사람들이 흔히 〈섹스〉라 부르는 것에 전혀 관심이 없다. 누구라도 그런 동물성의 요소는 상상할 수 있다. 나는 더 중요한 일에 매력을 느낀다. 님펫의 그 위험한 마법을 제대로 규명하는 것, 그게 바로 그 일이다.

성의 노골적인 묘사, 그건 학교의 권장 도서 목록에서 토니 모리슨의 『가장 파란 눈』을 빼야 한다고 주장하는 사람들이 내세우는 이유이기도 하다. 바로 위에서 내가 인용한 것과 같은 장면을 문제 삼는 것이다.

날것 그대로의 잔인한 현실을 거부하는 것, 그것은 오히려 회피 전략이 아닐까? 우리가 행위를 정확하게 묘사하지 않으면, 우리는 일종의 모호함 속에 머물러 있게 되고, 독자는 불편함을 느끼지 않으면서 부정의 대열에 동참한다(독자, 저자, 가해자를 가리지 않고 모두가 그렇게 된다). 어린 여자아이의 작은 입속에 음경을 집어넣은 마흔 살 먹은 남자, 금방이라도 숨이 막힐 것 같아서 눈물을 머금고 있는 아이, 우리가 그런 모습을 보지 못한다면, 그건 사랑하기 때문에 그런 거야, 하는 식으로 말할 수밖에 없다. 미치도록 사랑해서 생긴 일이라고, 그냥 요량을 모르고 방식을 몰라서 생긴 일이라고 말하는 게 여전히 가능해지는 것이다.

내 의붓아버지는 재판 중에 자기가 저지른 행위의 세부 사항을 말하는 것에 이의를 제기했다. 아이를 상대로 무슨 행위를 했는가를 놓고 계속 자잘하게 따지고 드는 게 조금 외설스럽다고 생각했다. 그래서 그는 짜증을 부리곤 했다. **몇 번 그랬냐고요? 난 잘 몰라요. 어떤 때는 매일 그랬고, 또**

어떤 때는 아이를 건드리지 않고 한 달을 보내기도 했죠. 그는 자기에게 행위를 자세히 설명하라고 요구하거나, 첫 삽입 성교 때 내가 몇 살이었는지 기억해 내라고 요구하는 것은 적절해 보이지 않는다고 말했다. 자기는 더 흥미로운 얘기를 하고 싶다고 했다. 자기 인격은 복합적이고 그 깊이를 이해하기가 쉽지 않으며, 자기는 보통 사람들이 하지 않는 특별한 사랑을 경험했기에 그것의 미묘한 차이를 설명해서 사람들의 이해를 얻고 싶다는 것이었다.

내가 배운 바에 따르면, 위대한 문학 작품은 소박하고 속된 경험과 개인적인 소소한 이야기를 넘어설 수 있어야 하고, 개인성을 초월해 언어적이고 미학적인 창작물이 될 수 있어야 한다. 위대한 문학 작품은 자신의 언어 속에서 다른 언어를 구사하고, 그 과정의 마법 덕분에 그 문학 작품이 말하는 내용이 어디에서 왔는지는 더 이상 중요하지 않게 된다. 위대한 문학 작품은 언제나 언어의 영역 안에 머물러 있어야 한다. 왜냐하면 언어는 우리를 눈물로부터, 슬픈 육신의 추함으로부터 보호해 주고, 자전적인 경험에서 나온 비천한 견해를 남에게 강요하는 부끄러움으로부터도 보호해 준다. 크리스틴 앙고는 〈거지 같은 증언〉 쓰기를 철저하게 거부하면서, 바로 그와 같은 말을 하고 싶어 했다. 그 작가가 하는 일은 증언을 쓰는 일이 아니라, 그보다 나은 일, 즉 문학을 하는 것이다. 그리고 그런 경우에는 성의 노골적인 묘사가 있을 수 있다. 그건 문학적인 성이니까.

나는 그 점에 관해서 동의한다. 나도 언어 속에 머물고 싶다. 그건 내가 언제나 바라던 것이다. 나는 선정주의, 희로애락을 중시하는 감정주의, 연민을 불러일으키는 이야기에 굴복하기를 거부하는 까다로운 비평가들과 의견을 같이한다. 내가 『리더스 다이제스트』에 실릴 만한 감동적인 실화를 쓰기 위해 그토록 오랫동안 문학 공부를 한 것은 아니었다.

그런데 다른 한편으로 보면, 내가 겪은 일을 가지고 예술 작품을 만드는 것 역시 나에게 혐오감을 준다. 나와 혹시 생길지도 모를 내 독자들을 실제적인 삶의 흙탕물로부터 보호해 준다는 그 거리 두기가 나에게는 위선적이고 고집스러워 보인다. 심지어는 약간 기만적으로 보이기까지 한다. 도대체 문학의 언어라는 건 무엇일까? 다른 언어보다 어떤 점에서 우월한 걸까? 여기에서 문제가 되는 것은 바로 그것, 즉 트라우마와 관련된 표현 방식들의 위계를 따지는 일이다. 저마다 자기가 겪은 트라우마를 다양한 방식으로 표현할 수 있다. 가장 낮은 방식(통속적인 방식, 유혈의 참상을 보여 주는 방식, 생생하게 그려 내는 방식, 눈물을 쥐어짜는 방식)을 쓸 수도 있고, 가장 높은 방식(잘 쓰는 방식, 언어 사용을 모두 기록한 장부를 뒤집어 버리고 새로운 표현법에 도달하는 방식)을 쓸 수 있다. 그것 말고도 중간쯤 되는 방식(잘 쓰지도 잘못 쓰지도 않는 방식, 〈더 잘 쓸 수 있을 것 같다〉라고 하면서 진부한 주제에 관한 책을 다시 내는 방식)을 선택하는 사람도 있다. 그런데 왜 증언이 꼭 열등한 수준에 속해야 할까? 피해자가 열등한가? 피해자의 삶이 열등한가? 화자의 정직함이 그의 이야기를 열등한 책으로 만드는가? 아니면 이 모든 게 동시에 해당되는가?

나를 우월함의 위치에 두는 것, 언어의 기계 장치를 만들어 우월함에 도달하려 하는 것, 이야기 구조를 뒤집어 보려고 애쓰는 것, 전대미문의 무언가를 만들어 내어 지적인 평론가들의 호감을 사고 평범한 독자들의 수준을 넘어서는 자리에 나를 두려고 하는 것, 더 이상 내 삶을 담은 이야기 속에 있지 않고 문학 속에 있는 것; 그런 것들은 나를 불편하게 만든다. 그 이유를 어떻게 설명해야 할지 모르겠다. 그럼에도 나는 이런 관점을 선택해야 할 것 같다. 증언이 하위 문학이라고 생각하는 것은 문화적 엘리트주의의 태도지만, 그게 나를 보호하는 데 도움이 될 수 있다면 문화적 엘리트주의를 조금 활용해도 되지 않을까? 그와 동시에 내가 볼 때, 미학적으로 가치가 있는 작품을 생산하기 위해 불행이나 고문이나 비천한 경험을 이용하는 것은 도덕적으로 매우 추한 일 같다. 특히 이야기를 지어내지 않고, 자기가 실제로 겪은 고통을 이용하는 경우에 그러하다. 『롤리타』가 그 가치를 유지하는 것은 나보코프 자신이 소아 성애자가 아니었다는 조건을 갖추고 있기 때문이다. 만약 나보코프가 필명을 사용하고 문체와 약간의 수식을 활용해서 자신의 개인적인 경험을 소설로 변형해 얘기했다면, 그 책은 좀 문제가 되지 않았을까? 만약 그게 작가의 경험과 관련되어 있고 작가가 정말로 사귀고 학대했던 소녀와 관계된 것이라면, 그 책이 여전히 문학적 가치를 지닐까?

공포스러운 것을 가지고 아름다움을 창조하는 것, 그건 그냥 공포를 만드는 일이 아닐까? 그런 경우에 하나는 다른 하나 없이 갈 수가 없다. 폭력을 미학적으로 형상화하는 것, 공포심을 이용해서 독자를 인질로 삼는 것, 그건 예술적인 과오인 듯하다. 실제로 범죄는 아니지만, 진정한 사무라이에게는 어울리지 않는 편의주의적 능력 발휘처럼 보인다. 그래도 망치는 것(눈물을 쥐어짜는 책을 만드는 것, 독자에게 계속 수치심을 안겨 주는 피해자 관점의 책을 만드는 것)보다는 덜 심각할 것이다. 하지만 그런 책 역시 별로 바람직해 보이지는 않는다.

나 자신을 보호할 수 있는 픽션이라는 영역을 떠나고 나니 겁이 난다. 이 책을 출간함으로써 그저 성폭행에 관한 라디오 방송 프로그램에 초대받는 일만 벌어지는 건 아닌지, 그런 방송에 나가면 책의 내용을 요약해 달라는 부탁을 받게 되지 않을지, 듣는 둥 마는 둥 무감각하게 듣고 있는 청취자들이 책을 읽으려고 애쓰지 않아도 될 만큼 그 내용을 책의 언어보다 훨씬 더 간단한 언어로 요약해 달라고 부탁받지는 않을지 걱정된다.

그렇다면 바람직한 것은 무엇일까? 아무것도 없다. 바로 그게 문제다. 나는 그 일에 관해서 어떤 방식으로 말할지 고민했지만, 그 정답을 찾아내지 못했다. 말하지 않는 게 나을지도 몰라, 이런 식으로는 안 되겠어, 저런 방식도 또 다른 방식도 마땅해 보이지 않아, 만약 어떤 사람이 그런 일에 관해서 말한다면 나는 말하지 않아도 되는 거 아닐까, 하는 식으로 나는 생각했다.

사실 내 이상형은 멋진 그림책 작가 클로드 퐁티다. 어린 시절에 외할아버지한테 강간을 당했던 그는 위대한 예술가가 되었고 자기만의 예술 세계를 가지고 있다. 그 세계는 강간과 아무 상관이 없다. 아니, 따지고 보면 아무 상관이 없는 것은 아니다. 그의 세계는 우리가 물에 잠기듯 빠져들 수 있고 괴물들에 맞서 겁먹지 않고 싸울 수 있는 평행 우주, 우리가 모험을 벌여 승자가 될 수 있고 위안을 얻을 수 있는 세계다. 이 세계는 외부 세계의 잔인성에 맞서는 치료제다. 우리는 이 세계에서 자신의 공포에 더 이상 겁먹지 않는 법을 배운다. 하지만 클로드 퐁티는 학대나 강간을 직접적으로 언급하지는 않는다. 시간이 흘러 그가 상당한 명성을 얻게 되었을 때, 다시 말하면 그의 이름이 예술 세계와 결합되고 그가 창조한 이야기들이며 인물들과 결합되었을 때, 그는 발언의 자리를 마련하여 자기가 어린 시절에 겪은 일을 공식적으로 알렸다. 그의 어조는 강경했지만, 어느 정도의 평정심을 보이기도 했다. 사실 이제 그가 할 수 있는 일은 아무것도 없었다. 그는 자기를 지키기 위해 아무 일도 하지 않은 어머니를 탓하려 하지 않는다. 그의 어머니는 그를 가족 구성원들에게 맡겨 놓고 몇 달 동안 보러 오지도 않았고, 그를 강간범인 외할아버지 집에 하숙시키면서 그냥 버려두었던 사람이다. 클로드 퐁티는 우리가 **하나의 상시적인 먹잇감**이 되었을 때, 즉 우리가 언제든지 우리에게 해를 끼칠 수 있는 사람의 집에 살고 있을 때, 우리가 무엇을 느낄 수 있는지 설명해 준다. 그건 어떤 인터뷰 자리에서 한 말이다. 학대에 관한 이야기를 하다가 미술 수업에 관한 이야기로, 흑백 대신 컬러를 쓰는 그래픽적 선택에 관한 이야기로 넘어갈 수 있는 인터뷰 자리에서 말이다.

나는 어느 라디오 방송 프로그램에서 그가 한 기자에게 대답하는 소리를 들었다. 기자는 어린 시절에 겪은 폭력이 그의 삶에 흔적을 남겼는지 물었다. 그는 당연히 남겼다고 대답했다. 그의 목소리는 부드러웠지만 조금 놀란 느낌을 담고 있었다. 어떻게 그런 질문을 할 수 있는지, 마치 그게 명백한 사실이 아니기라도 한 것처럼 물어볼 수 있는지 놀라워하는 것 같았다. 그러고 나서 그는 이런 얘기를 들려주었다. 〈예를 들면 나는 수년 동안 뜀박질을 할 수가 없었어요. 내가 달음질을 하거나 몸을 놀려서 힘을 쓰면 숨소리가 들렸어요. 그러면 할아버지가 내 위에 있을 때 내던 소리, 할아버지가 까무러치듯이 흥분할 때 내던 소리가 생각났어요. 그렇게 떠오르는 게 견딜 수 없었어요. 머릿속이 텅 비어 버리는 것만 같았죠.〉 나는 그 말을 들으면서 내 심장이 두근거리는 소리를 들었다. 그 그림책 작가의 아름답고도 나직한 목소리에 내 심장 박동이 겹쳐지고 있었다. 그 대답 다음에 침묵이 흘렀다. 기자 역시 크게 동요한 게 분명했다. 그렇게 잠시 말문을 잇지 못하고 있다가 기자는 다른 질문으로 넘어갔다.

클로드 퐁티는 책들을 지은 과거의 피해자가 아니라, 어려운 어린 시절을 보낸 위대한 작가이자 만화가이다.[8] 블레즈 상드라르Blaise Cendrars가 시를 짓던 외팔이가 아니라, 한 팔을 잃게 된 시인이었던 것처럼 말이다.[9] 그 차이는 아주 크다. 그 차이가 모든 차이를 만든다.

그런데 픽션이 아니라 자전적인 형태로 글을 쓰기가 쉽지 않다. 나는 1인칭 단수에서 벗어나고 싶고, 어떤 인칭이든 복수로 도망치고 싶다. **내 삶을 이야기하고 있다**는 불쾌한 기분을 느끼고 싶지 않다.

이 대목에서 우리를 착각하게 하는 유추가 또다시 머릿속을 스친다. 마치 교활한 늑대처럼 발소리를 내지 않고 살그머니 우리 생각 속으로 끼어든다. 자서전은 당연히 내밀한 삶, 사적인 영역을 다루지 않는가? 이건 중요한 문제다. 특히 우리가 논의하는 주제처럼, 사적인 영역에 속하는 주제 — 어떤 주제를 사적인 영역으로 분류하는 것 자체가 억압적인 전략에 속한다 — 와 관련될 때에 더욱 그러하다.

강간 피해자들이 말하도록 내버려두는 것은 사람들이 내켜서 하는 일이 아니다. 사람들은 강간 피해자들에게 질문하는 것도 별로 좋아하지 않는다. 그 주제를 입에 올리지 않는다. 그건 그 일을 겪은 당사자들과 관련된 문제이고, 가족의 문제, 개인적이고 사적인 문제이다. 예전부터 그런 식이었다. 일상어로 들어온 표현들이 그 점을 입증한다. 〈더러운 속옷 집에서 빨기Laver son linge sale en famille〉가 바로 그런 표현이다. 이 말은 대개 수치스러운 일, 성적 학대나 억압이나 근친상간 같은 사건에 관해 침묵을 지키는 것을 의미한다.

미성년자 성폭행 사건과 관련해서 공개 재판을 하는 것, 그건 외설적인 일로 여겨진다. 그건 남들 앞에서 자기 속옷을 빠는 것과 같은 일이다. 나는 재판을 공개하기로 결정했을 때, 방청석에 내가 모르는 사람들이 앉아 있는 것을 보고 그런 느낌을 받았다. 하지만 가정 폭력이 곳곳에서 심하게 벌어지고 있다는 점을 고려하면, 그 사생활이라는 개념이 무슨 의미가 있는지 궁금해진다. 실제로 수십만 가정이 침묵을 지키는 가운데 계획적인 범죄가 자행되고 있다. 그 더러운 속옷, 그 수치스러운 일은 내 것이 아니라 우리 것이다. 그건 우리 모두의 것이다.

자크 프레베르의 시 중에 「빨래 La lessive」라는 작품이 있다. 한 가족이 더러운 속옷을 빨고, 가족의 명예를 더럽힌 젊은 여자를 비눗물에 빠트려 죽이는 내용이 담긴 시다.

그러자 아버지도 울부짖는다
이 모든 게 밖으로 나가지 못하게 해
이 모든 걸 우리 말고는 알지 못하게 해
그렇게 어머니가 말한다

피해자에게 그 자신이 겪은 일을 이야기해 달라고 부탁하는 건 피해자에게 고통을 느끼게 하는 일이라고 생각한다. 그런데 성적 학대 사건을 오직 당사자들하고만 관련된 일이라고 주장하는 것도 피해자를 다시 피해자로 만드는 일일 수 있다. 피해자를 고립시키는 것, 피해자가 자신이 겪은 일을 혼자 안은 채로 절대적인 고독 상태에 빠지게 하는 것, 그것 역시 공포 정치 체제에서 고문자들이 저지르는 행위이다. 그들은 피해자가 앞으로 혼자서, 가해자와 함께 있게 되리라고 믿게 한다. 이제는 단체도 없고 연대도 없고 의미도 없고 현실도 없다고 믿게 한다. 지하실에 너와 나 단둘만 있다고 믿게 한다.

그리고 그 젊은 여자는 짓밟히고 있어

식구들이 맨발로

짓밟고 짓밟고 짓밟지

어쩌면 나는 이 시행들을 제시하면서 나의 개인적인 삶을 이야기하는 것일지도 모르겠다.[10] 나는 내 원고가 그 대담성 때문에 관심을 끌게 되리라 생각하면서 어느 출판사에 원고를 보냈다. 출판사 편집인은 출간을 거부한다. 픽션이 아니라는 게 그 이유다. 그는 이 원고와 동행할 수 없을 것 같고, 대중과 서적상들을 상대로 이 원고를 옹호할 수 없으리라고 말한다. 그러고는 나의 의욕을 꺾거나 원고를 헐뜯지 않으려고 거절 편지의 형식적인 예의를 지켜 가며, 나에게 설명한다. 자기네 출판사는 오로지 문학만 출간한다고.

그런데 내가 보기에는 자서전이야말로 상상할 수 없는 것에 맞서 강력한 무기이고, 세계를 해부하기 위한 칼이며, 형식과 내용의 통일을 분명하게 내보이는 정치적이고 미학적인 선택이다. 자서전은 하나의 수단이지 결과가 아니며, 우리가 절대로 빠져나가지 못할 복잡한 회랑들로 이루어진 우주로 들어가는 문이다. 자서전 속의 이야기는 생각하는 데에 도움을 준다. 설령 이야기의 흐름을 계속 따라가다 보면 결국 사유의 실패에 도달한다고 할지라도, 그 과정에서 생각이 깊어지고 넓어지는 것이다. 서술을 해나가다 보면, 존재

328

하는 것을 언어로 기술하기가 불가능한 사태에 직면하게 되는데, 이런 것이야말로 언어의 본질을 탐구하는 방식이 아닐까? 왜 픽션만이 말로 표현할 수 없는 것의 영역으로 모험을 떠날 수 있다고 보는 걸까? 증언은 분석의 도구다. 날을 잘 갈아 놓은 도구는 살을 헤집고 뼈에까지 다다른다. 우리가 뼈에 다다르면, 예술은 결코 먼 곳에 있지 않다. 증언은 나에게 한계를 지우기도 하고, 내 경험을 가려내도록 강요하기도 하며, 경험의 특이성에 주목하게 하고, 경험이 있는 모습 그대로 드러나게 한다. 하지만 그것으로 끝나지 않는다. 증언은 경험이 있는 그대로의 실상보다 못한 것이 되지 않게 하기도 하고, 아무것도 아닌 것으로 전락하거나 침묵으로 돌아가는 일을 막아 주기도 한다. 그래서 경험은 다른 이야기 속에서 다른 목소리로 다시 전해질 것이고, 이리저리로 돌고 돌 것이다. 그리고 호랑이, 우리에 갇혀 있던 다른 호랑이가 마침내 나오게 만들 것이다.

증언이 그렇게 하듯, 문학의 목적 역시 그게 아닐까? 프레베르의 시에서 아버지는 〈이 모든 게 밖으로 나가지 못하게 해〉라고 소리치지만, 문학은 이 모든 걸 마침내 밖으로 내보내는 일을 목표로 삼고 있지 않을까?

사람들이 우리를 가지고 만들어 놓은 것을
우리 자신이 어떻게 만들어 가느냐 하는 것

아이들이 피해를 겪는 장면은 대중문화 예술 작품에서 적지 않게 찾아볼 수 있다. 영화를 보면 어린 시절을 나와 비슷하게 겪은 인물들이 많이 나온다. 그 수가 엄청나다. 좀 음산한 추리 영화를 보다 보면, 미성년자 성폭행 장면이 나오겠다 싶은 대목에서 정말로 그런 일이 벌어지는 경우가 많다. 한 인물의 살인적인 광기를 정당화할 만한 매우 충격적인 사건이 필요할 때, 미성년자 성폭행을 플롯에 넣는 것이 시나리오 작가들에게는 쉬운 일인 모양이다. 그리고 그런 설정은 언제나 관객의 관심을 끄는 효과를 보인다. 나도 한 아이가 작은 침대에 앉아 있고 가해자가 남이 보지 못하도록 그 침실 문을 닫는 장면을 보면 숨이 멎는 것 같은 공포를 느낀다.

그런데 그런 일을 겪고 성장한 어른들이 나올 때는 그들의 특성이 세심하게 배려된 모습으로 등장하지 않는다. 대체로 보면 그들에게는 두 가지 유형이 있다. 하나는 곤경을 극복하지 못하고 마약 중독자, 성 판매자, 자살자가 되는 사람들(에밀 졸라의 인물 유형), 다른 하나는 곤경을 극복하지 못하고 사이코패스가 되는 사람들. 그들은 폭력을 쓰면서 예전과는 반대로 남을 학대하기도 하고, 잔인하게 복수를 하기도 한다. 아이를 상대로 한 범죄가 도저히 받아들일 수 없는 끔찍한 것이기에 그들의 복수는 훨씬 더 화끈하고 야만적이다. 강간의 피해자가 고통에 시달리는 괴물, 고독한 괴물, 증오심이 가득한 괴물이 되는 것이다. 끔찍한 모욕을 겪고 성장한 사람이 그들과는 다르게, 복합적인 성격을 지닌 사람, 사회 조직에 동화되기는 했지만 어디를 가나 말로 표현할 수 없는 무거운 짐을 지고 다니는 사람으로 묘사되는 것은 아주 드문 일이다. 어쨌거나 통계를 살펴보면, 열 명에 한 명꼴로 사이코패스, 마약 중독자, 성 판매자가 있다고 하니, 그들 중에는 그 수가 상당히 많다고 볼 수 있다. 그렇듯이 예전에 피해를 당했던 사람들이 다른 사람들에 비해 삶에서 균형을 잃고 헤매는 경우가 더 많은 게 사실이지만, 그래도 우리 중 대다수는 남들 눈에 띄지 않게 여러 인간이 뒤섞인 군중 속으로 들어간다. 우리가 다른 상처들 속에 섞인 하나의 상처가 되는 것이다.

회복 탄력성이 좋은 게 피해자들에게 유익하다는 것은 알겠는데, 한 가지 받아들이기 어려운 점이 있다. 어떤 고통을 겪더라도 결국엔 정상적인 상태로 돌아가게 마련이라는 그 생각 말이다. 그건 다른 사람들이 아무런 노력을 기울이지 않고, 심지어는 그 가치도 알지 못하는 채로 누리는 것을 우리는 이중의 대가를 치러야만, 즉 수난과 그 뒤를 잇는 힘겨운 치유의 과정을 거쳐야만 얻을 수 있음을 받아들이라는 얘기다. 그보다는 차라리 회복 탄력성이 일종의 초월 같은 것이면 좋을 것이다. 보통의 삶에 도달하기 위해 애쓰기보다 그냥 그것을 초월해서, 광인이 되거나, 견자가 되거나, 성인이 되는 편이 더 바람직할 것 같다. 우리 대다수는 그런 식의 회복 탄력성을 바라지 않는다. 우리는 다른 사람들처럼 우리가 누구인지 드러내지 않고 시장을 보러 간다. 사람들이 우리에게 무슨 일이 있었는지 알아차리게 할 만한 것은 아무것도 없다.

생각조차 할 수 없는 엄청난 일을 겪은 사람이 보통 사람처럼 되는 것은 그다지 섹시한 결말이 아니다. 그것은 일종의 실패처럼 보일 수도 있다. 사람들이 피해자에게 부여한 역할, 즉 살아 있는 시체의 역할을 충실히 수행하는 것이나 다름없으니까 말이다. 그야말로 반항하지 않고 그냥 사람들이 바라는 대로 사는 것이다. 사회의 어떤 분야, 내가 종종 도피처로 삼았던 반문화 운동 단체에서 들은 얘기가 있다. 그들의 주장에 따르면, 보통 사람이 되는 것은 한 마리 양이 되는 일이다. 그리고 욕망에 장애물을 두는 것은 억압의 한 형태이다. 자기의 욕망을 있는 그대로 받아들이는 사람이 자기의 삶을 찬양하는 사람이다. 그는 문명 세계가 강요한 한계를 넘어서서 억누를 수 없는 갈증, 야성적이고 동물적인 갈증을 해소한다. 그런 동물성은 금지된 것에 맞서 싸울 수 있는 생명력, 저주의 불길에 휩싸여 스스로 탈 수 있는 힘을 지니고 있다. 말해 놓고 보니 마치 성적 매력을 논하는 것만 같다. 내가 앞서 말한 구체적인 장면들을 머릿속에 그리지 않는다면 말이다.

만약 우리에게 선택권이 있다면, 어린양보다 호랑이를, 개보다 늑대를 선택하지 않을 사람이 누가 있겠는가? 이따금 나는 나 자신보다 자기 운명의 주인이 되는 인물, 순수하지 않지만 승리하는 인물, 자기 몫의 그늘을 떠안는 인물, 자기의 모순과 분노와 욕망을 당당하게 드러내는 인물을 더 좋아하는 게 아닐까 하고 생각한다.

하지만 만약 내가 그 방향으로 나아간다면, 즉 지배당하다가 지배자가 되고, 다시 일어나 복수를 하는 전사가 되는 쪽으로 나아간다면, 만약 내가 니체적인 회복 탄력성을 지닌 사람이 된다면, 억누르는 자가 될 위험이 있지는 않을까? 내가 과거의 처지를 잊고 나보다 작은 존재를 억누를 위험은 없을까? 나보다 강한 어떤 힘에 맞서 일어서면서도 다른 힘을 억압하는 쪽으로 가지 않으려면 어떻게 해야 하는가? 어떻게 악을 초월하면서도 새로운 악을 향하지 않고 선을 향해 나아갈 수 있을까? 그리고 어떻게 해야 그 선이 우리에게 중요하고 매력적인 것으로 계속 남아 있게 될까?

훌리안 헤르베르트Julián Herbert의 『무덤의 자장가 *Cancíon de tumba*』[11]가 생각난다. 작가는 매춘부 아들로 살았던 경험을 실마리로 삼아 죽음을 앞둔 그 어머니에게 작별 인사를 올리고 압제와 한계 상황 속에서 살았던 과거에도 이별의 말을 바친다. 나에게 큰 감동을 준 문제의 장면은 이 책의 마지막 부분에 나온다. 화자가 이끄는 대로 파란만장한 여정을 기진맥진한 채로 따라가다가 마침내 휴식을 취하려 할 때 문득 그 장면이 나타난다. 그냥 하나의 여담이라 볼 수도 있겠지만, 나에게는 본질적인 대목이다.

책을 열면, 어머니는 중병에 걸린 채로 병원 침상에 누워 있고, 성인이 된 아들이 그 침상 머리맡을 지키고 있는 장면이 나온다. 아들은 자기를 사창가의 이 방 저 방으로 끌고 다녔던 그 여자를 살펴본다. 열정적이지만 가난하고 별난 삶을 함께 살게 해준 그 여자가 이제 곧 떠나가려 한다. 감상적인 노래들이 섞여 드는 드라마 속에서 더러움과 아름다움을 함께 겪었던 그 여자가 죽음을 눈앞에 두고 있는 것이다.

이 책은 그 화자의 경험과 1970년대부터 오늘날까지 멕시코의 역사를 나란히 놓고 이야기를 전개해 간다. 우리는 이 책을 읽으며, 어머니의 병든 몸과 조국의 발작적인 사회가 드러낸 몸을 마주하고, 죄의식에서 망각에 이르는 이중의 여행을 하게 된다. 회복 탄력성을 보여 주는 두 이야기가 겹쳐진다. 빛나는 현재, 아니 빛이 나지는 않더라도 빛을 향해 가고 있는 현재는 어둡고 지옥 같은 과거에 맞서 싸운 결과로 생겨난 것이다.

책의 말미에 이르면, 내가 즐겨 떠올리는 그 짤막한 대목에서, 화자가 세 살짜리 아들과 함께 나온다. 그는 어느 공원에서 아들과 함께 일상적으로 산책하는 얘기를 들려준다. 그 공원은 옛날에 그의 어머니가 일했던 사창가와 이름이 같다. 그 부자는 아들이 원하는 대로 이 길로도 가고 저 길로도 가면서, 지나가는 기차들을 바라본다. 화자는 자기가 살았던 것과 아주 다르게 어린 시절을 보내고 있는 그 어린아이와 발걸음을 같이한다. 그 아이는 원래 속해 있던 계급에서 탈주한 작가의 아들이고, 자기 몫을 잘 챙기는 작가의 아들이며, 시간을 내어 아이와 함께 개미들을 내려다보는 작가의 아들이다. 지금 이렇게 산다는 것은 거울의 저편에서 건너와 있는 것과 같다. 화자가 살았던 세계들 사이에 강렬한 대비가 이루어진다. 독자들은 이 장면이 주제에서 벗어나 있다고 생각할 수도 있을 것이다. 아닌 게 아니라 이 장면은 책의 두 가이드라인, 즉 매춘부 아들의 경험과 1970년대에서 1980년대에 이르는 멕시코 역사라는 두 축에서 떨어져 있다. 시간상으로 일종의 도약이 있고, 병원에서 어머니의 임종을 둘러싸고 펼쳐지는 이야기와 그 에필로그 사이에도 질적인 도약이 있다. 하지만 내가 보기에는 만약 그 모든 것의 양면성을 부각시키는 이 대목이 빠진다면 이 텍스트는 완전해지지 않았을 것 같다. 이 대목은 어떤 세계들을 양립하게 만들기가 얼마나 어려운지를 잘 보여 준다. 우리는 악몽에서 완전히 벗어나지 못한다. 악몽은 언제나 여기, 우리 곁에 있다. 하지만 기능적인 가족을 이루어 소시민적인 삶을 사는 게 하나의 선택이 될 수 있고 하나의 안식처가 될 수 있다. 만약 우리가 우리를 다시 덮쳐 오는 모든 것과 우리를 바닥 쪽으로 데려가는 모든 것을 통제할 수 있게 된다면, 가정을 꾸려서 사는 게 바람직한 선택이 된다.

나 역시 이제 가정을 이루고 산다. 내 딸과 그 아이의 아버지가 내 앞에서 서로 손을 잡고 오솔길을 걸어간다. 나는 그 모습을 다정하게 바라본다. 여러분은 이제 알 것이다. 내가 무슨 생각을 하는지, 내가 보통 무슨 생각을 하는지, 내가 어쩔 수 없이 상상할 수밖에 없는 게 무엇인지.

무엇이 우리를 구원하는가? 문학이 우리를 구원할 수 있을까? 치료법으로서의 글쓰기, 그건 내가 언제나 의심스럽게 여겼던 관점이다. 마치 이야기를 들려주는 것, 자신에게 이야기를 들려주는 것, 자신의 고통을 나누는 것, 그게 구원으로 가는 길인 양 여기기. 그런 생각은 언제나 나에게 반발심을 불러일으켰다. 글쓰기를 통해, 예술을 통해 자신의 고통에서 해방되는 것, 마치 독극물을 처분하듯이 우리 고통을 남에게 토해 버리는 것. 아니, 그건 아니다. 정말이지 나로서는 납득할 수 없는 일이다. 그런데 훌리안 헤르베르트처럼 부서진 삶을 살았던 작가들에게는 문학이 해주는 바가 있어 보인다. 그들은 문학의 도움을 받아 그들이 더 자유로운 사람이 되는 영토에 도달할 것 같다. 하지만 그건 어떻게 가능할까? 내가 이미 앞서서 말했듯이, 고통을 가지고 예술 작품 만들기, 폭력을 미학적으로 형상화하기는 이내 출구 없는 길이 되고 만다.

그 문제와 관련해서 데이비드 포스터 월리스가 한 말이 있다. **정말 변하지 않은 것이 하나 있다면, 그건 돈을 벌기 위해 글을 쓰는 게 아닌 작가들이 글을 쓰는 이유다. 그들은 그것이 예술이기 때문에, 예술은 의미이기 때문에, 의미는 힘이기 때문에 글을 쓴다.**

그런 작가들이 자기들보다 더 큰 어떤 것에 도달할 때, 그들이 해방되는 것이다. 고통보다 더 큰 것, 개인적인 경험보다 더 큰 것, 내가 처음에 말했던 강력한 적보다 더 큰 것에 도달할 때 진정으로 자유로워지는 것이다. 문학을 발견하게 되면 극도의 위험으로 가득 찬 우주, 삶의 힘과 죽음의 힘이 서로 맞서는 세계에 도달할 수도 있지만, 다른 땅에 다다를 수도 있다. 위안이 바로 그것이다. 위안의 한 형태, 누군가를 결국 구원에 이르게 할 만큼 충분한 위안은 아닐지라도 말이다.

양차 세계 대전을 오래도록 연구한 역사학자가 했던 말, 여러 해 동안 내 머릿속을 떠나지 않았던 그 말 — **그들은 할 수 있으니까 강간하는 거야** — 을 이제 내 방식대로 바꾸고 싶다. 마치 그 문장이 언제나 〈왜〉라는 질문에 들어맞을 만한 대답이기라도 한 것처럼 말이다. 나는 왜 이 책을 쓰는가? 그렇게 할 수 있기 때문이다. 그리고 그 군인들의 경우에 그랬던 것처럼, 이 대답은 무한히 이어진 프랙털처럼 퍼져 나가서 슬픔으로 이어지기도 하고, 분노와 기쁨에 다다르기도 할 것이다.

여기까지 읽었다면 다들 이해했을 테지만, 이 책의 주인공은 강간범이 아니다. 어떻게 그를 대신하여 글을 쓰겠는가? 나로서는 도저히 할 수 없는 일이다. 강간범이 증언을 써서 책을 낸다면 여러분이 지금 막 끝내 가고 있는 이 책(또는 훑어보고 있는 이 책)보다 더 재미있을 수도 있으리라고 생각한다. 사실, 나 자신의 책이 서점 진열대에 놓여 있는 것을 본다면, 내가 흥미를 느낄지 확신할 수가 없다. 반대로 내 의붓아버지가 에세이를 쓴다면, 나는 가장 먼저 그걸 읽을 것이다. 당연하다. 그건 내가 푹 빠져들어서 읽고 싶은 글이다.

하지만 여기 이 책의 진짜 주인공, 여주인공은 바로 나고, 나와 내 식구들이다. 내 식구들은 화려함이나 성대함이 없는 주인공들이고, 어쩌면 자기들의 작은 생활 공간, 자기들에게 남겨진 품위 있는 것들을 지켜 나가는 안티히어로들일 수도 있다. 우리 편 사람들은 대체로 너무 못되게 굴거나 도전적으로 행동하지 않는다. 어떤 모임에 초대받아 우리 이야기를 들려달라고 할 때, 몇 마디 말을 내뱉자마자, 울음을 터뜨리며 털썩 주저앉아 버리는 게 우리다. 이따금 텔레비전에 나가기도 하는데, 그 모습이 가관이다. 피로 때문에 눈가는 거무스레하고 조금 부어 오른 모습으로, 손을 부들거리면서 조리에 닿지 않는 말을 더듬더듬 이어 가려고 애쓴다. 우리 앞에 있는 사회자는 우리를 잘 이해하는 듯한 표정을 짓고 있지만 뭔가 병적이고 불건전한 것에 대한 얘기가 나오기를 목마르게 기다리는 눈치다. 우리는 그 사회자에게 그걸 줄 수 있기를 바라지 않지만 결국엔 주고 만다.

우리는 다수다. 우리는 수가 많다. 해마다 수십만 사람들이 아침에 깨어나거나 밤에 잠자리에 들면서 우리 중 한 명으로 변화한다. 그림자들의 군대, 대개는 입을 다물고 사는 군대, 약음기를 단 채로 조용히 살아가지만 그 일에 대해서 적게 생각하지는 않는 군대에 들어온다. 우리에게 힘을 주는 것은 고소나 고발을 해서 대토론을 벌이는 게 아니다. 고소나 고발을 하면 어차피 우리가 가해자들을 이길 수밖에 없으니까 말이다. 내가 보기에 도덕적 우위는 이 분야에서 실제적인 승리가 아니다. 나는 절대로 우위를 차지하지 못할 것이다. 강간과 관련해서는 승리라는 게 있을 수 없다. 아니 어쩌면 아주 작은 것들이 있을 수는 있다. 서로 가는 길이 달라질 수는 있는 것이다. 무수히 많은 사람들이 그랬듯이, 나는 오로지 신뢰하는 것 말고는 다른 것을 할 수 없는 나이에, 강간당했고, 모욕당했고, 배신당했다. 하지만 어른이 되고 나서는 누구를 강간하지도 모욕하지도 배신하지도 않았다. 우리는 최선을 다해 우리 주위의 아이들을 보호하고, 아이들이 가는 길에 나타나는 방해물을 치운다. 우리는 잇달아 제기되는 문제들에 용감하게 맞선다. 우리는 우리 작은 손으로 침묵의 씨실을 풀고, 더없이 단단하게 지어 놓은 매듭을 참을성 있게 풀어 간다. 지금 우리가 짜고 있는 쐐기풀 셔츠가 완성되면, 다른 셔츠가 풀리는 일이 벌어질 것이고, 그러면 우리는 긁힌 손으로, 물집이 잡힌 손으로 다시 옷을 만들 것이다. 우리는 또다시 울 것이고, 비 오듯 눈물을 흘릴 것이다.

정상 세계와 딴 곳

마지막으로, 바로 앞에서 내가 말한 것을 한 사람의 이야기를 통해 예증하는 짤막한 문학 작품 하나를 더 소개하고 싶다. 내가 영어권의 참고 자료를 많이 쓰는 것은 그쪽의 문학이 다른 언어권의 문학보다 폭력에 더 관심을 기울이기 때문이 아니다. 단지 내 가까이에 관련 자료들이 있었기 때문이고, 내가 영문학을 공부했기 때문이다. 이런 문학 자료들은 다른 데서도 찾아볼 수 있고, 어디에나 있다.

이제 미국 작가 메리 게이츠킬의 단편 소설 「딴 곳 The Other Place」의 화자인 40대 남자의 이야기를 들어보자. 그는 열세 살짜리 자기 아들이 걱정스럽다고 얘기를 시작한다. 그 아이는 공포 영화를 보거나 살인 비디오 게임을 즐기면서 시간을 보낸다. 그는 아이가 폭력 장면을 마주하고 있을 때 온몸에 전기가 흐르는 듯한 기분을 느낀다는 사실을 알아차렸다. 그것을 알아차린 것에 그치지 않고, 그게 어떤 기분인지를 기억해 낸다. 그는 스스로도 오랫동안 그 기분을 느껴 보았기 때문에 그게 어떤지 알고 있다. 그래서 그는 스스로 다스리는 법을 배운 그 기분을 다시 느낀다.

그는 그게 언제 시작되었는지 들려준다. 그건 그가 사춘기 때의 일이다. 극단적인 폭력에 병적으로 매료되던 때부터 폭력을 실행에 옮길 뻔했던 때까지, 그 짜릿한 기분이 점점 강하게 느껴졌다. 그는 기능 장애 상태에 빠진 가정 출신이었다. 부모는 이혼을 했고, 어머니는 이기적인 데다가 경박했다. 친구들은 절단기로 사람들을 잘라 버리는 사내들을 그려 놓은 배경 막 앞에서 술을 마시고 담배를 피우고 마약을 하기도 하는 아이들이었다. 그는 정말이지 폭력적인 세계 속에 살고 있었던 셈이다. 하지만 그는 자기 친구들이 자기만큼 폭력에 관심을 기울이고 있지 않다는 점을 깨달았다. 화면에 젊은 여자가 어두운 길에서 포식자에게 쫓기는 장면이 나올 때에 그들에게는 특별한 일이 일어나지 않았지만, 그에게는 분명히 어떤 일이 벌어지고 있었다. 그때 그는 전율을, 전기가 통하는 듯한 찌릿한 기분을 느꼈다. 그런데 이제 사춘기를 맞은 자기 아들에게 그런 일이 일어나고 있음을 알게 된 것이다.

그 남자는 사업이 날로 번창해 가는 부동산 중개인이다. 사랑하는 여자와 결혼해서 서로 신뢰하고 소통을 잘하는 관계를 유지하고 있다. 그는 아내에게 자기의 과거나 건전치 못한 성향에 관해서 이야기하기도 했다. 아내는 그 모든 것을 야성적이고 격하기 쉽고 상처가 많았던 젊은 시절의 일로 받아 주었고, 자기 역시 젊은 날을 그렇게 보냈다고 말해 준다. 자기는 과도한 약물 사용과 성행위에서 위안을 얻었다는 것이다(하지만 화자는 정확히 말해서 그들이 같은 종류의 격동적인 삶을 살았던 게 아님을 알고 있다). 화자는 자기 아들의 어린 시절을 묘사해 준다. 아이가 고문당한 사람들의 몸을 어떻게 그렸는지, 아이가 어떤 악몽을 꾸는지, 아이가 자신의 강박적 성향을 이겨 내기 위해 어떤 행위들을 실행에 옮기려 하는지 설명해 준다. 그런 이야기는 화자 자신의 파란만장했던 과거 이야기와 뒤얽힌다. 기이한 뒤섞임이다. 독자는 이런 감정을 느끼다가 저런 감정을 느끼기도 하고, 과거에 겪은 일에 대한 얘기 때문에 공포를 느끼다가(살인에 대한 환상을 품고 있던 소년이 어떻게 살인을 실행에 옮기는 쪽으로 접근하는지 서술해 가니 그럴 수밖에 없다), 아들에게 공 던지는 법이나 낚시질하는 법을 가르쳐 주는 자상한 아버지의 노력 앞에서 다정함을 느끼기도 한다.

그 남자의 기억에 따르면, 그는 남들 모르게 양면성에 빠져 있었고, 그런 상황을 언제나 좋아했다. 사춘기 소년이던 때에, 그는 밤중에 이 집 저 집 정원들을 산책했고, 창문 너머로 집 안을 들여다보았다. 심지어는 어둠 속에서 잠자고 있던 이웃집 작은 여자 쪽으로 몸을 기울여 살펴보기도 했다. 어찌나 가깝게 몸을 기울였던지 그녀의 가슴이 오르내리는 것을 볼 수 있었다. 그에게는 자기를 그렇게 이상한 장소로 이끌어 가는 변곡점이나 전환점 같은 것이 있었다. 흥분이 고조되고 강렬한 욕구가 이는 그런 상태를 그는 〈딴 곳〉이라 부른다. 그는 그런 상태에 빠졌을 때 정신을 잃지 않으려고 노력했다.

그러던 어느 날, 그는 권총 한 자루를 손에 넣는다. 그는 히치하이크를 시도한다. 한 여자가 그를 승용차에 태워 준다. 그는 운전하는 여자를 권총으로 위협하면서, 자기가 점찍어 놓은 폐가 쪽으로 가도록 강요한다. 그 집에서 그녀를 죽이기로 작정해 둔 것이다.

정상 세계와 딴 곳이 합쳐지며 같은 세계로 바뀌어 가고 있었다. 그 방식은 빠르기도 하고 느리기도 했다. 마치 자동차 사고가 빠르기도 하고 느리기도 한 것처럼.

여자는 그가 지시하는 대로 운전해 간다. 그가 자기 계획을 실행에 옮기기 위해 점찍어 놓은 곳을 향해 가는 것이다. 그러다가 갑자기 길가에 차를 세운다. 여자는 협력하기를 거부하고 그에게 말한다. 자기를 죽이고 싶으면 당장 죽이라고.

여자는 다시 내 쪽으로 눈을 돌렸다. 그러고는 내 얼굴을 빤히 바라보며 말했다.

「어떡할래? 그렇게 할 거야 말 거야?」

내 머릿속에 단어들이 나타났다. 마치 표지판에 나타나듯이.

「나는 하고 싶지 않아.」

여자는 앞쪽으로 몸을 기울이며 비상등을 켰다. 「내 차에서 내려.」 그녀가 차분하게 말했다. 「너 때문에 시간을 낭비하고 있잖아.」

여자의 그런 냉정함 때문인지, 아니면 그냥 두 사람 사이에 상호 작용이 이루어지기 시작했다는 사실 때문인지, 그는 내면에 갇혀 있던 상황에서 벗어나 현실로 돌아온다. 그의 욕망이 즉시 사그라들고, 살인 계획을 실행에 옮기겠다는 욕구가 사라진다. 독자들 편에서 보아도, 두 사람이 차 안에 있는 바로 그 순간에, 두 세계가 겹쳐진다. 모두가 동시에 빛의 세계와 어둠의 세계 속에 있고, 모두가 동시에 혐오와 공감 속에 있다.

바로 그 장면에서, 주인공은 자기가 어떤 경계를 마주하고 있고, 그 경계를 넘어서면 자기의 모든 삶이 무너져 내리리라는 것을 깨닫는다. 마음에 품은 욕심을 실행에 옮기는 것의 의미, 그 작은 변화 때문에 우리가 환상에서 벗어나 현실로 넘어가고, 모든 게 달라진다는 점을 깨달은 것이다. **정상 세계와 딴 곳이 합쳐지며 같은 세계로 바뀌어 가고 있었다.** 잠깐 동안은 그게 가능해 보인다. 심지어는 피할 수 없는 일로 보이기까지 한다. 모든 것이 그런 상태에 이르도록 준비되어 왔으니까 말이다. 그러다가 갑자기 그게 넘어설 수 없는 일로 보인다. 자기가 더 멀리 갈 수 없으리라는 생각이 드는 것이다. 그는 어렴풋이 깨닫는다. 〈딴 곳〉이 있다는 걸 아는 사람은 자기만이 아니라는 사실을.

그 여자가 가고 난 뒤에 나는 깨달았다. 그녀가 경찰에 신고할 수도 있으리라고. 하지만 내 마음속 깊은 곳에서는 그녀가 그러지 않으리라는 느낌이 들었다. 딴 곳에는 경찰이 없으며, 그 여자는 딴 곳에서 온 사람이라는 느낌이.

어둠 속에서 왔다가 떠나간 그 여자의 얼굴은 오랫동안 우리 화자의 머릿속을 떠나지 않았다. 그러다가 여러 해가 흐른 뒤에 이렇게 다시 그의 마음속에 나타났다. 그의 마음속뿐만 아니라 아들의 마음속에도 그 모습을 드러낸 것이다. 그렇다면 자기 안에 있던 그 세계가 어떻게 나타났는지 이해하기위해서 자기가 걸어온 길을 돌이켜 보아야 한다. 그래서 그는 아이의 마음을 이해하는 데에 도움을 줄 만한 실마리를찾기 위해서 자기 나름대로 분석 체계를 수립했다. 그리고바로 그 분석 체계를 이야기 형태로 바꾸어 우리에게 들려주는 것이다. 그는 악화 요인들의 영향력을 감소시키기 위해다음과 같은 대응책들을 찾고 있다. 비디오를 보는 것은 마음속에서 만든 환상들을 스크린에 영사하는 거나 다름이 없으므로, 비디오를 보는 대신 신체 활동을 해서 현실 속에 뿌리 내리기. 아이 자신에게 신뢰감을 주는 상황 만들기. 아이를 질식시키지 말고 사랑으로 감싸기. 지난 일을 잊어버리거나 모든 걸 변화시키는 것은 의미가 없다. 언제나 존재하는그 차원의 세계, 아이의 인격을 구성하는 요소인 그 세계를빼고 생각할 수는 없으니까 말이다. 그는 아들이 자기 안에있는 괴물을 길들이도록 도와주는 방법을 찾고 있다. 그리고아이가 쓰러지도록 내버려두지 않을 것이다.

아이의 내면 어딘가에 딴 곳이 있다. 지금은 그곳이 조용하지만, 나는 그곳이 거기에 있음을 안다. 나는 아이가 딴 곳에 혼자 있지 않으리라는 것도 안다. 아이는 내가 거기에 자기와 함께 있으리라는 점을 모를 것이다.

우리는 절대로 딴 곳을 화제로 삼지 않을 테니까. 하지만 나는 거기에 있을 것이다. 아이는 딴 곳에 혼자 있지 않을 것이다.

아이는 딴 곳에 혼자 있지 않을 것이다. 그 마지막 말을 다시 읽을 때마다 눈물이 난다.

그는 아들에게 말하지 않을 것이다. 아들이 무어라 이름 붙일 수 없는 그것에 맞서 싸울 때 아들 곁에 있을 거라고 말하지 않을 것이다. 하지만 그는 거기에 있을 것이다. 그 사람 스스로 약속을 하고 있다. 우리는 그 고백을 알고 있는 미지의 사람들이지만, 그는 우리에게 고백을 한 것이다. 내가 눈물짓는 까닭은 그 눈에 보이지 않는 다른 차원이 위협이나 공포가 아니라 사랑의 차원이 될 수 있다는 점 때문이다. 나역시 그렇게 비밀스러운 호의가 존재함을 믿는다. 나는 상황이 허락한다면 그런 일을 하러 나선다. 남들이 모르게 나한테 가해졌던 악에 맞서서 복수를 하듯이, 그런 일을 한다. 우리 무수한 그림자들에 속해 있는 다른 사람들도 저마다 자기 구석에서, 자기가 살아갈 땅으로 주어진 그곳에서, 똑같은 일을 하고 있음을 나는 안다.

어둠의 나라

딴 곳이라는 그곳이 나에게는 이웃 나라와 같다. 딴 곳에 있다는 것은 환상 문학 속에 있는 것, 우리 세계 바로 옆에 있는 세계 속에 있는 것, 또는 우리 세계 위에 포개져 있는 세계, 네 번째 차원의 세계 속에 있는 것이나 다름이 없다. 그 세계에 한번 떨어지면, 그 뒤로는 거기에서 빠져나올 수가 없다. 그림자 하나가 윤곽을 드러내면, 우리는 자기도 모르게 그쪽으로 몸을 돌린다.

그 어둠의 나라에 가는 사람들이나 가본 사람들을 만날 때가 있다. 나는 그들을 알아본다. 그들의 눈 속에 무언가가 있다. 그들 역시 나에게서 그걸 보리라고 생각한다. 그렇게 서로 알아보는 일은 침묵 속에 이루어지고, 우리는 그것에 대해서 말할 수 없다. 무어라고 말해야 할지 모르기도 하다. 사실 알 필요도 없다. 정말 우리가 어떤 말을 해야 하는지 알 수 있다면, 우리는 무어라고 말할까?

그런 남자가 우리 집 가까이에 살고 있다. 그는 왕년에 **판디예로**(갱단의 일원) 노릇을 하다가 자기 고향 마을에 돌아온 사람이다. 그는 농사를 짓고, 젖소들이 풀을 뜯는 아버지 땅을 관리한다. 때로는 오래되고 찌그러진 초록색 픽업트럭을 몰며 지나가고, 때로는 걸어 다닌다. 우리는 이따금 서로 마주친다. 어쩌다 가장 가까운 도시로 가는 미니버스에서 서로 마주보고 서 있는 때도 있다. 그는 목이나 눈 밑에 이르기까지 몸 곳곳에 타투가 있다. 나이는 나랑 거의 비슷하다. 우리는 같은 세계 출신이 아니다. 나는 그가 어디에 있다 왔는지 모른다. 그 사람도 내가 어디에 있다 왔는지 모른다. 하지만 예의를 갖춰 날씨가 좋네요, 하는 식으로 몇 마디 말을 주고받을 때면, 나는 마치 호수 수면 아래로 물고기가 헤엄치는 것을 보듯이 그의 눈을 읽는다. 그 사람 역시 마치 펼쳐놓은 책을 읽듯 나를 읽는다. 내가 책이라면, 나는 그가 완전히 이해하는지 분명하지 않은 언어, 하지만 그에게 명료하게 다가가는 언어로 된 책이다. 나는 사람들이 그에게 정확히 무슨 짓을 했는지 짐작할 수 없다. 사람들이 그에게 한 짓을 잊기 위해 그가 어떤 일을 했는지도 알아맞힐 수 없다. 하지만 그가 살아 있는 유령, 자기 운명을 스스로 선택해 본 적이 없는 사람이라는 것은 안다. 확신할 수는 없지만, 그 사람 역시 나의 그러한 점을 알고 있다는 느낌이 든다. 그건 슬픈 일이 아니다. 좀 이상하기는 하지만, 하나의 명백한 사실일 뿐이다. 우리는 무어라 말로 표현할 수 없는 그것을 공동으로 가지고 있다. 그렇다고 해서 그것이 우리를 친구나 그 비슷한 존재로 만들어 줄 수 있는 건 아니다.

우리는 그 세계가 언제나 저기, 길모퉁이에 있음을 알면서 살아가는 법을 배운다.

그 세계는 피해자와 가해자가 모여 있는 세계다. 내가

생각하기에 피해자든 가해자든 모두가 거의 같은 어둠이다. 그 세계에서 우리는 악을 무시할 수 없다. 악은 여기저기 도처에 있다. 악은 모든 것의 색깔과 맛을 달라지게 만든다. 악을 무시하거나 잊는 것은 선택지가 아니다. 우리가 악에서 도망치면 칠수록 악이 더 빨리 우리를 잡으러 오기 때문이다. 하지만 그 세계에 들어가지 않고 가장자리에 버티며 살 수는 있다. 그 세계의 문턱에 머무는 법을 배우라. 그렇게 도전하라. 우리 운명들의 줄 위로 곡예사들처럼 걸어라. 비틀거릴 수는 있지만, 다시 한번 말하거니와, 떨어지지 말라, 떨어지지 말라. 떨어지지 말라.

미주

1부 초상화들

1 『롤리타』 제1부 32장에 나오는 대목. 작가는 『롤리타』의 문장이나 대목을 인용할 때, 모리스 쿠튀리에Maurice Couturier의 프랑스어 번역(Gallimard, 2001)을 끌어 쓴다. 이 쿠튀리에의 번역은 1959년 나온 에리크 카안Eric Kahane의 첫 번역보다 원문에 더 충실하다는 평가를 받았지만, 모든 번역이 그러하듯 원문과는 여전히 미세한 차이를 보일 수밖에 없다. 역자는 작가의 뜻을 존중하여 나보코프의 영어 원문이 아니라 쿠튀리에의 프랑스어 번역을 옮긴다.

2 조니 할리데이가 1969년에 발표하여 큰 인기를 얻은 노래 「내가 얼마나 널 사랑하는지Que je t'aime」 2절의 가사.

3 『롤리타』 제2부 29장에서.

4 『롤리타』 제2부 32장에서.

5 『롤리타』 제1부 5장에서 화자 험버트는 자기가 위선적인 사회의 희생자임을 강조하기 위해 이런 식으로 위대한 시인 단테와 페트라르카를 끌어들이지만, 두 가지 점에서 이 주장에는 무리가 있다. 첫째, 단테가 아홉 살짜리 베아트리체를 만난 것은 열 살 또는 아홉 살 때의 일이라 소아 성애라 할 수 없다. 둘째, 페트라르카가 라우라를 만나 자기의 뮤즈로 삼은 때는 그가 스물세 살 나던 해였고 그녀는 열일곱 살이었으므로 이 역시 소아 성애와는 거리가 멀다.

6 『롤리타』 제1부 29장에서.

7 『롤리타』 제2부 36장에서.

8 『롤리타』 제1부 32장에서.

9 『롤리타』제2부 32장에서.

10 모리스 쿠튀리에(1939~)는 프랑스의 나보코프 연구가이자 번역가로, 1959년 에리크 카안이 프랑스어로 번역한『롤리타』를 2001년에 다시 번역한 것으로 잘 알려져 있다.

11 메리 게이츠킬Mary Gaitskill(1954~)은 미국의 소설가이자 에세이스트로, 주로 내면의 갈등을 겪는 여성 캐릭터에 관한 소설을 써왔으며, 매춘, 약물, 중독, 사도마조히즘 같은 금기성 주제들을 있는 그대로 다루어 왔다. 인터뷰를 통해 나보코프에 대한 한결같은 애정을 표시했으며, 자기 삶이 다할 때까지 가장 좋아하는 열 권의 책 안에『롤리타』가 있으리라고 말했다.

12 『롤리타』제2부 3장에서.

13 프랑스 텔레비전에서 주 1회 방송하던 문학 토크쇼. 언론인이자 작가인 베르나르 피보가 1975년에 시작하여 15년 동안 진행을 맡았다. 나보코프, 솔제니친, 쿤데라, 심농, 뒤라스 같은 명성 높은 작가들을 초청하여 대담을 나누기도 하고 여러 작가를 한자리에 모아 특정 주제를 놓고 토론을 벌이기도 하면서 프랑스 문단과 출판계에 큰 영향력을 행사했다. 나보코프는 1975년 5월 30일에 장비나 장식을 다시 꾸민 특별 방송 세트장에서 대담을 나눴다. 그는 책들을 여기저기 쌓아 놓은 책상 앞에 앉은 채로 등장했다. 글이 적힌 매체가 없으면 그가 사실상 자기표현을 할 수 없다는 게 그 이유였다. 그는 질문을 미리 알려 달라고 요구했고, 베르나르 피보는 그 요구를 받아들였다. 그래서 나보코프는 대답을 준비할 수 있었고, 대답이 적힌 메모들은 책상에 놓인 책 더미 사이에 숨겨져 있었다.

14 『롤리타』제1부 33장에서.

15 외프라지Euphrasie는 빅토르 위고의『레미제라블』의 중요한 인물 코제트의 본명인데, 〈좋은 응원〉을 뜻하는 그리스어에서 나온 이름임에도 소설에는 거의 나오지 않는다. 코제트가 마리우스에게 이 본명을 알려 주었을 때, 마리우스가 〈넌 외프라지가 아니라 코제트야〉라고 말할 정도로 무시당하는 조금 안쓰러운 이름이다. 조에Zoé는 오늘날에 널리 퍼져 있는 여자 이름인데, 〈생명〉을 뜻하는 그리스어에서 나왔지만 갑각류의 유충을 가리키는 보통 명사이기도 해서 딸아이에게 붙이기가 망설여지는 이름이다. 그런 이름들도 사람들이 어렵지 않게 받아들였는데, 하늘에서 내리는 눈을 가리키는 〈네주〉를 여자아이 이름으로 받아 주지 않은 상황을 개탄하는 것이다.

16 마일리스 드 케랑갈의 짧은 소설 『밤의 그 경기장에서*À ce stade de la nuit*』 중에서 발췌한 문장. 한국어 번역판은 나오지 않았지만, 2014년에 초판, 그 이듬해에 증보판이 나온 이 책은 2013년 10월 이탈리아 최남단의 섬 람페두사 부근 지중해에서 벌어진 대규모 난민선 침몰 사고를 바탕으로 삼아, 〈람페두사〉라는 이름이 작가에게 개인적으로 상기시키는 바를 겹쳐 놓으면서 이야기를 전개한다. 〈한 이름의 이동〉이라는 상징적인 기법을 통해, 주세페 토마시 디 람페두사의 소설 『표범』에 그려진 이탈리아 귀족 계급의 몰락과 람페두사섬의 해역에서 벌어진 난민선 침몰이 상징하는 현대 세계의 난파를 아울러 보여 준다.

17 프랑스의 시인이자 연극 이론가인 앙토냉 아르토(1896~1948)가 1947년에 오랑주리 미술관에서 열린 반 고흐 전시회를 관람하고 난 뒤에 쓴 에세이 『반 고흐, 사회성 자살자*Van Gogh le suicidé de la société*』에서 발췌한 문장.

18 버지니아 울프 사후에 출간된 산문집 『실재의 순간들*Moments of Being*』 중 「과거의 스케치A Sketch of the Past」에서 발췌.

19 안토니오 오르투뇨의 단편 소설집 『헛된 야망*La vaga ambición*』(2017)에 실린 첫 번째 단편 소설 「기름 한 모금Un trago de aceite」의 한 대목. 주인공 소년 아르투로의 어머니는 〈하고 싶지 않은 일을 참고 하는 것〉을 가리켜 〈기름 삼키기tragar aceite〉라는 말을 자주 했다. 그 영향을 받아 소년도 하고 싶지 않은 일을 억지로 할 때면 〈기름을 삼켰다〉라고 말한다. 오르투뇨의 이 작품집 『헛된 야망』은 6편의 작품을 담고 있는데, 우리나라에는 번역되지 않았지만, 빼어난 단편 소설들을 담고 있어서. 2017년 스페인에서 주는 유명한 국제 단편 문학상인 리베라 델 두에로 단편 문학상을 수상한 바 있다.

20 조니 할리데이가 1986년에 발표한 노래 「Je te promets」(너에게 약속할게)의 첫 대목과 끝 대목의 가사.

21 아르튀르 랭보가 1871년에 지은 시 「도둑맞은 마음Le Cœur supplicié / Le Cœur volé」의 3연에서 두 번 되풀이되는 시행.

22 아르헨티나 시인 알레한드라 피사르니크(1936~1972) 사후에 출간된 『시 전집*Poesía completa*』(2011)에 실린 시 「깨어나기El despertar」 중에서.

2부 유령

1 줄리언은 일반적으로 남자의 이름이지만, 버지니아의 친구 줄리언 모렐은
오톨린과 필립 모렐의 쌍둥이로 태어난 딸이었다. 함께 태어난 오빠는 사흘
뒤에 갑작스럽게 사망했다.

2 「어린양The Lamb」의 2연이 바로 그 대답이다. 〈자그마한 어린양아, 내가
네게 말해 줄게. 자그마한 어린양아, 내가 네게 말해 줄게. 그분은 너의 이름으로
불려, 스스로 자신을 어린양이라 부르셨거든. 그분은 어린아이가 되었어. 나는
어린아이 너는 어린양, 우리는 그분의 이름으로 불려. 자그마한 어린양아,
하느님이 널 축복하시길. 자그마한 어린양아, 하느님이 널 축복하시길.〉

3 르완다의 집단 학살 생존자들의 증언을 담은 첫 번째 책은 『삶의 알몸
속으로Dans le nu de la vie』(2000)이고, 그 집단 학살에 관한 두 번째 책은
학살자들의 증언을 담은 『정글 칼의 계절Une saison de machettes』(2003)이다.

4 골리아르다 사피엔차(1924~1996)는 이탈리아의 배우이자 아나키스트
파르티잔이자 작가이다. 다양한 면모를 지닌 복합적인 인물이지만, 사후에
『기쁨의 기법』이라는 놀라운 소설이 출간되면서, 20세기 이탈리아 문학의
가장 중요한 작가군에 속하게 되었다. 『기쁨의 기법』은 1967년에서 1976년
사이에 쓰인 소설이지만, 그 반체제적이고 페미니즘적인 내용 때문에 이탈리아
출판인들이 계속 출간을 망설였기에 작가 사후인 1998년에 남편이 자비로
출판했지만, 당시에는 관심을 끌지 못했다. 그러다가 2005년 독일어판과
프랑스어판이 나오면서 베스트셀러가 되고 스테디셀러가 되었고, 그제야
이탈리아에서 비로소 가치를 인정받았다.

5 막내 여동생이 요정과 약속한 대로 굳게 침묵을 지키며 고통을 참고 옷을
만들어 오빠들을 구원하는 이 동화는 유럽에 널리 퍼져 있던 민담을 바탕으로
작가가 다시 지어낸 것이다. 독일의 그림 형제가 쓴 동화에도 「여섯 마리
백조」, 「일곱 마리 까마귀」, 「열두 형제」 같은 비슷한 이야기가 있고, 덴마크의
안데르센도 비슷한 만화를 세련되게 개작하여 「야생의 백조」(우리나라에는
대개 「백조 왕자」로 소개됨)를 쓴 바 있다.

6 예를 들면, 우리나라에 아직 번역되지 않은 단편집 『박물학Storie
naturali』(Einaudi, 1966)에는 과학적이고 SF적인 성격을 지닌, 해학적인
작품들이 담겨 있다.

7 독일의 두 기자가 가출 청소년에 관한 르포를 쓰기 위해 취재를 하던

중에, 크리스티아네 F.라는 소녀의 이야기에 매력을 느껴 2개월에 걸쳐 매주 4~5일씩 인터뷰를 하고 그 기사를 모아 책으로 냈다. 1978년 주간『슈테른』에 연재되었다가 이듬해 책으로 출간되자마자 베스트셀러가 되었고, 1981년에 〈나는 크리스티안 F., 마약하고 매춘하는 13세 소녀〉라는 제목으로 프랑스판이 나와 역시 큰 인기를 얻었다.

8 클로드 퐁티는 프랑스를 대표하는 그림책 작가이다. 1985년 딸아이 아델의 탄생을 축하하기 위해 처음으로 딸아이를 위한 그림책을 만들었고, 이듬해 그것을『아델의 그림책 *L'Album d'Adèle*』이라는 제목으로 갈리마르 출판사에서 출간하면서 그림책 작가의 대장정을 시작했다.『블레즈와 안 이베르세르의 성 *Blaise et le château d'Anne Hiversère*』,『병아리들의 천 가지 비밀 *Mille secrets de poussins*』등 병아리들을 주인공으로 삼은 다수의 그림책을 포함해 이제까지 79종의 작품을 창작했다. 한국에는 그중『끝없는 나무』,『심술꾸러기 두두』등 네 작품만 출간되었다.

9 블레즈 상드라르(1887~1961)는 아쉽게도 한국에 번역된 적은 없지만 20세기 전반기에 활동한 뛰어난 시인이자 소설가이다. 아폴리네르, 샤갈, 모딜리아니 등과 우정을 맺고 활발하게 시작 활동을 벌이다가, 제1차 세계 대전이 발발하자 자진 입대하여 전쟁에 참여하였다. 1915년 9월 독일군에 맞서 상파뉴 전투를 벌이던 중에 오른팔에 기관총 소사를 당해 심한 부상을 입었다. 그 뒤에 팔꿈치 위쪽을 절단하는 수술을 받고 한 팔을 잃었다. 오른손잡이가 오른팔을 잃게 된 것이다.

10 자크 프레베르의 시「빨래」는 1946년에 나와 대중의 큰 사랑을 받은 시집 『말 *Paroles*』에 실려 있다. 109행에 달하는 짧지 않은 시라서, 책의 이 대목을 온전히 이해하자면 다음과 같이 여러 행을 함께 읽어 보는 게 좋을 듯하다.

> 그 여자를 식구들이 원망하고 있었어
> 그 집의 젊은 여자를 말이야
> 그 여자는 벌거벗은 채로… 울부짖고… 흐느껴 울고…
> 그러다 개밀 뿌리줄기를 말려서 만든 솔로 머리를 얻어맞고
> 그렇게 아버지가 철이 들라 타이르고
> 그 집의 젊은 여자
> 그 여자는 멍이 들고

그리고 온 식구가 그녀를 물에 빠뜨리고
그녀를 물에 빠뜨리고
그 여자는 피를 흘리고
그 여자는 울부짖고
그러나 그 여자는 이름을 말하지 않고…
그러자 아버지도 울부짖지
이 모든 게 밖으로 나가지 못하게 해
이 모든 걸 우리 말고는 알지 못하게 해
그렇게 어머니가 말하고
그리고 아들들과 사촌들과 꼬마들도
소리치고
횃대에 올라앉은 앵무새도 되뇌기를
이 모든 게 밖으로 나가지 못하게 해
가족의 명예
아버지의 명예
아들의 명예
성령이라는 앵무새의 명예
그 집의 젊은 여자가 임신했어
갓난애가 여기에서 나가게 하면 안 돼
식구들은 애 아버지 이름을 몰라
아버지와 아들의 이름으로
성령이라 불리는 앵무새의 이름으로
이 모든 게 밖으로 나가지 않게 하소서…
얼굴에 초자연적인 표정을 지은 채로
늙은 할머니가 나무 물통 가장자리에 앉아서
불사의 왕관을 짜고 있어
사생아를 위해서 말이야…
그리고 그 젊은 여자는 짓밟히고 있어
식구들이 맨발로
짓밟고 짓밟고 짓밟지
그건 가족의 복수야

명예를 지키기 위한 복수야
그 집의 젊은 여자는 죽어
그 나무 물통 바닥에서…

11 훌리안 헤르베르트는 1971년 멕시코 게레로주의 항구 도시
아카풀코에서 태어난 시인이자 소설가이다. 매춘부였던 어머니 밑에서 자랐고,
코아우일라 대학교에서 스페인어 문학을 공부한 뒤에, 네 권의 시집을 내고
2004년에 첫 소설 『이단의 세계 *Un mundo infiel*』를 발표했다. 음악 애호가이고
록 그룹 〈마드라스트라스 Madrastras(의붓어머니들)〉의 가수이기도 하다.
삶이 얼마나 불안하고 모진 것인지를 이야기하는 작품을 계속 쓰다가, 2011년
백혈병에 걸린 매춘부 어머니와 그녀를 보살피는 아들의 이야기를 다룬
자전적 소설 『무덤의 자장가』를 발표했다. 이 소설은 여러 언어로 번역되었고,
스페인에서 주는 하엔 최고 소설상을 받았다. 한국어판은 나오지 않았고,
작가가 소개한 프랑스어판(2013)의 제목은 〈내 어머니를 위한 자장가〉이다.

인용 자료

한국어판이 있는 경우에는 그 제목을 따랐다.
프랑스어판이 언급된 도서는 저자가 인용에 사용한 판본을 표시한 것이다.

도서

도로시 앨리슨Dorothy Allison, 『캐롤라이나의 사생아*Bastard Out of Carolina*』, ─ 프랑스어판: 미셸 발랑시아Michèle Valencia 역, *L'Histoire de Bone*, 10/18, 1999

크리스틴 앙고Christine Angot, 『동방 여행*Le Voyage dans l'Est*』, Flammarion, 2021

베르나르도 아차가Bernardo Atxaga, 『오바바 마을 이야기*Obabakoak*』, ─ 프랑스어판: 앙드레 가바스투André Gabastou 역, *Obabakoak*, Christian Bourgois éditeur, 1991

윌리엄 블레이크William Blake, 『시 전집*The Complete Poems*』, Penguin classics, 1978

에마뉘엘 카레르Emmanuel Carrère, 『적*L'Adversaire*』, P.O.L, 2000

바를람 샬라모프Varlam Chalamov, 『콜리마 이야기*Kolymskiye rasskazy*』, ─ 프랑스어판: 안마리 타치스보통Anne-Marie Tatsis-Botton 역, *Souvenirs de la Kolyma*, Éditions Verdier, 2022

뤼도비크 드그루트Ludovic Degroote, 『작은 강간*Un petit viol*』, Champ Vallon, 2009

질 들뢰즈Gilles Deleuze, 『비평과 진단*Critique et clinique*』, Minuit, 1993

비르지니 데팡트Virginie Despentes, 『킹콩걸*King Kong théorie*』, Éditions

Grasset & Fasquelle, 2006

디디에 에리봉Didier Eribon, 『랭스로 되돌아가다Retour à Reims』, Fayard, 2009

아니 에르노Annie Ernaux, 『여자아이 기억Mémoire de fille』, Éditions Gallimard, 2016

데이비드 포스터 월리스David Foster Wallace, 『육체와 육체가 아닌 것Both Flesh and Not: Essays』, Little Brown, 2012

메리 게이츠킬Mary Gaitskill, 「딴 곳The other place」, The New Yorker, fevrier 2011

장 아츠펠드Jean Hatzfeld, 『정글 칼의 계절Une saison de machettes』, Seuil, 2003

마일리스 드 케랑갈Maylis de Kerangal, 『밤의 이 단계에서À ce stade de la nuit』, Éditions Gallimard, 2015

토니 모리슨Toni Morrison, 『가장 파란 눈The Bluest Eye』, ─ 프랑스어판: 장 길루아노Jean Guiloineau 역, L'Œil le plus bleu, Christian Bourgois éditeur, 1994

블라디미르 나보코프Vladimir Nabokov, 『롤리타Lolita』, ─ 프랑스어판: 모리스 쿠튀리에Maurice Couturier 역, Lolita, Éditions Gallimard, 2001

베르나르 노엘Bernard Noël, 『망각의 책Le Livre de l'oubli』, P.O.L, 2012

안토니오 오르투뇨Antonio Ortuño, 『헛된 야망La vaga ambición』, Páginas de espuma, 2017

알레한드라 피사르니크Alejandra Pizarnik, 『시 전집Poesía completa』, Lumen, 2011

자크 프레베르Jacques Prévert, 「빨래La lessive」, 『말Paroles』, Editions Gallimard, 1949

디아나 J. 토레스Diana J. Torres, 『포르노테러리즘Pornoterrorismo』, ─ 프랑스어판: 아르체아 로페스 아라나Hartzea López Arana 역, Pornoterrorisme, Gatuzain, 2012

버지니아 울프Virginia Woolf, 『실재의 순간들Moments of Being』, Harcourt Brace & Company, 1985

기사

「어느 소송에 관하여À propos d'un procès」, 아라공Aragon, 바르트Barthes, 보부아르Beauvoir, 사르트르Sartre, 가타리Guattari, 들뢰즈Deleuze, 세로Chéreau, 레리스Leiris, 마스콜로Mascolo, 솔레르스Sollers, 글룩스만Glucksmann, 랑Lang 등이 공동 서명하여 1977년 1월 26일 자『르 몽드』에 싣고, 1월 27일 자『리베라시옹』에 다시 실은 청원서. 1977년 5월에는 성인과 미성년자 사이의 성관계를 억압하는 법률의 폐지를 요구하는 두 번째 청원서가『르 몽드』에 실렸다. 이 청원서에는 위 서명자들과 함께 미셸 푸코Michel Foucault와 프랑수아즈 돌토Françoise Dolto가 추가로 참여하여 서명했다.

에이프릴 아이어스 로슨April Ayers Lawson, 「강간 때문에 벌어진 일The trouble with rape」, *Granta*, 2018년 12월 5일

장 베베라지Jean Beveraggi, 「어린 소녀가 보낸 7년간의 수난7 ans de calvaire pour une fillette」, *Le Dauphiné libéré*, 2000년 6월

뤼시앙 도트레Lucien Dautriat, 「네주, 바르스 숲에서 47년 만에 태어난 첫 아기의 사랑스러운 이름Neige, c'est l'adorable prénom du premier bébé né au Forest de Vars depuis 47 ans」, *Le Dauphiné libéré*, 1977년 6월 3일

「어려움보다는 두려움이 더 많았어요Plus de peur que de mal」, *La Tribune républicaine du pays de Gex,* 1993년 3월 11일

제니 디스키Jenny Diski, 「마고 프라고소의『타이거, 타이거』리뷰Tiger, Tiger by Margaux Fragoso-review」, *The Guardian*, 2011년 4월 11일

로렌 드 푸셰Lorraine de Foucher, 「빌 에브라르 정신 병원에서 치료받는 강간자들À l'hôpital psychiatrique de Ville-Évrard」, *Le Monde*, 2021년 4월 17일

마리안 쥐야르Marianne Juillard, 오딜 탱바르Odile Timbart, 「성폭행에 대한 유죄 판결Les condamnations pour violences sexuelles」, *Infostat Justice*, 2018년 9월

라파엘 레리스Raphaëlle Leyris, 「인류학자 도로테 뒤시 대담entretien avec l'anthropologue Dorothée Dussy」, *Le Monde*, 2021년 9월 12일

폴 터프Paul Tough, 「더 파버티 클리닉The Poverty Clinic」, *The New Yorker*, 2011년 3월 14일

라디오

기 오켕겜Guy Hocquenghem, 미셸 푸코Michel Foucault, 장 다네Jean Danet가 1978년 「프랑스 퀼튀르France Culture」의 한 방송 중에 가진 대화, 이후 푸코의 전집에 실림.

샤를로트 퓌들로브스키Charlotte Pudlowski, 「아니 어쩌면 어느 날 밤에Ou peut-être une nuit」 팟캐스트 시리즈, 2020년 9월~10월

영화

기욤 마사르Guillaume Massart, 「자유La Liberté」, Triptyque Films, Films de Force Majeure, 2017

팀 로스Tim Roth, 「전쟁 지역The War Zone」, Film4, Portobello Pictures, Fandango et Mikado, 1999

셀린 시아마Céline Sciamma, 「쁘띠 마망Petite Maman」, Lilies Films, 2020

옮긴이 **이세욱** 1962년에 태어나 서울대학교 불어교육과를 졸업하였으며, 현재 전문 번역가로 활동하고 있다. 옮긴 책으로 베르나르 베르베르의 『개미』, 『웃음』, 『신』(공역), 『인간』, 『나무』, 『상대적이며 절대적인 지식의 백과사전』(공역), 『뇌』, 『타나토노트』, 『아버지들의 아버지』, 『천사들의 제국』, 『여행의 책』, 움베르토 에코의 『프라하의 묘지』, 『로아나 여왕의 신비한 불꽃』, 『세상의 바보들에게 웃으면서 화내는 방법』, 『세상 사람들에게 보내는 편지』(카를로 마리아 마르티니 공저), 장클로드 카리에르의 『바야돌리드 논쟁』, 미셸 우엘벡의 『소립자』, 미셸 투르니에의 『황금 구슬』, 카롤린 봉그랑의 『밑줄 긋는 남자』, 브램 스토커의 『드라큘라』, 파트리크 모디아노의 『우리 아빠는 엉뚱해』, 장자크 상페의 『속 깊은 이성 친구』, 에릭 오르세나의 『오래오래』, 『두 해 여름』, 마르셀 에메의 『벽으로 드나드는 남자』, 장크리스토프 그랑제의 『늑대의 제국』, 『검은 선』, 『미세레레』, 드니 게즈의 『머리털자리』 등이 있다.

슬픈 호랑이

발행일	2026년 3월 30일 초판 1쇄
	2026년 4월 10일 초판 2쇄

지은이	네주 시노
옮긴이	이세욱
발행인	홍예빈
발행처	주식회사 열린책들

경기도 파주시 문발로 253 파주출판도시
전화 031-955-4000 팩스 031-955-4004
홈페이지 www.openbooks.co.kr 이메일 literature@openbooks.co.kr